Нора Робертс представляет необычную эпическую трилогию — романтическую сагу о храбрости и предательстве, об искренности и коварстве, о страстной любви и горечи утраты. Эта история об отважных воинах и прекрасных ведьмах, о неотразимых, но смертельно опасных вампирах и их коварной предводительнице — опьяненной властью и презирающей все живое на земле. В этой саге стираются границы между реальным и потусторонним мирами, объединяя судьбы мужчин и женщин, вовлеченных в битву за жизнь человечества...

НОРА РОБЕРТС

Крест Морриган
Пляска богов
Долина молчания

НОРА РОБЕРТС

Крест Морриган

ЭКСМО

Москва
2011

УДК 82(1-87)
ББК 84(7США)
Р 58

Nora Roberts

MORRIGAN'S CROSS

Перевод с английского *Ю. Гольдберга*

Оформление *Е. Савченко*

Робертс Н.

Р 58   Крест Морриган / Нора Робертс ; [пер. с англ.
Ю. Гольдберга]. — М. : Эксмо, 2011. — 480 с.

ISBN 978-5-699-51399-4

Поддавшись чарам коварной соблазнительницы, Киан, брат-близнец могущественного мага Хойта, был навеки превращен в вампира. Он не сумел разглядеть чудовище, скрывавшееся за красотой и обаянием королевы демонов Лилит, и тем самым обрек себя на вечные страдания. Богиня войны Морриган поручает Хойту возглавить борьбу против Лилит, которая вынашивает планы уничтожить человечество и стать владычицей мира. Для этого он должен собрать «круг шести», в который, кроме него, войдут Киан, воин, ученый, оборотень и дерзкая рыжеволосая ведьма, от одного взгляда на которую в сердце мага вспыхивает страсть...

У избранных нет выбора — победа или жизнь, которая хуже смерти.

УДК 82(1-87)
ББК 84(7США)

ISBN 978-5-699-51399-4

Лишь смелому в боях награ-
дой красота![1]

Д. ДРАЙДЕН

Кончай, царица. День наш
миновал. Смеркается[2].

У. ШЕКСПИР

Пролог

Наверное, все из-за дождя. Именно дождь заставил его вспомнить эту историю. Струи воды барабанили в окна, хлестали по крыше, ледяным дыханием заползали под двери.

От пронизывающей сырости кости ломило даже у камина. Возраст особенно давал себя знать осенью, долгими и промозглыми вечерами. Но холодной, темной зимой — он это точно знал — будет еще хуже.

Дети уже собрались: сгрудились на полу, залезли в кресла. Обращенные к нему лица светились ожиданием — он обещал им сказку, чтобы скрасить скуку ненастного дня.

Старик не собирался рассказывать именно эту историю, слишком жестокую для таких малышей.

---

[1] Д р а й д е н Д. Пиршество Александра, или Сила гармонии. Пер. В. Жуковского. (*Здесь и далее, за исключением специально оговоренных случаев, примечания редактора.*)

[2] Ш е к с п и р У. Антоний и Клеопатра. Пер. Б. Пастернака.

Но дождь свистящим шепотом подсказывал слова, рвавшиеся наружу.

Даже сказочник — а возможно, особенно сказочник — должен уметь слушать.

— Я знаю одну историю, — начал он, и дети нетерпеливо заерзали. — О храбрости и трусости, о крови и смерти и, конечно, о жизни. О любви и утрате.

— А чудовища там есть? — спросил кто-то из самых маленьких; его голубые глаза широко раскрылись от предвкушения страха и восторга.

— Как же без них, — ответил старик. — Чудовища были всегда. Как и те мужчины, которые были на их стороне, и те, кто был против них.

— И женщины! — добавила одна из девочек постарше. Старик улыбнулся.

— И женщины тоже. Храбрые и искренние, лживые и смертельно опасные. В свое время мне встречались и те, и другие. История, которую я вам расскажу, случилась много лет назад. Начиналась она в разное время и в разных местах, а конец у нее один.

Прислушиваясь к завыванию ветра, старик взял чашку с чаем, чтобы смягчить горло. В камине потрескивал огонь, отбрасывая золотистые блики на его морщинистое лицо.

— Вот как она началась... В самый разгар лета под черным небом, прорезанным голубыми вспышками молний, на высоком утесе, который нависал над бушующим морем, стоял волшебник...

1

Внутри у него неистовствовала буря, черная и свирепая, ничем не уступавшая грозе, бушевавшей в небе. Он стоял на блестевшем от дождя утесе, и кровь его кипела, подобно тому, как вскипал вихрями окружавший его воздух.

Имя его бури — скорбь.

Голубоватыми вспышками молний, яркими и пронизывающими, горе сверкало в его глазах. Ярость стекала с кончиков пальцев кровавыми зигзагами, которые раскалывали воздух громовыми раскатами, напоминавшими залпы тысячи пушек.

Высоко подняв жезл, он выкрикнул слова заклинания. Алые молнии его гнева и голубые вспышки грозы сталкивались в небе в беспощадной битве, и это зрелище заставляло людей поспешно прятаться в пещерах и домах, запирать двери и окна, прижимать к себе плачущих и дрожащих от страха детей, моля богов о защите.

Даже волшебники трепетали в своих замках.

Скала гудела, морская вода стала черной, словно разверзнутая пасть преисподней, а волшебник все свирепствовал, изливая свое горе. Дождь, хлеставший из раненого неба, был алым, как кровь, — он шипел, насыщая море и землю своей влагой, а воздух пропитался запахом его испарений.

Потом эту ночь называли Ночью Скорби, и всякий, кто осмеливался упомянуть о ней, рассказывал о колдуне, который стоял на высоком утесе, бросая вызов и небесам, и преисподней — кровавый дождь пропитал его плащ и стекал по худому лицу подобно слезам смерти.

Его звали Хойт, и он принадлежал к роду Маккена, который — согласно преданию — вел свое происхождение от Морриган, богини войны. Сила его была велика — но еще юна, как и он сам. Теперь, движимый взрывом чувств, позабыв об осторожности, долге и свете, он выковывал из своего дара оружие. Свой меч, свое копье.

Имя той, которую он вызвал во время страшной бури, было Смерть.

Под завывание ветра Хойт повернулся спиной к бушующему морю. Существо, стоявшее перед ним на твердой земле, некогда было земной женщиной. Она улыбалась. Неправдоподобно красивая — и холодная, словно зима. Нежные голубые глаза, яркие, словно лепестки роз, губы, молочно-белая кожа. Голос ее звучал чудесной музыкой — пение сирены, уже погубившей бесчисленное количество мужчин.

— Ты так спешил вызвать меня. Жаждешь моего поцелуя, Маккена?

— Ты убила моего брата?

— Смерть... — не обращая внимания на дождь, она откинула капюшон, — не так проста. Ты слишком юн, чтобы понять ее великолепие. Я преподнесла ему дар. Драгоценный и наделяющий силой.

— Он теперь проклят.

— О! — Женщина взмахнула рукой. — Совсем небольшая плата за вечность. Весь мир в его руках, и желаниям его нет преград. Он знает то, что тебе и не снилось. Теперь он принадлежит мне, и моя власть над ним сильнее, чем была твоя.

— Ты — злой дух, и на твоих руках его кровь. Клянусь богиней, я уничтожу тебя.

Она весело рассмеялась — словно ребенок, которому пообещали любимое лакомство.

— Его кровь на моих руках, в моем горле. А моя кровь в нем. Теперь он подобен мне, дитя ночи и мрака. Жаждешь уничтожить собственного брата? Твоего близнеца?

Стлавшийся по земле туман расступался, шелковыми складками собираясь под ее ногами.

— Я чувствую твою силу, твою скорбь и твое удивление. Прямо теперь, на этом месте, я предлагаю тебе дар. Вы опять станете близнецами, Хойт Маккена. Я подарю тебе смерть, равную вечной жизни.

Он опустил жезл и посмотрел на нее сквозь пелену дождя.

— Назови свое имя.

Теперь женщина скользила над туманом, и ее плащ распахнулся. Хойт видел белые холмики грудей, соблазнительно округлявшиеся в вырезе туго зашнурованного корсета. Охваченный сильнейшим возбуждением, он тем не менее ощущал смрадную силу, исходящую от нее.

— У меня много имен, — возразила она и коснулась — как ей удалось подойти так близко? — его руки кончиком пальца. — Хочешь произнести мое имя, когда мы соединимся? Почувствовать на губах его вкус, когда я почувствую твое?

Пересохшее горло жгло огнем. Нежные голубые глаза неудержимо манили, и Хойт тонул в них.

— Да, я хочу узнать то, что известно моему брату.

Она снова засмеялась, но теперь ее смех звучал хрипло. В нем слышался голод — животный голод. Нежные голубые глаза начали наливаться кровью.

— Ревнуешь?

Женщина коснулась губами его губ — обжигающе холодными, как лед. И такими желанными. Сердце учащенно забилось у него в груди.

— Я хочу увидеть то, что видит брат.

Он прижал ладонь к соблазнительной белой груди, но не почувствовал ответного трепета.

— Назови свое имя.

Ее губы растянулись в улыбке, и в темноте этой ужасной ночи сверкнули белые клыки.

— Лилит — вот кто забирает тебя. Лилит — вот кто преображает тебя. Сила в твоей крови соединится с моей силой, и мы станем владыками этого мира и всех остальных миров.

Откинув голову назад, она приготовилась к броску. Хойт проткнул ее сердце жезлом, вложив в удар всю свою боль, всю ярость.

Звук, вырвавшийся из ее горла, пронизал мрак ночи, взмыл вверх и слился с ревом бури. Жуткий, страшный звук, не похожий ни на крик человека, ни на рев зверя. Вой чудовища, отнявшего у него брата, прятавшего злобу за холодной красотой. И теперь этот злой дух истекал кровью, хлынувшей из раны, в которой не билось сердце.

Она вновь поднялась над землей, извиваясь и пронзительно вскрикивая; яркая, сверкающая молния расколола небо. Скованный ужасом, Хойт забыл слова, которые требовалось произнести, и смотрел, как она корчится в воздухе, разбрызгивая кровь, которая испаряется в липком, противном тумане.

— Как ты посмел! — В ее голосе клокотали ярость и боль. — Использовал против меня свою ничтожную, жалкую магию? Я ходила по этой земле тысячу лет. — Она провела по ране рукой и взмахнула окровавленной ладонью.

Капли крови, попавшие на руку Хойта, вспороли кожу, словно нож.

— Лилит! Ты изгнана из этого мира! Лилит, ты побеждена! Моей кровью. — Он извлек из-под плаща кинжал и полоснул себя по ладони. — Кровью богов, которая течет в моих жилах, дарованной мне силой я изгоняю тебя...

Тень пронеслась над землей, и кто-то с яростью отчаяния набросился на него. Сплетясь, они скатились с утеса на плоский выступ под ним. Сквозь волны боли и страха Хойт разглядел лицо противника, почти неотличимое от его собственного. Это лицо когда-то было лицом его брата.

Он чувствовал запах крови и смерти, видел красные глаза зверя, в которого превратился брат. Но в сердце Хойта еще теплились остатки надежды.

— Киан. Помоги мне остановить ее. Прошу тебя, давай попробуем.

— Ты чувствуешь мою силу? — Киан обхватил пальцами горло Хойта и с невероятной силой сжал. — Это только начало. Теперь у меня есть вечность. — Он наклонился и слизнул кровь с лица Хойта почти игриво. — Лилит хочет сама полакомиться тобой, но я тоже голоден. Очень голоден. В конце концов, у нас одна кровь.

Оскалившись, он впился клыками в горло брата, и в эту секунду Хойт вонзил в него кинжал.

Киан с криком отпрянул. Изумление и боль отразились на его лице. Затем он упал, зажимая руками рану. Хойту показалось, что перед ним брат — настоящий. Но через секунду рядом уже никого не было — лишь завывание бури и шум дождя.

Хойт начал карабкаться вверх, на скалу. Скользкие от крови, пота и воды руки с трудом цеплялись за каменные выступы. Вспышки молний освещали его искаженное болью лицо; он медленно поднимался по скале, в кровь сбивая пальцы. Оцарапанная клыками шея горела, словно прижженная раскаленным клеймом. Задыхаясь, он схватился за край утеса.

Если Лилит ждет наверху, ему конец. Магическая сила Хойта иссякла — виной тому безмерная усталость, шок и скорбь. У него не осталось ничего, кроме кинжала, все еще красного от крови брата.

Вскарабкавшись наверх, он перекатился на спину, подставив лицо под колючие струи дождя, и обнаружил, что остался один.

Возможно, его силы хватило, чтобы отправить демонов обратно в ад. И теперь брат — родная плоть и кровь — навеки проклят.

Перевернувшись, он с трудом встал на четвереньки. Все тело пронзила боль, во рту ощущался горький привкус.

Хойт подполз к жезлу и, опираясь на него, поднялся на ноги. Задыхаясь, он поковылял прочь от скал по тропинке, которую мог найти даже с закрытыми глазами. Гроза, как и он сам, выбилась из сил, и теперь просто шел проливной дождь.

Пахло домом — лошадьми, сеном, травами, с помощью которых он отгонял злых духов, и тлеющими в очаге углями. Но не было ни радости, ни наслаждения победой.

Нетвердой походкой он приближался к хижине; дыхание, со свистом вырывавшееся из груди, смешивалось со стонами и уносилось вдаль порывами ветра. Хойт понимал: если та, которая забрала брата, теперь пришла за ним, ему конец. Любая тень, которую отбрасывали растрепанные грозой деревья, могла оказаться его смертью. Нет, это хуже, чем смерть. Ледяные пальцы страха скользили по его коже, и он тратил остатки магической силы на то, чтобы бормотать заклинания — со стороны они больше походили на молитвы.

Лошадь под навесом зашевелилась и фыркнула, почувствовав запах хозяина. Но Хойт, пошатываясь, направился прямо к хижине, подтащил непослушное тело к двери, с трудом переступил порог.

Внутри было тепло, и воздух слегка подрагивал

от заклинаний, которые маг произнес перед тем, как отправиться на утес. Хойт запер дверь на засов, оставив на нем следы крови, своей и Киана. Станет ли закрытая дверь преградой для Лилит? Легенда утверждала, что она не может войти без приглашения. Оставалось лишь верить в это, а также в силу заклинания, оберегавшего дом.

Насквозь промокший плащ соскользнул с его плеч и сырой грудой остался лежать на полу. Хойт с трудом заставил себя не улечься рядом. Нужно сварить волшебное зелье, которое поможет ему исцелиться, вернет силу. Нужно всю ночь сидеть у очага, поддерживая огонь. Ждать рассвета.

Хойт сделал все, что мог, для своих родителей, для сестер и их семей. И хотел бы верить, что этого достаточно.

Киан мертв, а тот, кто пришел в его обличье, уничтожен и уже не принесет им вреда — просто не сможет. Но злой дух, чьим порождением он стал, по-прежнему опасен.

Хойт все время думал о том, что нужно еще как-то обезопасить своих родных, защитить их. А потом снова отправиться на охоту за демоном. Теперь вся его жизнь — он поклялся — будет посвящена борьбе с Лилит.

Его руки с длинными пальцами и широкими ладонями дрожали, перебирая горшки и склянки со снадобьями. В ярко-синих глазах отражалась боль — физическая и моральная. Чувство вины свинцовым покрывалом давило на плечи. Внутри бушевали демоны.

Он не спас брата, а лишь проклял и изгнал того, кто принял его обличье, из этого мира. И как ему удалось одержать эту горькую победу? Киан всегда был физически крепче. А чудовище, в которого он превратился, обладало ужасающей силой.

Значит, именно магия уничтожила того, кого он когда-то любил. Его вторую половину, яркую и импульсивную. Его самого можно было бы назвать рассудительным и скучноватым. Он всегда больше интересовался науками и своим даром.

А Киан предпочитал развлечения, таверны, девчонок и хорошую шутку.

— Во всем виновата любовь к жизни, — пробормотал Хойт, продолжая колдовать над склянками. — Его убила любовь к жизни. Я лишь уничтожил то, что удерживало его в зверином обличье.

Он должен в это верить.

Морщась от боли, Хойт стащил рубаху. Синяки уже проступили на груди, черными пятнами расползлись по коже — подобно тому, как скорбь и чувство вины постепенно наполняли сердце. Пора применить свои знания, напомнил он себе, накладывая целебную мазь. Потом — со стонами и проклятиями — стянул ребра повязкой. Два ребра сломаны, и Хойт понимал, что путешествие верхом, которое придется совершить утром, чтобы добраться домой, будет крайне мучительным.

Он выпил настой и, прихрамывая, направился к очагу. Подбросил торф, и пламя вспыхнуло ярче. Заварил чай на огне. Затем завернулся в одеяло и, согреваясь горячим чаем, погрузился в размышления.

Боги наделили Хойта особым даром, и он с раннего детства относился к нему со всей серьезностью и ответственностью. Учился, нередко в одиночестве, практиковался в своем искусстве, выясняя его возможности.

Киан не мог похвастаться такими же способностями, да Хойт и не помнил, чтобы брат практиковался с таким же усердием или так же самозабвенно учился. Тем не менее Киан забавлялся с магией. Развлекал себя и других.

Иногда он втягивал в свои проказы и Хойта, преодолевая сопротивление брата, и они вдвоем совершали какую-нибудь глупость. Однажды превратили в уродливого длинноухого осла мальчишку, который толкнул в грязь младшую сестру.

Как же тогда смеялся Киан! Хойт целых три дня, паникуя и упорно трудясь, снимал заклятие, а брат и бровью не повел.

Он же родился ослом. Мы просто вернули ему его истинный облик.

С двенадцати лет Киан больше интересовался мечами, чем заклинаниями. И слава богу, подумал Хойт, потягивая горький напиток. Он безответственно обращался с магией, но был настоящим волшебником меча.

Сталь не спасла его — да и магия тоже.

Хойт откинулся назад; он промерз до костей, несмотря на пылавший в очаге торф. Немного притихший дождь барабанил по крыше, а ветер завывал в лесу, окружавшем хижину.

Больше он ничего не слышал: ни звериного крика, ни угрозы. Хойт остался один на один со своими воспоминаниями и раскаянием.

В тот вечер ему нужно было пойти в деревню вместе с Кианом. Но он работал, ему не хотелось ни эля, ни звуков и запахов таверны, ни людей.

Ему не хотелось женщины — в отличие от Киана, которого всегда тянуло к противоположному полу.

Послушайся он брата, отложи работу на один этот проклятый вечер, и Киан остался бы жив. Злому духу не одолеть двоих. Волшебный дар помог бы увидеть чудовище, скрывавшееся за красотой и обаянием женщины.

Киан никогда бы не пошел с ней, будь брат рядом. И мать бы не убивалась. И могилу не пришлось бы рыть. И — черт возьми — то, что они похоронили, никогда бы не восстало из праха!

Если бы Хойт мог повернуть время вспять, то отказался бы от своего дара, обменял бы его на то единственное мгновение, когда он предпочел свои занятия обществу брата.

— И какой от них толк? К чему мне теперь эти знания? Владеть магией и не суметь с ее помощью спасти самое дорогое? Пропади оно пропадом! — Хойт швырнул чашку в стену маленькой комнаты. — Будьте вы прокляты, боги и чародеи! Киан был лучом света, а вы бросили его во тьму.

Всю жизнь Хойт поступал так, как должно, как от него ожидали. Он отказался от сотен мелких удовольствий, чтобы целиком посвятить себя искусству магии. И теперь те, кто облагодетельствовал его этим даром, волшебной силой, остались в стороне, не помешали отнять у него брата?

Киан пал не от меча и даже не от чистого клинка магии, а стал жертвой зла, не подвластного человеческому разуму. И это расплата, награда за усердие и труды?

Хойт махнул рукой в сторону очага, и пламя зарычало, вспыхнуло ярче. Маг вскинул руки, и гроза над его головой усилилась, а завывания ветра стали похожи на горестные женские крики. Хижина задрожала под натиском бури; шкуры, туго натянутые на окнах, лопнули. Холодные порывы ветра ворвались в комнату, опрокидывая склянки, вороша страницы книг. И во всем этом Хойту чудился хриплый смех тьмы.

Ни разу в жизни он не предал свой дар. Ни разу не использовал его во зло, никогда не прибегал к услугам черной магии.

Возможно, теперь пришло время обратиться к темным силам. Снова найти брата. Сразиться с чудовищем — зло против зла.

Хойт поднялся, не обращая внимания на боль в боку. Затем повернулся к кровати и простер руки над сундуком, запертым с помощью заклинания. Когда крышка откинулась, Хойт достал фолиант, спрятанный в сундук много лет назад.

Книга хранила темные и опасные магические заклинания, в которых использовались человеческая кровь, людские страдания. Чары мщения и алчности, обращавшиеся к силам, которые не признавали ни обетов, ни клятв.

Книга казалась тяжелой и горячей, и Хойт чувствовал исходящий от нее соблазн, который теребил душу. Как он хотел использовать все или хотя бы часть! Чем мы отличаемся от других? От живых богов, которые берут все, что пожелают.

У нас есть на это право! Законы и правила — не для нас!

У него перехватило дыхание — маг понимал, какие возможности откроются перед ним, раскрой он книгу, к которой когда-то поклялся не прикасаться. Неисчислимые богатства, женщины, безграничная власть, бессмертие. И возмездие.

Осталось лишь произнести нужные слова, отринуть свет и броситься в объятия тьмы. Пот липкими змейками струился по спине, в ушах звучали голоса тысячи эпох. *Возьми. Возьми. Возьми.*

Перед глазами поплыл туман, и сквозь мутную пелену Хойт увидел брата — таким, каким нашел его в придорожной грязи. Из ран на шее течет кровь, и губы тоже в крови. Какой бледный, подумал тогда Хойт. На фоне яркой, влажно поблескивавшей крови лицо выглядело невероятно бледным.

Глаза Киана — живые и синие — открылись. В них застыли боль и ужас. И мольба, обращенная к Хойту.

— Спаси меня. Только ты можешь меня спасти. То, на что я обречен, не смерть. Это хуже преисподней, хуже пытки. Верни меня. Рискни — хотя бы раз. Неужели ты оставишь меня вечно гореть в аду? Заклинаю тебя нашей общей кровью, брат, помоги мне!

Хойт дрожал. Не от холода, проникавшего сквозь разорванные шкуры на окнах, и не от сырости, пропитавшей воздух комнаты, а от чувства опасности, исходящего от ледяного лезвия бритвы, на котором он балансировал.

— Я отдам свою жизнь ради твоей. Клянусь своим даром, тем, кем мы были друг для друга. Если другого выхода не будет, я разделю твою судьбу, Киан. Но только не это. Даже ради тебя.

Видение на кровати исчезло, объятое языками пламени, и его крик не был похож на человеческий. Застонав, Хойт положил книгу обратно в сундук. Потратив остаток сил на заклинание, запирающее замок, он рухнул на пол и свернулся калачиком, словно ребенок, — удобства его уже не интересовали.

Возможно, он спал. Или дремал. Но когда очнулся, гроза закончилась. В комнату проникал свет — дерзкий, яркий, белый, режущий глаза. Хойт заморгал, поморщился, когда сломанные ребра причинили ему невероятную боль, потом попытался сесть.

В белом сиянии мерцали розовые и золотистые полосы, излучавшие тепло. Пахнет землей, понял Хойт, жирной и глинистой, а также дымом от торфа, который все еще тлел в очаге.

Он видел ее силуэт, чувствовал необыкновенную красоту женщины.

Это не злой дух, жаждавший крови.

Скрипнув зубами, Хойт поднялся на колени. Склонил голову, хотя голос выдавал скорбь и гнев.

— Миледи.

— Дитя мое.

Казалось, свет расступается перед ней. У нее были огненно-рыжие волосы, шелковыми волнами разметавшиеся по плечам. Зеленые, как лесной мох, глаза смотрели мягко, даже жалостливо. Белые, расшитые золотом одежды полагались ей по рангу. Богиня войны, она не носила ни доспехов, ни меча.

Ее звали Морриган.

— Ты хорошо сражался.

— Я проиграл. И потерял брата.

— Неужели? — Она шагнула к нему и протянула руку, помогая подняться. — Ты остался верен клятве, хотя искушение было велико.

— Я мог бы спасти его.

— Нет, — Морриган коснулась лица Хойта, и он почувствовал исходящий от нее жар. — Ты бы потерял его — и себя тоже. Поверь мне. Ты можешь отдать за него жизнь, но не свою душу и не души других. Ты наделен великим даром, Хойт.

— И какой с него прок, если я не в состоянии защитить родного брата? Неужели боги требуют такой жертвы — обречь невинного на вечную пытку?

— Его обрекли не боги. И не тебе суждено его спасти. Но будут жертвы, будут битвы. Прольется кровь, в том числе невинная. Ты избран для великого дела.

— Тебе что-то нужно от меня, госпожа?

— Да. Тебе предстоят важные и сложные дела —

тебе и другим. Грядет грандиозная битва: добро против зла. Нам нужно собирать силы.

— Я ничего не могу. И не хочу... Боже, как я устал.

Он опустился на край кровати и закрыл лицо руками.

— Мне нужно увидеться с матерью. Сказать, что не смог спасти ее сына.

— Нет, ты не проиграл. Ты сопротивлялся тьме, и поэтому выбор пал именно на тебя. Тебе предстоит использовать свой дар, чтобы бросить вызов силам, способным разрушать миры, и в конце концов уничтожить эти силы. Перестань себя жалеть!

Резкий тон Морриган заставил его поднять голову.

— Даже богам ведома скорбь, госпожа. Ночью я убил брата.

— Твой брат был убит злым духом неделю назад. Тот, кто упал со скалы, не Киан. Ты это знаешь. Хотя он... существует.

— Киан жив? — Хойт с трудом приподнялся.

— Это не жизнь. Без дыхания, без души, без сердца. У такого существования есть название, еще не известное в твоем мире: вампир. Он питается кровью. — Богиня приблизилась к Хойту. — Вампиры охотятся на людей, убивают их или того хуже — гораздо хуже — превращают в себе подобных. У них нет лица, и они должны прятаться от солнца. Они распространяются, словно чума. Именно с ними ты должен сражаться — с ними и с другими демонами, которые уже начали объединяться. Битва

22

состоится во время праздника Самайн[1]. Ты должен победить; иначе погибнет и твой мир, и другие миры, которые тебе еще предстоит узнать.

— Но где мне искать их? Как сражаться с демонами? Ведь воином был Киан, а не я.

— Ты должен покинуть свой дом и отправиться в путь, в другой мир, а потом — в следующий. Твои союзники найдут тебя сами, других будешь искать ты. Ведьма, воин, ученый, тот, кто способен менять облик, и тот, кого ты потерял.

— Их будет пять? Всего пять? И мы вшестером должны сражаться с армией демонов? Миледи...

— Круг шести, сильный и праведный, словно рука бога. К этому кругу могут присоединиться и другие. Но только вы шестеро будете моей армией, шестеро образуют круг. Вы будете учить и учиться, и ваша сила станет больше, чем просто сумма шести сил. Месяц на сборы, месяц на тренировку, месяц на обретение новых знаний. Битва, повторяю, состоится на Самайн. Ты, дитя, будешь моим первым воином.

— Ты требуешь от меня бросить родных, но та, которая отняла брата, может прийти и за ними.

— Та, которая отняла у тебя брата, возглавляет силы зла.

---

[1] Самайн — в шотландском (гэльском) и ирландском языках является обозначением месяца, аналогичного современному ноябрю. У кельтов издавна обозначает третий месяц осени, а также праздник, посвященный окончанию лета и сбору урожая, длившийся семь суток.

— Я ранил ее. Причинил боль. — Воспоминания были сладкими, словно месть.

— Да, да. Но это лишь первый шаг к грядущей битве. Теперь на ней осталась твоя метка, и скоро Лилит начнет искать тебя.

— Я сам немедленно приступлю к поискам, чтобы ее уничтожить.

— Не получится. Она в ином времени и недоступна для тебя сейчас, а ты сам, дитя мое, еще не готов к этой встрече. Пока вас разделяют время и иные миры, ее жажда мести будет только расти, станет ненасытной, и удовлетворить ее сможет только уничтожение всего человечества. Ты еще насладишься местью, — сказала Морриган, и Хойт встал. — Если победишь ее. Тебе предстоит далекий путь. И страдания. Я буду страдать вместе с тобой, чувствовать твою боль — ведь ты мой. Неужели ты думаешь, что мне безразлична твоя судьба, твое счастье? Ты — мое дитя, точно так же, как и для своей матери.

— А что будет с моей матерью, госпожа? С отцом, с сестрами и их семьями? Без моей защиты они станут первыми жертвами грядущей битвы.

— Но они не будут в ней участвовать. — Богиня простерла руки. — Любовь к близким — это часть твоей силы, и я не прошу отказываться от нее. Если ты не будешь уверен в безопасности своих родных, то не сможешь сконцентрироваться на главном.

Морриган откинула голову назад и подняла руки, сложив ладони ковшиком. Земля вздрогнула под ее ногами, и Хойт увидел летящие по ночному небу звезды. Яркие точки устремились к ладоням богини, превращаясь в пламя.

Она заговорила, и каждое ее слово отдавалось ударами сердца Хойта внутри изломанных ребер. Огненно-рыжие волосы богини колыхались вокруг ее озаренного светом лица.

— Отлитые богами, светом дня и тьмой ночи. Символ и щит, простой и истинный. Награда за веру и преданность. Их магия скреплена пролитой кровью, твоей и моей.

Руку резануло болью. Хойт увидел, как по его ладони потекла кровь, как и по ладони богини, озаренной светом пламени.

— Они неподвластны времени. Благословенны будут те, кто носит крест Морриган.

Огонь погас, и в руках богини появились сверкающие серебряные кресты.

— Кресты защитят твоих близких. Их нужно носить всегда, и днем и ночью, от рождения до смерти. Даже покинув родных, ты будешь уверен, что они в безопасности.

— А если я подчинюсь, ты пощадишь моего брата?

— Торгуешься с богами?

— Да.

Она улыбнулась, как мать улыбается непослушному ребенку.

— Ты был избран, Хойт, потому что ты сможешь победить злые силы. Ты покинешь свой мир и соберешь нужных людей. Вы будете готовиться и тренироваться. В битве в дело пойдут мечи и копья, зубы и когти, хитрость и коварство. Одержишь победу, и миры уравновесятся, а ты сам получишь все, что пожелаешь.

— Но как мне сражаться с вампирами? Один раз у меня уже ничего не получилось.

— Учись, — ответила Морриган. — Учись у таких, как Лилит. У того, кого она породила. У того, кто был твоим, прежде чем стать ее. Ты должен найти брата.

— Где?

— Думай не только о том, где найти его, но и когда. Посмотри в огонь — там все увидишь.

Хойт и не заметил, как они вернулись в хижину и он оказался перед очагом. Острые языки пламени взметнулись вверх и превратились в башни. Перед ним был огромный город. Незнакомые голоса и звуки. Тысячи людей сновали по улицам, вымощенным чем-то вроде камня. Там же проносились машины.

— Что это за место? — удивленно прошептал он. — В каком мире?

— Оно называется Нью-Йорк, и от нашего времени его отделяет почти тысяча лет. Зло все еще живет в мире, Хойт, как и добро, и невинность. Теперь твой брат прожил века. Тебе не помешает помнить об этом.

— Киан стал богом?

— Нет, он вампир. Он должен обучить тебя искусству воина и хитростям вампиров. Он будет сражаться с тобой бок о бок. Без него вам не победить.

Какой огромный город, подумал Хойт. Дома из серебра и камня, выше любого собора.

— Битва произойдет там, в Нью-Йорке?

— Вам сообщат, где и когда. Вы поймете. А теперь возвращайся к родным и дай им амулеты, которые их защитят. Потом ты должен сразу же отправиться к Пляске Богов. Чтобы пройти через нее, потребуются твое искусство и моя сила. Найди брата, Хойт. Вам пора собираться.

Он очнулся у очага, завернутый в одеяло. Нет, это был не сон: на ладони — корка засохшей крови, на согнутых коленях — серебряные кресты.

Еще не рассвело, но Хойт уже сложил в суму книги и снадобья, овсяные лепешки, мед. И драгоценные кресты. Затем оседлал лошадь и на всякий случай произнес заклинание, защитив хижину еще одним магическим кругом.

Он пообещал себе, что обязательно вернется. Но сначала найдет брата и теперь уж точно спасет его. Чего бы это ни стоило.

С первыми лучами солнца Хойт пустился в долгий путь в Анклэр, к родному дому.

2

Хойт ехал верхом по раскисшей после грозы дороге. Сгорбившись, стараясь лишний раз не травмировать поврежденные ребра, он вспоминал ужасы и чудеса минувшей ночи.

Маг поклялся, что если ему суждено будет прожить достаточно долго, он чаще и тщательнее будет практиковаться в искусстве исцеления.

На полях справа и слева от дороги в мягком утреннем свете трудились крестьяне, на лугах паслась скотина. Вода озер становилась все более синей от светлеющего летнего неба. Хойт проезжал леса с грохочущими водопадами, густой тенью и мхом — обителью духов.

Здесь его хорошо знали, и встречные приподнимали шляпы, завидев Хойта Колдуна. Он не останавливался, чтобы воспользоваться гостеприимством обитателей этих мест. Отказывался он и от комфорта больших поместий, и от бесед с монахами в аббатствах.

Хойт решил, что в этом путешествии ему должно сопутствовать одиночество. На время он забыл о предстоящих битвах и приказах богов. Он торопился к родным, чтобы защитить их. А потом он покинет дом, чтобы выполнить свой долг.

Преодолевая милю за милей, он старался выпрямляться на лошади, когда приближался к деревням или заставам: он не хотел, чтобы окружающие замечали его увечье. Но в конце концов ему все-таки пришлось сделать привал у реки, где журчащая вода перекатывалась через камни.

Хойт вспомнил о том, что прежде путь домой из уединенной хижины — через поля и холмы или вдоль берега моря — доставлял ему удовольствие. Сколько раз он ездил по этим дорогам и тропкам — один или вместе с братом, — и солнце точно так же светило ему в лицо. Останавливался на этом самом месте, чтобы перекусить и дать лошади отдохнуть.

Теперь же солнечный свет резал глаза, а запах земли и травы не бередил притупившиеся чувства.

Липкий пот покрывал все тело, черты лица заострились — борьба с непрекращающейся болью утомила его.

Есть не хотелось, но Хойт впихнул в себя несколько овсяных лепешек, запив целебным отваром, который захватил с собой. Ни отдых, ни лекарство не помогали: ребра продолжали ныть, словно гнилой зуб.

Интересно, какая польза от него может быть в бою? Если потребуется прямо сейчас обнажить меч, чтобы защитить свою жизнь, он умрет с пустыми руками.

Вампир. Подходящее слово. Притягательное. Необычное и немного пугающее. Когда у него будет больше времени и сил, нужно записать все, о чем рассказала богиня. Хойт не знал, суждено ли ему спасти этот — или какой-то другой — мир от нашествия демонов, но новые знания ему точно не повредят.

Хойт на секунду закрыл глаза, пытаясь отвлечься от боли. Значит, ведьма. Он старался не иметь дел с ведьмами. Вечно они варят какие-то странные смеси в горшках и бормочут заклинания.

И еще ученый. От него, по крайней мере, хоть польза будет.

Но можно ли по-прежнему считать Киана воином? Хойт очень надеялся на это. Киан, вновь взявший меч и щит, сражающийся бок о бок с ним! Он почти уверовал в то, что справится с порученным делом, если брат будет рядом.

Тот, кто меняет обличье. Странно. Наверное, эльф. Лишь боги знают, насколько можно доверять этим существам. Неужели именно они должны быть в первых рядах битвы со злом?

Он внимательно осмотрел руку, которую перевязал утром.

— Лучше бы это был сон. Я ослаб, устал, а солдат из меня никакой — даже в лучшие времена.

— *Возвращайся.*

Услышав свистящий шепот, Хойт вскочил и схватился за кинжал.

Лес оставался неподвижным; шевелились лишь черные крылья ворона, сидевшего в тени на камне у самой воды.

— *Возвращайся к своим книгам и травам, Хойт Колдун. Неужели ты думаешь, что сможешь победить королеву демонов? Возвращайся, возвращайся к своей жалкой жизни, и Лилит пощадит тебя. А если пойдешь дальше, то она полакомится твоей плотью, выпьет твою кровь.*

— А сама она боится сказать мне об этом? Но ей придется это сделать, потому что я буду преследовать ее всю эту жизнь, а если понадобится, то и следующую. Я отомщу за брата. В грядущей битве я вырежу и сожгу ее сердце.

— *Ты умрешь в муках и навечно станешь ее рабом.*

— Ты мне надоел. — Хойт выхватил кинжал и, дождавшись, когда ворон взлетит, метнул оружие в птицу. Клинок просвистел мимо, но огненная стрела, выпущенная из другой руки, попала в цель. Ворон заверещал, и на землю упала кучка пепла.

Хойт недовольно взглянул на кинжал. Он совсем чуть-чуть промахнулся. Если бы не раны, оружие попало бы в цель. По крайней мере этому его Киан научил.

Теперь нужно поднять проклятый клинок.

Но сначала Хойт достал пригоршню соли из седельной сумки и высыпал на пепел, оставшийся от мрачного вестника. Затем подобрал кинжал, подошел к лошади и, стиснув зубы, взобрался в седло.

— «Навечно станешь ее рабом», — пробормотал он. — Это мы еще посмотрим!

Хойт продолжил путь, пролегающий через невысокие холмы и зеленые поля, по которым в мягком солнечном свете плыли тени облаков. Понимая, что сломанные ребра не вынесут галопа, маг сдерживал лошадь. Потом Хойт задремал, и ему снилось, что он вернулся на утес и снова борется с Кианом. На этот раз именно он сорвался со скалы и стремительно полетел в бездну, чтобы разбиться об острые выступы скал.

Хойт проснулся внезапно, от сильной боли. Смертельной боли, подумал он.

Его лошадь остановилась и щипала траву на обочине дороги. Неподалеку мужчина в островерхой шапке складывал стену из серых камней. Заостренная борода мужчины была желтой, словно кусты лимонника, разбросанные по склону невысокого холма, а запястья — мощными, как ветви крепкого дерева.

— Доброго вам дня, сэр. Наконец-то вы проснулись, — мужчина приветливо дотронулся до шапки, затем нагнулся за следующим камнем. — Сегодня вы уже проделали большой путь.

— Да, это точно. — Хойт не мог понять, где находится. Его лихорадило, липкий жар охватывал тело. — Я направляюсь в Анклэр, во владения клана Маккена. Что это за место?

— Вот, значит, куда тебе нужно, — с готовностью отозвался мужчина. — До ночи туда не добраться.

— Нет. — Хойт посмотрел на ленту дороги, казавшуюся бесконечной. — До ночи не добраться.

— Там, на краю поля, есть хижина с очагом, только ты не можешь задерживаться. Путь предстоит неблизкий. А время уходит — даже сейчас, пока мы тут беседуем. Ты устал, — с сочувствием добавил мужчина. — Но предстоит еще многое вытерпеть.

— Кто ты?

— Всего лишь веха на твоем пути. Когда доберешься до второй развилки, поворачивай на запад. Увидишь реку, поедешь вдоль нее. Около рябины будет священный колодец — Колодец Бригитты, так его называют. Там ты переночуешь, отдохнешь. Не забудь про свой магический круг, Хойт Колдун. Потому что они придут за тобой. Когда дождутся захода солнца. К тому времени ты должен быть у колодца, внутри круга.

— Если вампиры преследуют меня, охотятся за мной, то я приведу их прямо к своей семье.

— Но ты знаешь о них. И ты носишь крест Морриган. За него уплачено кровью. И верой. — Хойту показалось, что светло-серые глаза мужчины на мгновение стали глубокими, словно сама Вселенная. — Если ты потерпишь неудачу, то во время праздника Самайн будет пролита не только твоя кровь. А теперь иди. Солнце уже заходит.

Есть ли у него выбор? Все произошедшее теперь казалось сном, порождением лихорадки. Смерть брата, потом уничтожение того, кем он стал. Существо на скале, называвшее себя Лилит. Неужели к нему приходила богиня или это был просто сон?

Может, он уже мертв и теперь совершает путешествие в загробный мир?

Погруженный в раздумья, Хойт добрался до развилки, повернул на запад и, услышав шум реки, направил к ней лошадь. Его била дрожь — от ран и осознания того, что близится ночь...

Скорее упав, чем спрыгнув с лошади, он без сил прислонился к шее животного. Рана на ладони открылась, и повязка покраснела от выступившей крови. Заходящее солнце походило на затухающий огненный шар, висящий у самого горизонта.

Святой колодец представлял собой низкий каменный квадрат под рябиной. Люди, которые останавливались здесь для отдыха или для молитвы, развешивали на ветках дерева разные безделушки: ленты, амулеты и прочую мелочь. Хойт привязал лошадь и опустился на колени, чтобы поднять маленький черпак и глотнуть прохладной воды. Брызнув на землю несколько капель, предназначавшихся богам, он пробормотал благодарность. Затем оставил на камне медную монетку, запачканную сочившейся из раны кровью.

Ноги его совсем не держали, но Хойт заставил

себя сосредоточиться. И начал создавать магический круг.

Это были простейшие заклинания, одни из первых, которыми овладеваешь при постижении магии. Но теперь силы его были на исходе, и задача создания магического круга оказалась непростой. Холодный пот струился по его коже. Хойт отчаянно старался сконцентрироваться и собрать воедино нужные слова, мысли и магическую силу, скользким угрем выскальзывающие из его ладоней.

Он слышал, как кто-то крадется в чаще леса, прячась в самых темных ее уголках. А тени все сгущались, наступая на последние лучи заходящего солнца, с трудом пробивавшиеся сквозь кроны деревьев.

Вампиры пришли за ним и теперь ждали, когда угаснет последний отблеск дневного светила и наступит тьма. Он умрет здесь в одиночестве и оставит семью без защиты. И все ради каприза богов.

— Черта с два.

Хойт заставил себя подняться. Один шанс у него есть. Всего один. Он сорвал повязку с ладони и использовал собственную кровь, чтобы запечатать магический круг.

— Внутри этого круга остается свет. Он горит в ночи по *моей* воле. Эта магия чиста, и только чистый может войти в этот круг. Гори, огонь, разгорайся, пылай своей яркой силой.

В центре круга замерцал огонь — он был еще очень слаб, но не гас. Пламя постепенно набирало силу, а последние лучи солнца тускнели и исчезали. И то, что пряталось среди теней, выбралось наружу.

Теперь оно приняло облик волка: черная шкура и налитые кровью глаза. Тварь взвилась в воздух, и Хойт быстро выхватил кинжал. Но волк, столкнувшись с магической силой круга, был отброшен назад.

Зверь выл, щелкал зубами, рычал. Сверкая белыми клыками, он метался вдоль защитного барьера, пытаясь найти в нем слабое место.

К нему присоединился еще один — крадучись вышел из-за деревьев. Затем еще и еще; Хойт насчитал шесть волков. Они одновременно прыгали и одновременно отскакивали назад. Вышагивали строем, словно солдаты.

При каждом их броске лошадь Хойта отчаянно ржала и пятилась. Не отрывая взгляда от волков, маг шагнул к животному и прижал ладони к его голове. Это, по крайней мере, ему по силам. Он зашептал успокаивающие слова, погружая верную кобылу в транс. Затем вытащил из ножен меч и воткнул в землю рядом с огнем.

Хойт достал остатки еды, набрал воды из колодца, смешал травы, хотя приносили ли пользу его попытки самолечения, знали только боги. Потом лег на землю рядом с огнем — меч с одной стороны, кинжал с другой, жезл поперек ног.

Завернувшись в плащ, чтобы хоть как-то унять дрожь, он заставил себя съесть овсяную лепешку, обмакнув ее в мед. Волки уселись, задрали головы и все, как один, завыли на поднимающуюся над горизонтом луну.

— Проголодались? — пробормотал Хойт, стуча

зубами. — Тут вам нечем поживиться. Да, чего бы я только не отдал за постель и глоток хорошего чая. — Он сел, и отблески огня заплясали в его слипающихся глазах. Подбородок бессильно упал на грудь. Никогда в жизни он еще не чувствовал себя таким одиноким. И никогда так не сомневался в правильности выбранного пути.

Хойт принял ее за Морриган — прекрасную, с огненно-рыжими волосами. Прямые, словно струи дождя, пряди спускались до плеч. На ней была черная одежда странного покроя, причем довольно нескромная — обнаженные руки и холмики грудей в вырезе корсажа. На шее — кулон с пентаграммой и лунным камнем в центре пятиугольника.

— Не поможет. — В торопливой речи незнакомки слышался чужеземный акцент. Опустившись на колени рядом с Хойтом, она прижала ладонь к его лбу; прикосновение было прохладным и успокаивающим, словно весенний дождь. От нее пахло лесом, землей и тайной.

На мгновение его охватило желание прижаться к ее груди и заснуть, погрузившись в сладостный аромат ее тела.

— У тебя жар. Ну-ка, посмотрим, что у нас тут есть и что мы можем сделать.

Фигура девушки на секунду стала размытой, затем снова обрела четкость. У нее были зеленые глаза богини, а прикосновение — теплое, человеческое.

— Кто ты? Почему ты вошла в круг?

— Цветы бузины, тысячелистник. Красного перца нет? Ладно, обойдемся.

Хойт смотрел, как волшебное видение хлопочет, словно обычная женщина: зачерпывает воду из колодца, ставит на огонь.

— Волки, — пробормотала она и поежилась, невольно выдавая свой страх. — Иногда мне снятся черные волки или вороны. Иногда женщина. Она хуже всех. Но ты мне приснился впервые. — Девушка умолкла и долго смотрела на него темно-зелеными загадочными глазами. — Хотя твое лицо мне кажется знакомым.

— Это ты мне снишься.

Усмехнувшись, девушка бросила травы в кипящую воду.

— Как скажешь. Тогда я помогу тебе пережить твой сон.

Она провела рукой над чашей.

> Дар щедрый дочери Гекаты[1] —
> Живая вода, трав ароматы —
> Остуди его жар, верни покой,
> Наполни этот напиток простой
> Исцеляющей силой своей.
> Вними же воле моей!

— Милосердные боги. — Он с трудом приподнялся на локте. — Ты ведь ведьма.

Улыбнувшись, девушка приблизилась к нему с чашей в руке. Опустилась рядом и приподняла его голову, обняв рукой за шею.

— Конечно. А разве ты не из того же теста?

---

[1] Геката — в греческой мифологии богиня мрака, ночных видений и чародейства.

— Нет. — Сил его хватило только на обиду. — Я маг, черт возьми. Убери этот яд. Меня мутит от одного запаха.

— Возможно, но напиток исцелит тебя. — Она без церемоний положила его голову к себе на плечо. Хойт сопротивлялся, но девушка зажала ему нос пальцами и влила в горло горячую жидкость. — Мужчины становятся совсем как дети, когда болеют. Ты только посмотри на свою руку! Вся в крови, грязная. Ладно, и этому горю мы поможем.

— Оставь меня, — слабым голосом запротестовал Хойт, хотя ее запах и ее прикосновения были одновременно манящими и успокаивающими. — Дай умереть спокойно.

— Ты не умрешь. — Она с опаской взглянула на волков. — Твой круг надежен?

— Да.

— Надеюсь, ты не ошибаешься.

Усталость — а еще добавленная в чай валериана — помогла Хойту задремать. Девушка подвинулась и положила его голову себе на колени. Она гладила его волосы, не отрывая взгляда от огня.

— Теперь ты не один. — Ее голос был еле слышен. — И я, кажется, тоже.

— Солнце... Далеко еще до рассвета?

— Если бы я знала. Тебе нужно поспать.

— Кто ты?

Ответа он не услышал.

Когда Хойт проснулся, девушки уже не было — и лихорадки тоже. Туманное мерцание рассвета тонкими лучами пробивалось сквозь густую летнюю листву.

Из волков остался только один — его окровавленная туша лежала у самого круга, снаружи. Хойт увидел, что у волка вспороты горло и брюхо. Поднявшись, он хотел было подойти поближе, но в это мгновение яркий луч солнца, прорвавшийся сквозь листву, полоснул по туше зверя.

Вспыхнуло пламя, и от волка на почерневшей земле осталась лишь горстка пепла.

— Будь ты проклят — ты и тебе подобные.

Отвернувшись, Хойт занялся делом: накормил лошадь, заварил чай. И только закончив утренние хлопоты, он обратил внимание, что рука его зажила. Остался лишь тонкий шрам. Он несколько раз сжал и разжал пальцы, повернул ладонь к свету.

Хойт поднял рубашку. Синяки и кровоподтеки на боку не исчезли, но стали намного бледнее. Попробовав сделать несколько движений, он понял, что его ребра больше не болят.

Если ночная гостья была пророческим видением, а не порождением его лихорадки, то, наверное, следует поблагодарить ее.

Его никогда еще не посещали такие яркие образы. И не оставляли за собой такой ощутимый след. Он мог поклясться, что до сих пор чувствует запах незнакомки, а в его ушах все еще звучат интонации и переливы ее голоса.

Если верить словам девушки, ей знакомо его лицо. Как это ни странно, у него тоже сложилось впечатление, что он ее знает.

Хойт умылся и почувствовал, что голоден. Пришлось съесть оставшуюся горбушку черного хлеба и лесные ягоды.

Он закрыл магический круг, посолил почерневшую землю за его границей. Затем вскочил в седло и пустил лошадь галопом.

Если повезет, к полудню он будет дома.

Остаток пути ему не попадались ни вещие знаки, ни посланники зла, ни красивые ведьмы. Только зеленые поля, тянущиеся до самых гор, контуры которых проступали вдали, да тайные закоулки леса. Теперь дорога была знакомой — он узнал бы ее и через сто лет. Заставив лошадь перепрыгнуть через низкую каменную стену, огораживающую последнее поле, Хойт помчался к дому.

Он представил себе мать, сидящую в зале у очага. Наверное, плетет кружево или ткет один из своих гобеленов. И ждет вестей о сыновьях. Жаль, но он не сможет обрадовать ее.

Отец, скорее всего, беседует с кем-то из торговцев или объезжает поля, замужние сестры хлопочут в своих домиках, а малышка Нола (это уж точно!) играет в конюшне с щенками.

Дом построили прямо в лесу, потому что так захотела бабушка — именно от нее они с Кианом унаследовали магическую силу, хотя брат был наделен ею меньше, чем Хойт. Каменное здание с окнами из настоящего стекла стояло на берегу ручья. А сад, наполненный буйным цветением роз, был гордостью матери.

Выскочивший из дома слуга взял лошадь под уздцы. В ответ на молчаливый вопрос в его глазах Хойт покачал головой. Потом подошел к двери, на которой все еще висело черное полотнище, знак траура.

Внутри еще один слуга помог ему снять плащ. На стенах зала висели гобелены, вытканные его матерью и бабушкой. Один из волкодавов отца с радостью бросился к нему.

Хойт вдохнул запах пчелиного воска и недавно срезанных роз из сада. В очаге горел слабый огонь. Пройдя через зал, Хойт направился в гостиную матери.

Как он и предполагал, мать уже ждала его. Она сидела на стуле, сложив руки на коленях и стиснув их так крепко, что побелели костяшки пальцев. Ее скорбное лицо еще больше помрачнело, когда она увидела глаза Хойта.

— Мама...

— Ты жив. И невредим. — Она встала и протянула к нему руки. — Я потеряла младшего сына, но мой первенец вернулся. Наверное, ты проголодался после долгой дороги.

— Мне нужно многое вам рассказать.

— Еще успеешь.

— Как скажете... Но я ненадолго. Мне очень жаль. — Он поцеловал мать в лоб. — Мне очень не хочется расставаться с вами.

За обильно накрытым столом собралась вся семья, не было только Киана. Но трапеза проходила в непривычной тишине: ни смеха, ни шумных споров. Рассказывая о том, что с ним приключилось,

Хойт внимательно всматривался в родные лица, красивые, значительные и печальные.

— Если будет битва, я пойду с тобой. Буду сражаться рядом.

Хойт посмотрел на своего зятя Фергуса: широкие плечи, крепко сжатые кулаки.

— Ты не сможешь попасть туда, где должен быть я. Это не твоя битва. Вы с Ойном останетесь здесь и вместе с отцом будете защищать нашу семью, наши земли. Я не буду спокоен, не убедившись в том, что вы здесь не замените меня. Вы должны носить амулеты.

Хойт достал кресты.

— Каждый из вас наденет их, даже дети, которым еще предстоит родиться. Носите их днем и ночью. Смотрите. — Он поднял один из крестов. — Это крест Морриган, отлитый в волшебном пламени богов. Того, кто носит его, вампир не сможет превратить в существо, подобное себе. Это знание должно передаваться следующим поколениям в сказках и песнях. Сейчас вы — каждый — поклянетесь, что будете носить крест до самой смерти.

Он встал и надел амулеты каждому члену семьи, выслушивая клятву.

Затем подошел к отцу и опустился перед ним на колени. Какие старые у него руки, вдруг заметил Хойт, и сердце его пронзила жалость. Руки землепашца, а не воина. Хойт знал, что отец умрет первым, еще до наступления Святок. И он больше никогда не посмотрит в глаза человеку, который дал ему жизнь.

Ему стало грустно.

— Я покидаю вас, отец. И прошу вашего благословения.

— Отомсти за брата и возвращайся.

— Обязательно. — Хойт встал. — А теперь мне нужно собраться.

Он пошел в свою комнату, которая находилась в самой высокой башне дома, и начал собирать травы и настойки, сам не зная, для чего они могут ему пригодиться.

— А где твой крест?

Оглянувшись, Хойт увидел стоявшую в дверях Нолу; водопад темных волос спускался до пояса девочки. Ей всего восемь, с нежностью подумал он.

— Богиня не сделала для меня креста, — кратко ответил Хойт. — У меня другая защита, и тебе не нужно волноваться. Я знаю, что делаю.

— Я не буду плакать, когда ты уйдешь.

— А почему ты должна плакать? Мне ведь и раньше приходилось уезжать, но я всегда возвращался, правда?

— Ты вернешься. В башню. Вместе с ней.

Хойт, аккуратно расставлявший склянки в сумке, замер и внимательно посмотрел на сестру.

— С кем?

— С женщиной — рыжеволосой. Не богиней, а смертной. У нее будет знак ведьмы. Я не могу видеть Киана и не знаю, победишь ли ты. Но вижу тут тебя с ведьмой. И еще вижу, что ты боишься.

— Мужчина не должен вступать в бой, не испытывая страха. Именно страх помогает ему остаться в живых.

— Я в этом не разбираюсь. Но мне так хочется быть мужчиной и воином. — Ее нежные губы тронула улыбка. — Ты не запретишь мне пойти за тобой, как запретил Фергусу.

— Разве я посмею? — Он закрыл сумку и шагнул к сестре. — Мне страшно. Только не говори остальным.

— Не скажу.

Она умеет растопить его сердце, подумал Хойт, взял крест сестры и произнес заклинание, так что на обратной стороне амулета проступили древние ирландские знаки — имя Нолы.

— Теперь крест только твой.

— Мой и тех, кто будет носить мое имя после меня. — Глаза девочки заблестели, но она сдержала слезы. — Еще увидимся.

— Обязательно.

— К тому времени круг уже сложится. Правда, не знаю, как это случится и почему.

— Что ты еще видишь, Нола?

Она лишь покачала головой.

— Темно. Ничего не могу разглядеть. Я буду зажигать для тебя свечу каждую ночь, пока ты не вернешься.

— Ее свет приведет меня к дому. — Хойт наклонился и обнял девочку. — Больше всего я буду скучать по тебе. — Он нежно поцеловал ее и отстранился. — Береги себя.

— У меня будут дочери! — крикнула она ему вслед.

Он с улыбкой обернулся. Малышка смотрела на него — хрупкая и сильная.

— Неужели?

— Я так решила. — В словах сестры звучала такая убежденность, что губы Хойта дрогнули. — И они не будут слабыми. Не будут целыми днями ткать, вязать и готовить.

Теперь он уже не прятал улыбки, понимая, какую радость доставят ему воспоминания об этом разговоре.

— Правда? И чем же они будут заниматься, позволь тебя спросить, юная мамаша?

— Мои дочери станут воинами. Та, которая называет себя королевой вампиров, задрожит от страха, увидев их.

Нола сложила ладони — точно так же, как мать, — но в ее жесте не было смирения.

— Да помогут тебе боги, брат.

— Счастливо оставаться, сестричка.

Они смотрели ему вслед — три сестры, их верные мужья и их дети. Родители, слуги и мальчишки, присматривавшие за конюшней. Хойт последний раз окинул взглядом дом и поместье, которые любил всем сердцем.

Потом махнул им на прощанье рукой и направился к Пляске Богов.

Это место находилось на склоне, заросшем жесткой травой с густой россыпью ярко-желтых лютиков. Небо начало затягиваться облаками, сквозь которые пробивались лишь редкие лучи солнца. Хойт поразился необыкновенной тишине и спокойствию, и на мгновение ему почудилось, что он едет мимо расписанного холста. Серое небо, зеленая трава, желтые цветы и кольцо древних камней, кружившихся в безмолвном танце с незапамятных времен.

Маг чувствовал силу этих камней, ощущал исходившую от них вибрацию, которая пронизывала воздух, щекотала кожу. Хойт обогнул кольцо и остановил лошадь, чтобы прочесть древние символы на главном камне.

— Миры ждут, — перевел он. — Время течет. Боги наблюдают.

Он собирался спешиться, когда заметил золотистое сияние. На краю поля стояла лань. Зеленые глаза животного сияли так же ярко, как и ошейник из драгоценных камней. Царственной походкой лань приблизилась к нему и приняла знакомый облик богини.

— Ты вовремя, Хойт.

— Тяжело расставаться с семьей. Лучше не тянуть.

Он соскользнул на землю и поклонился:

— Миледи.

— Дитя мое. Ты был болен.

— Обычная лихорадка — уже прошла. Это ты прислала ко мне ведьму?

— Зачем присылать того, кто придет сам? Ты снова встретишься с ней. И с другими.

— С братом.

— Его ты увидишь самым первым. Скоро стемнеет. Вот ключ к вратам. — Она раскрыла ладонь и протянула ему маленький хрустальный жезл. — Не расставайся с ним и будь осторожен: не разбей. — Хойт собрался снова сесть в седло, но богиня покачала головой и взяла поводья. — Нет, ты должен идти пешком. Лошадь вернется домой сама, целая и невредимая.

Подчиняясь воле богов, он вскинул суму на плечо. Потом укрепил на поясе меч и взял в руку жезл.

— Как я его найду?

— Через ворота в грядущий мир. Войди в Пляску Богов, подними ключ, произнеси слова. Твоя судьба там. Через ворота, — повторила она, — в грядущий мир. Войди в Пляску Богов, подними ключ, произнеси слова. Через ворота...

Хойт шел между гигантских камней, и в его ушах звучал голос богини. Маг сумел подавить страх. Если такова его судьба, ничего не поделаешь. Жизнь длинна — он это знал. Просто поделена на короткие отрезки.

Он поднял хрустальный жезл. Одинокий луч света пробился сквозь густые облака и ударил в его верхушку. Руку словно пронзило стрелой.

— Миры ждут. Время течет. Боги наблюдают.

— Еще раз, — подсказала Морриган и вместе с ним повторила эти слова, превращая их в заклинание.

— Миры ждут. Время течет. Боги наблюдают.

Воздух вокруг него вздрогнул, наполнился ветром, светом и звуком. Хрусталь в поднятой руке сиял, словно солнце, и пел сладкозвучной сиреной.

Хойт слышал гром собственного голоса — теперь заклинание звучало вызовом.

Он полетел. Сквозь свет, ветер и звук. Мимо звезд, лун и планет. Над водой, от которой к горлу подступала тошнота. Все быстрее и быстрее, пока свет не ослепил его, звуки не оглушили, а ветер не стал таким яростным, будто старался сорвать с него кожу.

Затем сияние потускнело, ветер стих, и мир погрузился в тишину.

Хойт оперся на посох, тяжело дыша и ожидая, пока глаза привыкнут к изменившемуся освещению. Он чувствовал какой-то запах — кажется, запах кожи и роз.

Комната, сообразил он, хотя ничего подобного ему еще не приходилось видеть. Диковинная мебель — низкие длинные стулья яркой расцветки — и ткань на полу. На одних стенах картины, вдоль других — книги. Десятки книг в кожаных переплетах.

Очарованный, он шагнул вперед, но почувствовал слева какое-то движение и замер.

Брат сидел за чем-то похожим на стол, на котором стояла лампа, заливавшая комнату необычным светом. Волосы у него были пострижены короче, чем прежде, и едва доходили до скул. В глазах застыло удивление.

В руке Киан держал металлический предмет — Хойт понял, что это оружие.

Направив предмет прямо в сердце Хойта, брат

откинулся на спинку стула и положил ноги на стол. Затем широко улыбнулся.

— Ну-с, посмотрим, что принесла кошка.

Хойт нахмурился и растерянно оглянулся, ища кошку.

— Ты меня узнаешь? — Хойт шагнул вперед, чтобы свет падал на него. — Я — Хойт. Твой брат. Я пришел...

— Убить меня? Слишком поздно. Я уже давно мертв. Стой на месте. Я прекрасно вижу в темноте. Ну и вид... забавно. Тем не менее я впечатлен. И долго ты овладевал искусством телепортации?

— Я... — Похоже, после прохождения через врата он стал туго соображать, подумал Хойт. Или во всем виновата встреча с мертвым братом, который выглядит как живой. — Киан...

— Я давно не пользуюсь старым именем. Теперь меня зовут Кейн. Разница всего в двух буквах. Сними плащ, Хойт, — посмотрим, что под ним.

— Ты вампир.

— Совершенно верно. Плащ, братец.

Хойт расстегнул застежку и сбросил плащ на пол.

— Меч и кинжал. Многовато оружия для мага.

— Будет битва.

— Думаешь? — Вновь удивление. Холодный взгляд. — Уверяю тебя, ты проиграешь. То, что я держу в руке, называется пистолетом. Отличная штука. Глазом моргнуть не успеешь, а из него уже вылетит пуля. Ты умрешь на месте, не успев вытащить меч.

— Я пришел сражаться не с тобой.

— Неужели? Во время нашей последней встречи... дай-ка вспомнить... Ах да, ты столкнул меня с утеса.

— Ты первым сбросил меня с той проклятой скалы, — с жаром возразил Хойт. — Сломал мне ребра. Милосердные боги, Киан, я думал, ты исчез навсегда.

— Нет, как видишь. Возвращайся туда, откуда пришел, Хойт. Мне потребовалось около тысячи лет, чтобы забыть о тебе.

— А для меня ты умер только неделю назад. — Он поднял рубашку. — Эти синяки — твоих рук дело.

Киан скользнул взглядом по ребрам брата, затем снова посмотрел ему в лицо.

— Довольно быстро зажили.

— Я пришел по поручению Морриган.

— Морриган, вот как? — Киан удивленно хохотнул. — Здесь нет богов. Нет Бога. Нет королевы эльфов. В этом времени нет места ни тебе, ни твоей магии.

— Но ты же здесь.

— Приспособление — залог выживания. В современном мире бог — деньги, а их союзник — власть. У меня есть и то, и другое. Я уже давно избавился от таких, как ты.

— Этому миру — и всем остальным — придет конец во время праздника Самайн, если ты не поможешь остановить ее.

— Кого остановить?

— Ту, что сделала тебя таким. Которая называет себя Лилит.

3

Лилит. Это имя вызвало у Киана воспоминания, от которых его отделяли сотни жизней. Он видел ее, ощущал ее запах, чувствовал пронизывающий до костей ужас, охвативший его в то мгновение, когда она отняла его жизнь.

Киан помнил вкус ее крови, а также то, что принесла эта кровь. Ужасный, мрачный дар.

Его мир изменился. И ему была дарована привилегия — или проклятие — наблюдать за тем, как на протяжении бесчисленных десятилетий меняются другие миры.

И ведь он чувствовал: что-то должно произойти. Иначе зачем ему сидеть в одиночестве посреди ночи и ждать?

Какой гнусный каприз судьбы отправил его брата — точнее, брата того человека, которым он некогда был, — через пласты времени и заставил произнести то самое имя?

— Вот теперь ты меня заинтриговал.

— Ты должен вернуться вместе со мной, приготовиться к битве.

— Вернуться? В XII век? — Киан усмехнулся и вновь откинулся на спинку стула. — Можешь не сомневаться, меня туда ничем не заманишь. Я привык к новой жизни, к современным удобствам. Вода здесь горячая, Хойт, и женщины тоже. Мне не интересны ни твои интриги, ни войны, ни боги.

— Битва все равно состоится, с тобой или без тебя.

— «Без» звучит явно лучше.

— Ты никогда не уклонялся от драки, не прятался от врага.

— Думаю, термин «прятаться» не совсем верен, — беспечно парировал Киан. — Времена меняются. Можешь мне поверить.

— Если Лилит одолеет нас, ты лишишься всего, что тебе дорого в этом времени, — навечно. Человечество будет уничтожено.

Киан склонил голову набок.

— Я не человек.

— Таков твой ответ? — Хойт шагнул вперед. — Ты будешь сидеть и наблюдать за ее бесчинствами? Наблюдать, как она делает с другими то, что сделала с тобой? Убивает твою мать, твоих сестер? Превращает Нолу в вампира?

— Они мертвы. Давным-давно. Превратились в прах.

Разве он не видел их могил? Киан не мог совладать с собой и все время возвращался в прошлое, чтобы постоять перед надгробными камнями — их и тех, кто пришел вслед за ними.

— Ты забыл, чему нас учили? Говоришь, времена меняются. И не просто меняются. Мог ли я оказаться здесь, будь время непроницаемым? Судьба миров еще не определена, и твоя тоже. Мне пришлось оставить отца, зная, что он умирает. Живым я его больше не увижу.

Киан медленно встал.

— Ты и представить себе не можешь, кто она и на что способна. Лилит существовала уже не одну сотню лет, когда забрала меня. Думаешь, ее можно остановить мечом или молнией? Ты еще глупее, чем я думал.

— Я рассчитываю остановить ее вместе с тобой. Помоги мне. И если не ради человечества, то ради самого себя. Или ты встанешь на ее сторону? Если в тебе уже ничего не осталось от моего брата, покончим с этим прямо сейчас.

Хойт вытащил меч.

Киан некоторое время смотрел на клинок, взвешивая в ладони пистолет. Затем сунул оружие в карман.

— Убери меч. Господи, Хойт, ты не мог одолеть меня даже в те времена, когда я был еще жив.

Глаза Хойта вспыхнули.

— Но и тебе не повезло.

— Совершенно верно. Мне потребовалось несколько недель, чтобы прийти в себя. Днем я прятался в пещерах, голодал. Знаешь, я искал ее тогда. Ту, которая сделала меня таким, — Лилит. По ночам, когда мне удавалось добыть немного еды, чтобы не умереть с голоду. Она бросила меня. Так что у меня есть причина поквитаться с ней. Убери этот чертов меч!

Пока Хойт раздумывал, Киан прыгнул. В мгновение ока он пролетел над головой брата и приземлился на спину. Потом одним легким движением кисти он разоружил его.

Хойт медленно повернулся. Острие меча уперлось ему в горло.

— Ловко, — выдавил он.

— Мы быстрее и сильнее. И не испытываем укоров совести. Мы должны убивать, чтобы питаться. Чтобы выжить.

— Тогда почему я еще жив?

Киан пожал плечами.

— Будем считать, что причиной тому любопытство и в какой-то степени память о прошлом. — Он отбросил меч в угол комнаты. — Ладно, давай выпьем.

Киан подошел к шкафчику и открыл дверцу, краем глаза заметив, как меч перелетел через всю комнату и снова оказался в руке Хойта.

— Тоже неплохо, — невозмутимо отметил Киан и достал бутылку вина. — Стальным оружием меня не убьешь, но ты можешь — если повезет — отрубить от меня кусок, который я предпочел бы сохранить. Руки и ноги у нас заново не отрастают.

— Я уберу оружие, если ты последуешь моему примеру.

— Справедливо, — Киан извлек из кармана пистолет и положил на стол. — Хотя у вампира оружие всегда с собой. — Во рту у него сверкнули клыки. — Тут уж ничего не поделаешь. — Пока Хойт освобождался от меча и кинжала, он налил два бокала. — А теперь присаживайся и расскажи мне, почему я должен участвовать в спасении мира. У меня дел по горло. Бизнес.

Хойт взял бокал, внимательно изучил его содержимое, понюхал.

— Что это?

— Превосходное красное вино. Итальянское.

Мне незачем подсыпать тебе яд, — чтобы придать своим словам убедительности, он пригубил из своего бокала. — Я могу перекусить тебе шею, словно прутик. — Киан сел и вытянул ноги. Затем махнул рукой Хойту. — В современном мире нашу беседу назвали бы переговорами, и теперь ход за тобой. Итак... просвети меня.

— Сначала мы должны объединиться: ученый, ведьма, а также тот, кто способен менять облик, и воин. Воин — это, наверное, ты.

— Нет. Я не воин, а бизнесмен, — не меняя непринужденной позы, Киан лениво улыбнулся Хойту. — Значит, боги поручили тебе невыполнимую задачу, снабдив негодными средствами, — старая песня. И с этой жалкой горсткой смельчаков и теми глупцами, которые присоединятся к вам, ты рассчитываешь победить армию, которую возглавляет могущественный вампир. Армию, которая состоит из таких, как она, а также из других демонов — если Лилит снизойдет до них. В противном случае мир погибнет.

— Миры, — поправил Хойт. — Их много.

— Не стану спорить. Тут, по крайней мере, ты прав.

Киан отпил из бокала и задумался. В своем теперешнем обличье он уже многое преодолел. Но новость, о которой рассказал ему брат, показалась ему интересной.

— А что твои боги говорили о моей роли в этом деле?

— Ты должен пойти со мной, рассказать все, что

знаешь о Лилит и подобных ей, научить, как одержать над ними победу. В чем их слабость? В чем сила? Какое оружие и какую магию можно применить против них? У нас есть время до праздника Самайн — нужно выяснить все о вампирах и создать первый круг.

— Так долго? — В его голосе сквозил сарказм. — А мне что за выгода? Я богатый человек, и у меня достаточно дел — здесь и сейчас.

— А она позволит тебе сохранить богатство и власть, если станет править миром?

Киан поджал губы.

— Интересный вопрос. Скорее всего, нет. Но, помогая тебе, я еще с большей вероятностью лишусь всего — и жизни в придачу. Мне бы твою молодость...

— Я старше.

— Если не считать последних девятисот лет. В любом случае молодые думают, что будут жить вечно, и глупо подвергают себя неоправданному риску. Но прожив так долго, как я, становишься осторожным. Понимаешь: жизнь превыше всего. Мною движет инстинкт самосохранения. В этом смысле у вампиров и людей много общего.

— Ты выживаешь, сидя в своем доме, в темноте и одиночестве?

— Это не дом, — рассеянно заметил Киан. — Это офис. Здесь занимаются делами. Кстати, у меня много домов. Тоже вопрос выживания. Приходится иметь дело с налогами, документами и тому подобным. Такие, как я, стараются долго не задерживаться в одном месте. Мы кочевники — по своей природе и по необходимости.

Он наклонился вперед, упираясь локтями в колени. Лишь с немногими он мог откровенно говорить о своей сущности. Это был его выбор, его жизнь.

— Я видел войны, Хойт, огромное количество. Таких ты даже представить себе не можешь. В них не бывает победителей. Ты умрешь, если решишься на этот шаг. Или станешь таким, как я. Лилит будет гордиться, что сумела превратить в вампира могущественного мага.

— Думаешь, у меня есть выбор?

— О да. — Киан снова выпрямился. — Выбор всегда есть. За множество своих жизней мне не раз приходилось его делать. — Он прикрыл глаза, лениво потягивая вино. — Что-то назревает. Я слышу глухой гул в том мире, который находится внизу, под нашим. В его темных уголках. Если ты прав, все гораздо серьезнее, чем я думал. Нужно быть начеку. Как правило, я не общаюсь с вампирами.

Хойт нахмурился, вспомнив, что Киан всегда был очень общительным.

— Почему?

— Потому что в большинстве своем они лжецы и убийцы и, кроме того, слишком много внимания уделяют собственной персоне. Люди, которые имеют с ними дело, — либо безумцы, либо обреченные. Я плачу налоги, мои документы в полном порядке. Сижу тихо и не высовываюсь. Примерно раз в десять лет переезжаю и меняю имя, чтобы замести следы.

— Из твоих слов я и половины не понял.

— Как это ни парадоксально, — продолжил Киан, — эта битва только всем сделает хуже. Так всегда бывает с массовыми убийствами, и те демоны, которые собираются уничтожить мир, глупы и недальновидны. Мы должны научиться жить в этом мире. Так?

Киан умолк. Сосредоточившись, он мог бы услышать каждый удар сердца брата, малейшее изменение в звуке включенного кондиционера, жужжание электрической лампочки на столе. Или, наоборот, отключиться и не слышать их, не обращать внимания на привычный шум.

Он научился управлять собой — времени для этого у него было достаточно.

Выбор. А почему бы и нет?

— Все сводится к крови, — сказал Киан, не открывая глаз. — В конечном итоге все сводится к крови. Без нее мы не выживем — ни вы, ни мы. Именно ее мы приносим в жертву — богам, которым вы поклоняетесь, государствам, женщинам. И проливаем по тем же причинам. Хотя таких, как я, причины не интересуют.

Теперь он открыл глаза, демонстрируя Хойту, что в них может гореть красный огонь.

— Мы просто насыщаемся этой кровью. Стремимся к ней, жаждем ее. Без нее мы прекратим существование. Мы созданы для того, чтобы охотиться, убивать, пить кровь. Одним из нас это нравится больше, другим — меньше. Как и людям. Некоторые получают удовольствие, причиняя боль, нагоняя страх, истязая и пытая добычу. Как и люди, мы все разные, Хойт.

— Ты убийца.

— А когда ты в лесу охотишься на оленя и отнимаешь у него жизнь, это ты не считаешь убийством? Для нас вы точно такая же дичь, не больше и не меньше.

— Я видел твою смерть.

— Падение со скалы еще не значит...

— Нет, я видел, как она тебя убила. Сначала мне показалось, что это сон. Ты выходишь из таверны и садишься в ее карету. Вы бросаетесь в объятия друг друга, и карета уезжает из деревни. А потом ее глаза меняются, в темноте сверкают клыки, и она впивается в твое горло. Я вижу твое лицо. Боль, потрясение и...

— Похоть, — закончил за него Киан. — Экстаз. Довольно сильное ощущение.

— Ты пытался бороться, но она набросилась на тебя, словно дикий зверь. Мне показалось, ты мертв, но это было не так. Вернее, не совсем так.

— Нет. Для того чтобы насытиться, вампир просто пьет кровь своей жертвы. Но чтобы изменилась сущность человека, этот самый человек должен вкусить крови своего убийцы.

— Она вспорола себе грудь и прижала твой рот к ране. Ты пытался сопротивляться, но затем начал сосать, словно младенец.

— Соблазн очень силен, и, кроме того, это вопрос выживания. Либо пить кровь, либо умереть.

— Сделав свое дело, она швырнула тебя на дорогу и уехала. Там я тебя и нашел. — Хойт сделал большой глоток, чтобы унять подступившую к горлу тошноту. — Перепачканного кровью и грязью. Так ты надеялся выжить? К подстреленной на охоте дичи и то проявляют больше уважения.

— Будешь меня поучать? — Киан встал и снова потянулся за бутылкой. — Или ты пришел за знаниями?

— За знаниями.

— Так вот. Одни вампиры охотятся группами, другие — поодиночке. Мы наиболее уязвимы в момент пробуждения — когда впервые восстаем из могилы, или вечером, если весь день спали. Мы ночные существа. Солнце для нас — смерть.

— Вы сгораете в его лучах.

— Ага, кое-что тебе уже известно.

— Видел. Они охотились на меня, когда я возвращался домой. В облике волков.

— Менять облик могут только вампиры, достигшие определенного возраста и силы, находящиеся под покровительством другого могущественного демона. Большинство же вынуждено мириться с тем обликом, в котором они умерли. Физически мы не стареем. Еще одно приятное дополнение.

— Да, ты, пожалуй, не изменился, — отметил Хойт. — Хотя есть немного. И дело не только в одежде или прическе. Ты двигаешься иначе.

— Я не тот, что прежде, и ты должен это запомнить. Наши чувства обостряются, и чем дольше мы живем, тем эти чувства сильнее. Огонь, как и солнце, для нас смертелен. Святая вода, если она освящена должным образом, обжигает нас, а крест, который носят с верой в душе, нас отгоняет.

Кресты, подумал Хойт. Морриган дала ему кресты. Он почувствовал некоторое облегчение.

— А вот мечи, кинжалы — любое металлическое оружие — абсолютно бесполезны, — продолжал Киан. — Разве что ты ухитришься отрубить голову. Тут уж ничего не поделаешь. Но в целом...

Он снова встал, взял кинжал Хойта, подбросил его в воздух, ловко поймал и вонзил клинок себе в грудь.

При виде крови, обагрившей рубашку брата, Хойт вскочил.

— Забыл, как это больно. — Поморщившись, Киан выдернул кинжал из раны. — Наказание за хвастовство. Но если проделать то же самое деревянным предметом, мы мертвы. Но пронзить нужно именно сердце. Мы умираем в муках — так мне говорили.

Он достал носовой платок и вытер лезвие. Затем снял рубашку. Рана уже начала затягиваться.

— Один раз мы уже умерли, и теперь уничтожить нас не так просто. Мы яростно сражаемся с тем, кто пытается нас убить. Лилит — самый старый вампир из тех, кого я знаю. И самый жестокий.

Киан умолк, задумчиво разглядывая вино.

— Как наша мать?

— Она в отчаянии. Ты был ее любимцем. — Встретив взгляд Киана, Хойт передернул плечами. — Мы оба это знали. Просила меня попытаться поискать способ вернуть тебя. Горе ее так велико, что ни о чем другом она думать не могла.

— Думаю, даже твоя магия не способна оживить мертвых. Или вампиров.

— Той ночью я пошел к твоей могиле — молить богов, чтобы они успокоили сердце матери. И нашел тебя, с головы до ног покрытого грязью.

— Выкарабкиваться из могилы — работа не из чистых.

— Ты пожирал кролика.

— Вероятно, ничего другого не мог найти. Не помню. Первые несколько часов после пробуждения ничего не понимаешь и не чувствуешь. Только голод.

— Ты убежал от меня. Я увидел, в кого ты превратился — слухи о подобных существах ходили и раньше, — и ты убежал. В ту ночь я пошел на утес по просьбе матери. Она умоляла меня найти способ разрушить чары.

— Это не чары.

— Мне казалось... я надеялся, что если уничтожу того, кто превратил тебя в вампира... А если не получится, то убью того, кем ты стал.

— И ничего у тебя не вышло, — напомнил Киан. — Что доказывает силу противника. Тогда я только пробудился и почти не знал, кто я и на что способен. Можешь мне поверить, у Лилит гораздо более опытные союзники.

— Но ты со мной?

— У тебя нет заклинания, способного заставить меня.

— Ты меня недооцениваешь. У меня есть нечто большее, чем заклинание. Неважно, прошел ли год или тысяча лет, ты был и остаешься моим братом. Мы близнецы. У нас одна кровь. Моя кровь. Сам говорил — в конечном итоге все сводится к крови.

Киан провел пальцем по бокалу с вином.

— Я с тобой. — Прежде чем Хойт успел отреагировать, палец предостерегающе поднялся. — Потому что любопытен и потому что мне стало скучно. Я здесь уже больше десяти лет, и в любом случае мне пора переезжать. Но ничего обещать не могу. Не стоит рассчитывать на меня, Хойт. В первую очередь я буду развлекаться.

— Ты не можешь охотиться на людей.

— Уже командуешь? — губы Киана слегка скривились. — Нисколько не изменился. Повторяю: на первом месте для меня — собственное удовольствие. Кстати, я уже восемьсот лет не пробовал человеческой крови. А если точнее, то семьсот пятьдесят... хотя пару раз нарушал свой принцип.

— Почему?

— Чтобы доказать, что я способен противиться искушению. Кроме того, это еще один способ выжить — и неплохо себя чувствовать — в мире людей. Если за ними охотишься, просто невозможно воспринимать их иначе как еду. Тогда трудно вести дела. И еще убийство оставляет след... Кстати, скоро рассветет.

Отвлекшись, Хойт окинул взглядом комнату без окон.

— Откуда ты знаешь?

— Чувствую. Я устал от вопросов. Пока тебе нужно оставаться со мной. Нельзя допустить, чтобы ты разгуливал по городу. Мы, конечно, не точная копия друг друга, но очень похожи. И костюм нужно сменить.

— Хочешь, чтобы я надел... как это называется?

— Брюки, — сухо ответил Киан и пошел через всю комнату к личному лифту. — У меня квартира прямо в этом доме. Так проще.

— Ты соберешь вещи, и мы пойдем.

— Я не путешествую днем и не подчиняюсь приказам. Я привык приказывать сам — и уже довольно давно. До отъезда мне нужно кое-что уладить. Входи сюда.

— Что это? — Хойт ткнул посохом в стену лифта.

— Средство передвижения. Доставит нас ко мне домой.

— Как?

Киан провел рукой по волосам.

— Послушай, у меня дома есть книги и еще много чего интересного. Следующие несколько часов можешь потратить на то, чтобы познакомиться с культурой, модой и технологиями XXI века.

— Что такое технология?

Киан втолкнул брата в кабину лифта и нажал кнопку следующего этажа.

— Еще один бог.

Этот мир и эта эпоха были наполнены чудесами. Хойт жалел, что у него нет времени узнать обо всем, понять, как все устроено. Комнату освещали не факелы, а нечто другое, что давало свет, и Киан называл это электричеством. Еду хранили в ящике высотой с человека, где она оставалась холодной и свежей, а еще один ящик использовался для подогрева и приготовления пищи. Вода лилась из трубки, попадала в чашу и куда-то уходила.

Высокий дом, в котором жил Киан, стоял посреди города — и какого города! То, что показала ему Морриган, не шло ни в какое сравнение с картиной, открывавшейся за стеклянной стеной квартиры Киана.

Хойт подумал, что даже богов поразили бы размеры и величие этого Нью-Йорка. Ему хотелось еще раз взглянуть на город, но брат взял с него клятву, что он будет держать стеклянные стены закрытыми и не выйдет из дома.

Квартиры, поправил себя Хойт. Киан называл свое жилище квартирой.

У него были книги, огромное количество книг, а также волшебный ящик под названием телевизор. Внутри этого ящика помещалось множество живых картин: люди, дома, вещи, животные. Проведя перед ним всего час, Хойт устал от его непрерывной болтовни.

Поэтому он обложился книгами и читал, читал, пока глаза не стали слезиться, а голова не переполнилась словами и образами.

Хойт так и заснул, окруженный книгами, на ложе, которое Киан называл диваном.

Ему снилась ведьма, и он видел ее в круге света. На девушке не было ничего, кроме кулона, и ее молочно-белая кожа светилась в полумраке.

Ее красота полыхала, словно пламя.

В высоко поднятых руках девушка держала хрустальный шар. Хойт слышал ее шепот, но слов различить не мог. Он понимал, что это заклинание, и даже во сне чувствовал его магическую силу. И точно знал, что ведьма ищет его.

Даже во сне девушка притягивала его, и он ощущал странное беспокойство — такое же, как в своем времени, когда она находилась внутри очерченного им круга.

Ему показалось, что их взгляды на мгновение встретились, преодолев завесу сна. Желание пронзило его, и он словно наполнился безграничной силой. Губы ведьмы слегка приоткрылись, будто она собиралась заговорить с ним.

— Ничего себе, прикид!

Хойт проснулся и обнаружил прямо перед собой лицо гиганта. Высокого, как дерево, и такого же могучего. Такого лица испугалась бы даже его собственная мать — черное, словно у мавра, со шрамом на щеке, окруженное многочисленными косичками.

— Ты не Киан.

Не успел Хойт ответить, как его приподняли, ухватив за воротник, и слегка встряхнули. Он почувствовал себя мышью в лапах огромного, рассерженного кота.

— Отпусти его, Кинг, пока он не превратил тебя в маленького белого человека.

Киан вышел из спальни и неторопливо прошествовал на кухню.

— Почему у него твое лицо?

— Лицо у него свое, — возразил Киан. — Присмотрись внимательно — не так уж мы и похожи. А вообще-то он мой брат.

— Правда? Вот сукин сын! — Кинг бесцеремонно бросил Хойта на диван. — Как, черт возьми, он сюда попал?

— Колдовство. — Киан достал прозрачный пакет с кровью из холодного ящика. — Боги, битвы, конец света и прочая ерунда.

Кинг с ухмылкой посмотрел на Хойта.

— Провалиться мне на этом месте. Я всегда думал, что вся та хрень, что ты мне рассказывал, это просто... хрень. Он не особо разговорчив, пока не поужинает, — теперь великан обращался к Хойту. — А имя у тебя есть, братец?

— Я Хойт Маккена. Только посмей еще раз поднять на меня руку!

— Испугал.

— Он такой же, как ты? — одновременно спросили Хойт и Кинг.

Киан медленно налил кровь в высокий стакан из толстого стекла и поставил в микроволновую печь.

— Нет. Кинг управляет моим клубом, тем, что внизу. Он мой друг.

— Человек-слуга. — Хойт презрительно скривил губы.

— Я никому не слуга.

— Разве я тебе еще не объяснил? — Киан вытащил стакан и медленно выпил кровь. — Некоторые вампиры высокого ранга имеют слуг из числа людей. Но я предпочитаю наемных работников. Хойт явился для того, чтобы записать меня в армию, ко-

67

торую он надеется собрать для борьбы с большим злом.

— С налоговой службой?

Киан ухмыльнулся; настроение у него улучшилось. Хойт заметил, что между ними проскочила какая-то искра — нечто подобное раньше связывало их с братом.

— Если бы. Но увы. Нет. Я же говорил тебе: что-то должно произойти. Среди богов ходят слухи, что повелительница вампиров Лилит собирает армию, намереваясь уничтожить человечество и захватить все миры. Война, мор, стихийные бедствия.

— Как ты можешь шутить! — Хойт с трудом подавил гнев.

— Господи, Хойт, мы говорим об армиях вампиров и путешествии во времени. И у меня есть все основания для шуток. Если я пойду с тобой, то, скорее всего, погибну.

— Куда это ты собрался?

Киан оглянулся на Кинга и пожал плечами.

— Наверное, назад, в свое прошлое, чтобы выступать там в роли советника — голоса разума, если можно так выразиться.

— Я не знаю, куда мы отправимся: вперед, назад или куда-то в сторону. — Хойт бросил книги на стол. — Нам нужно вернуться в Ирландию. А там скажут, куда двигаться дальше.

— Пиво есть? — спросил Кинг.

Киан открыл холодильник, вытащил бутылку «Харпа» и протянул великану.

— Когда отбываем? — Кинг отвернул крышку и сделал большой глоток.

— Ты остаешься. Я уже говорил, что отдам тебе контрольный пакет акций клуба, когда придет время уехать. По всей видимости, этот момент наступил.

Кинг повернулся к Хойту:

— Ты собираешь армию, генерал?

— Меня зовут Хойт. Да, собираю.

— Тогда перед тобой первый доброволец.

— Постой. — Киан обогнул стойку, отделявшую комнату от кухни. — Там тебе не место. Ты ничего об этом не знаешь.

— Зато я знаю тебя, — возразил Кинг. — А еще я люблю хорошую драку и уже соскучился по ней. Вы тут толкуете о важной битве — добро против зла. Я хочу с самого начала участвовать в такой заварушке.

— Если он король — Кинг, — то почему слушается твоих приказаний? — спросил Хойт, и черный великан зашелся в приступе смеха, таком сильном и долгом, что ему пришлось сесть на диван.

— Ну, прикол!

— Неуместная преданность будет стоить тебе жизни.

— Это мне решать, братец. — Кинг ткнул бутылкой в сторону Киана. И снова во взгляде, которым они обменялись, промелькнуло что-то невысказанное, но очень сильное. — И не стоит считать мою верность неуместной.

— Выйди, Хойт. — Киан указал на спальню: — Туда. Мне нужно сказать пару слов этому идиоту.

Ему не все равно, подумал Хойт. Киан заботится о черном великане — вполне человеческая черта. В книгах, которые он прочел, говорилось, что вампиры не способны испытывать искренних чувств к людям.

Окинув взглядом спальню, Хойт нахмурился. А где гроб? В книгах написано, что днем вампиры спят в гробу, в земле из собственной могилы. Здесь же стояла широченная кровать, мягкая, словно облака, застеленная тонким покрывалом.

Из-за двери доносились возбужденные голоса, но Хойт продолжал изучать комнату брата. Одежды тут хватит на десятерых, подумал он, заглянув в шкаф. Хотя Киан всегда был щеголем.

Зеркала нет. Если верить книгам, у вампиров не бывает отражения.

На пороге ванной Хойт застыл, открыв рот. Просторная уборная, которую брат показал ему, прежде чем уйти спать, оказалась просто удивительной, но и она в подметки не годилась этой комнате. В огромной ванне могли поместиться шестеро, а рядом возвышалась кабина из светло-зеленого стекла.

Стены и пол были облицованы мрамором.

Восхищенный, он вошел в кабину и начал крутить серебристые рукоятки, выступающие из мрамора. И испуганно вскрикнул, когда из многочисленных трубочек его окатило холодной водой.

— Как правило, мы снимаем одежду, перед тем как лезть под душ. — Прибежавший на крик Киан быстрым движением руки перекрыл воду. Потом принюхался. — Хотя, если быть откровенным, тебе не мешало бы помыться. В одежде или без нее. Ты жутко воняешь. Вымойся, — приказал он, — и надень то, что я положил на кровать. Мне нужно работать.

Он вышел, оставив брата разбираться с душем самостоятельно.

Через какое-то время, уже успев основательно продрогнуть, Хойт обнаружил, что температуру воды можно регулировать. То обжигаясь, то замерзая, он в конце концов нашел золотую середину.

Похоже, брат говорил чистую правду, когда хвастался своим богатством — подобная роскошь просто поражает воображение! Запах мыла, правда, казался Хойту немного женским, но другого все равно не было.

Впервые стоя под струями душа XXI века, Хойт размышлял, сможет ли он воспроизвести это чудо при помощи магии, когда вернется домой.

Он не любил наряжаться, но его одежда промокла. Сначала он собрался достать из сумы запасную рубаху, но потом решил, что разумнее следовать советам Киана.

Одевался Хойт очень долго. Непонятные застежки приводили его в отчаяние. Как выяснилось, в туфли без шнурков достаточно просто сунуть ноги. Хотя, вынужденно признал он, обувь оказалась на редкость удобной.

Хоть бы какое зеркало, подумал Хойт. Потом шагнул за порог спальни и остановился в нерешительности. Черный король по-прежнему сидел на диване и что-то пил из стеклянной бутылки.

— Уже лучше, — заметил Кинг. — Сойдет, если будешь держать рот на замке.

— Что тут такое застегивается?

— Это молния. Эту штуку нужно держать застегнутой. — Он поднялся. — Кейн спустился в клуб. Вышвырнул меня.

— Ты не ушибся? У меня есть целебная мазь.

— Нет. Черт! Ты не понял. Он меня уволил. Ничего, переживет. Куда он, туда и я. Но это не обязательно должно ему нравиться.

— Киан считает, что мы все умрем.

— Он прав — рано или поздно это обязательно случится. Ты когда-нибудь видел, что вампир может сделать с человеком?

— Я видел, что вампир сделал с моим братом.

Взгляд странных глаз Кинга стал мрачным.

— Да, да, правда. Так и есть. Но я не собираюсь сидеть и ждать, пока то же самое проделают со мной. Он прав: что-то готовится. Будет битва, и я не собираюсь оставаться в стороне.

Настоящий великан, подумал Хойт. С ужасным лицом, невероятно сильный.

— Ты воин.

— Можешь не сомневаться. Пусть вампир только попробует сунуться — ему несдобровать. Но не сегодня. Почему бы нам не спуститься и не взглянуть, как там дела. Он здорово разозлится.

— В... — Как же Киан называл его? — В клуб?

— В точку. Он назвал его «Вечность». Сдается мне, он кое-что в этом понимает.

4

Она его найдет. Если человек затаскивает ее в свои сны, заставляет совершать внетелесные путешествия, а мысли о нем не выходят из головы, необходимо выследить его и понять, в чем дело.

Уже несколько дней ее не покидало странное ощущение, словно она стоит на высокой скале, готовой в любую секунду обрушиться. По одну руку — что-то яркое и прекрасное, по другую — холодная и страшная пропасть. Сама скала пошатывалась, но казалась знакомой.

Она прекрасно понимала: что-то назревает, и этот человек имеет к предстоящим событиям прямое отношение. Но в другом времени и в другом месте. В Нью-Йорке XXI века парни обычно не ездят на лошадях и не носят плащи и рубахи, какие были в ходу в XII столетии.

Не видение, а реальность — человек из плоти и крови. Его кровь была на ее ладонях, ведь так? Она дала ему снадобье, потом наблюдала, как спадает жар. Его лицо казалось таким знакомым, словно она его уже встречала или видела во сне.

Красивый, даже несмотря на боль, искажающую правильные черты его лица, вспоминала она, делая набросок. Худощавое и продолговатое, аристократичное лицо. Длинный узкий нос, властный, рельефный рот. Сильные, скошенные скулы.

Образ оживал на бумаге под ее рукой — сначала контур длинными штрихами, затем мелкие детали. Глубоко посаженные глаза, ярко-синие и пронизывающие, а над ними почти трагический излом бровей. Контраст черных волос, черных бровей и синих глаз с белой кожей добавлял драматизма в этот облик.

Да, мелькнуло у нее в голове, она его хорошо помнит и даже может нарисовать, но только разыскав, узнает, что ей делать: прыгать со скалы или осторожно с нее спускаться.

Гленна Вард была из тех женщин, которые терпеть не могут неопределенности.

Итак, ей известны лицо, телосложение и даже голос. Вне всяких сомнений, он владеет магией. И еще Гленна не сомневалась, что он сможет ответить на мучившие ее вопросы.

Он как-то связан с назревающими событиями — чрезвычайно важными, как подсказывала ей интуиция. И Гленне отведена в них не последняя роль — она знала об этом с самого первого вздоха. И теперь, похоже, время пришло. А раненый красавчик, со всей его магией и ощущением беды, назначен на одну из главных ролей.

Он изъяснялся на гэльском языке[1] — его ирландском варианте. Гленна немного знала этот диалект, иногда использовала его в заклинаниях и даже могла кое-что прочесть, правда, с трудом.

---

[1] Гэльский язык — язык шотландцев, населяющих северную (горную) часть Шотландии и Гебридские острова. Принадлежит наряду с ирландским и мэнкским к гойдельской ветви кельтских языков. Считается, что этот язык произошел от языка ирландцев, начавших переселяться в Шотландию с V в. н.э. Начал обособляться от ирландского языка только с XIII в.

Странно. Она не только понимала, что говорил тот парень во сне — внетелесном опыте, видении или как это еще назвать, — но и сама разговаривала не хуже местного жителя.

Значит, она перенеслась в прошлое, очень далекое прошлое. И, скорее всего, куда-то в Ирландию.

Гленна смотрела в магический кристалл, шепча заклинания над окровавленной повязкой, которую принесла с собой из того странного и волнующего путешествия... в неизвестные время и место. Кровь этого человека и магический дар Гленны должны привести к нему.

Она ожидала, что поиски потребуют больших трудов и усилий. Кроме того, предстояло переместить себя — или хотя бы свое сознание — в то время и место, где находился он.

Нужно напрячь все силы, по крайней мере попытаться это сделать. Гленна сидела внутри магического круга — свечи зажжены, в чаше плавают травы. Еще раз попробовать найти его, сосредоточившись на портрете и держа в руке тряпицу, которую захватила с собой из сна.

Черты лица и кровь в руке
Найти его помогут мне —
Где, во сколько и когда
И не случилась ли беда.
Ищи и найди, и мне покажи,
По воле моей на него укажи!

Внутренним взором она увидела его: лоб нахмурен, вокруг разложены книги. Сосредоточившись, немного отодвинулась, чтобы рассмотреть окружающую обстановку. Квартира? Приглушенный свет, выхватывающий из темноты только лицо и руки.

— Где ты? — тихо спросила она. — Покажи?

И увидела дом, улицу.

Радость удачи смешалась с искренним изумлением.

Меньше всего она ожидала узнать, что он в Нью-Йорке — буквально в шести кварталах от нее.

Богини судьбы, подумала Гленна, изо всех сил торопятся заварить кашу. Кто она такая, чтобы задавать им вопросы?

Она закрыла магический круг, убрала инструменты и сунула рисунок в ящик письменного стола. Затем оделась, пытаясь справиться с растерянностью. Как должна выглядеть женщина, отправляясь на встречу с судьбой? Вызывающе, скромно, по-деловому? Или надеть что-нибудь экзотическое?

В конце концов Гленна остановилась на маленьком черном платье — ей показалось, что оно будет уместным в любой ситуации.

На окраину города она поехала на метро, чтобы успеть собраться с мыслями. Сердце громко стучало — сбывались предчувствия, усиливавшиеся последние несколько недель. Очередной шаг к неизбежному, подумала она.

И не важно, что это будет. Она обязана непредвзято встретить все, что предназначила ей судьба.

А потом принять решение.

Вагон был переполнен, и Гленна стояла, держась за верхний поручень и слегка покачиваясь на ходу.

Ей нравился ритм большого города, его скорости, его эклектичная музыка. Все его грани и оттенки.

Она выросла в штате Нью-Йорк, но не в самом мегаполисе. Маленький городок в глубинке всегда казался ей слишком ограниченным, замкнутым. Ей всегда хотелось большего. Больше цвета, звука, больше людей. Последние четыре года из своих двадцати шести она провела в самом Нью-Йорке.

И всю жизнь пользовалась своим даром.

Теперь в душе звучала музыка, словно Гленна подсознательно понимала: вся ее жизнь была прелюдией к тому, что должно произойти в течение следующих часов.

На каждой станции входили и выходили люди. Не обращая внимания на шум, Гленна вызвала из памяти лицо человека, которого пыталась найти.

Нет, на мученика он не похож. Слишком большая сила таится в нем. И нетерпение. Любопытная смесь, призналась она себе.

Созданный им магический круг был очень силен — впрочем, как и твари, преследовавшие его. В ее снах они тоже присутствовали: черные волки, не животные и не люди, а какая-то жуткая помесь.

В задумчивости Гленна теребила кулон на шее. Силы ей тоже не занимать. Она сумеет себя защитить.

— Она будет пить твою кровь.

Свистящий шепот доносился откуда-то сзади, леденящим дыханием обжигая шею. Затем то, что произнесло эти слова, передвинулось, словно скользя по воздуху вокруг нее, и от него пахнуло холодом, от которого задрожали губы и застыл воздух.

Остальные пассажиры продолжали сидеть или стоять, читать, разговаривать, не обращая внимания на существо, змеей скользившее между их телами.

Красные глаза, длинные и острые клыки, с которых капала кровь, — жуткое зрелище. Сердце замерло в груди Гленны, словно стиснутое чьей-то рукой, а потом забилось в бешеном ритме.

Вампир принял облик человека и — что еще хуже — был одет в деловой костюм. Синий пиджак в тонкую полоску, автоматически отметила она, белая рубашка с крахмальным воротничком, узорчатый галстук.

— Вам никуда не деться от нас, — вампир провел окровавленной рукой по щеке женщины, читавшей книгу в мягкой обложке. Не замечая красной полосы на лице, женщина перевернула страницу и продолжила чтение.

— Мы будем пасти вас, словно скот, ездить на вас верхом, ловить, как крыс. Вы жалкие и слабые существа, и, покончив с вами, мы спляшем на ваших костях.

— Тогда почему вы боитесь?

Оскалив зубы, он прыгнул.

Гленна приглушенно вскрикнула и попятилась.

Поезд выскочил из туннеля, и существо исчезло.

— Осторожнее, дамочка. — Мужчина, на которого она налетела, раздраженно пихнул ее локтем в бок и вполголоса выругался.

— Извините. — Гленна вновь взялась за поручень вспотевшей ладонью.

Остаток пути ее преследовал запах крови.

Впервые в жизни она ощутила страх перед темнотой, улицами, прохожими. Поезд остановился, и ей пришлось взять себя в руки, чтобы не побежать. Не броситься, расталкивая людей, через всю платформу к лестнице, ведущей наверх.

Гленна шла быстро и даже сквозь городской шум слышала стук каблуков о тротуар и свое учащенное дыхание.

Ко входу в клуб под названием «Вечность» вилась длинная очередь. Люди стояли парами и поодиночке, плотно прижимаясь друг к другу и ожидая приглашения войти. Гленна не стала ждать — направилась прямо к швейцару, улыбнулась и скороговоркой пробормотала заклинание.

Он пропустил ее, даже не сверившись со списком и не попросив показать документ.

Войдя внутрь, Гленна окунулась в синий свет, музыку и возбужденную атмосферу. На этот раз толпа и пульсирующий ритм оставили ее равнодушной.

Слишком много лиц, подумала она. Слишком много бьющихся сердец. Но ей нужно всего одно, и вероятность найти его в этой толпе вдруг показалась ничтожной. Пробираясь в этом скопище людей, она остро чувствовала каждый толчок, каждое прикосновение. И устыдилась своего страха.

Она не беззащитна; у нее достаточно силы. Тем не менее Гленна чувствовала себя уязвимой и слабой. То существо в поезде напоминало ночной кошмар. И этот кошмар — не случайность.

Его к ней подослали.

Чудовище знало о ее страхе, подумала Гленна. И воспользовалось им: изводило ее, пока у нее не стали подгибаться колени, а беззвучные крики острыми бритвами не вспороли мозг, лишив возможности думать.

Она была слишком ошеломлена и напугана, чтобы воспользоваться своим единственным оружием — магией.

Теперь страх начал уступать место злости.

Гленна повторяла себе, что она по природе своей исследователь — женщина, способная на риск и ищущая знаний. Женщина, способная себя защитить и обладающая даром, который другие даже не могут себе представить. Тем не менее при первых же признаках реальной опасности она начинает дрожать как осиновый лист. Гленна выпрямилась, сделала несколько глубоких вдохов, пытаясь успокоиться, и решительно зашагала по серебристому полу к огромному круглому бару.

На полпути она увидела его.

Сначала Гленна почувствовала облегчение, затем гордость от того, что так быстро справилась с первой частью задачи. Она с интересом разглядывала мужчину.

Парень выглядел просто отлично.

Его волосы были скорее небрежно уложены, чем растрепаны: черные и блестящие, они были короче, чем во время их первой встречи. Правда, тогда он был ранен, нервничал и срочно нуждался в лечении. Сегодня он одет во все черное, и это ему очень шло. Так же, как внимательный, слегка возбужденный взгляд блестящих глаз.

Вновь обретя уверенность в себе, она улыбнулась и преградила ему дорогу.

— Я тебя искала.

Киан остановился. Он привык к женскому вниманию. И даже получал от этого удовольствие, особенно если женщина была неординарной — как эта. В ее изумрудно-зеленых глазах мелькали искорки и угадывалось кокетливое удивление. Полные чувственные губы с красивым изгибом, низкий, чуть хрипловатый голос.

Отличная фигурка, втиснутая в маленькое черное платье, открывавшее взорам молочно-белую кожу и крепкие мускулы. Возможно, он поразвлекся бы с ней, но его остановил кулон на ее шее.

Ведьмы — не говоря уже о тех, кто балуется черной магией, — способны доставить массу неприятностей.

— Мне льстит, что меня ищут красивые женщины — когда я располагаю временем, чтобы быть найденным. — Он не собирался задерживаться, но женщина дотронулась до его руки.

Киан что-то почувствовал. Она, вероятно, тоже. Улыбка исчезла, глаза сузились.

— Ты — не он. Вы очень похожи, но только внешне. — Девушка крепче сжала его руку, и Киан почувствовал, как она призывает на помощь магию. — Хотя и не совсем так. Проклятье. — Она разжала пальцы, откинула волосы назад. — Мне следовало догадаться, что все слишком просто. Так не бывает.

— Давайте найдем для вас столик. — Теперь уже он взял ее под руку.

Посидим в темном, тихом уголке, подумал Киан. Пока не выяснится, кто она — или *что*.

— Мне нужна информация. Я кое-кого ищу.

— Вам нужно выпить, — любезно предложил Киан и быстро повел незнакомку сквозь толпу.

— Послушайте, я сама могу купить себе выпивку, если захочу. — Гленна подумала, не устроить ли скандал, но затем решила, что в этом случае ее просто выставят отсюда. Пользоваться своим даром тоже не стоило — если обращаться к магии по каждому пустяку, добра не жди.

Она огляделась, оценивая ситуацию. Клуб забит до отказа. Громкая музыка — сквозь тяжелое уханье басов пробивается голос певицы, чувственный и нежный.

Многолюдное и оживленное место, с изобилием хромированных деталей и ярким голубым светом. Что он может сделать с ней в такой обстановке?

— Я действительно ищу одного человека. — Это просто разговор, напомнила она себе. Общительность и доброжелательность. — Приняла вас за него. При таком освещении немудрено ошибиться, но вы похожи, как братья. Мне очень нужно его найти.

— Как его зовут? Возможно, я вам помогу.

— Я не знаю его имени. — Она почувствовала себя глупо. — Понимаю, это выглядит странно. Но мне сказали, что он здесь. Похоже, у него неприятности. Если вы... — Гленна попыталась высвободиться, но его рука была твердой, как камень.

Что он может сделать с ней в такой обстановке?

82

Что угодно, черт бы его побрал. Волна паники подкатила к горлу, и Гленна призвала на помощь магию.

Его рука дрогнула, но затем пальцы сжались еще сильнее.

— Значит, настоящая, — пробормотал он, и взгляд его глаз — стальных, как его хватка, — обратился на Гленну. — Думаю, нам нужно подняться наверх.

— Никуда я с вами не пойду. — Ее охватил страх, подобный тому, что она испытала в подземке. — Это еще цветочки. Можете мне поверить: не стоит испытывать мою силу.

— И вы можете мне поверить. — Голос его звучал вкрадчиво. — Не стоит меня раздражать.

Он потянул ее за собой, за широкую винтовую лестницу. Гленна уперлась ногой в пол, приготовившись защищаться всеми доступными способами. Вонзив четырехдюймовый каблук в ногу красавчика, она заехала кулаком ему в челюсть и, не тратя времени на крик, стала произносить заклинание.

У нее перехватило дыхание, когда он одним движением, словно пушинку, взвалил ее на плечо. Единственным утешением было лишь то, что через тридцать секунд, когда она закончит заклинание, он без сил рухнет на пол.

Гленна сопротивлялась изо всех сил. Нанося удары ногами и локтями, она откинулась назад и набрала полную грудь воздуха, чтобы наконец закричать.

Внезапно двери частного лифта раздвинулись.

Перед ней стоял тот, кого она искала, — из плоти

и крови. Он был удивительно похож на человека, который тащил ее, и Гленна вдруг подумала, что способна испытывать ненависть и к нему.

— Отпусти меня, сукин сын, или я превращу это заведение в лунный кратер!

Двери передвижной кабины открылись, и на Хойта обрушилась лавина звуков, запахов и света. Ошеломленно щурясь, он увидел брата — на плече Киан держал отчаянно брыкавшуюся женщину.

Его женщину, с изумлением понял Хойт. Ведьма из его сна была полуобнажена, а выражения, которые она позволяла себе, он не слышал даже в самом грязном трактире.

— Так ты благодаришь тех, кто тебе помог?

Она откинула волосы со лба и буквально пронзила его взглядом своих зеленых глаз. Затем смерила взглядом Кинга.

— Давайте, — подбодрила она. — Я разделаюсь со всеми троими.

Женщина мешком висела на плече Киана, и Хойт не представлял, как она собирается выполнить свою угрозу. Хотя ведьмы очень хитры.

— Значит, ты настоящая, — тихо произнес он. — Ты гналась за мной?

— Не льсти себе, козел.

Киан без видимых усилий перехватил ее поудобнее и повернулся к Хойту:

— Твоя?

— Не уверен.

— Вот и разбирайся с ней сам. — Киан поставил

Гленну на пол и перехватил кулак, метивший ему в лицо. — Делай свое дело, — сказал он девушке. — Только тихо. А потом убирайся. И никакой магии. Это касается вас обоих. Пойдем, Кинг.

Он удалился. Улыбнувшись и пожав плечами, Кинг последовал за ним.

Гленна разгладила платье, откинула волосы назад.

— Что с тобой, черт возьми?

— Ребра еще болят немного, но в основном все зажило. Спасибо тебе за помощь.

Она пристально посмотрела на него, потом облегченно вздохнула.

— Так и должно быть. Давай присядем, и ты меня угостишь. Мне нужно выпить.

— Я... В этих штанах нет монет.

— Понятное дело. Сама куплю. — Она взяла Хойта под руку, словно боясь его снова потерять, и начала пробиваться сквозь толпу.

— Мой брат причинил тебе боль?

— Что?

Ему приходилось кричать. Как вообще можно разговаривать в таком шуме? Здесь слишком много народу. Может, праздник?

Некоторые женщины кружились в некоем подобии ритуального танца, и одежды на них было еще меньше, чем на ведьме. Другие сидели за серебристыми столами, смотрели на танец или разговаривали, пили из прозрачных кружек и чашек.

Музыка доносится сразу со всех сторон, заметил Хойт.

— Я спросил, не причинил ли тебе боль мой брат.

— Брат? Теперь все ясно. По большей части пострадала моя гордость.

Гленна повела его наверх, где шум был не таким ужасным. Прильнув к его руке, она посмотрела направо, налево, затем направилась к низкому сиденью у столика, на котором мерцала свеча. Вокруг стола сгрудились пять человек — казалось, все они говорят одновременно.

Девушка улыбнулась им, и Хойт почувствовал исходящую от нее силу.

— Привет. Вам ведь пора домой, правда?

Они встали, не прерывая разговора, и вышли из-за стола, оставив прозрачные сосуды для питья, некоторые из которых были почти полными.

— Жаль, что пришлось прервать их вечеринку, но у нас дело поважнее. Присядешь? — Девушка опустилась на сиденье, вытянув длинные голые ноги. — Боже, что за вечер сегодня. — Не отрывая взгляда от его лица, она взмахнула рукой, пальцами другой руки коснулась кулона. — Ты выглядишь лучше. Выздоровел?

— Почти. Откуда ты?

— Ну вот! С места в карьер! — Она посмотрела на официантку, которая подошла убрать столик. — Мне водку «Серый гусь»[1] с мартини. Две оливки. Мартини — сухой. — Повернулась к Хойту, вопро-

---

[1] «Grey Goose» — изысканная водка класса ультра-премиум крепостью 40°, создана американским бизнесменом С. Франком в 1997 г.

сительно вскинула бровь и, не дождавшись ответа, показала официантке два пальца.

Убрав прядь волос за ухо, девушка наклонилась к нему. В ее ухе блестела серебряная сережка в виде колечек, соединенных кельтским узлом.

— Ты мне снился еще до той ночи. Кажется, пару раз, — начала она. — Я стараюсь внимательно относиться к своим снам, но мне никак не удавалось удержать тебя в памяти, если не считать последнего раза. Сначала мне приснилось, что ты кого-то оплакиваешь на кладбище. Мне было тебя очень жалко. Я запомнила это чувство. Странно, но теперь я лучше помню тот сон. В следующий раз ты мне привиделся на утесе, нависавшем над морем. С тобой была женщина — но не настоящая. Даже во сне мне стало страшно. Ты тоже боялся.

Она откинулась на спинку и пожала плечами.

— Да, теперь вспоминаю. Страх и еще гроза. А ты... боролся с ней. Я отдала тебе свою силу, пыталась помочь. Чувствовала, что она... не права. Ужасно не права. Вспышки молний, крики... — Девушка с нетерпением ждала, пока принесут напиток. — Я проснулась, но страх остался. Потом все исчезло.

Хойт молчал, и девушка вздохнула.

— Ладно, еще немного обо мне. Я использовала волшебное зеркало, магический кристалл, но толком не могла тебя разглядеть. Только во сне. А потом ты перенес меня в то место в лесу, внутрь магического круга. Или не ты, а кто-то другой. Зачем?

— Это не я.

— И не я. — Ногтями, такими же красными, как губы, она постучала по столу. — А имя у тебя есть?

— Хойт Маккена.

Улыбка преобразила ее лицо, и сердце у него замерло.

— Ты не из этих мест?

— Нет.

— Ирландия — я слышу. А во сне мы разговаривали на гэльском, который я не знаю — по-настоящему. Но мне кажется, что дело не только в месте, но и во времени, правда? Не бойся меня испугать. Сегодня я готова ко всему.

Его обуревали сомнения. Она появилась перед ним не случайно, и ей удалось войти в магический круг. Ничто грозящее ему бедой не могло преодолеть защитный барьер. Ему велели искать ведьму, но девушка *совсем* не соответствовала его ожиданиям.

С другой стороны, она лечила его и осталась рядом, когда волки пытались проникнуть в круг. А теперь пришла за ответами — и, возможно, с предложением помощи.

— Я прошел через Пляску Богов, переместившись во времени почти на тысячу лет.

— Ого, — присвистнула она. — Похоже, без удивления все-таки не обойтись. Многое, конечно, придется принять на веру, но с учетом того, что происходит, я готова к прыжку. — Она подняла стакан, поставленный на стол официанткой, и жадно глотнула. — Эта штука смягчит падение. Принесите счет, — попросила Гленна и достала из кошелька кредитную карту. — Что-то приближается, — произнесла она, когда они снова остались одни. — Нехорошее. Огромное, жирное зло.

— Ты не знаешь.

— Все я не могу видеть. Но чувствую и понимаю: мы оба как-то связаны с этим. Нельзя сказать, что я очень рада. — Она снова отпила из бокала. — Особенно после того, что видела в метро.

— Не понимаю.

— Нечто очень гадкое в дизайнерском костюме, — объяснила девушка. — Это существо сообщило, что она будет пить мою кровь. Она — это женщина на скале. Мне так кажется. Похоже, мне угрожает опасность, причем реальная. Мы имеем дело с вампирами?

— Что такое метро?

Гленна прижала ладони к глазам.

— Ладно, потом мы познакомимся с современной жизнью, общественным транспортом и все такое прочее, но теперь мне нужно понять, с чем я имею дело. И чего от меня ждут.

— Я не знаю твоего имени.

— Извини. Гленна. Гленна Вард. — Она протянула руку. Помедлив секунду, Хойт сжал ладонь девушки. — Рада познакомиться. Итак, что, черт возьми, происходит?

Хойт начал рассказывать, а она снова отхлебнула из бокала. Потом подняла руку и с усилием сглотнула.

— Прошу прощения. Значит, твой брат — тот парень, который меня тащил, — вампир?

— Он не охотится на людей.

— Ага. Замечательно. Очко в его пользу. Он умер девятьсот семьдесят с лишним лет назад, а ты явился сюда из того времени, чтобы найти его.

— Боги поручили мне собрать армию, чтобы встретить и разбить войско, которое снаряжает Лилит.

— О господи. Похоже, мне нужна вторая порция.

Хойт предложил ей свой бокал, но Гленна отмахнулась и позвала официантку.

— Пей. Тебе тоже не помешает.

Он пригубил из бокала, потом быстро заморгал.

— Что это за напиток?

— Водка с мартини. Тебе должна понравиться водка, — рассеянно ответила девушка. — Кажется, ее гонят из картофеля.

Гленна заказала еще порцию и какие-то закуски, чтобы не опьянеть. Немного успокоившись, она дослушала рассказ до конца, ни разу не прервав Хойта.

— Значит, я ведьма.

Дело не только в красоте, понял он. И не только в магии. Еще есть влечение и сила. Хойт вспомнил слова богини. Одних он найдет сам, а другие будут искать его.

Гленна искала.

— Придется поверить, что это ты. Вместе с моим братом мы найдем остальных и начнем.

— Что начнем? Заниматься военной подготовкой? По-твоему, я похожа на солдата?

— Нет, совсем не похожа.

Гленна подперла подбородок кулаком.

— Мне нравится быть ведьмой, и я уважаю свой дар. И точно знаю — он не случаен. Есть какая-то цель. Только я не ожидала, что именно такая. Но, похоже, ничего не поделаешь. — Она посмотрела Хойту в глаза. — Когда я впервые увидела тебя во сне, то сразу поняла, что это еще один шаг к цели. Мне страшно. Мне очень страшно.

— Я оставил семью, чтобы прийти сюда и исполнить свой долг. У них для защиты есть только серебряные кресты и обещание богини. Ты не знаешь, что такое страх.

— Ладно. — Гленна протянула руку и накрыла его ладонь своей, пытаясь успокоить. Хойт понял, что сострадание у нее в крови. — Ладно, — повторила она. — Ты многим рискуешь. Но у меня тоже есть семья. Живут в глубинке. И я тоже должна быть уверена, что им ничего не грозит. Кроме того, мне нужно остаться в живых — иначе я не смогу исполнить свое предназначение, Лилит знает обо мне. Она послала то существо с намерением напугать меня. Похоже, она гораздо лучше подготовлена, чем мы.

— Значит, и мы будем готовиться. Я должен посмотреть, на что ты способна.

— Хочешь устроить мне испытание? Послушай, Хойт, пока твоя армия состоит всего из трех человек. Не стоит меня оскорблять.

— Четырех, если считать короля.

— Какого короля?

— Черного великана. И я не люблю иметь дело с ведьмами.

91

— Правда? — насмешливо протянула она, наклоняясь к нему. — Твоих собратьев сжигали точно так же, как и нас. Мы близкие родственники, Мерлин[1]. И я нужна тебе.

— Не буду спорить. Но богиня не сказала, что мне это понравится. Я должен знать твои сильные и слабые стороны.

— Справедливо, — кивнула Гленна. — А я — твои. Мне уже известно, что ты не способен вылечить даже охромевшую лошадь.

— Неправда. — В его голосе послышалась обида. — Так получилось, что я был ранен и не мог...

— Залечить пару сломанных ребер и порез на собственной ладони. Похоже, когда — и если — мы соберем армию, уход за ранеными будет не по твоей части.

— Это я уступаю тебе, — огрызнулся Хойт. — Нам нужно собрать армию. Так мне предначертано судьбой.

— Будем надеяться, что мне судьбой предначертано целой и невредимой вернуться домой. — Гленна подписала чек и взяла сумочку.

— Куда ты собралась?

— Домой. У меня много дел.

— Нет. Теперь мы не должны расставаться. Она знает о тебе, Гленна Вард. Знает обо всех нас. Вместе безопаснее. Вместе мы сильнее.

— Возможно, но мне нужно кое-что взять из дома. И у меня много дел.

---

[1] Мерлин — мудрец и волшебник кельтских мифов, наставник и помощник короля Артура и его отца Утера.

— Они ночные существа. Ты должна дождаться восхода солнца.

— Уже командуешь? — Гленна попыталась отшутиться, но образ существа, кружившего над ней в подземке, всплыл у нее перед глазами.

Теперь уже Хойт схватил ее за руку, удерживая на месте. Жар, пульсировавший между ладонями, свидетельствовал о бурных чувствах обоих.

— Для тебя это что, игра?

— Нет. Мне страшно. Несколько дней назад я просто жила. Делала, что хотела и что считала нужным. Теперь на меня охотятся, и я должна сражаться в какой-то апокалипсической битве. Мне нужно домой. Мне нужны мои вещи. Кроме того, мне нужно подумать.

— Страх делает тебя уязвимой и глупой. Ничего с твоими вещами не случится — завтра утром найдешь их на своих местах.

Разумеется, он прав. К тому же Гленна сомневалась, что у нее хватит наглости или смелости окунуться в ночь.

— А где я буду ждать рассвета?

— У брата наверху квартира.

— Ага, у твоего брата. Вампира. — Она откинулась на спинку сиденья. — Очень мило.

— Он не причинит тебе зла. Обещаю.

— Не обижайся, но я предпочла бы его обещание. А если попытается... — Девушка положила руку на стол и сосредоточила взгляд на развернутой вверх ладони. Над рукой затрепетал маленький огненный шарик. — Если книги и фильмы не врут, вампиры боятся огня. Пусть только попробует, и я сожгу его. И твоя армия недосчитается одного солдата.

Хойт накрыл ладонь Гленны своей, и огненный шарик превратился в ледяной.

— Не вздумай направлять свой дар против меня или угрожать моей семье.

— Ловко. — Она бросила лед в свой пустой бокал. — Давай сформулируем это так. У меня есть право защищаться от всякого, кто попытается причинить мне зло. Согласен?

— Согласен. Только это не Киан. — Хойт встал и протянул руку. — Даю тебе клятву, здесь и сейчас. Я буду защищать тебя — даже от него, если он захочет причинить тебе вред.

— Ну что ж. — Гленна приняла его руку и тоже встала. По тому, как расширились его зрачки, она все поняла. Магия, но не только. — Будем считать, это наш первый договор.

Они спустились вниз и уже повернули к лифту, когда путь им преградил Киан.

— Постой-ка. Куда ты ее ведешь?

— Никто меня не ведет, — возразила Гленна. — Я сама иду.

— Ей небезопасно выходить на улицу. По крайней мере, до рассвета. Лилит уже начала охоту.

— Оставь свою магию за дверью, — сказал Киан Гленне и повернулся к Хойту: — Ведьма может занять свободную комнату. А это значит, что тебе придется ночевать на диване — если только она не пустит тебя в свою постель.

— На диване, — сказала Гленна.

— Зачем ты ее оскорбляешь? — В голосе Хойта сквозили нотки гнева. — Ее прислали, и она подвергалась опасности, когда шла сюда.

— Мы с ней не знакомы, — ответил Киан. — И впредь прошу спрашивать моего разрешения, прежде чем приглашать кого-нибудь ко мне в дом. — Он набрал код на панели лифта. — Когда подниметесь, придется сидеть наверху. Я запру за вами лифт.

— А если пожар? — ехидно поинтересовалась Гленна, но Киан лишь слегка улыбнулся в ответ.

— Тогда рекомендую открыть окно и улететь.

Двери лифта открылись, Гленна вошла в кабину и взяла Хойта под руку. Затем снова улыбнулась Киану.

— Не забывай, с кем имеешь дело. Именно так мы и поступим.

Створки лифта закрылись, и она усмехнулась.

— Что-то я не испытываю особой симпатии к твоему брату.

— В данный момент мне самому он не очень нравится.

— Ладно. Ты умеешь летать?

— Нет. — Хойт посмотрел на нее. — А ты?

— До сих пор не умела.

5

Ее разбудили голоса. Они были тихими, приглушенными, и в первое мгновение ей показалось, что это сон. Как ни ценила Гленна свой дар, но сном жертвовать не собиралась — особенно после мартини и необычных откровений.

Она нащупала подушку и накрыла ею голову.

Неприязнь к Киану немного ослабла после того, как вампир показал ей комнату для гостей. Роскошная кровать с красивыми мягкими простынями и достаточным количеством подушек вполне удовлетворила ее пристрастие к роскоши.

Просторная — что тоже приятно — комната была обставлена антикварной мебелью и декорирована в мягких зеленых тонах, вызывавших ассоциации с тенистым лесом. Ванная производила неотразимое впечатление. Огромная, ослепительно-белая ванна-джакузи располагалась в центре помещения, размерами превосходившего всю квартирку Гленны, а вдоль стен тянулась широкая столешница насыщенного темно-зеленого цвета. Особое восхищение вызвала широкая чаша умывальника из кованой меди.

Гленна едва не поддалась искушению понежиться в воде, побаловать себя солью для ванны и маслом для тела из какого-нибудь тяжелого хрустального сосуда, которые выстроились на полках в окружении глянцевых свечей. Но воспоминания о героинях триллеров, на которых нападали в ванне, заставили ее отказаться от этой мысли.

Одним словом, по сравнению с пристанищем вампира — язык не поворачивался назвать такую роскошь логовом — ее маленькая квартирка в Вест-Виллидж[1] выглядела просто убогой.

_____

[1] В е с т - В и л л и д ж (West Village, *англ.*) — один из районов Манхэттена, где еще можно найти дома XIX в. и усаженные деревьями кварталы.

Восхищаясь вкусом Киана, Гленна тем не менее не забыла запереть дверь спальни оградительным заклинанием — в дополнение к замку.

Теперь она перевернулась на спину, откинула подушку и уперлась взглядом в потолок, освещенный неяркой лампой, которую оставила включенной. Гленна устроилась в гостевой спальне вампира, а колдуну из XII века пришлось довольствоваться диваном.

Магия сопровождала Гленну всю жизнь — ей были даны способности и знания, о существовании которых большинство людей даже не подозревали, полагая, что такое бывает лишь в сказках.

Ей все это нравилось. Но теперь она точно знала: ее жизнь уже никогда не будет прежней. Кроме того, эту жизнь можно и потерять.

Есть ли у нее выбор? Нельзя же ничего не делать — закрыть голову подушкой и прятаться остаток своих дней. Лилит *знала* о ней и уже отправила своего агента.

Если делать вид, что ничего не произошло, злобная тварь может найти ее где угодно и когда угодно. И тогда Гленна будет одна.

Будет ли она теперь бояться ночи? Все время оглядываться, когда выходит из дома после захода солнца? Или, спускаясь в метро, каждый раз подозревать, что вампир, которого может видеть только она, снова проник в подземку?

Нет, так жить невозможно. Единственный выход — реальный — заключается в том, чтобы не прятаться от проблемы и побороть страх. А для этого нужно объединить свою силу и свои возможности с силой и возможностями Хойта.

Понимая, что больше не заснет, Гленна посмотрела на часы и в притворном ужасе закатила глаза — такая рань! Потом передумала и выбралась из постели.

В гостиной Киан заканчивал ночь бокалом бренди и спором с братом.

Временами он возвращался к себе домой на рассвете, остро ощущая пустоту и одиночество. Днем он не спал с женщинами — даже при опущенных шторах. Киан считал секс — точно так же, как и магию — уязвимым местом. И не желал показывать свою слабость, пока не зашло солнце.

От рассвета до заката он редко общался с людьми. Эти часы казались ему долгими и бессмысленными. Но теперь, войдя в спальню и обнаружив там брата, Киан понял, что нескончаемое одиночество ему больше по душе, чем толпа или необходимость общения.

— По-твоему, ведьма должна оставаться здесь, пока ты не решишь, что делать дальше. А я тебе говорю: это невозможно.

— Но тогда она останется без защиты, — возразил Хойт.

— Меня как-то не волнует ее безопасность.

Хойт подумал, как сильно изменился брат, причем не в лучшую сторону — раньше он без колебаний бросился бы на защиту женщины или невинного человека.

— Теперь опасность грозит всем нам. Всему миру. У нас нет выбора — только держаться вместе.

— У меня выбор есть, и я не желаю делить свою квартиру с ведьмой. А если откровенно, то и с тобой тоже, — с усмешкой добавил Киан и взмахнул рукой. — Не хочу, чтобы днем тут кто-то находился.

— Но вчера я просидел у тебя весь день.

— Это был исключительный случай. — Киан встал. — И я уже жалею о нем. Ты слишком много требуешь от того, кому все безразлично.

— Я еще не начинал требовать. Но твоя жизнь в опасности. Наравне с ее жизнью. И с моей.

— Еще в какой опасности, если только твоя рыжая попробует нарушить мой сон.

— Она не моя... — Хойт в отчаянии махнул рукой. — Я не позволю ей причинить тебе вред. Клянусь. В этом мире, в этом времени ты — мой единственный родной человек. В наших жилах течет одна кровь.

Лицо Киана окаменело.

— У меня нет семьи. И нет родственников. Чем скорее ты это поймешь, Хойт, — и смиришься, — тем лучше для тебя. Все, что я делаю, я делаю ради себя. Не для того, чтобы помочь тебе, а ради собственного удовольствия. Я пообещал сражаться на твоей стороне и сдержу слово. Но исключительно по своим соображениям.

— Каким соображениям? Назови же их наконец.

— Мне нравится этот мир. — Киан присел на ручку кресла, потягивая бренди. — Мне нравится, как я тут устроился, и я хочу сохранить все, чего добился, — на своих условиях, а не из милости Лилит. По-моему, это достаточно веская причина для участия в драке. Кроме того, за сотни лет существования случаются периоды скуки. Похоже, у меня теперь как раз такая полоса. Но всему есть границы. Присутствие твоей женщины у меня в доме в них не укладывается.

— Она не моя женщина.

Губы Киана растянулись в ленивой улыбке.

— Если она не будет твоей, то ты стал еще неповоротливее, чем раньше.

— Это не состязание, Киан, а битва не на жизнь, а на смерть.

— О смерти мне известно больше, чем ты можешь себе представить. А также о крови, боли и жестокости. Много веков я наблюдаю за человечеством, которое шаг за шагом приближается к самоуничтожению. Имей Лилит терпение, она просто подождала бы, пока люди уничтожат себя сами. Не отказывай себе в удовольствиях, братец, потому что жизнь длинна и порой очень даже скучна.

Он отсалютовал Хойту бокалом.

— Это еще одна причина для того, чтобы ввязаться в драку. Хоть какое-то развлечение.

— Тогда почему ты не присоединишься к Лилит? — возразил Хойт. — К той, которая сделала тебя таким?

— Она превратила меня в вампира. А сделал я себя сам. Почему я на твоей стороне? Тебе можно верить. Ты сдержишь слово — такова твоя натура. А она — нет. Это не в ее правилах.

— А как насчет твоего слова?

— Интересный вопрос.

— Мне тоже хотелось бы получить ответ. — Голос Гленны донесся от дверей. На девушке был черный шелковый халат, который она нашла в шкафу вместе с другими предметами женского туалета. — Вы тут можете пререкаться до скончания дней — знаю я мужчин, и особенно братьев. Но на кону стоит моя жизнь, и я хочу понять, на кого мне можно рассчитывать.

— Смотрю, ты чувствуешь себя как дома, — заметил Киан.

— Вернуть халат?

Склонив голову набок, она взялась за концы пояса. Киан ухмыльнулся. Хойт покраснел.

— Не надо вести себя так, — сказал Хойт. — Ты не оставишь нас одних...

— Это мне решать. Я хочу услышать ответ на свой вопрос. И еще хотелось бы знать: если твой брат проголодается, не будет ли он смотреть на меня как на закуску?

— Я не питаюсь людьми. И особенно ведьмами.

— И причиной тому глубокая любовь к человечеству.

— Хлопотно. Когда охотишься на людей, приходится убивать, чтобы замести следы. Можно сменить жертву, но риск разоблачения все равно остается. Кроме того, эти дурацкие слухи о вампирах...

Гленна задумалась.

— Логично. Ладно, по мне лучше практичная откровенность, чем ложь.

— Я же обещал, что он не причинит тебе вреда, — сказал Хойт.

— Хотелось бы услышать это от него. — Гленна вновь повернулась к Киану. — Если ты опасаешься, что я буду тебя преследовать, могу поклясться, что не стану этого делать. Только поверишь ли ты мне?

— Логично, — заметил Киан.

— Твой брат уже предупредил, что остановит меня, если я попытаюсь применить свои силы против тебя. Возможно, это будет труднее, чем он думает, но... С учетом ситуации, в которой мы все оказались, с моей стороны глупо пытаться убить тебя и злить его. Я напугана, но не глупа.

— И тут мне придется поверить тебе на слово.

Лениво теребя рукав халата, она кокетливо улыбнулась.

— Если бы я хотела тебя убить, то уже попробовала бы заклинание. Ты бы знал. Почувствовал. Мы обречены, если с самого начала не будем доверять друг другу.

— С этим не поспоришь.

— Мне нужно принять душ и позавтракать. Потом поеду домой.

— Она никуда не пойдет. — Хойт встал между ней и братом. Когда Гленна шагнула вперед, он просто поднял руку и усилием воли отбросил ведьму к двери в спальню.

— Всего на минуту, черт возьми.

— Помолчи. Никто из нас не покинет этого места в одиночку. Никто. Если нам суждено не расставаться, то будем вместе каждую минуту, начиная с этой. Жизнь каждого зависит от остальных, причем в большей степени, чем от него самого.

— Только попробуй еще раз применить против меня магию.

— Я сделаю то, что должен. Поймите меня. — Хойт перевел взгляд на Киана, затем снова посмотрел на Гленну. — Оба. Одевайся, — приказал он девушке. — Потом пойдем туда, куда тебе нужно. И поторопись.

Гленна вышла, захлопнув за собой дверь.

— Да, ты умеешь обольщать дам, — хохотнул Киан. — Ладно, я пошел спать.

Хойт остался один. Стоя посреди гостиной, он размышлял, почему это боги решили, что он может спасти мир, имея двух таких союзников.

Гленна молчала, но всякий мужчина, у кого есть сестры, знает, что женщины часто используют молчание как оружие. Ее молчание было колючим, словно шипы. Водой из серебристой трубы на кухне Киана она наполнила что-то вроде графина.

Хотя женская мода за девятьсот лет сильно изменилась, Хойт не сомневался, что женская душа осталась прежней.

Для него это была тайна за семью печатями.

Девушка была в том же платье, что и вчера вечером, но предпочитала ходить босиком. Непонятно почему, но вид ее голых ступней вызывал у него желание.

Зачем она кокетничала с братом! — с внезапно нахлынувшим возмущением подумал Хойт. Теперь время для войны, а не для любовных игр! А если она намерена расхаживать тут с голыми руками и ногами, то...

Стоп. Сам тоже хорош. Разве пристало ему разглядывать ее ноги? Он должен думать о ней только как о своем товарище по оружию. И абсолютно неважно, что от ее улыбки в его сердце разгорается пожар.

И абсолютно неважно — не должно быть важно, — что при взгляде на эту девушку у него возникает желание дотронуться до нее.

Он погрузился в книги, отвечая молчанием на молчание и напоминая себе о правилах приличия.

Воздух наполнился соблазнительным ароматом. Хойт бросил взгляд на Гленну, подозревая, что та использовала какие-то женские ухищрения. Но девушка стояла к нему спиной, приподнявшись на цыпочки потрясающих голых ног и пытаясь достать из буфета чашку.

Хойт сообразил, что восхитительный запах исходит от графина, теперь наполненного темной жидкостью.

Игру в молчанку Хойт проиграл. Он знал по собственному опыту, что мужчины всегда проигрывают.

— Что ты варишь?

Гленна молча налила жидкость из графина в чашку, повернулась и пригубила напиток, глядя на Хойта холодными зелеными глазами.

Хойта раздирало любопытство. Он поднялся, прошел в кухню и достал вторую чашку. По примеру девушки налил себе жидкость, понюхал — убедиться, что это не яд, — и сделал глоток.

Возбуждающий. Крепкий и насыщенный, мгновенно придающий силы. Мощный, подобно тому напитку — мартини, — который он пробовал накануне вечером. Но совсем другой.

— Очень хорошо, — произнес Хойт и сделал глоток побольше.

В ответ Гленна обогнула его, пересекла комнату и скрылась за дверью гостевой спальни.

Хойт поднял глаза к потолку, обращаясь к богам. Неужели ему придется терпеть капризы и дурное настроение и этой женщины, и брата?

— Разве, — произнес он, — я смогу исполнить свой долг, если мы уже ссоримся друг с другом?

— Раз уж ты завел об этом речь, поинтересуйся у богини, что она думает о том, как ты со мной поступил. — Гленна вернулась; она была уже в туфлях, а в руке держала сумку.

— Зато ты прекратила спорить.

— А мне нравится спорить. И только попробуй еще раз применить силу, если тебе придутся не по нраву мои слова. Получишь сдачи. Вообще-то я поклялась не использовать магию как оружие. Но в твоем случае придется нарушить обещание.

Она права, и это тем более обидно.

— Что это за напиток?

Гленна вздохнула.

— Кофе. Думаю, ты его уже пил. Египтяне знали о кофе. Кажется.

— Такого я не пробовал, — пробормотал Хойт.

Гленна улыбнулась, и он решил, что худшее уже позади.

— Я готова идти — как только ты извинишься.

Чего и следовало ожидать. Таковы женщины.

— Прости, что пришлось применить силу, а иначе спор растянулся бы на все утро.

— Ага, ты умеешь дерзить. На этот раз извинения приняты. Пошли. — Она подошла к лифту и нажала на кнопку.

— В ваше время все женщины агрессивны и остры на язык или только ты такая?

Гленна оглянулась.

— В данный момент тебя должна интересовать только я. — Она шагнула в кабину и придержала дверь. — Идешь?

Гленна разработала план действий. Первым делом нужно поймать такси. Конечно, разговор или поведение Хойта могли показаться странными, но нью-йоркского таксиста ничем не удивишь.

Кроме того, она еще не пришла в себя, и у нее не хватит смелости снова спуститься в метро.

Как Гленна и предполагала, лишь только они вышли на улицу, Хойт остановился. Он жадно все разглядывал: вверху и внизу, справа и слева. Изучал транспорт, пешеходов и здания.

Никто не обращал на него внимания, а если кто и обращал, то, наверное, принимал за туриста.

Заметив, что он открыл рот и собирается заговорить, Гленна прижала палец к губам.

— Понимаю: у тебя миллион вопросов. Лучше

всего их сформулировать и запомнить. Со временем мы во всем разберемся. А теперь я собираюсь остановить такси. Когда сядем внутрь, постарайся не ляпнуть что-нибудь неподходящее.

Наверное, вопросы копошились у него в мозгу, словно муравьи, но держался он вполне достойно.

— Я не глупец. И прекрасно понимаю, что это не мой мир.

Нет, не глупец, подумала Гленна и, сойдя на обочину, подняла руку. И не трус. Она не сомневалась, что Хойт будет смотреть на все разинув рот, но суета, шум и толпы людей, которые обрушил на него город, должны были вызвать страх. Но страха в его глазах она не увидела. Только любопытство, смешанное с восхищением, и совсем немного неодобрения.

— Мне не нравится, как пахнет воздух.

Гленна оттолкнула Хойта, когда он вслед за ней ступил на дорогу.

— Привыкнешь. — У тротуара остановилось такси, и девушка, открыв дверцу, шепнула Хойту: — Лезь за мной, а потом просто сиди и наслаждайся поездкой.

Усевшись, она наклонилась над Хойтом, чтобы закрыть дверцу, и назвала таксисту адрес. Когда машина тронулась и снова влилась в поток транспорта, глаза Хойта широко раскрылись.

— Я мало что в этом понимаю. — Голос Гленны пробивался сквозь индийскую музыку, которая транслировалась по радио. — Это такси, такой автомобиль. У него двигатель внутреннего сгорания, работающий на бензине и масле.

Она старалась рассказать ему обо всем, что встречалось им по пути: светофорах, пешеходных переходах, небоскребах, универмагах и всем остальном. Словно сама впервые знакомилась с городом. И ей это нравилось.

Хойт слушал. Она видела, как маг впитывает информацию, словно сохраняя все образы, звуки, запахи во внутреннем банке памяти.

— Так много, — тихо произнес Хойт, и тревога в его голосе заставила ее внимательно посмотреть на него. — Так много людей, — повторил он, глядя в окно. — И не знают о грозящей беде. Разве мы сможем спасти столько людей?

Гленна вздрогнула, как от удара — будто острый нож вонзился ей в живот. Да, столько людей. И это лишь часть города всего в одном штате.

— Не сможем. Нет. Всех не спасешь, — она потянулась к его руке и крепко сжала. — Если думать обо всех, сойдешь с ума. Мы просто должны думать о каждом человеке в отдельности.

Такси съехало на обочину и остановилось. Гленна расплатилась и невольно задумалась о деньгах: нужно как-то решить эту небольшую проблему на ближайшие несколько месяцев. На тротуаре она снова взяла Хойта за руку.

— Я живу в этом доме. Если мы кого-нибудь встретим внутри, просто улыбайся и старайся выглядеть милым. Они подумают, что я привела к себе любовника.

Изумление отразилось на его лице.

— А ты их приводишь?

— Время от времени.

Гленна отперла дверь, и они втиснулись в крошечную прихожую, вызвали лифт. В кабине было еще теснее.

— У всех домов есть эти...

— Лифты. Нет, не у всех, но у многих.

Они доехали до нужного этажа, и девушка открыла железную дверь.

Квартира оказалась маленькой, но с превосходным освещением. Увешанные рисунками и фотографиями стены светло-зеленых тонов отражали свет. Коврики на полу, вытканные самой хозяйкой, привлекают внимание яркой расцветкой и замысловатыми узорами.

Чисто. Похоже, любовь к порядку у нее в крови. Складная кровать, на день превращенная в диван, утопала в подушках. Кухонная ниша сверкала после недавней уборки.

— Ты живешь одна. Тебе никто не помогает?

— Я не могу позволить себе помощника, и мне нравится жить одной. Прислуга обходится дорого, а у меня не так много денег.

— Разве в твоей семье нет мужчин и тебе не выплачивают регулярное содержание или пособие?

— Никаких пособий — с тех пор, как мне исполнилось десять лет, — сухо пояснила она. — Я работаю. Теперь женщины работают наравне с мужчинами. В идеале мы не зависим от мужчин — ни материально, ни в чем-то другом.

Она отбросила сумку.

— Я зарабатываю на жизнь продажей рисунков и фотографий. Рисую в основном для поздравительных открыток — это такие письма или сообщения, которые люди посылают друг другу.

— Понятно, ты художник.

— Совершенно верно, — согласилась она, удивленная, что ее профессия вызывает у него одобрение. — Поздравительные открытки позволяют оплачивать квартиру. Вдобавок время от времени продаю другие свои произведения. Мне нравится работать для себя. Я сама планирую свою жизнь — в этом смысле тебе повезло. Я ни перед кем не отчитываюсь и располагаю временем, чтобы... исполнить свой долг.

— Моя мать тоже в каком-то смысле художник. Она делает красивые гобелены. — Хойт подошел к изображению русалки, поднимающейся из бурных морских вод. На лице ее читались сила и мудрость, присущая — он в этом не сомневался — всем женщинам. — Это твоя работа?

— Да.

— В ней чувствуется мастерство и та магия, что выражается в красках и формах.

Больше чем одобрение, подумала она. В его тоне сквозило восхищение, заставившее Гленну смягчиться.

— Спасибо. Такая похвала поднимает настроение на весь день. А день обещает быть очень странным. Мне нужно переодеться.

Рассеянно кивнув, Хойт передвинулся к другому рисунку.

За его спиной Гленна удивленно вскинула голову и пожала плечами. Потом подошла к старому шкафу, в котором хранила одежду, выбрала нужные вещи и отнесла в ванную.

Стягивая платье, она поняла, что привыкла к большему вниманию со стороны мужчин. К тому, как она выглядит, как двигается. Этого унижения она ему не простит — даже с учетом того, что в данный момент Хойта занимали более важные вещи.

Гленна надела джинсы и белую майку. Учитывая, что нанесенный утром — она не могла отказать себе в этом — макияж слегка поблек, Гленна подкрасилась и собрала волосы в короткий хвост.

Вернувшись, она обнаружила Хойта на кухне. Он перебирал ее травы.

— Не трогай мои вещи, — она шлепнула его по руке.

— Я только... — Хойт замер, затем оглянулся. — Ты всегда так одеваешься на людях?

— Да. — Она повернулась и специально приблизилась почти вплотную. — Что-то не так?

— Нет. А ты не носишь туфли?

— Дома их носить не обязательно. — Какие у него синие глаза, подумала она. Пронзительные и синие, под густыми черными ресницами. — Что ты чувствуешь, когда мы стоим вот так? Одни. Близко.

— Волнение.

— Это самое приятное из всего, что я от тебя услышала. Я имею в виду, вот тут. — Глядя ему прямо в глаза, она прижала ладонь к животу. — Вроде прикосновения. Раньше со мной такого никогда не было.

Он тоже чувствовал — какое-то жжение в сердце и немного ниже.

— Ты еще не завтракала, — с трудом выдавил Хойт и осторожно попятился. — Наверное, голодна.

— Значит, только я, — пробормотала Гленна и повернулась, чтобы открыть буфет. — Не знаю, что мне может понадобиться, и поэтому возьму все, что считаю нужным. Я не путешествую налегке. Вам с Кианом придется к этому привыкнуть. Похоже на то, что мы должны уезжать как можно скорее.

Хойт опустил руку, так и не коснувшись волос девушки, хотя ему хотелось это сделать с первой секунды их встречи.

— Уезжать?

— А ты думаешь, мы будем сидеть в Нью-Йорке и ждать вражеской армии? Переход между мирами находится в Ирландии, и вполне логично предположить, что битва состоится именно там или в каком-то мистическом измерении. Нам нужен этот переход или понадобится в ближайшем будущем. Так что мы должны отправляться в Ирландию.

Хойт молча смотрел, как она складывает бутылочки и пузырьки в сумку, похожую на ту, которую взял в дорогу он сам.

— Да, ты права. Конечно, права. Нужно возвращаться. Путешествие по морю займет большую часть времени, которое нам отпущено. Боже, помоги мне пережить плавание.

— Плавание? — Она удивленно взглянула на него. — У нас нет времени на «Куин Мэри»[1], красавчик. Мы полетим.

— Ты же сказала, что не умеешь летать.

— На самолете умею. Только нужно придумать, как взять тебе билет. У тебя же ни удостоверения личности, ни паспорта. Придется заколдовать билетного кассира и таможенника. — Она махнула рукой. — Беру это на себя.

— Что такое самолет?

Гленна пристально посмотрела на него, затем облокотилась на стол и расхохоталась. Она смеялась, пока не заболели бока.

— Потом объясню.

— Я здесь не для того, чтобы тебя веселить.

— Нет, конечно. Это лишь приятное дополнение. Черт, никак не могу сообразить, что брать, а что не брать. — Она отступила и провела ладонью по лицу. — Понимаешь, это мой первый конец света.

— Травы, цветы, корни растут в Ирландии, причем в изобилии.

— Предпочитаю свои. — Конечно, глупость и ребячество. Но все же... — Я просто возьму то, что мне кажется обязательным, потом займусь книгами, одеждой и прочим. Кроме того, мне нужно кое-кому позвонить. У меня назначены встречи, и их надо отменить.

С явной неохотой Гленна закрыла почти полную

---

[1] «Куин Мэри» («Queen Mary», *англ.*) — трансатлантический лайнер. Был спущен на воду в Глазго в сентябре 1934 г.

сумку и оставила ее на столе. Затем подошла к массивному деревянному сундуку и отперла его, произнеся заклинание.

Движимый любопытством, Хойт подошел ближе.

— Что ты тут хранишь?

— Книги заклинаний, рецепты, самые сильные магические кристаллы. Мое наследство.

— Значит, ты ведьма не в первом поколении?

— Точно. Но единственная практикующая. Мама бросила колдовство, когда вышла замуж. Отцу это не нравилось. Меня учили бабушка с дедушкой.

— Разве можно отказаться от своей сущности?

— Этот вопрос я задавала ей много раз. — Она присела на корточки и принялась перебирать вещи: что можно взять с собой, а что нет. — Она отказалась от этого занятия ради любви. Отец хотел жить обычной жизнью, а матери был нужен он. Но такое не по мне. Вряд ли я способна предать саму себя даже ради большой любви. Меня должны любить и принимать такой, какая я есть.

— Сильная магия.

— Да. — Гленна достала бархатный мешочек. — Это моя главная ценность. — Из мешочка она извлекла хрустальный шар, с которым Хойт видел ее во сне. — Он давно хранится в моей семье. Больше двухсот пятидесяти лет. Для тебя, наверное, пустяк, но для меня чертова уйма времени.

— Сильная магия, — повторил Хойт. Шар пульсировал в руке девушки, словно бьющееся сердце.

— Ты прав. — Гленна взглянула на него поверх шара внезапно потемневшими глазами. — А разве не пришла пора воспользоваться ею? Не пора ли за-

114

няться делом, Хойт? Лилит знает мое имя, ей известно, кто я и где я. Скорее всего, она знает и о Киане. Теперь наш ход. — Девушка подняла магический кристалл. — Выясним, где она прячется.

— Прямо здесь и сейчас?

— Лучшего времени и места не найти. — Гленна встала и кивком указала на узорчатый ковер в центре комнаты. — Скатай его.

— Здесь это делать опасно. Нам нужно подумать.

— Подумаем, пока ты будешь скатывать ковер. У меня есть все необходимое для заклинания и для того, чтобы защитить нас. Мы ослепим ее на то время, пока смотрим.

Выполнив просьбу девушки, Хойт обнаружил под ковром пентаграмму. Пожалуй, ведьма права — нельзя просто сидеть и ждать. Только он предпочел бы действовать в одиночку.

— Мы не знаем, можно ли ее ослепить. Лилит пила кровь магов, и, наверное, не раз. Она очень сильна и хитра.

— Мы тоже. Говоришь, битва состоится через три месяца. И когда ты намерен начать подготовку?

Хойт кивнул:

— Здесь и сейчас.

Гленна поместила кристалл в центр пентаграммы и достала из сундука два атама[1]. Потом взяла свечи, серебряную чашу, хрустальные жезлы.

— Мне не нужны все эти инструменты.

---

[1] А т а м — магический ритуальный нож, применяемый в древних и современных языческих ритуалах для аккумулирования и хранения магической энергии.

— Тебе — нет, а мне нужны. Давай объединим усилия, Мерлин.

Он поднял атам и стал рассматривать резьбу на его рукоятке, а Гленна расставила свечи вокруг пентаграммы.

— Ты будешь отвлекаться, если я разденусь догола?

— Да, — ответил Хойт, не поднимая головы.

— Хорошо, ради компромисса и командного духа придется оставить одежду. Хотя она сковывает.

Гленна сняла ленту с волос, налила воду из бутылочки в серебряную чашу, потом насыпала травы.

— Обычно я обращаюсь к богиням, когда черчу магический круг, — мне так удобнее. Ты не против?

— Нисколько.

— Да, разговорчивым тебя не назовешь. Ладно. Готов? — Хойт кивнул, и она села напротив него. — Богини Востока, Запада, Севера и Юга, — начала девушка, двигаясь по кругу. — Мы обращаемся к вам за благословением. Мы призываем вас охранять этот магический круг и все, что находится внутри его.

— Силы Воздуха, Воды, Огня и Земли, — произнес Хойт. — Не покидайте нас в путешествии между мирами.

> Ночь и день, день и ночь,
> Смотрите, три круга открыто!
> Придите, не отступайте прочь —
> Наша воля есть на это!

Ведьмы, подумал Хойт. Не могут без рифмы. Он почувствовал движение воздуха. Вода в серебряной чаше покрылась рябью, свечи вспыхнули.

— Нужно обратиться к Морриган, — сказала Гленна. — Она принесла весть.

Хойт хотел было последовать ее совету, но затем решил посмотреть, на что способны ведьмы.

— Это твое убежище. Сама проси помощи богов и произноси заклинание.

— Хорошо. — Она отложила ритуальный нож и подняла руки ладонями вверх.

> В этот день и в этот час
> Не покидай, богиня, нас!
> Даруй нам милость и силу свою,
> Священная Морриган, молю!
> Именем твоим дам любой обет,
> Прошу, только выведи нас на свет!

Гленна наклонилась и подняла с пола магический кристалл.

> Внутри сферы зверь таится,
> И людей он не боится,
> Но не видим мы его,
> В тумане сферы нутро!
> Помоги увидеть все,
> Сердцем почуять его,
> Рассей туман, тебе повелеваем,
> Защити и покажи, призываем!

Внутри хрустального шара смешались клубы тумана и вспышки света. На секунду Хойту показалось, что перед ним мелькают другие миры. Цвета, формы, движение. Он чувствовал пульсацию кристалла так же отчетливо, как биение своего сердца.

Гленна опустилась на колени, и он последовал ее примеру.

Какое-то мрачное место с лабиринтом туннелей и тусклым красным светом. Хойту послышался рев волн, но он не мог определить, доносится ли звук изнутри шара, или это лишь завывание потусторонних сил в его собственной голове.

Он увидел тела, окровавленные, истерзанные и сложенные, словно поленницы дров. Клетки, где пленники плакали, кричали или просто сидели с пустыми и мертвыми глазами. По туннелям передвигались какие-то твари — темные и невесомые, едва колышущие воздух. Другие ползали по стенам, словно насекомые.

И жуткий смех, пронзительный, ужасный визг.

Вместе с Гленной он пробирался по этим туннелям, пропитанным запахами крови и смерти. Вниз, в глубь земли, где каменные стены сочились влагой. К двери, на которой были вырезаны древние символы черной магии.

Они вошли в дверь, и Хойт почувствовал, что внутри у него все похолодело.

Лилит спала в кровати, достойной королевы: с четырьмя колоннами по периметру, широкой, с пологом и белоснежными простынями из чистого шелка. На простынях алели капли крови.

Грудь ее была обнажена, а лицо — такое же прекрасное, как и в ту ночь, когда Хойт видел ее.

Рядом распростерлось тело мальчика. Такой юный, с жалостью подумал маг. Не старше десяти лет — смертельно-бледный, с упавшей на лоб прядью белокурых волос.

Колеблющееся пламя оплывших свечей отбрасывало блики на их обнаженную кожу.

Хойт взял атам и поднял его над головой.

Лилит открыла глаза и посмотрела прямо на него. Она вскрикнула, но в ее голосе не было страха. Лежащий рядом мальчик тоже открыл глаза, оскалился, подпрыгнул и побежал по потолку, словно ящерица.

— Ближе, — вкрадчиво протянула Лилит. — Подойди ближе, колдун, и приведи свою ведьму. Я сделаю из нее комнатную собачку после того, как выпью твою кровь. Думаешь, что можешь *прикоснуться* ко мне?

Она соскочила с кровати, и Хойт невольно отпрянул — ледяные иголки обожгли горло.

Через мгновение он обнаружил, что сидит внутри магического круга в квартире Гленны и смотрит прямо в глаза девушки. Глубокие и широко раскрытые. Из ее носа текла кровь.

Тяжело дыша, она прижала к носу тыльную сторону ладони, останавливая кровотечение.

— Первая половина сработала, — с трудом выговорила Гленна. — Но ослепить ее не получилось, это очевидно.

— Она тоже обладает магической силой. И кое-что умеет.

— Ты когда-нибудь переживал такое?

— Нет.

— Я тоже. — Она передернула плечами, не в силах скрыть отвращение. — Но нам понадобится круг побольше.

6

Прежде чем уложить вещи, Гленна навела полный порядок в своей квартире. Хойт не стал возражать. Ей хотелось стереть все следы того, с чем они соприкоснулись, чтобы в доме не осталось никаких отголосков и остатков той ужасной тьмы, в которую им пришлось погрузиться.

Закончив, Гленна убрала в сундук инструменты и книги. После всего увиденного и пережитого она решила не рисковать и взять с собой все, что только возможно. К дорожной сумке добавились почти все магические кристаллы, принадлежности для рисования, фотоаппараты и два небольших плоских чемодана.

Она с сожалением посмотрела на стоящий у окна мольберт с наброском. Если она вернется... нет, когда она вернется, то обязательно закончит рисунок.

Стоя рядом с Хойтом, Гленна разглядывала груду вещей на полу.

— Никаких комментариев? — спросила она. — Ни возражений, ни язвительных замечаний по поводу моей манеры путешествовать?

— Зачем?

— Мудрая позиция. А теперь все это нужно вытащить отсюда и перевезти в центр города, в квартиру твоего брата. Надеюсь, он проявит такую же мудрость. Но давай по порядку. — Гленна задумчиво теребила кулон. — Будем перетаскивать все вручную или воспользуемся заклинанием? Мне еще не доводилось перемещать такие тяжести.

Хойт ласково посмотрел на нее, стараясь приободрить.

— Чтобы справиться с этим, понадобятся три твоих такси и остаток этого дня.

Значит, он тоже обдумывал ситуацию.

— Представь комнату Киана, — приказал Хойт. — Ту, где ты спала.

— Хорошо.

— Сосредоточься. Вспомни все: форму, расположение, разные мелочи.

Кивнув, Гленна закрыла глаза.

— Я готова.

Первым он выбрал сундук, потому что именно там концентрировалась сила. Магия заключенных в сундуке предметов поможет справиться с задачей. Сделав три круга, Хойт сменил направление и снова обошел сундук, бормоча заклинания и открывая себя для могущественной силы добра.

Гленна старалась не отвлекаться. В его голосе чувствовались глубина и мощь, а слова древнего языка звучали даже как-то эротично. Она кожей чувствовала исходящий от него жар, от которого закипала кровь. Затем она ощутила сильный толчок воздуха.

Открыв глаза, Гленна обнаружила, что сундук исчез.

— Впечатляет. — Если честно, то она была просто поражена. Тщательно подготовившись, сосредоточившись и потратив немало сил, она могла перемещать небольшие предметы на некоторое расстояние. Хойт же без видимых усилий справился с двухсотфунтовым сундуком.

Теперь она представила картину, которую Хойт описывал ей в Ирландии: в развевающихся одеждах маг стоит на вершине утеса. Бросает вызов буре, заряжается ее силой. Черпая силы в вере и магии, вступает в противоборство с тем, с чем не пожелаешь встретиться никому.

Желание, острое и откровенное, спазмом стиснуло низ живота.

— Ты говорил на гэльском языке?

— На ирландском. — Он явно отвлекся, и Гленна больше не решилась говорить с ним.

Хойт еще раз описал круг, теперь сосредоточившись на чемоданах с принадлежностями для рисования и фотографии. Гленна собралась было запротестовать, но затем вспомнила, что без веры ничего не выйдет. Сделав над собой усилие, она снова закрыла глаза и вызвала в памяти гостевую спальню Киана. Предоставила в распоряжение Хойта свой дар — все, чем располагала.

Он справился за пятнадцать минут. Гленна была вынуждена признать, что ей пришлось бы потратить не один час — причем неизвестно, с каким результатом.

— Ну, это было... нечто. — Он еще оставался во власти магии: взгляд затуманен, а воздух между ними словно покрыт рябью. Гленна почувствовала, будто вокруг них обвилась какая-то лента, притягивая их друг к другу. Девушка заставила себя отступить, разрывая эту связь.

— Не обижайся, но ты уверен, что мои вещи попали именно туда, куда нужно?

Хойт продолжал смотреть на нее своими синими бездонными глазами, и жар внизу живота достиг такой силы, что Гленна опасалась, как бы с кончиков пальцев не посыпались искры.

Она уже почти не могла сопротивляться желанию, пульсировавшему в крови в унисон с ударами сердца. Хотела отойти еще дальше, но Хойт просто поднял руку, и она замерла.

Гленна чувствовала, как ее тянет к нему, и понимала, что ей нужно сопротивляться, избегая непреодолимой близости. Тем не менее она не отрываясь смотрела Хойту в глаза, а он стремительно шагнул к ней.

Напряжение нарастало.

Хойт рывком притянул ее к себе, так что она вскрикнула, но их губы соприкоснулись, и крик превратился в стон. Жаркий, пьянящий поцелуй музыкой отозвался в каждой клеточке тела; кровь бурлила. Она прильнула к нему.

Свечи, расставленные в комнате, вспыхнули ярким пламенем.

Решительным и одновременно отчаянным жестом Гленна вдавила ладони в его плечи и закружилась в вихре чувств. Именно этого она желала с той самой секунды, когда впервые увидела его во сне.

Его ладони скользили по ее волосам, телу, лицу, и каждое прикосновение отзывалось в ней дрожью. Но это уже не был сон — реальное чувственное желание, жар и плоть.

Хойт не мог остановиться. Эта девушка казалась ему пиршеством после долгого изнуряющего поста, и он жаждал наслаждения. Изгиб полных мягких губ Гленны идеально совпадал с изгибом его губ, словно боги специально вылепили их только для этого. Магическая сила, которую он вызвал, теперь обрушилась на него, вызвав невероятное желание, пылавшее в животе, в чреслах и в сердце, отчаянно требовавшее удовлетворения.

Что-то связывает их. Хойт понял это в первую же секунду, лишь только увидел ее, даже измученный лихорадкой и болью, окруженный волками. И страх перед этой связью был таким же сильным, как и перед тем, чему им суждено противостоять вместе.

Потрясенный до глубины души, он оторвал девушку от себя. То, что происходило между ними, отражалось на ее лице, страстном и соблазнительном. Уступи он желанию, какую цену придется заплатить им обоим?

От расплаты все равно не уйти.

— Прости. Я... просто поддался магии.

— Не извиняйся. Это оскорбительно.

Что еще можно услышать от женщины, подумал он.

— А разве так прикасаться к тебе не оскорбительно?

— Я остановила бы тебя, если бы не хотела, чтобы ты делал это. Только не воображай о себе слишком много, — фыркнула она, увидев выражение его лица. — Возможно, ты сильнее меня — и физически, и в области магии, но я умею управлять собой. Когда мне нужны извинения, я их требую без всякого стеснения.

— Я все еще не могу привыкнуть к твоему миру — и к тебе тоже. — Теперь он буквально излучал отчаяние, как раньше магическую силу. — Мне это не нравится, как не нравятся чувства, которые ты во мне будишь.

— Твои проблемы. Это был всего лишь поцелуй.

Она хотела отвернуться, но Хойт удержал ее, схватив за руку.

— Не верю, что это просто поцелуй — даже в твоем мире. Ты видела, с чем нам придется иметь дело. Вожделение — слабость, а мы не имеем права на риск. Все наши силы должны быть направлены на то, чтобы исполнить долг. Я не стану рисковать твоей жизнью и судьбой мира ради нескольких секунд наслаждения.

— Можешь мне поверить: секундами дело не ограничится. Хотя бессмысленно спорить с мужчиной, который считает желание слабостью. Давай отложим этот разговор и продолжим наше дело.

— Я не хотел тебя обидеть, — виновато пробормотал он, но ответом снова стал предупреждающий взгляд.

— Еще одно извинение, и тебе не поздоровится. — Она взяла ключи и сумочку. — Туши свечи, и пойдем. Хочу убедиться, что мои вещи в целости и сохранности, а потом нужно организовать перелет в Ирландию. И еще придумать, как вывезти тебя из страны.

Она схватила со стола солнцезащитные очки и водрузила их на нос. Увидев изумленное лицо Хойта, Гленна смягчилась.

— Это очки, — объяснила она. — Они приглушают солнечный свет, а в данном случае еще и дань моде.

Гленна открыла дверь и обернулась, еще раз окинув взглядом свое жилище.

— Я должна верить, что вернусь. Должна верить, что еще увижу все это.

Она вошла в кабину лифта и нажала кнопку первого этажа, покидая дорогое своему сердцу место.

Когда Киан вышел из спальни, Гленна возилась на кухне. Когда они вернулись в квартиру Киана, Хойт удалился в смежный с гостиной кабинет, захватив с собой книги. Гленна, время от времени ощущая колебания воздуха, предположила, что Хойт практикуется в каких-то заклинаниях.

Ну и хорошо. Так она, по крайней мере, не видела его. Но не думать о нем не могла.

Гленна была осторожна с мужчинами. Она не избегала их, но и не бросалась без оглядки в мужские объятия. Хотя в объятия Хойта она именно бросилась, и отрицать это невозможно. Безрассудно, импульсивно. Наверное, это ошибка. Обычный поцелуй, убеждала себя Гленна, хотя не могла не признать, что ничего подобного еще не испытывала.

Он хочет ее — тут нет никаких сомнений. Но все произошло помимо его воли. А Гленна предпочитает, чтобы ее выбирали.

Страсть не слабость (по крайней мере с точки зрения Гленны), но она отвлекает. Хойт прав в том смысле, что они не могут себе позволить отвлекаться от главного дела. Сильный характер и здравый смысл — этих достоинств у Хойта не отнимешь, но в столкновении с ее импульсивной натурой они вызывали раздражение.

Гленна принялась за стряпню, чтобы чем-то занять себя и немного успокоиться.

Когда в кухню вошел Киан, сонный и бледный, она резала овощи.

— Вижу, ты уже чувствуешь себя здесь как дома.

Она продолжала, не реагируя на его слова.

— Я захватила помимо всего прочего кое-какие скоропортящиеся продукты. Не знаю, ешь ты это или нет.

Киан с сомнением посмотрел на сырую морковь и зеленый салат.

— Одно из преимуществ моей судьбы состоит в том, что мне не нужно есть овощи, как кролику. — Тем не менее, уловив исходящий от плиты аромат, он приблизился к кастрюльке и понюхал острый томатный соус, кипящий на огне. — Хотя выглядит аппетитно.

Облокотившись на стойку, он принялся наблюдать за Гленной.

— Впрочем, и ты тоже.

— Не трать на меня свое сомнительное обаяние. Мне это не интересно.

— Я могу постараться — хотя бы для того, чтобы позлить Хойта. Будет забавно. Он старается не смотреть в твою сторону. Но у него ничего не получается.

Рука с ножом на секунду замерла, а затем снова принялась за дело.

— Да получится со временем. Он очень упорный человек.

— Он всегда был таким, если мне не изменяет память. Рассудительный, серьезный и закрытый в своем даре, будто крыса в клетке.

— Ты на это так смотришь? — Отложив нож, Гленна повернулась к нему. — Как на ловушку? Нет, магия не ловушка, ни для него, ни для меня. Это привилегия и одновременно удовольствие.

— Вот мы и посмотрим, какое удовольствие вы получите, встав на пути Лилит.

— Уже получили. У меня дома мы использовали заклинание поиска. Она прячется в пещере с туннелями. Кажется, где-то недалеко от моря. Судя по всему, рядом с тем утесом, где ее видел Хойт. Она здорово нам врезала. В следующий раз приблизиться к ней будет сложнее.

— Вы безумны. Оба. — Киан открыл холодильник и достал пакет с кровью. Гленна не удержалась от удивленного восклицания, и лицо вампира напряглось. — Придется тебе привыкнуть.

— Ты прав. Привыкну. — Она смотрела, как он выливает содержимое пакета в толстый стакан и ставит в микроволновку, чтобы согреть. Теперь она хихикнула. — Извини. Но это чертовски странно.

Он пристально взглянул на нее, но, не обнаружив враждебности, успокоился.

— Вина хочешь?

— Спасибо, с удовольствием. Нам нужно в Ирландию.

— Знаю.

— Нет. Нам нужно туда немедленно. Как только соберемся. Паспорт у меня есть, но нужно придумать, как переместить Хойта из этой страны в другую. Кроме того, требуется найти место, где мы могли бы жить и готовиться к сражению.

— Вы похожи как две капли воды, — пробормотал Киан, наливая бокал вина. — Ты должна понимать, что в моем бизнесе не так-то просто оставить все дела на кого-то, и особенно с учетом того, что человек, которому я доверял управлять клубом, решил во что бы то ни стало присоединиться к священной армии Хойта.

— Послушай, я почти весь день потратила на сборы и на то, чтобы привести в порядок дела. Денег у меня не так много, но я заплатила за квартиру вплоть до октября, отменила все встречи и передала знакомым пару очень выгодных заказов. Так что ты уж постарайся.

Он достал бокал и для себя.

— А чем ты занимаешься? Что за выгодные заказы?

— Поздравительные открытки с мистическими сюжетами. Я рисую. И немного фотографирую.

— Хорошо зарабатываешь?

— Нет, я лентяйка. Конечно, я профессионал. Но платят в основном за свадебные фотографии. Что-то более художественное я делаю для себя, иногда продаю. Привыкла перебиваться с хлеба на воду. — Она взяла бокал вина. — А ты?

— Мне тоже не привыкать. Иначе не проживешь тысячу лет. Значит, отбываем сегодня вечером.

— Сегодня? Но мы не успеем...

— Успокойся, — перебил он и допил вино.

— Нужно выбрать рейсы, купить билеты.

— У меня собственный самолет. И лицензия пилота.

— Ого!

— Я опытный летчик, — заверил Киан. — Налет часов — несколько десятилетий, так что на этот счет можешь не беспокоиться.

Вампиры, пьющие кровь из дорогих бокалов и владеющие самолетами. О чем тут можно беспокоиться?

— У Хойта нет ни удостоверения личности, ни паспорта, ни других документов. Я могу с помощью магии провести его через таможню, но...

— В этом нет нужды. — Киан подошел к противоположной стене комнаты и отодвинул панель, за которой оказался сейф.

Отперев замок, вампир достал металлический ящичек с кодовым замком, вернулся к Гленне, поставил ящичек на стол и набрал нужную комбинацию цифр.

— У него есть выбор. — С этими словами Киан вытащил несколько паспортов.

— Ух ты. — Гленна наугад взяла паспорт, раскрыла и принялась внимательно разглядывать фотографию. — Хорошо, что вы так похожи. Кстати, отсутствие зеркал в этом доме наводит на мысль о правдивости рассказов о том, что вампиры не отражаются в зеркале. Как тебе удалось сфотографироваться?

130

— Если пользоваться зеркальной камерой, то в определенный момент изображение появляется. А потом исчезает, но камера успевает его зафиксировать.

— Интересно. Я взяла с собой фотоаппараты. Хотелось бы попробовать, когда выпадет свободная минутка.

— Я подумаю.

Она бросила паспорт на стол.

— Надеюсь, в твоем самолете достаточно места для груза. У меня багаж.

— Разберемся. Мне нужно сделать несколько звонков и самому собраться.

— Погоди. Нам негде остановиться.

— Это не проблема, — уже с порога ответил Киан. — У меня есть кое-что подходящее.

Гленна вздохнула и посмотрела на кухонную плиту.

— По крайней мере, мы успеем как следует подкрепиться.

Даже с деньгами и связями Киана все оказалось не так просто. Личный багаж и другой груз на этот раз пришлось переправлять обычным — довольно трудоемким — путем. Гленна видела, что все трое мужчин, с которыми ее связала судьба, ищут способ уменьшить количество ее вещей. Она жестко пресекла их поползновения: ей необходим весь багаж — и точка.

Гленна понятия не имела, что находится внутри единственного чемодана Киана или в двух больших металлических ящиках, которые он тоже взял с собой.

И она не была уверена, что хочет это знать.

Наверное, со стороны они выглядели весьма необычно: двое высоких брюнетов, чернокожий гигант и рыжеволосая девушка с таким количеством багажа, который способен потопить «Титаник».

Воспользовавшись привилегией единственной дамы, она предоставила мужчинам грузить вещи, а сама принялась осматривать самолет Киана, поражавший изяществом отделки.

Он не боится ярких цветов и не жалеет денег, с уважением подумала Гленна. В темно-синих креслах из блестящей маслянистой кожи свободно поместится даже человек с комплекцией Кинга. На толстом ковре, устилающем пол, можно спать.

В самолете был небольшой, но прекрасно оборудованный конференц-зал, две превосходные ванные комнаты и еще одно помещение, которое Гленна поначалу приняла за уютную спальню. Потом догадалась, что это не просто спальня: без окон, без зеркал и с собственной сидячей ванной. Это было убежище.

С одобрением разглядывая кухню, Гленна обнаружила, что Киан уже позаботился о припасах. Им не придется голодать по пути в Европу.

Европа... Девушка провела пальцем по опущенной спинке сиденья. Она давно собиралась посетить ее, рассчитывая провести там целый месяц. Рисовать, фотографировать, изучать. Осматривать достопримечательности, ходить по магазинам.

Вот она и летит туда, и это покруче, чем первый класс. Только не будет времени побродить там в свое удовольствие.

«Ты же мечтала о приключении, которое запомнится на всю жизнь, — напомнила она себе. — Вот, получай».

Обхватив ладонью кулон, она обратилась к богам, прося дать ей не только силу, но и разум, чтобы выйти живой из этой переделки.

Когда мужчины вошли в салон, Гленна уже сидела в кресле, демонстративно наслаждаясь бокалом шампанского.

— Я открыла бутылку, — сообщила она Киану. — Надеюсь, ты не возражаешь. По-моему, случай подходящий.

— Твое здоровье, — на ходу бросил он, направляясь прямо в кабину.

— Хочешь к окну? — Гленна повернулась к Хойту. — Думаю, Кинг уже летал на этом маленьком чуде и ему до чертиков надоело.

— Точно, — согласился Кинг и налил себе вместо шампанского пива. — Босс умеет управляться с нашей птичкой. — Он хлопнул Хойта по плечу. — Не переживай.

В его тоне звучала такая уверенность, что Гленна встала и налила еще один бокал шампанского.

— Вот — выпей и расслабься. Мы проведем тут всю ночь.

— В птице, построенной из металла и ткани. В летающей машине. — Хойт кивнул и, поскольку бокал был уже у него в руке, пригубил пузырящееся вино. — Вопрос науки и механики.

Целых два часа он изучал историю и конструкцию самолетов.

— Аэродинамика.

— Точно. — Кинг налил пиво из бутылки сначала Хойту, потом Гленне. — Похоже, неплохая будет заварушка.

— Такое впечатление, что ты этого только и ждешь, — заметила Гленна.

— Попала в самую точку. А почему бы и нет? Мы собираемся спасти наш проклятый мир. Босс? Последние недели он места себе не находил. А куда он, туда и я. Можешь мне поверить, это то, что доктор прописал.

— Умереть не боишься?

— Все мы смертны. — Он бросил взгляд в сторону кабины. — Так или иначе. Кроме того, с таким большим парнем, как я, так просто не сладишь.

В салон вошел Киан.

— Нам дано разрешение на взлет, мальчики и девочки. Займите свои места и пристегнитесь.

— Я с вами, капитан. — Кинг последовал за Кианом в кабину.

Гленна села и с улыбкой похлопала по креслу рядом с собой. Она приготовилась успокаивать Хойта во время его первого полета.

— Нужно пристегнуть ремень. Давай покажу.

— Я знаю, как он работает. Читал. — Он внимательно посмотрел на замок, затем защелкнул две половинки. — В полете может быть турбулентность. Воздушные ямы.

— Ты совсем не волнуешься.

— Я прошел через временной портал, — напомнил Хойт. Он принялся нажимать кнопки пульта, и на его лице отразилось удивление, когда спинка кресла сначала откинулась, затем приняла прежнее положение. — Думаю, мне понравится путешествие. Только очень жаль, что мы летим над водой.

— Да, чуть не забыла. — Гленна сунула руку в сумочку и достала пузырек. — Выпей. Это помогает. Выпей, — повторила она, увидев, что Хойт нахмурился. — Тут травы и измельченные кристаллы. Абсолютно безвредно. Снимает тошноту.

Он выпил, хотя и с явной неохотой.

— Ты переборщила с гвоздикой.

— Еще скажешь спасибо, что обошелся без гигиенического пакета.

Гленна услышала гул моторов, почувствовала вибрацию корпуса и произнесла, не отрывая взгляда от Хойта:

> Духи ночи, дайте крылья нам,
> Словно птицы будем летать мы там,
> Где храните вы нас. Без сомненья,
> Скоро будет к земле прикосновенье.

— На всякий случай, — прибавила она.

Его не тошнило, но Гленна видела, что выпитое снадобье и железная воля помогли организму Хойта справиться с неприятными последствиями воздушного путешествия. Она заварила чай, принесла одеяло, откинула спинку его кресла и установила упор для ног.

— Попробуй немного поспать.

Не в силах спорить, он кивнул и закрыл глаза. Убедившись, что все средства исчерпаны, Гленна направилась в кабину.

Там звучала музыка. «Nine Inch Nails»[1], узнала она. Развалившись в кресле второго пилота, Кинг похрапывал в такт музыке. Гленна посмотрела сквозь лобовое стекло, чувствуя, как замирает сердце.

Их окружала непроглядная тьма.

— Никогда не была в кабине пилота. Потрясающее зрелище.

— Если хочешь присесть, я могу выкинуть парня.

— Нет. И так нормально. Твой брат пытается заснуть. Ему неважно.

— Он зеленел даже во время переправы через Шаннон[2]. Думаю, теперь его выворачивает наизнанку.

— Нет, всего лишь небольшая тошнота. После взлета я дала ему лекарство, и, кроме того, у него железная воля. Хочешь чего-нибудь?

Киан оглянулся.

— С чего это такая забота?

— Я слишком взбудоражена, чтобы заснуть, а просто так сидеть не умею. Итак, кофе, чай, молоко?

— От кофе не откажусь. Спасибо.

---

[1] «Nine Inch Nails» (девятидюймовые гвозди, *англ.*) — американская индастриал-группа, созданная Трентом Резнором в 1988 г.

[2] Ш а н н о н — самая длинная река в Ирландии.

Гленна сварила порцию и принесла ему кружку. Остановившись у него за спиной, она разглядывала ночное небо.

— Каким он был в детстве?

— Я тебе уже рассказал.

— Хойт когда-нибудь сомневался в своей силе? Завидовал тем, у кого нет его дара?

Киан испытывал странное ощущение: женщина расспрашивает его о другом мужчине. Обычно они говорят о себе или выпытывают сведения о нем самом, пытаясь отбросить то, что некоторые считают завесой тайны.

— Мне он в этом не признавался. Но обязательно сказал бы, — после некоторого раздумья ответил Киан. — В те времена мы ничего не скрывали друг от друга.

— У него кто-то был — женщина или девушка?

— Нет. Он заглядывался на женщин, общался с ними. У него было несколько. Он же колдун, а не священник. Но никогда не говорил, что испытывает к кому-то особые чувства. Я не видел, чтобы он смотрел на девушку так, как смотрит на тебя. Можешь не сомневаться, Гленна: тебе грозит опасность. Но смертные глупеют, когда дело касается любви.

— А я тебе отвечу: если ты не способен любить, то не стоит сопротивляться смерти. Лилит держит рядом с собой ребенка. Хойт говорил тебе?

— Нет. Но ты должна понять, что тут не место чувствам или доброте. Ребенок — всего лишь легкая добыча и лакомство.

Внутри у нее все перевернулось, но голос не дрогнул.

— Этому мальчику лет восемь, может, десять, — продолжала она. — Он лежал в одной постели с ней в тех пещерах. Она сделала его похожим на себя. Превратила в такое же существо.

— Тебя это шокирует и злит — вот и хорошо. Шок и злость могут быть сильным оружием, если их правильно использовать. Когда ты увидишь этого ребенка или кого-то подобного, отбрось сострадание. Потому что он безжалостно убьет тебя, если ты не прикончишь его первой.

Гленна пристально разглядывала профиль Киана, очень похожий на профиль брата, но все же другой. Ей хотелось спросить, пробовал ли он когда-нибудь кровь ребенка, превращал ли детей в вампиров. Но боялась, что не сможет простить ему ответ, а Киан был ей нужен.

— А ты можешь это сделать? Уничтожить ребенка — или то, во что он превратился?

— Без тени сострадания. — Киан оглянулся на нее, и Гленна поняла: он знает, какой вопрос вертится у нее на языке. — Ты не принесешь пользы ни нам, ни себе, если не сможешь поступить так же.

Ни слова не говоря, Гленна вернулась в салон и вытянулась в кресле рядом с Хойтом. От разговора с Кианом ее пробирала дрожь, и девушка, натянув одеяло до подбородка, прислонилась к Хойту, чтобы согреться теплом его тела.

Когда она наконец заснула, ей снились дети с золотистыми волосами и окровавленными клыками.

Проснувшись, Гленна увидела склонившегося над ней Киана. С ее губ уже был готов сорваться крик, но затем она поняла, что вампир пытается разбудить Хойта.

Откинув упавшие на лоб волосы, она провела пальцами по лицу, разглаживая кожу. Братья говорили шепотом и, насколько она поняла, по-ирландски.

— По-английски, пожалуйста. А то я не все понимаю, особенно с вашим произношением.

Две пары пронзительных синих глаз уставились на нее, а когда она подняла спинку кресла, Киан выпрямился.

— Я говорю, что лететь осталось около часа.

— Кто управляет самолетом?

— В данный момент — Кинг. Приземлимся на рассвете.

— Хорошо. Отлично. — Она с трудом подавила зевок. — Я сварю кофе, приготовлю завтрак... На рассвете?

— Да, на рассвете. Мне нужно спрятаться за облаками. И дождь бы не помешал. Сможешь это устроить? В противном случае сажать самолет будет Кинг. Он умеет. А мне придется провести остаток пути и весь следующий день в хвосте самолета.

— Я же сказал, что смогу. Не волнуйся.

— Мы сможем, — поправила Гленна.

— Тогда поторопитесь. Раз или два на меня попадали солнечные лучи — это неприятно.

— К вашим услугам, — пробормотала Гленна ему вслед и повернулась к Хойту: — Мне нужно кое-что достать из дорожной сумки.

— А мне ничего не нужно. — Хойт отстранил ее, встал и вышел в проход. — На этот раз будет по-моему. В конце концов, это мой брат.

— Ладно, как знаешь. Чем тебе помочь?

— Нарисуй в голове картину: тучи и дождь. — Он достал жезл. — Ты должна видеть их, чувствовать. Тяжелые и неподвижные, закрывающие собой солнце. Тусклый свет, слабый и безвредный. Постарайся все это представить как наяву.

Он двумя руками взял жезл и поднял его над головой, расставив ноги пошире, чтобы не потерять равновесие.

— Придите, дождь и черные тучи, которые покрывают небо. Придите, тучи, набухшие дождем, потоками льющимся с небес. Клубитесь, смыкайтесь, сгущайтесь.

Гленна почувствовала, как вокруг Хойта формируется вихрь, отрывается и уходит в небо. Самолет вибрировал, дергался, но маг не шелохнулся, словно стоял на гранитном полу. Кончик жезла светился голубоватым светом.

Затем Хойт повернулся к ней и кивнул:

— Должно помочь.

— Вот и хорошо. Тогда я сварю кофе.

Они приземлились в полутьме, под серой завесой дождя. По мнению Гленны, с дождем Хойт немного переусердствовал, и поездка к месту назначения обещала быть довольно неприятной.

Но когда она вышла из самолета и ступила на землю Ирландии, ее охватило непередаваемое ощущение. Чувство связи с этой землей. Мгновенное, острое, удивившее даже ее. В памяти промелькнул образ фермы — зеленые холмы, каменные ограды и белые домики с полощущимся на свежем ветру бельем. Сад во дворе, где росли георгины размером с обеденную тарелку и белоснежные каллы.

Видение исчезло почти так же быстро, как и появилось. Интересно, что это: память о другой эпохе, другой жизни или просто зов крови? Мать ее бабушки родилась в Ирландии, на ферме где-то в графстве Керри.

В Америку она привезла постельное белье, тарелки — и магию.

Гленна ждала, пока Хойт сойдет с трапа. Ирландская земля всегда будет для него домом: его лицо светилось радостью. Оживленный аэропорт или безлюдное поле — это его земля. И очень важная часть мира, ради спасения которого он готов умереть, поняла Гленна.

— Добро пожаловать домой.

— Здесь все не так.

— Но кое-что от прежних времен наверняка найти можно. — Она взяла его за руку. — Кстати, здорово у тебя получилось с погодой.

— Да это мне не впервой.

К ним подбежал Кинг, похожий на мокрого тюленя. С толстых косичек капала вода.

— Киан договаривается, чтобы большую часть багажа отвезли в фургоне. Возьмите все, что можете унести, или то, без чего нельзя обойтись. Остальное доставят через пару часов.

— Куда мы едем? — спросила Гленна.

— У него здесь дом. — Кинг пожал плечами. — Туда и едем.

Они с трудом втиснулись в мокрый микроавтобус. Гленна открыла для себя новый вид приключений — гонку под проливным дождем по мокрым дорогам, многие из которых казались узкими, как ивовые прутья.

Перед глазами мелькали живые изгороди, усыпанные яркими цветами фуксий, а влажные изумрудные холмы, подпиравшие скучное серое небо, тянулись до самого горизонта. Гленна видела домики с клумбами у дверей, не совсем такие, как в видении, но очень похожие, что вызвало у нее невольную улыбку.

Когда-то тут был ее дом. И возможно, еще будет.

— Я знаю это место, — пробормотал Хойт. — Эту землю.

— Послушай. — Гленна похлопала его по руке. — Конечно, кое-что тут осталось по-прежнему.

— Нет, именно это место и эту землю. — Наклонившись, он схватил брата за плечо. — Киан.

— Не отвлекай водителя. — Киан сбросил его руку, свернул в просвет между живыми изгородями и помчался по узкой извилистой дороге в самую чащу леса.

— Боже, — выдохнул Хойт. — Боже правый.

Каменный дом застыл среди деревьев, тихий, как гробница. Старый, приземистый, с выступающим зубом башни и каменными фартуками террас.

В полутьме он выглядел забытым гостем из другого времени.

У двери росли цветы: розы, лилии и широкие тарелки георгинов. Между деревьями виднелись высокие стебли пурпурной наперстянки.

— Он сохранился, — взволнованным голосом произнес Хойт. — Выжил. Все еще стоит.

Гленна снова сжала его руку. Теперь она все поняла.

— Это твой дом.

— Тот самый, что я оставил несколько дней назад. Почти тысячу лет назад! Я вернулся домой.

7

Дом изменился. Мебель, краски, свет и даже звук шагов по паркету — все было другим, превращая знакомое в неизвестное. Хойт узнал несколько вещей: пару подсвечников и сундук. Только стояли они не на своих местах.

Дрова были сложены в камине, но еще не зажжены. И нет собак, свернувшихся на полу и стучащих хвостами в знак приветствия.

Хойт ходил из комнаты в комнату, словно призрак. Возможно, он и был призраком. Он родился в этом доме и прожил здесь почти всю свою жизнь. Здесь он играл, работал, ел и спал.

Но с тех пор минули столетия. Так что в каком-то смысле его жизнь здесь же и закончилась. Радость от встречи с родным домом постепенно сменилась печалью и тоской по утраченному.

На стене, в стеклянной витрине, Хойт заметил один из гобеленов матери. Он подошел ближе, дотронулся до стекла, и мать предстала перед ним, как живая. Ее лицо, голос, запах были не менее реальными, чем окружавший его воздух.

— Это последний гобелен, который она ткала перед...

— Моей смертью, — закончил Киан. — Помню. Я наткнулся на него на аукционе. А со временем отыскал еще несколько вещей. Дом удалось купить — если не ошибаюсь — лет четыреста назад. И большую часть земель.

— Но ты здесь больше не живешь.

— Далековато для меня, да и неудобно — ни для работы, ни для развлечений. Тут живет смотритель, которого я на время отпустил. Обычно я приезжаю сюда пару раз в год.

Хойт опустил руку и повернулся к брату.

— Дом изменился.

— Перемены неизбежны. Кухню модернизировали. Провели водопровод и электричество. Хотя сквозняки остались. Спальни наверху обставлены — выбирайте. А я намерен поспать.

В дверях Киан обернулся.

— Да, можете выключить дождь, если хотите. Кинг, ты мне поможешь втащить все это добро наверх?

— Конечно. Классная берлога, хотя — не обижайся — немного жутковатая. — Кинг без видимых усилий подхватил сундук, словно это был портфель, и стал подниматься по лестнице.

— Как ты? — спросила Гленна Хойта.

— Не могу понять, кто я. — Он подошел к окну, раздвинул тяжелые шторы и посмотрел на мокрый от дождя лес. — То же место, те же камни, уложенные моими предками. Я благодарен Киану за это.

— Но их нет. Семьи, которую ты оставил. Тебе нелегко. Тяжелее, чем остальным.

— Всем досталось.

— Я бросила всего лишь квартиру. А ты распрощался с прошлой жизнью. — Гленна шагнула к нему и губами коснулась щеки. Она хотела предложить ему горячий завтрак, но поняла, что сейчас больше всего Хойт нуждался в одиночестве.

— Пойду наверх. Выберу комнату, приму душ и лягу спать.

Он кивнул, продолжая смотреть в окно. Дождь как нельзя лучше соответствовал его настроению, хотя заклинание надо было снять. Но дождь продолжал идти, хотя и превратился теперь в мелкую морось. По земле стелился туман, обтекая кусты роз.

Неужели это розы, посаженные матерью? Маловероятно, но все равно это розы, ее любимые цветы. Она была бы довольна. А еще мать обрадовалась бы, увидев тут обоих сыновей.

Но об этом ему знать не суждено. Можно только догадываться.

Хойт зажег дрова в камине. Треск горящих поленьев напоминал о доме. Он решил пока не подниматься наверх. Потом нужно будет перенести вещи в башню — она опять станет его убежищем. Хойт достал плащ, завернулся в него и вышел на летний дождь.

Первым делом он направился к ручью, где мокрые наперстянки раскачивали отяжелевшими колокольчиками, а дикие оранжевые лилии, которые так любила Нола, пронзали воздух огненными стрелами. В доме должны быть цветы, подумал он. Нужно нарвать их до рассвета. В доме всегда стояли живые цветы.

Он обошел дом, вдыхая запахи пропитанного влагой воздуха, мокрых листьев, роз. Брат позаботился, чтобы за домом и землей следили; в этом смысле Хойту его не в чем упрекнуть. Он заметил, что сохранились и конюшни — другие, но на том же месте. Помещение стало больше, с выступом с одной стороны: там красовались широкие ворота.

Замок оказался заперт, и Хойту пришлось усилием воли открыть его. Внутри на каменном полу стояла машина. Не такая, как он видел в Нью-Йорке, отметил Хойт. Непохожая на такси или на микроавтобус, который вез их из аэропорта. Черная и низкая. С блестящей серебряной пантерой на капоте. Он провел ладонью по эмблеме.

Многообразие машин в этом мире приводило Хойта в изумление. Они отличались друг от друга размером, формой, цветом. Если автомобиль эффективен и удобен, зачем нужны другие?

У стены стояла длинная скамья, а на стене и в отделениях большого красного шкафа были разложены разного рода мудреные инструменты. Некоторое время он изучал их, затем перевел взгляд на штабель досок, гладко обструганных и нарезанных длинными хлыстами.

«Инструменты, — подумал он, — дерево, машины, но нет жизни. Ни конюхов, ни лошадей, ни кошек, охотящихся за мышами. Ни щенков, с которыми так любит играть Нола».

Хойт вышел, закрыл за собой дверь, запер замок и пошел вдоль стены конюшни.

В амуничнике[1] он с наслаждением вдохнул запах кожи и масла. Здесь царил такой же порядок, как и в месте, отведенном для автомобиля. Хойт провел ладонью по седлу, присел на корточки и, внимательно осмотрев его, убедился, что оно почти не отличается от седел, которыми пользовался он.

Перебирая уздечки и поводья, он с грустью вспомнил о своей кобыле — словно о любимом человеке.

Хойт прошел в дверь. Каменный пол был немного покатым; два стойла располагались у одной стены, два — у другой. Их было меньше, чем раньше, но зато они стали более просторными. Дерево гладкое и темное. Он чувствовал запах сена, зерна и...

Торопясь, Хойт зашагал по каменному полу в самый конец конюшни.

В дальнем стойле он увидел черного жеребца, и сердце мага радостно забилось. Все же здесь были лошади — а этот скакун просто великолепен!

---

[1] Амуничник — помещение в конюшне для хранения конского снаряжения.

Когда Хойт отпер ворота стойла, жеребец прижал уши и начал бить землю копытом. Маг поднял руки и ласково заговорил по-ирландски, успокаивая животное.

В ответ жеребец лягнул заднюю стену стойла и заржал.

— Все в порядке, все хорошо. Никто не собирается ругать тебя за недоверие к незнакомцу. Я пришел, чтобы полюбоваться тобой. Оценить твою красоту — и всего лишь. Ну вот, понюхай. Подумай хорошенько. Нет, я сказал «понюхай», а не «укуси», — усмехнувшись, Хойт отдернул руку от оскаленных зубов лошади.

Он продолжал ласково разговаривать с жеребцом, отведя руку, а тот все бил копытом и недовольно фыркал. Решив, что лучшее средство — это подкуп, Хойт сотворил яблоко.

Заметив интерес во взгляде животного, он поднял яблоко и с хрустом его надкусил.

— Вкусно. Хочешь попробовать?

Теперь конь шагнул вперед, фыркнул и взял яблоко с ладони Хойта. Хрустя яблоком, он милостиво позволил погладить себя.

— Мне пришлось оставить здесь лошадь. Великолепную лошадь, которая была со мной восемь лет. Я назвал ее Астер[1], потому что у нее была звездочка вот здесь. — Двумя пальцами он погладил лоб жеребца. — Я скучаю по ней. Несмотря на все чудеса этого мира, очень тяжело расставаться с тем, к чему привык и полюбил.

---

[1] Aster (*фр.*) — звезда.

Наконец он вышел из конюшни и закрыл за собой дверь. Дождь прекратился, и стало слышно журчание ручья и шлепки падающих на землю капель с листьев кустов и деревьев.

Интересно, живут ли еще в лесу эльфы? Игривые проказники, обожающие наблюдать за слабостями людей? Нет, он слишком устал, чтобы искать их. У него не хватит душевных сил на одинокую прогулку туда, где должны покоиться его родные.

Хойт вернулся в дом, взял чемодан и по винтовой лестнице поднялся в башню.

Путь ему преградила массивная дверь, исписанная магическими символами и заклинаниями. Хойт провел пальцами по резьбе, почувствовав тепло и вибрацию. Тот, кто это сделал, кое-что понимал в магии.

Не хватало еще, чтобы его не пускали в собственный кабинет. Он сосредоточился, чтобы снять запирающее заклинание, используя в качестве точки опоры свои обиду и гнев.

Это *его* дом. И никогда в жизни ни одна дверь не была закрыта перед ним.

— Отопрись, — приказал он. — Я имею право войти в эту комнату. По моему велению, рассейтесь, чары.

Дверь распахнулась, как от порыва ветра. Кипя от возмущения, Хойт вошел, позволив двери захлопнуться у себя за спиной.

Комната была пуста — только пыль и паутина. И холодно, подумал он. Воздух стылый, спертый, нежилой. А когда-то комнату наполняли ароматы трав и свечного воска, жар его магии.

Все равно он вернется, и все будет так, как прежде. А сейчас нужно привести помещение в порядок.

Хойт вычистил камин и разжег огонь. Потом притащил снизу мебель — стол, стулья. С удовлетворением отметив, что сюда не провели электричество, он устроил освещение по своему вкусу.

Расставил свечи, и от прикосновения его пальцев вспыхнуло пламя. В их мягком, колеблющемся свете он разложил инструменты и вещи.

Впервые за несколько дней обретя душевное равновесие, Хойт растянулся на полу перед камином, положил под голову скатанный плащ и заснул.

Ему снился сон.

Вместе с Морриган он стоял на вершине высокого холма. Склоны круто обрывались вниз, прорезанные камнепадами и темными ущельями, а над всем царили туманные очертания далеких гор. Среди грубой травы острыми пиками торчали скалы, а каменные пласты напоминали гигантские серые столы. Волны холмов тянулись до самых гор, а в низинах между ними клубился туман.

Хойт слышал доносящееся из мглы прерывистое дыхание того, кто был древнее времени. Это место было буквально пропитано злобой. Необузданная жестокость ждала своего часа.

Но теперь все пространство насколько хватало глаз было сковано тишиной.

— Поле битвы, — сказала богиня. — Твой последний рубеж. Именно здесь ты выманишь ее и встретишься с ней лицом к лицу; в назначенный день здесь будет решаться судьба миров.

— Что это за место?

— Долина Молчания в Горах Мглы, в мире, который называется Гилл. Здесь прольется кровь — демонов и людей. То, что взрастет потом, зависит от тебя и от твоих союзников. Но до начала битвы твоя нога не должна ступать на эту землю.

— Как я снова сюда попаду?

— Тебе укажут путь.

— Нас только четверо.

— Другие уже идут. А теперь спи, потому что, проснувшись, ты должен действовать.

Затем туман рассеялся. Он увидел девушку, стоящую на том же холме. Молодую, хрупкую, с рассыпавшимися по плечам каштановыми волосами — как и полагается девушке. Траурные одежды, заплаканные глаза.

Но потом слезы ее высохли, она обратила свой взгляд вдаль, на безлюдный пейзаж, который только что расстилался перед Хойтом. Богиня обратилась к девушке, но он не слышал ее слов.

Ее звали Мойра, и ее родиной был Гилл. Родиной, любовью и долгом. На этой земле царил мир — с тех пор, как ее создали боги, и род Мойры охранял этот мир. Теперь же он разобьется вдребезги, как разбилось ее сердце.

В то утро она похоронила мать.

— Они зарезали ее, словно ягненка.

— Я разделяю твое горе, дитя.

Запавшие глаза вглядывались в пелену дождя.

— Разве боги скорбят, миледи?

— Я разделяю твой гнев.

— За всю свою жизнь она никому не причинила зла. Разве так умирают хорошие, добрые люди? — Мойра бессильно уронила руки. — Ты не можешь чувствовать мою боль и мой гнев.

— Других ждет еще более ужасная смерть. Ты так и будешь стоять?

— А что я могу сделать? Как нам защититься от подобных существ? Или ты умножишь мою силу? — Мойра протянула ладони, которые еще никогда не выглядели такими маленькими и беззащитными. — Дашь мне мудрость и хитрость? Того, что у меня есть, недостаточно.

— Ты получишь все необходимое. Используй свой дар, оттачивай его. Но есть и другие люди — они ждут тебя. Ты должна идти, сегодня же.

— Идти? — Мойра в изумлении повернулась к богине. — Мой народ лишился королевы. Как я могу оставить их и как ты можешь просить меня об этом? Предстоит испытание — так определили сами боги. Если мне не суждено занять место матери, взять ее меч и корону, я все равно должна остаться здесь, чтобы помочь тому, кто взойдет на трон.

— Твой уход и будет помощью — так определили боги. Такова твоя судьба, Мойра из Гилла. Покинуть этот мир, чтобы спасти его.

— Ты предлагаешь мне оставить свой дом, свой народ, да еще в такой день? Когда на могиле матери еще не завяли венки?

— Думаешь, мать обрадовалась бы, увидев, что ты только и делаешь, что оплакиваешь ее, безмолвно наблюдая, как гибнет твой народ?

— Нет.

— Ты должна идти — ты и тот, кому ты больше всего доверяешь. Ваш путь лежит к Пляске Богов. Там я вручу тебе ключ, который приведет вас туда, куда следует. Найди остальных, собери армию. А когда ты вернешься в этот мир, на праздник Самайн, то будешь сражаться.

Сражаться, подумала Мойра. Она не знала, что такое битва, — только мир.

— Но разве я не нужна здесь, миледи?

— Потом, потом... А сейчас ты должна идти туда, где необходимо твое присутствие. Если останешься, погибнешь. И твой мир погибнет, а вместе с ним и все остальные. Такова твоя судьба, определенная еще до рождения. Для этого ты появилась на свет. А сейчас поторопись. Отправляйся немедленно. Тебя будут ждать только до захода солнца.

Мойру охватило отчаяние. Здесь могила ее матери. Здесь ее жизнь. Здесь ее мир.

— У меня такое горе... Всего несколько дней, миледи, умоляю тебя.

— Останешься еще на день и погубишь свой народ, свою страну.

Морриган взмахнула рукой, рассеивая туман. Пелена расступилась, открывая взору черную ночь с серебристой рябью света холодной луны. Воздух наполнился криками. Повсюду дым и мерцающее оранжевое пламя пожаров.

Мойра увидела деревню, над которой возвышался ее замок. Дома и лавки горели, слышались крики людей — ее друзей и соседей. Мужчин и женщин разрывали на куски, дети становились добычей тех ужасных существ, которые убили ее мать.

Девушка видела, как сражался ее дядя: меч со свистом рассекал воздух, лицо и руки обагрены кровью. Они прыгали на него отовсюду — эти жуткие твари с острыми клыками и безумными красными глазами. Они бросались на него с криками, от которых кровь стыла в жилах. Над потоками крови, заливавшей землю, скользила необыкновенной красоты женщина. На ней было красное шелковое платье с облегающим лифом, украшенным драгоценными камнями. Непокрытые волосы цвета огненного золота разметались по белым плечам.

В руках она держала спеленатого младенца.

Оглядевшись вокруг и будто бы наслаждаясь видом чудовищной кровавой бойни, красавица оскалилась и вонзила клыки в горло ребенка.

— Нет!

— Если дашь волю своему горю и гневу, то так и случится. — Холодная ярость в голосе Морриган пробилась сквозь ужас, охвативший Мойру. — Все, кого ты любишь, будут убиты, растерзаны, уничтожены.

— Что это за демоны? Кто их прислал к нам?

— Учись. Возьми то, что тебе дано, используй, ищи свою судьбу. Грядет битва. Вооружайся.

Она проснулась у могилы матери, дрожа от воспоминаний об ужасах, которые привиделись ей во сне. На сердце будто камень лежал, такой же тяжелый, как и на могиле.

— Я не смогла спасти тебя. Как же я спасу остальных? Как остановлю этих тварей?

Но придется разлучиться с любимыми людьми и местами. Богам легко говорить о судьбе, подумала Мойра, заставляя себя подняться. Девушка окинула взглядом кладбище, тихие зеленые холмы, голубую ленту реки. Солнце было уже высоко, освещая ярким светом ее землю. С неба лилась песня жаворонка, а с лугов доносилось мычанье коров.

Сотни лет боги улыбались этой земле. Теперь пришло время платить — наступило время войны, смерти и крови. И расплачиваться выпало ей.

— Я буду думать о тебе каждый день, — вслух произнесла Мойра и посмотрела на могилу отца. — Теперь вы вместе. Я сделаю все необходимое для защиты Гилла. Ведь я — единственное, что осталось от вас. Клянусь — здесь, на этой священной земле, перед теми, кто произвел меня на свет. Я пойду к чужестранцам, в незнакомый мир, и, если понадобится, пожертвую жизнью. Большего я не могу вам обещать...

Мойра подняла с земли цветы, которые принесла с собой, и положила по букету на каждую могилу.

— Помогите мне, — попросила девушка и, повернувшись, пошла прочь.

Ларкин ждал ее на каменной стене. У него тоже случилось несчастье — Мойра знала об этом, — но он не мешал ей, дал время побыть одной. Ему она доверяла больше всех. Он был сыном брата ее матери — того самого дяди, смерть которого привиделась ей во сне.

Увидев приближающуюся Мойру, молодой человек легко вскочил на ноги и молча раскрыл объятия. Девушка прильнула к нему, уткнувшись лицом в его грудь.

— Ларкин.

— Мы выследим их. Отыщем и убьем. Где бы они ни прятались.

— Я знаю, кто они, и мы их обязательно найдем и убьем. Но не здесь. И не сейчас. — Она отстранилась. — Мне явилась Морриган и сказала, что нужно делать.

— Морриган?

Заметив сомнение, мелькнувшее на его лице, Мойра улыбнулась.

— Никогда не понимала, как человек твоих способностей может сомневаться в существовании богов. — Она погладила его по щеке. — Но мне ты поверишь?

Ларкин обхватил ладонями ее лицо и поцеловал в лоб.

— Ты же знаешь, что поверю.

Мойра передала ему слова богини, и выражение его лица снова изменилось. Он сел на землю и запустил пальцы в гриву своих темно-рыжих волос. С самого детства она завидовала его волосам, сожалея, что ей достались обычные темно-русые. И глаза у них были разными: у него карие — ей они всегда казались позолоченными, — а у нее серые, как дождь.

156

Природа наделила его высоким ростом и еще многими качествами, которыми Мойра восхищалась.

Закончив рассказ, девушка тяжело вздохнула.

— Ты пойдешь со мной?

— Не отпускать же тебя одну. — Уверенным жестом он накрыл ладонью ее руки. — Мойра, а ты уверена, что твое видение — не просто проявление горя?

— Уверена. Не знаю почему, но я не сомневаюсь, что увиденное мною — реальность. Но если причиной стало мое горе, то мы лишь потеряем время на дорогу к Пляске Богов. Ларкин, я должна попытаться.

— Тогда мы попытаемся вместе.

— И никому не скажем.

— Мойра...

— Послушай меня. — Мойра с силой сжала его запястья. — Твой отец сделает все возможное, чтобы нас остановить. Или пойти с нами — если поверит мне. Так не годится. Богиня сказала, что я должна взять с собой только одного человека, которому я больше всего доверяю. Значит, тебя. Мы оставим письмо твоему отцу. В наше отсутствие он будет править Гиллом, защищать его.

— Ты возьмешь меч...

— Нет, меч не должен покидать Гилл. Это священная клятва, и я не собираюсь нарушать ее. Меч дождется моего возвращения. Я не взойду на трон, пока не подниму его, а он покоряется только достойным. Есть другие мечи. Мне приказано вооружаться, и к тебе это тоже относится. Встретимся через час. Никому ничего не рассказывай.

Она сжала его руки.

— Поклянись нашей общей кровью. Нашей общей утратой.

Разве он мог отказать ей, когда на ее щеках еще не высохли слезы?

— Клянусь. Я никому не скажу. — Он погладил ее по плечам, стараясь успокоить. — Я уверен, что в любом случае мы вернемся к ужину.

Мойра поспешила домой — через поле, вверх по склону холма к замку, откуда ее род правил этой землей с тех пор, как ее создали боги. Встречные склоняли головы, выражая сочувствие, и девушка видела в их глазах слезы.

Она знала, что скоро слезы высохнут и многие из ее подданных обратятся к ней за поддержкой и советом. Многие задумаются о том, какой она будет правительницей.

Ей эта мысль тоже не давала покоя.

Мойра пересекла огромный зал, в котором царила полная тишина — ни музыки, ни смеха. Подхватив пышные юбки, она поднялась по лестнице, ведущей к ее комнате.

Где-то поблизости находились женщины: они шили, нянчили детей, разговаривали приглушенными голосами, больше похожими на воркование голубок.

Незаметно прошмыгнув мимо них, Мойра проскользнула к себе. Там она переоделась в костюм для верховой езды, зашнуровала сапоги. Наверное, неправильно так быстро снимать траур, но в блузе и кожаных штанах путешествовать гораздо удобнее. Заплетя косу, Мойра принялась собирать вещи.

Она решила, что возьмет в дорогу только самое необходимое. Нужно относиться к этому путешествию, как к охоте — в этом деле, по крайней мере, у нее был опыт. Поэтому она достала колчан, лук, короткий меч и разложила их на кровати, после чего начала писать письмо к дяде.

Как сообщить человеку, столько лет заменявшему ей отца, что ты забираешь его сына? И не куда-нибудь, а на битву, о которой сама мало что знаешь, которую даже представить себе невозможно, союзниками в которой будут совершенно незнакомые люди?

Такова воля богов, подумала Мойра и, стиснув зубы, начала выводить первые буквы. Правда, она не была до конца уверена, что именно ею движет в ее стремлении участвовать в предстоящей битве. Возможно, это был просто гнев. Ну и пусть!

«Я должна это сделать, — уверенно писала она. — Умоляю простить меня и понять, что я поступаю так только ради Гилла. Прошу: если я не вернусь к празднику Самайн, возьми меч и правь страной вместо меня. Знай: я отправляюсь в путь ради тебя, ради Гилла. Клянусь кровью моей матери — я буду сражаться не на жизнь, а на смерть, чтобы защитить и сохранить то, что люблю.

Теперь я ухожу, оставляя все самое дорогое в твоих руках».

Она сложила лист, разогрела воск и запечатала письмо.

Затем пристегнула меч, надела через плечо колчан со стрелами и лук и вышла из комнаты. К ней тут же поспешила одна из женщин.

— Миледи!

— Я желаю прокатиться верхом, одна, — голос Мойры звучал резко, и женщина лишь вздохнула, глядя ей вслед.

Колени у нее подгибались, но она заставила себя идти вперед. На конюшне Мойра взмахом руки остановила грума и сама оседлала жеребца. Потом посмотрела на юное, нежное лицо юноши, усыпанное веснушками.

— После захода солнца из замка не выходи. И в последующие ночи тоже, — пока я не разрешу. Ты не ослушаешься меня?

— Нет, миледи.

Слегка тронув пятками бока животного, Мойра пустила лошадь галопом.

Не стоит оглядываться, подумала она. Смотреть нужно не назад, на родной дом, а вперед.

Ларкин ждал ее, небрежно развалившись в седле; его лошадь, скучая, пощипывала траву.

— Прости, долго собиралась.

— Чего ждать от женщины!

— Я подумала, что слишком много требую от тебя. А что, если мы не вернемся?

Ларкин прищелкнул языком, и его лошадь пошла рядом с лошадью Мойры.

— Будем считать, что мы никуда не едем, — так

что у меня нет причин для беспокойства. — Он беззаботно улыбнулся. — Я просто потакаю твоим желаниям.

— Для меня будет огромным облегчением, если ты окажешься прав. — Она снова пустила лошадь галопом. Что бы ни ждало ее впереди, пусть это случится скорее.

Ларкин догнал ее, и они, как это часто бывало прежде, поехали по залитым солнцем холмам. Поля были усыпаны желтой россыпью лютиков, над которыми беззаботно кружились стайки бабочек. Мойра заметила в небе сокола и почему-то почувствовала облегчение.

Мать любила наблюдать за этой птицей. Она говорила, что это отец Мойры смотрит на них сверху. Теперь девушка молилась, чтобы и матери боги даровали такой же свободный полет.

Сокол сделал круг над кольцом из камней, и в воздухе разнесся его крик.

От волнения к горлу подступила тошнота, и Мойра с трудом сглотнула.

— Ну, почти приехали. — Ларкин откинул волосы со лба. — И что дальше?

— Ты не мерзнешь? Не чувствуешь холода?

— Нет. Сегодня тепло. Солнце греет вовсю.

— Что-то наблюдает за нами. — Спешившись, Мойра продолжала дрожать. — Что-то холодное.

— Тут нет никого, кроме нас, — возразил Ларкин, но, спрыгнув на землю, все-таки взялся за рукоять меча.

— Оно видит нас. — В голове у нее не утихал гул

чужих голосов: какое-то неясное бормотание и шепот. Двигаясь, словно во сне, Мойра сняла сумку с седла. — Возьми все, что тебе нужно. Иди за мной.

— Ты ведешь себя очень странно, Мойра. — Вздохнув, Ларкин забросил свою сумку на плечо и догнал девушку.

— Сюда она не сможет войти. Никогда. Ей не дано войти в этот круг, прикоснуться к этим камням — несмотря на всю ее силу. Если попытается, то будет уничтожена. Она знает об этом и исходит ненавистью.

— Мойра, твои глаза...

Девушка посмотрела на него. Глаза ее стали почти черными, бездонными. Она раскрыла ладонь, показав ему хрустальный жезл.

— Тебе, как и мне, суждено это сделать. Мы с тобой одной крови. — Коротким мечом она порезала себе руку, затем потянулась к его руке.

— Глупости, — сказал Ларкин, но руку не отдернул, позволив ей сделать надрез на ладони.

Мойра убрала меч в ножны, обеими руками сжала его окровавленную ладонь.

— Кровь — это жизнь, и кровь — это смерть. Здесь и сейчас она откроет нам путь.

Держа его за руку, Мойра шагнула внутрь круга.

— Миры ждут, — произнесла она слова, вертевшиеся у нее в голове. — Время течет. Боги наблюдают. Повторяй за мной.

Рука девушки дрожала, когда они вместе повторяли эти слова.

Порыв ветра нагнул высокую траву, рванул полы

их плащей. Ларкин инстинктивно обнял девушку свободной рукой, пытаясь загородить своим телом, словно щитом. Вспышка света на мгновение ослепила их.

Мойра крепко держалась за его руку, чувствуя, как мир вращается вокруг нее.

Их окутала тьма. Мокрая трава, насыщенный влагой воздух.

Они стояли внутри того же круга, на том же холме. Хотя и не совсем, поняла Мойра. Лес за холмом немного изменился.

— Лошади исчезли.

— Нет. — Она покачала головой. — Это мы исчезли.

Ларкин посмотрел на небо. Сквозь облака просвечивала луна. Утихающий ветер был холодным, пробирая до костей.

— Ночь. Только что наступил полдень, и уже ночь. Где мы, черт возьми, очутились?

— Там, где должны были очутиться, — это все, что я знаю. Теперь нам нужно найти остальных.

Ларкин был сбит с толку и взволнован. Пришлось признаться самому себе, что он не предвидел такого поворота событий. Но это пройдет. Теперь у него только одна задача. Защищать свою двоюродную сестру.

— В первую очередь нужно найти укрытие и дождаться утра. — Он протянул Мойре свою сумку и вышел за пределы круга, меняясь прямо на глазах.

Менялась форма его тела — кости и сухожилия приобретали очертания какого-то животного. Вместо кожи появилась шкура, рыжевато-коричневая, под цвет волос, а вместо волос — грива. На том месте, где был человек, теперь стоял жеребец.

— Да, наверное, так будет быстрее. — Не обращая внимания на предательскую дрожь в коленях, Мойра вскочила на спину коня. — Поедем в направлении дома. Наверное, так и следует поступить. И лучше воздержаться от галопа на случай, если дорога окажется незнакомой.

Жеребец пустился рысью, а она принялась разглядывать деревья и освещенные луной холмы. Все очень похоже, но едва заметные отличия все же можно было заметить.

Раскидистый дуб стоял там, где его раньше не было, а ручей бежал в другом направлении. Дорога тоже уходила куда-то в сторону. Мойра заставила Ларкина свернуть туда, где в их мире находился ее дом.

Они въехали в лес и стали осторожно пробираться среди деревьев по извилистой тропе, ведомые инстинктом.

Вдруг жеребец остановился и поднял голову, словно принюхиваясь. Потом повернулся. Мойра почувствовала, как напряглись его мышцы.

— В чем дело? Что ты...

Он неожиданно пустился вскачь, отчаянным галопом, рискуя наткнуться на низкие ветви или споткнуться о камни. Понимая, что Ларкин почувствовал опасность, Мойра пригнулась, прижимаясь к гриве коня. Тень молнией выскочила из-за деревьев, словно у нее были крылья. Мойра успела крикнуть и выхватить меч, а Ларкин встал на дыбы и ударил врага копытами.

С пронзительным криком тварь исчезла в темноте.

Мойра хотела снова пустить жеребца галопом, но Ларкин уже сбрасывал ее с себя, превращаясь в человека. Они стояли спина к спине, обнажив мечи.

— Круг, — прошептала она. — Нам надо вернуться в круг.

— Они нас отрезали. — Он покачал головой. — Мы окружены.

Теперь они двигались медленно, стараясь избегать тени. Вдруг Мойра увидела их. Пятеро — нет, шестеро. В серебристом свете луны ярко сверкали клыки.

— Держись как можно ближе ко мне, — сказал Ларкин. — Не позволяй им обмануть себя.

Одна из тварей засмеялась, и этот смех вызвал у Мойры дрожь — так он был похож на человеческий.

— Долго же вы шли к смерти, — произнесло существо.

И бросилось на них.

8

Слишком взбудораженная, чтобы заснуть, Гленна бродила по дому. Здесь можно разместить целую армию, подумала она. А четыре почти незнакомых человека уж точно устроятся с комфортом и не будут мешать друг другу. В доме были высокие потолки — великолепные, с искусной лепниной — и винтовые лестницы, ведущие на второй этаж. Одни комнаты оказались крошечными, как тюремные камеры, другие — большими и просторными.

Вычурные железные люстры ассоциировались с готическим стилем. Они вполне соответствовали интерьеру дома, не то что современные светильники или даже изящный классический хрусталь.

С любопытством разглядывая внутреннее пространство замка, Гленна решила сфотографировать некоторые элементы декора и вернулась за фотоаппаратом. По дороге она несколько раз останавливалась, когда что-то привлекало ее внимание — фрагмент потолка или необычный свет. Целых тридцать минут она провела, рассматривая драконов, изображенных на черном мраморе камина в главной гостиной.

Маги, вампиры, воины... Мраморные драконы и древние дома, прячущиеся в глухом лесу. Столько интересного материала для нее! По возвращении в Нью-Йорк на этом можно неплохо заработать.

В конце концов, нужно думать о хорошем.

Вероятно, Киан потратил огромное количество времени и денег на реставрацию, модернизацию и ремонт этого роскошного здания. Хотя он не испытывает недостатка ни в том, ни в другом. Яркие цвета, богатые ткани, дорогой антиквариат — все это придавало дому стиль и роскошь. И все же он как будто был лишен жизни: многие годы он стоял тут пустой, гулкий, бесполезный.

Жаль. Такая красота пропадает! Просто обидно до слез.

Но все равно им повезло, что у Киана есть дом в

Ирландии. Местоположение, размеры и — как она предполагала — история делали его превосходным местом для их размещения.

Обнаружив библиотеку, Гленна обрадовалась. Три ряда полок поднимались к сводчатому потолку, где расположился еще один — на этот раз на витраже — огнедышащий дракон.

Рядом с полками стояли подсвечники высотой с человеческий рост и лампы с абажурами, украшенными драгоценными камнями. Настоящий — сомневаться в этом не приходилось — восточный ковер размером с целое озеро явно имел вековую историю.

Да, это место было не просто подходящим, но и очень комфортабельным. С огромным библиотечным столом, глубокими креслами и гигантским камином. Здесь можно оборудовать превосходный командный пункт!

Гленна не отказала себе в удовольствии зажечь камин и лампы, чтобы рассеять полутьму пасмурного дня. Потом вернулась к себе, взяла магические кристаллы, книги, свечи и расставила все это в библиотеке.

Хорошо бы принести сюда цветы, подумала она. Но и это еще не все. Жизнь не исчерпывается лишь стилем, удачей или магией.

— Что ты затеяла, рыжая?

Повернувшись, она увидела громадную фигуру Кинга, заполнившую дверной проем.

— Вью гнездо, если можно так выразиться.

— Уютное гнездышко.

— Мне тоже так показалось. И я рада, что ты пришел. Именно такой мужчина мне и нужен.

— Ну, допустим, не только тебе. Любая женщина была бы рада иметь дело со мной! Так что случилось?

— Несколько практических вопросов. Ты ведь уже бывал здесь?

— Да, пару раз.

— А где оружие? — Увидев, как поползли вверх брови Кинга, она развела руками. — Такие штуковины, которыми сражаются. Так мне, по крайней мере, кажется — ведь это будет моя первая битва. Имея под рукой пару гаубиц, я точно буду чувствовать себя увереннее.

— Не думаю, что босс ими пользуется.

— А чем он пользуется?

Кинг задумался, но спросил совсем о другом:

— Что ты сюда натащила?

Она бросила взгляд на магические кристаллы.

— Всякие мелочи, которые мне помогают — защищают, придают смелости, будят воображение и так далее. Сдается мне, это место подходит для разработки стратегических планов. Командный пункт. Что? — спросила она, увидев, как губы Кинга растягиваются в широкую ухмылку.

— В самую точку! — Он подошел к стене с книжными полками и провел рукой по резному обрамлению, украшающему их.

— Хочешь сказать, здесь есть... потайная дверь? — с довольным смехом закончила она, увидев повернувшуюся стену.

— Тут их полно. — Кинг повернул стену почти перпендикулярно, чтобы Гленна могла заглянуть в открывшийся проем. — Не знаю, понравится ли боссу, что ты суешь нос в тайные ходы. Спрашивала об оружии? — Он взмахнул рукой. — Получай.

Мечи, боевые топоры, булавы, кинжалы, косы. На стене висели все мыслимые виды холодного оружия. Арбалеты, луки и даже что-то вроде трезубца.

— Даже как-то страшно, — проговорила Гленна, но все же шагнула вперед и сняла со стены маленький кинжал.

— Один совет, — остановил ее Кинг. — Такую штуку можно использовать только тогда, когда противник намерен приблизиться вплотную — иначе толку от нее не будет.

— Логично. — Гленна вернула кинжал на место и взяла меч. — Ух ты! Тяжелый. — Она повесила меч и потянулась к клинку, который больше всего был похож на рапиру.

— Вжик, вжик, укол, еще укол? — Она сделала несколько выпадов, с удивлением обнаружив, что ей понравилось. — Ладно, все не так-то просто. Мне понадобится учитель.

— Думаешь, ты способна проткнуть этим живую плоть? — входя в комнату, спросил Киан. — Сокрушить кость, пролить кровь?

— Не знаю. — Девушка опустила клинок. — Боюсь, что это придется выяснять на практике. Я видела Лилит, поняла, на что она способна, какая у нее армия. И не собираюсь ввязываться в это дело с одними лишь снадобьями и заклинаниями. Черт возьми, я не собираюсь стоять столбом и вопить «караул!», если она попробует меня укусить.

— С помощью этого оружия ты можешь ранить их, немного задержать. Но чтобы убить вампира, ты должна отрубить ему голову.

Поморщившись, Гленна посмотрела на тонкий клинок, со вздохом водворила его на место и взяла меч потяжелее.

— Чтобы взмахнуть им, нужно много сил.

— Значит, я стану сильнее — такой, какой потребуется.

— Тебе понадобится не только сила мышц.

Она опустила глаза.

— Я стану сильной. Вы умеете управляться со всем этим оружием. Ты, Хойт и ты. — Она повернулась к Кингу. — Вы ошибаетесь, если думаете, что я буду заниматься стряпней, когда придет время сражаться. Меня не тащили сюда силой, и мне не нужна мужская защита. Я не трусиха — такой уж я родилась.

— Что касается меня, — сказал Кинг, и его лицо вновь расплылось в широкой улыбке, — то мне нравятся смелые женщины.

Сжав рукоять меча обеими руками, она взмахнула клинком.

— Итак, когда состоится мой первый урок?

Хойт спускался по лестнице, убеждая себя, что нет смысла оплакивать то, чего уже давно нет. Но он обязательно вернется в свой настоящий дом, к семье, к привычной жизни.

Снова увидит горящие на стенах факелы, вдохнет аромат роз, которые выращивала в саду мать. Пойдет на скалы позади своего домика в Керри, зная, что мир избавлен от нечисти, которая хотела уничтожить мир света.

Когда они только вошли в этот замок, Хойт понял, что ему просто необходимо хорошенько отдохнуть и побыть в одиночестве. А теперь пора приниматься за работу, нужно составить подробный план предстоящих действий. Хойт избавился от ощущения, что его втянули в нечто непонятное и неведомое.

Стемнело, и в доме зажглись лампы, свет которых был непривычно резок: электричество — это не огонь.

Он был неприятно удивлен и даже раздражен тем, что никого не встретил по пути, а из кухни не слышался запах пищи. В этот час в доме должна кипеть жизнь. Пора бы всем понять, что пришло время действовать.

Звук, донесшийся из глубины дома, заставил его остановиться и удивленно присвистнуть. Хойт бегом бросился в том направлении, откуда доносился звон клинков. Наткнувшись на стену там, где прежде была дверь, он выругался, свернул за угол и ворвался в библиотеку. Там он увидел брата, скрестившего меч с Гленной.

Хойт не раздумывал, не колебался. Он направил сгусток энергии в брата, и меч со звоном упал на пол. Не встретив сопротивления, Гленна рассекла плечо Киана.

— Проклятье. — Рука вампира дернулась к мечу, хотя девушка в ужасе отпрянула.

— О боже! Боже. Сильно? Очень сильно? — Выронив меч, она бросилась к раненому.

— Назад! — Еще одним сгустком энергии Хойт отбросил Гленну, так что она шлепнулась на пол. — Хочешь крови? — Подняв меч девушки, он повернулся к брату. — Тогда иди сюда, напейся моей.

Кинг сорвал меч со стены и скрестил его с клинком Хойта.

— Полегче, колдун. Успокойся.

— Не вмешивайся, — остановил Кинга вампир. — Отойди. — Киан медленно поднял свой меч и посмотрел в глаза Хойту. — Ты меня искушаешь.

— Прекратите! Немедленно. Что на вас нашло, черт возьми? — Не обращая внимания на мечи, Гленна встала между братьями. — Господи, я ранила его. Дайте мне взглянуть.

— Он напал на тебя.

— Нет. Он давал мне урок фехтования.

— Пустяки. — Не отрывая горящего взгляда от Хойта, Киан отодвинул Гленну. — Рубашка испорчена — между прочим, уже вторая по твоей вине. Если бы я жаждал ее крови, то не стал бы брать меч — слишком много ее прольется. Но для тебя я готов сделать исключение.

Гленна боролась с волнением, едва сдерживаясь, чтобы не сказать лишнего. Если она хоть что-то понимает в мужчинах, то достаточно лишь пальцем пошевелить, чтобы братья сцепились в драке.

Она заговорила резким тоном: раздраженная женщина — глупым мальчишкам.

— Это ошибка, случайность — с обеих сторон. Я ценю, что ты бросился мне на помощь, — сказала она Хойту. — Но мне никогда не был нужен рыцарь на белом коне, и теперь я в нем не нуждаюсь. Ты, — Гленна ткнула пальцем в Киана, — должен очень хорошо понимать, о чем мог подумать твой брат, так что не кипятись. А ты, — она повернулась к Кингу, — не обостряй ситуацию.

— Да я только...

— Сделал еще хуже, — перебила она черного гиганта. — А теперь я наложу на рану повязку.

— Не нужно. — Киан повесил меч на стену. — На мне все быстро заживает, и это тебе тоже нужно иметь в виду. — Он протянул руку за мечом Кинга. Взгляд его выражал симпатию. Или гордость. — В отличие от раздраженной ведьмы я оценил твой поступок.

— Ерунда. — Кинг отдал Киану меч и скромно пожал плечами — последний жест предназначался Гленне.

Оставшись безоружным, Киан повернулся к брату.

— Ты не мог одолеть меня на мечах даже в бытность мою человеком. А теперь тем более, черт бы тебя побрал! Неужели ты этого не понимаешь?

Гленна положила руку на плечо Хойта и почувствовала, как дрожат его мускулы.

— Отдай, — тихо попросила она. — Это нужно прекратить. — Скользнув ладонью по руке Хойта от плеча к запястью, девушка взяла у него меч.

— Хорошо бы вытереть лезвие, — заметил Киан.

— Я займусь этим. — Кинг отделился от стены. — Заодно приготовлю что-нибудь на обед. У меня разыгрался аппетит.

Гленна подумала о том, что даже после того, как Кинг вышел из комнаты, воздух был до такой степени насыщен тестостероном, что его, казалось, не разрубить даже с помощью одного из боевых топоров Киана.

— Может, займемся делом? — с жаром спросила она. — Мне пришло в голову, что библиотеку можно использовать как командный пункт. По-моему, она вполне подходит для этого — тут есть оружие, книги по магии, военному искусству, о вампирах и демонах. У меня есть пара идей...

— Кто бы сомневался, — пробормотал Киан.

— Во-первых... — Она подошла к столу и взяла хрустальный шар.

— Разве ты забыла о прошлом уроке? — спросил Хойт.

— Я не собираюсь искать Лилит. Мы знаем, где она прячется. Или пряталась. — Гленна хотела разрядить атмосферу. Возникшую напряженность нужно использовать с толком.

— Другие уже в пути — так нам было сказано. Они вот-вот должны прийти нам на помощь. Думаю, надо их поискать.

Хойт планировал заняться именно этим, но теперь озвучивать свое намерение было бы глупо.

— Положи шар на место. Его еще нельзя использовать — слишком мало времени прошло.

— Я очистила его и вновь зарядила энергией.

— Неважно. — Он повернулся к огню. — Теперь мы сделаем это по-моему.

— Знакомый мотивчик. — Киан шагнул к застекленному шкафчику и достал тяжелый графин. — Занимайтесь этим сами — вдвоем. А я займусь бренди. В другом месте.

— Останься, пожалуйста. — Гленна одарила его улыбкой, в которой читались и извинение, и лесть. — Если мы кого-то отыщем, ты должен его видеть. Нам будет необходимо выработать план действий. Всем вместе. Да и Кинга нужно позвать, чтобы решение принимали все четверо.

Хойт старался не обращать внимания на Гленну и брата, хотя с удивлением обнаружил, как трудно игнорировать легкий укол в сердце, который, скорее всего, означал ревность. Киан обучал ее фехтованию, а Гленна волновалась из-за его пустячной царапины.

Он распростер руки и сосредоточился на огне, еще более усиливая жар пламени своим раздражением.

— Отличная мысль. — Киан кивнул в сторону Хойта: — Но, похоже, он уже начал.

— Ну, тогда... ладно, ладно. Только нужно очертить магический круг.

— Мне не нужно. Ведьмы вечно чертят круги и слагают рифмы. Поэтому истинная магия чурается их.

От удивления Гленна даже приоткрыла рот. Киан улыбнулся и подмигнул ей.

— Его всегда распирало от важности. Хочешь бренди?

— Нет. — Гленна опустила на стол хрустальный шар и сложила руки на груди.

Огонь в камине затрещал, взметнулся вверх и жадно набросился на поленья.

Чтобы вызвать танец огня, Хойт использовал собственные заклинания, доставшиеся ему в наследство и знакомые с самого рождения. В глубине души он сознавал, что немного красуется, пользуется моментом, разыгрывая небольшое представление.

Сквозь завесу дыма и шипящее пламя начали проступать образы. Поначалу это были просто колеблющиеся тени, неясные очертания и силуэты. Хойт забыл обо всем, кроме магии, сосредоточившись на цели и необходимой для ее достижения силе.

Он почувствовал, как приблизилась Гленна — телом и душой. И своей магией.

Среди языков пламени силуэты становились все более четкими.

Женщина на коне — за спиной длинная коса, на плече колчан со стрелами. Конь с лоснящейся золотистой шкурой мощным галопом скачет через темный лес. На лице женщины — страх и непреклонная решимость; она пригнулась к шее животного, крепко держась за развевающуюся гриву одной рукой.

Из леса выскочил человек — даже, скорее, какое-то существо в облике человека — и тут же был отброшен назад копытами коня. Из темноты проступили другие фигуры, окружая всадницу.

Конь задрожал и вдруг в странном мерцании света превратился в мужчину — высокого, стройного, молодого. Мужчина и женщина встали спиной к спине, обнажив мечи. На них со всех сторон наступали вампиры.

— Это дорога к Пляске Богов. — Киан одним прыжком очутился у стены с оружием и схватил обоюдоострый боевой топор. — Вы с Кингом запритесь в доме, — приказал он Гленне, бросаясь к окну. — Оставайтесь тут. И никого не впускайте. Никого и ничего.

— Но...

Он распахнул окно и... словно *вылетел* из него.

— Хойт...

Но маг уже схватил меч и кинжал.

— Делай, что он говорит. — С этими словами он выпрыгнул из окна, почти с такой же скоростью, как и брат.

Не колеблясь ни секунды, Гленна последовала за ним.

Хойт бросился к конюшне, послав впереди себя импульс силы, чтобы открыть ворота. На пороге показался жеребец, и маг поднял руки, останавливая животное. Сейчас не время для проявления чувств.

— Вернись! — крикнул он Гленне.

— Я с тобой. Не трать время на споры. Я тоже тут не просто так. — Хойт, ухватившись за гриву, вскочил на спину коня, и Гленна вскинула голову. — Иначе пойду пешком.

Мысленно выругавшись, Хойт протянул девушке руку. На пороге появился Кинг, и жеребец попятился.

— Что, черт возьми, тут происходит?

— Беда! — крикнула Гленна. — На дороге к Пляске Богов. — Жеребец вновь попятился, и она обхватила руками Хойта. — Вперед!

На поляне Мойра продолжала сражаться, хотя уже не сомневалась в том, что умрет. Их слишком много, и они очень сильны. Понимая это, она билась просто за каждое драгоценное мгновение жизни.

Лук оказался бесполезен — не было ни времени, чтобы использовать стрелы, ни необходимого для этого пространства, — но оставался еще короткий меч. Мойра могла причинить этим тварям боль, и им *действительно* было больно. Пронзенные мечом, они визжали и даже падали на землю. Но снова поднимались и опять шли в наступление.

Мойра не могла их сосчитать и не видела, с каким количеством вампиров бьется Ларкин. Но твердо знала: если она упадет, все твари накинутся на него. Она держалась изо всех сил, пытаясь выстоять.

Двое врагов ринулись на нее, и она, задыхаясь, проткнула одного из них мечом. Кровь хлынула из него мощным потоком, горящие глаза закатились. Мойра с ужасом увидела, как один из вампиров набросился на него и начал жадно пить его кровь. Второй из нападавших увернулся от меча и сбил ее с ног. Он прыгнул на нее, словно бешеная собака,

178

сверкая жадно оскаленными клыками и налитыми кровью глазами.

Отчаянно отбиваясь, Мойра услышала, как Ларкин выкрикнул ее имя, и уловила ужас в его голосе. Потом почувствовала невыносимое жжение — клыки вампира оцарапали горло.

И вдруг из ночного мрака материализовалась темная фигура — воин с топором и мечом. Он отшвырнул вампира, повалившего девушку. Затуманенным взором Мойра заметила, как воин опускает меч, обезглавливая врага. Тварь закричала, вспыхнула и обратилась в прах.

— Отрубай им головы! — крикнул воин Ларкину и повернулся к Мойре, сверкнув ярко-синими глазами. — А ты бери лук и стрелы. Старайся попасть в сердце.

Он снова принялся крушить врагов своим мечом.

Мойра вскочила, выхватила стрелу из колчана и скользкой от крови рукой вставила в лук. Приближается всадник, — подумала она, услышав стук копыт.

На нее кинулась еще одна тварь — на этот раз девушка младше ее. Мойра повернулась, но времени на выстрел уже не осталось. Девушка прыгнула и наткнулась грудью прямо на стрелу. От нее осталась лишь горстка праха.

Всадник соскочил на землю, размахивая мечом.

Теперь они не умрут, подумала Мойра, вытирая заливавший глаза пот. По крайней мере, сегодня. Она снова выпустила стрелу во врага.

Трое мужчин образовали круг, отражая атаки вампиров. Одному удалось проскользнуть внутрь; он присел, примериваясь к коню, на спине которого сидела женщина, наблюдавшая за битвой. Мойра рванулась вперед, пытаясь прицелиться, но успела лишь криком предупредить об опасности.

Второй воин резко обернулся и поднял меч, намереваясь прыгнуть на врага. Но женщина подняла коня на дыбы, и копыта животного сбили вампира на землю.

Сверкнуло лезвие меча, голова вампира слетела, и в одно мгновение на земле остались лишь кровь и кучка праха.

Внезапно наступившая тишина словно обрушилась на воинов. Мойра опустилась на колени, тяжело дыша и борясь с внезапно навалившейся слабостью. Ларкин нагнулся к ней, провел ладонями по ее лицу и телу.

— Ты ранена. У тебя кровь.

— Не сильно. Ерунда. — Первая битва, подумала Мойра. И она осталась жива. — А ты как?

— Мелочь, царапины. Встать сможешь? Я тебя понесу.

— Конечно, могу, и не нужно меня нести. — Все еще стоя на коленях, она взглянула на появившегося из темноты воина. — Ты спас мне жизнь. Благодарю тебя. Думаю, мы именно тебя и искали, но я благодарна судьбе, что ты первым нашел нас. Я — Мойра, и мы прошли через Пляску Богов в Гилле.

Воин пристально посмотрел на нее.

— Нужно возвращаться в дом. Здесь находиться опасно.

— А меня зовут Ларкин. — Юноша протянул руку. — Ты сражаешься, словно демон.

— Попал прямо в точку! — Киан пожал протянутую руку. — Возвращаемся, — сказал он, обращаясь к Хойту, и повернулся к Гленне: — Вы взяли мою лошадь. Как выяснилось, правильно сделали. Девушка может ехать с Гленной.

— Я могу идти, — запротестовала Мойра, но сильные руки подняли ее с земли и посадили на спину жеребца.

— Не теряйте времени, — сказал Киан. — Хойт впереди, ты, Ларкин, рядом с женщинами, а я сзади.

Проходя мимо, Хойт прижал ладонь к шее коня и поднял взгляд на Гленну.

— Хорошая посадка.

— Я езжу верхом с четырех лет. И только попробуй еще раз не взять меня с собой! — Она обернулась к Мойре: — Меня зовут Гленна. Рада познакомиться.

— Клянусь, я еще никогда в жизни не была так рада новому знакомству!

Когда лошадь тронулась с места, Мойра с опаской оглянулась. Воина она не увидела. Он будто растворился в темноте.

— Как его имя? Того, кто пришел пешком?

— Это Киан. А Хойт впереди. Они братья. Нам еще многое нужно рассказать друг другу. Но одно несомненно: мы только что выиграли первую битву. И задали жару вампирам.

Мойра выжидала. В обычных обстоятельствах она считала бы себя гостьей и вела себя соответствующим образом. Но теперь — сомневаться не приходилось — был не тот случай. Они с Ларкином стали солдатами этой крошечной армии.

Глупо, наверное, но она обрадовалась, что оказалась не единственной женщиной.

В особняке она устроилась на чудесной кухне. Огромный мужчина с черной, как уголь, кожей суетился у плиты, хотя и не был похож на слугу.

Его называли Кингом, но Мойра поняла, что король — это не титул. Он был обычным человеком. Солдатом, как и она.

— Мы тебя подлечим, — сказала ей Гленна. — Если хочешь сначала помыться, могу проводить тебя наверх.

— Нет, я подожду, пока все вернутся.

Гленна вскинула голову.

— Ну, как знаешь. Вы как хотите, а я хочу выпить.

— Готов убить за глоток чего-нибудь бодрящего, — с улыбкой произнес Ларкин. — И, кажется, уже убил. А я ведь не очень-то тебе поверил тогда. — Он накрыл ладонью руку Мойры. — Прости.

— Ерунда. Все в порядке. Мы живы и попали туда, куда нужно. Это главное. — Она повернулась к открывшейся двери. Вошел Хойт, а не тот, кого звали Кианом. Но девушка все равно встала.

— Мы еще должным образом не поблагодарили за помощь. Тварей было так много. Без вас мы погибли бы.

— Мы ждали вас.

— Знаю. Морриган показала мне тебя. И тебя тоже. — Она повернулась к Гленне. — Это Ирландия?

— Да.

— Но...

Мойра опустила ладонь на плечо Ларкина.

— Мой кузен считает Ирландию сказочной страной. Мы пришли из Гилла, который создали боги из частички Ирландии, дабы он жил в мире под властью наследников великого Финна[1].

— Ты образованна.

— Да, она любит книги — этого у нее не отнимешь. Превосходное, — прибавил Ларкин, сделав глоток вина.

— А ты тот, кто имеет много обличий.

— Все правильно, это я.

Дверь снова открылась, и Мойра почувствовала, как будто гора свалилась с ее плеч. Скользнув по ней взглядом, Киан обратился к Гленне:

— Ее нужно лечить.

— Отказалась. Хотела, чтобы все вернулись. Допивай вино, Ларкин. Мойра, пойдем со мной наверх.

— У меня столько вопросов.

— У нас не меньше. Поговорим за обедом. — Гленна взяла Мойру за руку и потянула за собой.

_____

[1] Эбер Финн (Светлый Эбер) — согласно средневековой ирландской легенде и исторической традиции, был верховным королем Ирландии и одним из основателей ирландских династий, в т.ч. и королевских.

Киан налил себе вина и сел за стол. Его рубашка пропиталась кровью.

— Ты всегда берешь свою женщину в опасные путешествия?

Ларкин снова глотнул вина.

— Мойра — не моя женщина, она двоюродная сестра, и это именно она привела меня сюда. У нее был сон, видение или еще что-то такое мистическое — с ней это часто случается. Чудачка. Но она твердо решила отправиться сюда, и я не мог ее остановить. Эти твари добрались и до Гилла. Убили мать Мойры.

Он сделал еще глоток.

— Мы похоронили ее сегодня утром — если время тут течет так же, как у нас. Они разорвали ее на куски на глазах у сестры.

— А как ей самой удалось выжить?

— Она не знает. По крайней мере... ничего об этом не рассказывает. Пока.

Наверху Мойра вымылась в душе — Гленна показала, как им пользоваться. Полученное удовольствие смягчило телесные и душевные раны, а горячая вода показалась настоящим чудом.

Смыв кровь и пот, она надела оставленный Гленной халат и вышла в спальню, где ее дожидалась новая знакомая.

— Неудивительно, что для нас Ирландия всегда была волшебной страной. Так оно и есть.

— Выглядишь лучше. И щеки малость порозовели. Давай-ка посмотрим твою шею.

— Жжет, и довольно сильно. — Мойра дотронулась до ранки. — Хотя это всего лишь царапина.

— Хоть и неглубокий, но все равно это укус вампира. — Внимательно осмотрев рану, Гленна поджала губы. — Кожа, кажется, не проколота, разве только слегка. И это хорошо. У меня есть кое-что — должно помочь.

— Как вы узнали, где нас искать?

— Увидели в огне, — ответила Гленна, роясь в сумке в поисках нужной мази.

— Ты ведьма.

— Ну да... Ага, вот она.

— А тот, кого зовут Хойт, — маг.

— Точно. Он тоже из другого мира — то есть из другого времени. Похоже, нас собирают, как говорится, с миру по нитке. Ну?

— Холодит. — Гленна вздохнула, почувствовав, как мазь ослабляет жжение. — Отлично, спасибо. А Киан — что он за человек?

Гленна колебалась. Затем решила, что в этом случае нужно быть откровенной. Честность и доверие — вот девиз их маленького отряда.

— Он вампир.

Вновь побледневшая Мойра вскочила.

— Что ты говоришь? Ведь он сражался с ними, спас мне жизнь. А теперь он сидит на кухне, в этом доме, вместе с нами. Почему же ты называешь его вампиром?

— Он вампир вот уже несколько сотен лет. Ту, которая превратила его в демона, зовут Лилит, и именно с ней нам предстоит побороться. Киан —

родной брат Хойта. Мойра, он поклялся сражаться наравне с остальными.

— Если твои слова... Он не человек...

— Твой кузен превращается в коня. Такое вряд ли доступно обычному человеку.

— Но это разные вещи.

— Возможно. Я не знаю, что тебе сказать. Но я твердо убеждена: Киана не следует судить за то, что случилось с ним много веков назад. Я знаю, что он помог нам добраться сюда и первый выскочил из дома, когда увидел ваши образы в пламени камина. Но мне понятны и твои чувства.

Мойра опять вспомнила гибель матери — крики, запах крови.

— Ты не можешь себе этого представить.

— Ладно, согласна. Но я тоже сначала не доверяла ему. А теперь доверяю. Целиком и полностью. И мы должны победить эту нечисть. Здесь. Подожди, сейчас принесу тебе одежду. Я выше тебя ростом, но ты пока просто закатай штанины брюк, а потом мы подыщем тебе что-то более подходящее. Спустимся вниз, поедим, все обсудим. И решим, что делать дальше.

Мойре показалось странным, что они едят на кухне, как члены одной семьи или слуги. Она сомневалась, что сможет проглотить хоть кусочек, но оказалось, что у нее разыгрался просто волчий аппетит. Жареный цыпленок был сочным, с румяной корочкой, а гарнир — картошка и фасоль — просто пальчики оближешь!

186

Вампир почти не ел.

— Ну вот, мы собрались, — объявил Хойт, — позже к нам присоединятся и другие. Но начинать дело выпало нам. Завтра мы будем тренироваться, учиться. Ты, Киан, лучше всех знаешь, как сражаться с врагом. Тут ты главный. А мы с Гленной — по части магии.

— Мне тоже нужно тренироваться, — возразила Гленна.

— Значит, будешь и этим заниматься. Мы должны выявить наши сильные и слабые стороны. Нам необходимо подготовиться к решающей битве.

— Она состоится в Гилле, — сказала Мойра. — В Долине Молчания, что в Горах Мглы. Это произойдет в субботу, во время праздника Самайн. — Стараясь не встречаться взглядом с Кианом, она посмотрела на Хойта. — Морриган мне показала.

— Да, — кивнул он. — Я видел тебя там.

— Когда наступит время, мы вновь пройдем через Пляску Богов и отправимся на поле битвы. Дорога туда займет пять дней, так что придется выходить заранее.

— А жители Гилла будут сражаться вместе с нами?

— Будут, все до единого. Каждый с готовностью отдаст свою жизнь, чтобы спасти наш дом и остальные миры. — Она почувствовала тяжелый груз ответственности. — Стоит мне только попросить.

— Ты так веришь в жителей Гилла, — заметил Киан.

Теперь Мойра посмотрела на него — заставила себя взглянуть в его глаза, синие и яркие. Интересно, они тоже становятся красными, когда он пьет кровь?

— Именно так. В своих земляков и в человечество. Но в любом случае они подчинятся моему приказу. Потому что когда я вернусь в Гилл, то приду к Королевскому камню, и если я окажусь самой достойной, то вытащу меч из ножен. И стану королевой Гилла. Я не хочу, чтобы мой народ был уничтожен существами, которые превратили тебя в того, кем ты стал. Не хочу, чтобы их перерезали, как овец. Если им суждено умереть, то они погибнут в бою.

— Тебе следует понимать, что небольшая стычка, произошедшая этой ночью, — пустяк. Он в счет не идет. Сколько их было? Восемь, десять? А будут тысячи. — Он поднялся. — Лилит собирала армию почти двести лет. Чтобы выжить, твоим крестьянам придется не просто перековать плуги на мечи.

— Они сделают это.

Киан склонил голову.

— Приготовьтесь к изнурительным тренировкам. И начнем не завтра, а сегодня вечером. Если ты не забыл, брат, днем я сплю.

С этими словами он вышел из кухни.

9

Гленна махнула рукой Хойту, и они вышли, оставив Мойру и Ларкина с Кингом. Она посмотрела в сторону кухни, потом в другой конец коридора. Интересно, куда делся Киан?

— Нужно поговорить. Наедине.

— Нам пора приниматься за работу.

— Не спорю, но сначала мы должны кое-что обсудить.

Хойт нахмурился, но все же кивнул. Если ей так хочется уединиться, в доме есть одно место, где им никто не помешает. Он повел девушку по винтовой лестнице к себе в башню.

Гленна обошла комнату, осмотрела рабочий стол, книги и инструменты. Подошла к каждому из узких окон, открыла стеклянную створку, сохранившуюся еще с тех времен, когда здесь жил Хойт, снова закрыла.

— Мило. Очень мило. Не собираешься делиться богатством?

— Что ты имеешь в виду?

— Мне нужно место для работы. Более того, я бы сказала, что нам нужно место для совместной работы. И не смотри на меня так. — Махнув рукой, она подошла к двери и закрыла ее.

— Как именно?

— А вот так: «Я маг-одиночка, и меня не интересуют ведьмы». Мы связаны друг с другом — и с остальными тоже. Каким-то образом — один бог знает, каким — нам нужно стать командой. Потому что Киан прав.

Гленна вернулась к одному из окон и посмотрела наружу: кромешная тьма.

— Он прав. У Лилит будут тысячи воинов. Я никогда не заглядывала так далеко, не мыслила такими масштабами... Впрочем, что может быть масштабнее Апокалипсиса? Разумеется, на ее стороне будут тысячи. А нас всего лишь жалкая горстка.

— Все случилось так, как нам было сказано, — напомнил Хойт. — Мы первые. Это наш круг.

Гленна отвернулась от окна и опустила глаза, но маг почувствовал ее страх. И сомнения.

— Мы чужие друг другу и еще не готовы, взявшись за руки, образовать круг и произнести клятву единства. Мы раздражительны и подозрительны. И даже обидчивы — это касается тебя и твоего брата.

— У меня нет обиды на брата.

— Да перестань! Разумеется, есть. — Она откинула волосы, и Хойт увидел, что она разочарована. — Пару часов назад ты поднял на него меч.

— Я думал, он...

— Да, да, я должна быть благодарна, что ты бросился меня спасать.

Презрительный тон девушки задел его рыцарские чувства, и он выпрямился.

— Можешь не благодарить, черт бы тебя побрал!

— Если ты когда-нибудь действительно спасешь мне жизнь, моя благодарность будет искренней, обещаю. Но защита благородной дамы — только повод, а самозащита — лишь одна из причин, по которой Киан едва не схватился с тобой. Все это понимают — и ты, и я, и он.

— Если всем все понятно, тебе незачем болтать попусту.

Она шагнула вперед, и Хойт с некоторым удовлетворением отметил, что на этот раз он сумел достойно ответить ей.

— Ты сердишься на него за то, что он позволил себя убить и — того хуже — превратить в вампира.

Киан злится на тебя потому, что ты втянул его во все это и заставил вспомнить, каким он был до того, как Лилит вонзила в него свои клыки. Пустая трата времени и сил. Мы должны либо подавить свои эмоции, либо использовать их. Ведь если ничего не изменится, она нас уничтожит, Хойт. А я не хочу умирать.

— Если ты боишься...

— Конечно, боюсь. Неужели ты настолько глуп? После того, что мы видели и с чем мы столкнулись сегодня, не испугается только идиот. — Она закрыла ладонями лицо, изо всех сил пытаясь унять участившееся дыхание. — Я понимаю, что нужно делать, но не знаю как. И ты не знаешь. И остальные тоже.

Она опустила руки и приблизилась к нему.

— Давай будем честными друг с другом. Мы обречены зависеть друг от друга, доверять друг другу — так что давай будем честными. Нас ничтожно мало. Да, на нашей стороне магическая сила и способности, но мы всего лишь горстка перед бесчисленной массой врагов. Как нам выжить, не говоря уже о том, чтобы победить?

— Мы соберем сторонников.

— Как? — Она вскинула руки. — Как? В этом времени и в этом мире, Хойт, люди нам не поверят. Всякого, кто начнет открыто рассуждать о вампирах, магах, апокалипсических битвах и поручениях богов, либо посчитают оригиналом (в лучшем случае), либо поместят в палату, обитую войлоком.

Почувствовав потребность в физическом контакте, Гленна провела ладонью по руке Хойта.

— Мы не должны строить иллюзий. Тут нет кавалерии, спешащей нам на помощь. Кавалерия — это мы.

— Ты рассказываешь мне о трудностях, но не предлагаешь никакого выхода.

— Возможно. — Она вздохнула. — Возможно. Но не обрисовав проблемы, не найдешь решения. У врага многократное превосходство в численности. Мы собираемся сражаться с существами — за неимением более точного определения, будем называть их так, — убить которые можно лишь немногими способами. Ими управляет, их возглавляет и вдохновляет вампир неимоверной силы и, если так можно выразиться, жажды. Я плохо разбираюсь в военном деле, но понимаю, когда шансы не на моей стороне. Значит, нам нужно уравнять наши возможности.

Она рассуждала разумно и хладнокровно — этого Хойт не мог отрицать. Ее откровенность можно было расценивать как храбрость.

— Как?

— Понимаешь, мы не в состоянии отрубить тысячи голов — это просто нерационально. Нужно найти способ отрубить голову целиком всей армии, то есть Лилит.

— Будь все так просто, мы давно бы уже победили.

— Будь это невозможно, нас не собрали бы здесь. — В отчаянии она ударила кулаком по его руке. — Ты будешь работать вместе со мной, да?

— У меня нет выбора.

Теперь в ее глазах мелькнула боль — на мгновение.

— Неужели тебе это так неприятно? Я тебе противна?

— Нет. — Такая же мимолетная тень вины скользнула в его взгляде. — Прости. Нет, конечно, не противна. Но мне трудно. Ты меня отвлекаешь — твоя внешность, твой запах, ты сама.

— О! — Уголки ее губ слегка дрогнули. — Это уже интересно.

— Но у меня нет на тебя времени — в этом смысле.

— В каком? Конкретнее, пожалуйста. — Она понимала, что дразнить и искушать его не совсем честно. Но так приятно быть просто женщиной.

— Речь идет о жизни.

— Какой смысл в жизни без чувств? Меня тянет к тебе. Ты меня волнуешь. Да, трудно и отвлекает от дела. Но зато помогает ощутить почву под ногами, понять, что в жизни остался не только страх. Мне это нужно, Хойт. Просто необходимо. Я нуждаюсь в других чувствах.

Кончиками пальцев он коснулся щеки девушки.

— Я не могу обещать, что сумею защитить тебя. Но попытаюсь.

— Речь идет не о защите. Мне ничего не нужно — пока, — кроме истины.

Хойт обхватил ладонями ее лицо и наклонился. Губы Гленны раскрылись навстречу его губам. Его желание — почувствовать, узнать ее — было таким же сильным.

Человеческие чувства победили.

Кровь забурлила, мышцы напряглись, сердца забились в бешеном ритме.

Так легко, подумал он, так просто погрузиться в тепло и негу. Ощутить в темноте объятия Гленны; хоть на минуту, хоть на час забыть обо всем, что ждет их впереди.

Гибкие руки обняли Хойта, и девушка встала на цыпочки, крепче прижимаясь к нему. Хойт чувствовал вкус ее губ и языка, обещавших наслаждение. Оставалось лишь протянуть к ней руку.

Губы Гленны, прижимавшиеся к его губам, шевельнулись, произнося его имя — один раз, затем еще. И вдруг между ними пролетела искра, превратившаяся в медленно разгорающееся пламя. Волна жара пробежала по коже, проникая в самое сердце.

Угли в камине вспыхнули так ярко, словно это был десяток факелов.

Хойт оторвал от себя девушку, не убирая ладоней от ее щек. Теперь он видел языки пламени, пляшущие в ее глазах.

— Истина, — прошептал он. — Только я не знаю, в чем она.

— Я тоже. Но мне так лучше. Я чувствую, что становлюсь сильнее. — Она посмотрела на огонь. — Вместе мы сильнее. И это не случайно: в этом есть какой-то смысл.

Она отстранилась.

— Я принесу снизу свои вещи, и мы вместе попытаемся понять, в чем именно состоит истина.

— Думаешь, общая постель — это ответ?

— Возможно... по крайней мере, это можно рассматривать как вариант. Но я еще не готова делить с тобой постель. Мое тело стремится к этому, — призналась она. — Но не разум. Отдавая себя другому человеку, я связываю себя серьезными обязательствами. Мы оба уже не будем свободны, как прежде. И мы оба должны быть уверены, что готовы отдавать друг другу больше.

— Тогда что это было?

— Контакт. — Ее голос звучал тихо. — Поддержка. — Она коснулась руки Хойта. — Единение. Мы вместе займемся магией, Хойт, серьезной магией. Для меня это занятие так же глубоко интимно, как и секс. И я собираюсь принести сюда все, что мне понадобится.

Хойт подумал, что женщины всегда были сильными и загадочными существами, даже без всякой магии. А если добавить хоть немного магической силы, то у мужчин практически не остается шансов.

Кажется, его еще окутывает ее аромат, а на губах все еще ощущается вкус ее поцелуев. Вот оно, женское оружие. А также привычка ускользать.

Он постарается защитить себя от подобных вещей.

Гленна собирается ворожить здесь, в его башне, бок о бок с ним. По-видимому, в этом есть глубокий смысл. Но разве мужчина способен сосредоточиться, если он все время отвлекается, видя перед собой женщину: ее губы, кожу, волосы; слыша ее голос?

Возможно, стоит поставить защитный барьер,

по крайней мере временно. Хойт сел за стол и попытался сосредоточиться.

— Твои зелья и заклинания подождут, — послышался у двери голос Киана. — И любовь тоже.

— Не понимаю, о чем ты. — Хойт не поднял головы.

— Встретил Гленну на лестнице. Я вижу, когда женщина побывала в объятиях мужчины. Могу почувствовать на ней твой запах. Но я тебя не виню, — лениво добавил Киан, переступая порог и обходя комнату по кругу. — У тебя очень сексуальная ведьма. Очаровательная, — прибавил он в ответ на застывший взгляд брата. — Соблазнительная. Можешь с ней переспать, если хочешь, но позже.

— С кем мне спать и когда — это тебя не касается.

— Разумеется, но дело в другом. Большой зал будет использоваться для тренировок. Мы с Кингом уже начали. И я не хочу, чтобы мне проткнули сердце деревянным колом, потому что ты и твоя рыжая слишком заняты друг другом.

— Я тебя не подведу.

— А я и не дам тебе такого шанса. Мы не знаем, на что способны новички. Мужчина достаточно хорошо владеет мечом, но все время отвлекается, стараясь защитить сестру. Если она не может сражаться, нужно подыскать ей другое дело.

— Это как раз лучше выяснить тебе: понять, выстоит ли она в битве.

— Ладно, проверю, — пообещал Киан. — И остальных тоже. Но нам понадобятся не только мечи и колья, не только мускулы.

— Я понимаю. У нас будет все необходимое. Предоставь это мне, Киан, — ответил Хойт вслед выходящему из комнаты брату. — Ты еще видел их? Знаешь, как они жили, что с ними стало?

Киан безо всяких объяснений понял, что речь идет об их семье.

— Жили, а потом умерли — как и все люди.

— Значит, они для тебя ничем не отличаются от остальных?

— Просто тени.

— Когда-то ты их любил.

— Когда-то в моей груди билось сердце.

— А чем измеряется любовь? Сердцебиением?

— Мы способны любить. Да-да, не удивляйся. Но любить человека? — Киан покачал головой. — Это приведет только к страданиям и трагедии. Твои родители дали мне жизнь — прошлую. Лилит сделала меня вампиром...

— Ты любил ее?

— Лилит... — На его лице медленно проступила задумчивая грустная улыбка. — Можно и так выразиться. Но не волнуйся. Это не помешает мне уничтожить ее. Спускайся, и я посмотрю, на что ты способен.

— Два часа рукопашного боя ежедневно, — объявил Киан, когда все собрались внизу. — Два часа работы с оружием — каждый день. Два часа — тренировка на выносливость и два часа — обучение военной науке. Я буду тренировать вас по ночам, а

Кинг днем, когда можно заниматься на свежем воздухе.

— Нам потребуется время на изучение стратегии, — вставила Мойра.

— Вот и займитесь этим. Враг сильнее вас и гораздо более жестокий, чем вы думаете.

— Я знаю, какие они.

— Тебе только кажется. — Киан едва удостоил ее взглядом.

— Ты убил хотя бы одного — до сегодняшней ночи? — спросила она.

— Убил, и не одного.

— В моем мире тот, кто убивает себе подобных, считается злодеем и отверженным.

— В противном случае тебе пришлось бы распрощаться с жизнью.

Движения Киана были так стремительны, что никто не успел среагировать. В одно мгновение он оказался за спиной Мойры: одна рука обвила талию девушки, другая приставила нож к ее горлу.

— Разумеется, нож мне ни к чему.

— Оставь ее. — Ларкин сжал рукоять своего кинжала. — Не прикасайся к ней.

— Попробуй остановить меня. — Киан отбросил клинок. — Я только что перерезал ей горло. — Он обхватил руками голову Мойры и легонько толкнул — так, что девушка отлетела к Хойту. — Отомсти за нее, Ларкин. Нападай на меня.

— Я не могу драться с тем, кто сражался рядом со мной.

— Но теперь-то я не на твоей стороне, правда?

Где твое мужество? Или мужчины Гилла ни на что не способны?

— Еще как способны! — Ларкин выхватил кинжал, слегка присел и двинулся на Киана, описывая круг.

— Не тяни, — поддразнивал Киан. — Я безоружен. У тебя преимущество. Используй его.

Ларкин сделал выпад, взмахнул лезвием. И тут же оказался на полу. Его кинжал отлетел в сторону.

— Преимущества перед вампиром у тебя нет. Это первый урок.

Ларкин откинул волосы со лба и рассмеялся.

— Ты искуснее их.

— Значительно. — Польщенный, Киан протянул руку и помог Ларкину подняться. — Начнем с простейших приемов — посмотрим, на что вы способны. Выбирайте партнера. У вас одна минута, чтобы сбить его с ног — голыми руками. По моему сигналу меняетесь противниками. Двигайтесь быстро, действуйте жестко. Начинаем.

Киан увидел, как его брат застыл в нерешительности, а ведьма налетела на него, и он потерял равновесие. Гленна, зацепив ступней его щиколотку, повалила Киана на пол.

— Приемы самообороны, — объявила Гленна. — Я живу в Нью-Йорке.

Пока она улыбалась, Хойт круговым движением ноги сбил ее с ног. Она со всего размаху шлепнулась на пол.

— Черт! Первым делом сюда нужно постелить маты.

— Смена партнера.

Они передвигались, маневрировали, боролись. Это больше походило на игру или на состязание, чем на тренировку. Тем не менее, подумала Гленна, свою порцию синяков она заработает, это точно. Оказавшись лицом к лицу с Ларкином, она почувствовала, что тот не будет бороться с ней в полную силу. Поэтому она одарила противника игривой улыбкой и, заметив в его глазах искорки смеха, провела бросок через плечо.

— Прости. Я люблю выигрывать.

— Смена партнера.

Над Гленной нависла громадная фигура Кинга. Она долго задирала голову, пока не встретилась взглядом с черным гигантом.

— Я тоже участвую в тренировках, — сообщил он.

Гленна действовала инстинктивно: движение рук, быстрое заклинание. Кинг рассеянно улыбнулся, и она коснулась его руки.

— Может, присядешь?

— Конечно.

Гигант послушно сел, и Гленна, подняв голову, увидела, что Киан наблюдает за ней. Краска залила ее щеки.

— Наверное, это против правил... и вряд ли мне удастся повторить трюк в разгар битвы, но я думаю, что это тоже должно засчитываться.

— Никаких правил не существует. Гленна — не самая сильная. — Теперь Киан обращался ко всем. — И не самая быстрая. Но умнее всех вас. Она использует хитрость, а не только силу и быстроту мышц. Но ты должна стать сильнее, — сказал он Гленне. — И быстрее.

Впервые за все время Киан улыбнулся.

— Возьми меч. Начнем тренировку с оружием.

К концу следующего часа с Гленны градом катил пот. Рука, державшая меч, ныла, словно больной зуб, — от плеча до запястья. Радостное возбуждение от того, что она занята настоящим делом, чем-то осязаемым, давно сменилось невероятной усталостью.

— А я думала, что нахожусь в хорошей форме, — пожаловалась она Мойре. — Столько времени убила на пилатес[1], йогу, бодибилдинг... наверное, все это звучит для тебя как абракадабра.

— У тебя отлично получается. — Мойра сама чувствовала себя слабой и неуклюжей.

— Да я едва на ногах держусь. Между прочим, я регулярно тренировалась, причем с большими нагрузками, но сейчас совершенно выбилась из сил. Да и ты не слишком бодра.

— Это был очень долгий и очень тяжелый день.

— Мягко сказано.

— Дамы? Позвольте побеспокоить вас и попросить присоединиться к остальным? Или вы предпочитаете присесть и поговорить о моде?

Гленна поставила на пол бутылку с водой.

---

[1] Пилатес — система упражнений, созданная Йозефом Пилатесом (1883—1967); одно из направлений фитнеса, в основе которого — практика метода контроля состояния мышц мысленным усилием.

— Сейчас почти три утра. — Она повернулась к Киану. — Опасное время для сарказма.

— И самое удобное для врага.

— Возможно, только не все еще успели привыкнуть к такому режиму. А Мойра с Ларкином сегодня проделали большой и опасный путь. Ты прав: нам нужно тренироваться. Но если мы не будем отдыхать, то не наберемся сил, не сможем выработать быструю реакцию. Посмотри на нее, — потребовала Гленна. — Она едва стоит на ногах.

— Со мной все в порядке, — поспешно отозвалась Мойра.

Киан внимательно посмотрел на нее.

— Ну хорошо. Придется неловкое обращение с мечом и плохую физическую форму списать на усталость.

— Я владею мечом. — С горящими глазами Мойра стиснула рукоять клинка. Ларкин шагнул вперед, положил ладонь на ее плечо и крепко сжал.

— И достаточно хорошо. Мойра доказала это сегодня ночью. Но в битве моя сестра предпочитает не меч, а другое оружие.

— Да? — В единственном слоге, слетевшем с губ Киана, сквозила скука.

— Она превосходно владеет луком.

— Возможность продемонстрировать это ей представится завтра, а теперь...

— Можно и сегодня. Открой двери.

Повелительный тон девушки заставил Киана удивленно взглянуть на нее.

— Здесь распоряжаешься не ты, маленькая королева.

— И не ты. — Она взяла лук и колчан. — Кто-нибудь откроет дверь или мне придется сделать это самой?

— Я тебя не выпущу.

— Он прав, Мойра, — сказала Гленна.

— Я не собираюсь выходить. Ларкин, будь добр.

Ларкин подошел к дверям, выходящим на широкую террасу, и распахнул их. Мойра вставила стрелу в лук и приблизилась к порогу.

— Моя цель — дуб.

Киан встал рядом, остальные сгрудились позади них.

— Не особенно далеко.

— Она имеет в виду не ближнее дерево, — пояснил Ларкин и махнул рукой: — Вон то, справа от конюшни.

— Нижняя ветка.

— Я ее едва различаю, — заметила Гленна.

— А ты? — Мойра повернулась к Киану.

— Превосходно.

Девушка подняла лук, замерла, прицелилась. И выпустила стрелу.

Гленна услышала свист, затем глухой стук — стрела попала точно в цель.

— Ух ты! Мы заполучили Робин Гуда.

— Хороший выстрел, — спокойно произнес Киан и повернулся, собираясь уйти. Движение у себя за спиной он почувствовал раньше, чем прозвучал резкий окрик Ларкина.

Мойра вставила в лук новую стрелу и теперь целилась в него.

Поняв, что Кинг готов броситься на девушку, Киан поднял руку, останавливая его.

— Целься в сердце, — посоветовал он Мойре. — В противном случае ты только разозлишь меня. Не вмешивайся. — Теперь он обращался к Хойту. — Пусть решает сама.

Лук дрогнул, затем опустился. Девушка отвела взгляд.

— Мне нужно поспать. Простите. Мне нужно поспать.

— Конечно. — Гленна взяла у нее лук и отложила в сторону. — Пойдем вниз, я помогу тебе устроиться. — Она повела Мойру за собой, и ее взгляд, предназначавшийся Киану, был таким же острым, как наконечник стрелы.

— А они? Они спят?

Гленна догадалась, кого имеет в виду Мойра. Вампиры. Киан.

— Да, похоже на то, что спят.

— Как хочется, чтобы наступило утро и выглянуло солнце. Тогда они расползутся по своим щелям. Я слишком устала и не в состоянии думать.

— Тогда не думай. Ну вот, давай разденемся.

— Кажется, я потеряла свои вещи в лесу. У меня нет ночной рубашки.

— Завтра поищем. Можешь спать без одежды. Хочешь, я посижу с тобой?

— Нет. Спасибо, не нужно. — Она сдержала подступившие к глазам слезы. — Я как ребенок.

— Просто уставшая женщина. Утром ты будешь лучше себя чувствовать. Спокойной ночи.

Гленна хотела вновь подняться к остальным, но передумала и направилась в свою комнату. Плевать, если мужчины подумают, что она отлынивает, — ей тоже хотелось спать.

Во сне ее преследовали кошмары: вопли истязаемых острыми ножами терзали мозг, вонзались в сердце. Куда бы она ни сворачивала в путанице лабиринта пещер, везде ее ждала черная пасть провала, словно намереваясь проглотить; ее тело содрогалось от страшных криков и стонов.

Но хуже криков — еще хуже — был смех.

Сны привели Гленну на скалистый берег бурного моря, где багровые вспышки молний вспарывали непроглядную мглу неба и черные воды. Ветер сбивал ее с ног, а острые камни, разбросанные по земле, впивались в ступни, сдирая кожу.

В густом лесу пахло кровью и смертью, а тени были такими густыми, что Гленна чувствовала, как они касаются ее кожи, будто холодные пальцы.

Она знала, что ее прихода ждут с нетерпением, — об этом нашептывали ей шелест крыльев, шорох змеиных тел, клацанье когтей о землю.

Гленна слышала волчий вой, и в этом звуке угадывался голод.

Твари преследовали ее — безоружную, с сердцем, готовым выскочить из груди. Гленна бежала, не разбирая дороги; крик замер в саднящем горле.

Она выбежала из леса на утес, нависавший над

бушующим морем. Волны бились об острые, словно лезвия бритвы, скалы. Объятая ужасом, она каким-то образом описала круг и оказалась над пещерой, скрывавшей то, чего боялась даже смерть.

Ветер хлестал ее, и в нем слышалась песнь силы. Его силы — горячей, чистой силы мага. Гленна потянулась к ней, но магия ускользнула из дрожащих пальцев, и Гленна осталась одна.

Повернувшись, она увидела Лилит, величественную в своем алом одеянии; красота ее казалось ослепительной на фоне черного бархата неба. По обе стороны от нее два черных волка нетерпеливо подрагивали, готовясь к смертельному прыжку. Лилит гладила их спины, сверкая перстнями на пальцах.

Она улыбнулась, и Гленна почувствовала, как что-то словно притягивает ее. Подспудное и внушающее ужас желание.

— Между дьяволом и морской пучиной. — Лилит щелкнула пальцами, и волки сели. — Боги никогда не предлагают своим слугам достойный выбор, правда? А я могу.

— Ты — смерть.

— Нет, нет и нет. Я — жизнь. Они лгут. Это они — смерть. Плоть и кости, разлагающиеся в земле. Что могут дать тебе боги? Семьдесят пять, восемьдесят лет? Ничтожно мало.

— Я проживу столько, сколько мне отмерено.

— И будешь дурой. Я считала тебя умнее и практичнее. Ты знаешь, меня не победить. Ты уже устала, измучена, и тебя одолевают сомнения. Предлагаю выход — но не только. Гораздо больше.

— Стать подобной тебе? Охотиться и убивать? Пить кровь?

— Как шампанское. О, этот вкус первой крови... Я тебе завидую. Этот первый пьянящий глоток, момент, когда забываешь обо всем, кроме тьмы.

— Я люблю солнце.

— С твоей-то кожей? — Лилит весело рассмеялась. — После часа на пляже ты поджариваешься, как бекон. Я покажу тебе прохладу. Холодную, холодную тьму. Она уже внутри тебя — ждет, пока ее освободят. Чувствуешь?

Гленна лишь покачала головой — на самом деле она действительно ощущала тьму.

— Лгунья. Пойдем со мной, Гленна, и ты всегда будешь рядом. Я подарю тебе жизнь, вечную жизнь. Вечную юность и красоту. Силу, во много раз превосходящую ту, что дали тебе боги. Ты будешь править собственным миром. Я дам его тебе — твой мир.

— Зачем тебе это?

— А почему бы и нет? У меня много миров. И мне нравится общество таких женщин. Что для нас мужчины? Лишь орудия. Захочешь, и они будут твоими. Я предлагаю тебе этот щедрый дар.

— Ты предлагаешь мне проклятие.

Смех Лилит звучал мелодичной, чарующей музыкой.

— Боги пугают детей россказнями про ад и вечное проклятие. Используют эти сказки, чтобы держать вас в повиновении. Спроси Киана, согласен ли он променять бессмертие, красоту, молодость и гибкое тело на оковы и ограничения смертных людей. Уверяю тебя, никогда. Пойдем. Пойдем со мной, и я подарю тебе величайшее из наслаждений.

Она шагнула вперед, и Гленна, подняв обе ладони, выжала все, что только можно, из своей стынущей от ужаса крови и попыталась построить магический круг.

Лилит взмахнула рукой. Ее синие глаза наливались кровью.

— Думаешь, твоя жалкая магия остановит меня? Я пила кровь колдунов, питалась ведьмами. Они все во мне — и тебя ждет та же участь. Пойдешь сама — получишь жизнь. Будешь сопротивляться — смерть.

Лилит приблизилась, и волки встали, готовые последовать за ней.

Гленна почувствовала глубоко внутри какое-то первобытное ощущение: завораживающее, восхитительное и темное притяжение. Казалось, сама кровь отвечает на призыв. Вечность и сила, красота и юность. В обмен на одно мгновение.

Достаточно лишь протянуть руку.

В глазах Лилит ярким пламенем полыхало торжество. Она улыбнулась, обнажив клыки.

С мокрым от слез лицом Гленна повернулась и прыгнула со скалы в пенящиеся волны. Она выбрала смерть.

Проснувшись, Гленна села на постели; в ее ушах еще звучал крик. Но кричала не она. Ей все еще слышался голос Лилит, ее яростный вопль.

Задыхаясь, Гленна вылезла из кровати. Закутавшись в одеяло, дрожа от ужаса и холода, стуча зубами, она бросилась вон из комнаты и побежала по коридору, словно за ней гнались демоны. Инстинкт привел ее в единственное место в доме, где она чувствовала себя в безопасности.

Очнувшись от глубокого сна, Хойт обнаружил в своих объятиях плачущую обнаженную женщину. В предрассветной мгле ее лицо было почти неразличимо, но Хойт узнал ее тело, ее запах.

— Что? Что случилось? — Он хотел оттолкнуть девушку, схватить лежащий у кровати меч. Но Гленна льнула к нему, как плющ к дубу.

— Нет. Не уходи. Обними меня. Пожалуйста, обними меня.

— Ты холодная, как лед. — Он подтянул одеяло, пытаясь согреть ее, судорожно собираясь с мыслями. — Ты выходила наружу? Проклятье. Ты колдовала?

— Нет, нет, нет. — Гленна крепче прижалась к нему. — Она пришла. Она пришла. В мою голову, в мой сон. Нет, не сон. Это было на самом деле. На сон не похоже.

— Перестань. Прекрати. — Хойт стиснул ее плечи. — Гленна!

Голова девушки откинулась назад, дыхание прерывалось.

— Пожалуйста. Мне холодно.

— Постарайся успокоиться. Пожалуйста. — Голос его теперь звучал нежно. Он осторожно смахнул слезы с ее щек, поплотнее завернул в одеяло и притянул к себе. — Обычный сон, ночной кошмар. Только и всего.

— Нет. Посмотри на меня. — Она повернула голову, чтобы Хойт мог видеть ее глаза. — Это был не просто сон.

Он понял, что девушка права. Вряд ли это можно назвать простым сном.

— Расскажи мне.

— Она была в моей голове. Или... выманила меня, мое сознание. Как в тот раз, когда ты раненый сидел в лесу внутри магического круга, в окружении волков. Такое же ощущение абсолютной реальности. Ты же знаешь, что это было наяву.

— Да, знаю.

— Я бежала. — Гленна начала рассказ о том, что случилось с ней ночью.

— Лилит пыталась переманить тебя. А теперь подумай. Зачем ей было это делать, не будь она уверена, что мы сильны и способны противостоять ей?

— Я умерла.

— Нет, нет, ты не умерла. Ты здесь. Холодная. — Хойт принялся растирать ей руки, спину. Сможет ли он когда-нибудь согреть ее? — Ты живая — здесь, со мной. В безопасности.

— Она была прекрасна. Соблазнительна. Меня не тянет к женщинам... ну, ты понимаешь... но Лилит... В этом было что-то сексуальное. Я жаждала ее, несмотря на страх. Меня завораживала сама мысль о ее прикосновении.

— Это всего лишь своего рода гипноз. Но ты не поддалась. Не слушала, не верила.

210

— Я слушала, Хойт. И какая-то часть меня поверила ей. Какая-то часть меня хотела того, что предлагала Лилит. Очень хотела. Вечную жизнь, власть и силу. Где-то в глубине души у меня шевельнулась мысль: «А почему бы и нет?» И отказаться от всего этого — а я едва не согласилась — оказалось труднее всего, что мне приходилось делать в жизни.

— Но ты смогла.

— В этот раз.

— Так будет всегда.

— Это были твои скалы. Я ощущала твое присутствие. Чувствовала, что ты где-то рядом, но не могла прикоснуться к себе. Я была совершенно одна — такого острого чувства одиночества мне еще не приходилось испытывать. А потом я бросилась в море со скалы и почувствовала, что никому в этом мире нет дела до моей жизни.

— Ты не одна. Ты здесь, со мной. — Он поцеловал ее в лоб. — Ты не одна, правда?

— Я не трусиха, но мне страшно. И темнота... — Вздрогнув, она обвела взглядом комнату. — Я боюсь темноты.

Хойт сосредоточился на свечи у кровати и на дровах в камине, заставив их запылать.

— Уже рассветает. — Он взял девушку на руки и поднес к окну. — Смотри туда, на восток. Видишь, солнце встает.

Гленна увидела посветлевший краешек неба. Холодный ком внутри потихоньку начал таять.

— Утро, — прошептала она. — Наступает утро.

— Ты выиграла эту ночь, а Лилит проиграла. Пойдем, тебе нужно еще поспать.

— Я не хочу оставаться одна.

— Не бойся.

Хойт отнес ее на кровать, прижал к себе. Девушка еще дрожала, и он прижал ладонь к ее лбу. Усыпил — он это мог.

10

Ее разбудил скользящий по лицу солнечный луч. Она проснулась. Мага не было рядом.

Хойт задул свечи, но оставил слабый огонь в камине. Как любезно с его стороны, подумала она, садясь в постели и накидывая одеяло на плечи. Он был добр и нежен, успокоил, сумел убедить ее, что она в безопасности, — она очень нуждалась в поддержке и получила ее.

И все же Гленна чувствовала неловкость. Она прибежала к Хойту, как истеричный ребенок, спасающийся от чудовища, которое прячется в ванной. Вся в слезах, дрожащая и растерянная. Самой ей было не справиться с нахлынувшими эмоциями, и она искала кого-то — Хойта, кто ее спасет. Гордилась своей смелостью и умом, но не выдержала даже первой встречи с Лилит.

Не осталось ни мужества, с отвращением подумала она о себе, ни магической силы. Их уничтожили страх и соблазн. Нет, дело обстоит еще хуже: страх и соблазн заморозили эти качества где-то в глубине, откуда она не смогла их извлечь. Теперь, при свете дня, Гленна понимала, как глупо себя вела, как *легкомысленно*. Ничего не предприняла для своей защиты — ни до, ни во время, ни после встречи с Лилит. Бежала по пещерам, через лес, на скалы, потому что ее заставляли бежать. Гленна позволила страху подавить все мысли и чувства, кроме отчаянного желания спастись.

Она больше не повторит эту ошибку.

И не будет сидеть тут, бесконечно размышляя о том, чего уже не вернешь.

Гленна встала, завернулась в одеяло и выглянула в коридор. И испытала облегчение, никого не увидев и не услышав ни единого звука. Ей не хотелось ни с кем разговаривать, пока она окончательно не придет в себя.

Девушка приняла душ, оделась, с особой тщательностью привела себя в порядок. Вдела в уши янтарные сережки, помогавшие концентрировать магию. Застелив постель, положила под подушку аметист и веточку розмарина. Выбрав одну из привезенных с собой свечей, она поставила ее рядом с кроватью. Этой ночью, готовясь ко сну, нужно обязательно зажечь ароматическую свечу, чтобы отпугнуть Лилит и не дать ей и другим вампирам проникнуть в ее сны.

И еще понадобится меч из оружейной комнаты. Тогда она будет в безопасности.

Прежде чем выйти из комнаты, Гленна взглянула на себя в зеркало. И пришла к выводу, что выглядит бодрой и решительной.

Она будет сильной.

Первым делом Гленна отправилась на кухню,

поскольку считала ее центром любого дома. Кто-то сварил кофе, и методом исключения Гленна вычислила, что это был Кинг. Здесь уже завтракали — в воздухе витал запах бекона. Но кухня была пуста; грязных тарелок в раковине тоже не оказалось.

Гленне понравилось, что тот, кто ел — или готовил, — убрал за собой. Беспорядок ее раздражал, но взваливать на свои плечи всю работу по дому ей тоже не хотелось.

Неплохо бы позавтракать, подумала она, наливая себе кофе из кофеварки. Но воспоминания о ночном кошмаре были еще свежи, и безлюдность дома вызывала неприятные ощущения.

Из кухни Гленна направилась в библиотеку, которая ассоциировалась у нее с главной артерией сердца — их средневекового замка-убежища. Там она, испытав чувство облегчения, увидела Мойру.

Девушка сидела на полу рядом с камином в окружении книг. Она склонилась над одним из фолиантов, словно студент, готовящийся к экзамену. На ней была туника цвета овсянки, коричневые штаны и сапоги для верховой езды.

Услышав шаги Гленны, Мойра подняла голову и застенчиво улыбнулась.

— С добрым утром тебя.

— Доброе утро. Занимаешься?

— Да. — Застенчивость исчезла, а серые глаза девушки засияли. — Это самая замечательная комната в доме, правда? У нас в замке тоже огромная библиотека, но эта ничуть не хуже.

Гленна присела на корточки и постучала пальцем по книге толщиной с потолочную балку. На кожаном переплете рельефно выделялось одно-единственное слово: ВАМПИР.

— Готовишься? — спросила Гленна. — Изучаешь врага?

— По-моему, разумно узнать обо всем, с чем нам предстоит столкнуться, как можно больше. Не все книги, что я успела прочесть, одинаково описывают вампиров, но кое в чем они совпадают.

— Можешь спросить Киана. Думаю, он ответит на любые твои вопросы.

— Мне нравится читать.

Гленна ограничилась кивком.

— Где ты взяла одежду?

— А, эту? Рано утром пошла в лес и отыскала свою сумку.

— Одна?

— Мне ничто не угрожало. Я шла по солнечной стороне. Вампиры не выносят солнца. — Мойра посмотрела в окно. — От тех, которые напали на нас ночью, ничего не осталось. Даже пепел исчез.

— А где остальные?

— Хойт поднялся в свою башню, чтобы работать, а Кинг отправился в город за продуктами, ведь народу теперь прибавилось. Никогда не встречала такого гиганта. Он приготовил всем завтрак и предложил сок какого-то фрукта. Апельсина, кажется. Очень вкусно. Интересно, я смогу взять с собой семена апельсина, когда мы вернемся в Гилл?

— Не вижу никаких препятствий для этого. А где Ларкин, Киан?

— Ларкин, наверное, еще спит. Обычно его не добудишься. А вампир в своей комнате. Кажется. — Она провела пальцем по тисненому названию фолианта. — Почему он на нашей стороне? В книгах я не смогла найти объяснения.

— Значит, из книг можно узнать не все. Я нужна тебе?

— Нет. Спасибо.

— Тогда я перекушу, а потом пойду наверх — поработаю. Видимо, Кинг вернется и начнет пытку, которую он для нас придумал.

— Гленна... я хочу поблагодарить тебя за вчерашнее. Я была такой усталой и расстроенной. Чувствовала себя чужой.

— Знаю. — Гленна накрыла ладонью руку Мойры. — Мне кажется, что все мы испытывали одни и те же чувства. Может, так и задумано — вырвать нас из привычной обстановки и собрать вместе, чтобы мы поняли, каким оружием обладаем — каждый в отдельности и все вместе — для борьбы с этими тварями.

Она встала.

— Пока не придет пора уезжать, нам нужно сделать это место своим домом.

Оставив Мойру в окружении книг, Гленна вернулась на кухню. Там она нашла горбушку черного хлеба, отрезала от нее ломтик и намазала маслом. Черт с ними, с калориями. Откусив кусок, она стала подниматься по винтовой лестнице в башню.

Дверь в комнату оказалась закрытой. Гленна хотела постучать, но потом вспомнила, что теперь это не только убежище Хойта, но и ее рабочее место. Положив бутерброд на кружку с кофе, она решительно открыла дверь.

Несмотря на светло-голубую рубашку, черные джинсы и ботинки на толстой подошве, Хойт все равно выглядел магом. И дело не только в гриве черных волос или в этих ярко-голубых глазах. В нем чувствовалась сила, подходившая ему больше, чем чужая одежда.

Хойт поднял голову, и по его лицу пробежала тень недовольства. Интересно, всегда ли он раздражается, когда его прерывают или отвлекают? Через мгновение его лицо просветлело, и Гленна с удивлением обнаружила, что он ее внимательно разглядывает.

— Значит, ты встала.

— Как видишь.

Он вернулся к своему занятию: начал переливать какую-то бордовую жидкость из чаши в бутылочку.

— Кинг отправился за провизией.

— Знаю. Я видела Мойру в библиотеке. Читает — все книги подряд.

Похоже, от чувства неловкости им не избавиться, поняла она, наблюдая, как он молча продолжает работать. Лучше с этим примириться.

— Я хотела извиниться за то, что побеспокоила тебя ночью, но с моей стороны это была бы лишь дань вежливости. — Она умолкла. Прошла секунда, другая, прежде чем Хойт оторвался от своих занятий и посмотрел на нее. — Мне бы хотелось, чтобы ты ответил, что беспокоиться нет нужды и что все в порядке. Просто я была напугана и расстроена.

— В общем-то, недалеко от истины.

— Конечно, но поскольку мы оба это знаем, мое извинение — дань вежливости. Так что я не буду извиняться. Просто поблагодарю.

— Не вижу разницы.

— Для меня разница есть. Ты был здесь, когда я в тебе нуждалась, и ты успокоил меня. Сделал так, что я почувствовала себя в безопасности. Показал мне солнце. — Она поставила кружку, освобождая руки, и приблизилась к Хойту. — Я залезла к тебе в постель посреди ночи. Голая. В истерике. Уязвимая и беззащитная.

— Сомневаюсь насчет последнего.

— В тот момент я действительно была беззащитна. Больше такого не повторится. Ты мог бы овладеть мной. Мы оба это знаем.

Долгое молчание подтверждало ее правоту лучше любых слов.

— Кем же нужно быть, чтобы овладеть тобой в такой момент? Воспользоваться твоим страхом?

— Не тем, кто ты есть. И я благодарна тебе, что ты именно такой. — Она обогнула стол, приподнялась на цыпочках и поцеловала Хойта в обе щеки. — Очень. Ты успокоил меня, Хойт, усыпил. Оставил огонь в камине. Я этого не забуду.

— Тебе уже лучше.

— Да. Теперь лучше. Меня застали врасплох, но больше такого не повторится. Я не была готова к встрече с Лилит. А теперь сделаю все, чтобы отразить ее вторжение. Я не приняла мер предосторожности, даже простейших, потому что устала. — Гленна подошла к камину, в котором Хойт поддерживал слабый огонь. — Я проявила неосмотрительность.

— Да. Точно.

Она склонила голову и улыбнулась.

— Хочешь меня?

Он снова погрузился в свои занятия.

— Это к делу не относится.

— Принимаю твой ответ за утвердительный и обещаю, что, когда в следующий раз залезу к тебе в постель, истерики не будет.

— Когда ты в следующий раз залезешь ко мне в постель, спать я тебе не дам.

— Ладно. — Она засмеялась. — Значит, мы поняли друг друга.

— Сомневаюсь, но желать тебя это не мешает.

— Ну что ж, ты, пожалуй, прав. Но я, кажется, начинаю тебя понимать.

— Ты пришла сюда работать или отвлекать меня от дела?

— И за тем, и за другим. И поскольку второго я уже достигла, пришло время спросить, над чем ты работаешь.

— Над созданием щита.

Заинтересовавшись, она подошла ближе.

— Больше похоже на науку, чем на магию.

— Наука и магия не исключают, а дополняют друг друга.

— Согласна. — Гленна понюхала чашу. — Немного шалфея, — заключила она. — И гвоздика. А что ты использовал для закрепления?

— Агатовый порошок.

— Разумный выбор. А какой щит ты хочешь создать?

— От солнца. Это для Киана.

Гленна попыталась поймать его взгляд, но Хойт отвел глаза.

— Понятно.

— Мы рискуем подвергнуться нападению, выходя из дома ночью. А для него смертельны лучи солнца. Защитив Киана, мы сможем работать и тренироваться усерднее. Если у Киана будет щит, за вампирами можно было бы охотиться и днем.

Гленна молчала. Да, она начинала понимать. Хойт — очень хороший человек, чрезвычайно требовательный к себе. Поэтому его нетерпение, раздражительность и даже деспотизм вполне можно объяснить.

И он очень любит брата.

— Думаешь, Киан скучает по солнцу?

Хойт вздохнул.

— А ты не скучала бы?

Она коснулась его плеча. Хороший человек, вновь промелькнуло у нее в голове. Очень хороший человек, который заботится о брате.

— Чем тебе помочь?

— Возможно, я тоже начал тебя понимать.

— Неужели?

— Ты искренняя. — Он посмотрел на девушку. — Искренняя и целеустремленная. Этим качест-вам трудно сопротивляться.

Гленна взяла чашу из его рук и поставила на стол.

— Может, поцелуешь меня? Нам обоим этого хочется, и наши желания очень мешают работе. Поцелуй меня, Хойт, и мы успокоимся.

— Ты думаешь, поцелуй нас успокоит? — В его голосе сквозило удивление — легкое, как тень.

— Проверим на опыте. — Гленна положила ладони ему на плечи и принялась перебирать пальцами его волосы. — Но в данную секунду я точно знаю, что не могу думать ни о чем другом. Сделай одолжение. Поцелуй меня.

— Одолжение, говоришь...

Губы ее были мягкими и податливыми. Хойт старался быть нежным, наслаждаясь их вкусом так, как мечтал об этом ночью. Он провел рукой по волосам девушки, потом по спине, чтобы почувствовать ее тело, а не только аромат волос и вкус ее губ.

Внутри у него что-то раскрылось, словно ослабла сжатая пружина.

Гленна скользнула пальцами по его сильному подбородку и позволила себе забыть обо всем. Остались лишь покой и наслаждение — и мерцающее тепло где-то в глубине.

Наконец их губы разомкнулись, и она, прижавшись щекой к щеке Хойта, на мгновение застыла.

— Мне лучше, — шепнула она. — А тебе?

— И мне тоже. — Он отступил на шаг, поднес руку девушки к губам. — И я подозреваю, что не откажусь от еще одного сеанса успокоения. Чтобы лучше работалось.

Гленна довольно рассмеялась.

— Ради дела — все, что угодно.

Они трудились около часа, но жидкость, выставленная на солнце, каждый раз закипала.

— Может, попробовать другую магическую формулу? — предположила Гленна.

— Нет. Нам нужна его кровь. Для самого снадобья и для проверки.

Гленна задумалась.

— Попроси его.

Дверь распахнулась, словно от удара, и на пороге появился Кинг. На нем были штаны из камуфляжной ткани и зеленовато-оливковая футболка. Свои многочисленные косички он завязал в толстый пушистый хвост. Гленна подумала, что он один выглядит как целая армия.

— Бросайте свою магию. Все на улицу. Пора заняться телом.

Если в прошлой жизни Кинг не был сержантом-инструктором по строевой подготовке, то в процессе перевоплощений его души этот этап был явно пропущен. Пот заливал глаза Гленны, которая атаковала манекен, сооруженный Ларкином из соломы и тряпок. Она поставила блок предплечьем, как ее учили, и вонзила деревянную пику в чучело.

Но враг не остановился — он передвигался при помощи системы блоков, управляемых Кингом, — и в конечном итоге сбил ее с ног, повалив на спину.

— Ты убита, — объявил Кинг.

— Черт. Я же его проткнула.

— Ты не попала в сердце, рыжая. — Черный гигант стоял над ней, огромный и безжалостный. — Как ты думаешь, велики ли у тебя шансы? Если не можешь справиться с одним, который идет прямо на тебя, что ты будешь делать с тремя, подкрадывающимися сзади?

— Ладно, ладно. — Она встала и отряхнулась. — Давай еще раз.

— Вот это другое дело.

Гленна повторяла упражнение снова и снова, пока не возненавидела соломенное чучело так же сильно, как своего учителя истории в десятом классе. Переполнившись отвращением, она повернулась, схватила меч обеими руками и искромсала манекен на куски.

— Нормально. — Кинг задумчиво потер подбородок. — Теперь он точно мертв. Ларкин, ты не сделаешь еще одного? Можно тебя кое о чем спросить, рыжая?

— Валяй.

— Почему ты не расправилась с манекеном с помощью магии?

— Магия требует сосредоточенности. Возможно, ее удастся применить в крупной битве — мне так кажется. Но теперь все мое внимание было сосредоточено на мече и пике, особенно если учесть, что я не умею с ними обращаться. Если отвлекусь, то выпущу оружие из рук или промажу. Над этим мне нужно поработать.

Гленна оглянулась, чтобы убедиться, что Хойт ее не слышит.

— Обычно мне нужны инструменты, заклинания, ритуалы. Но я могу делать вот что. — Она раскрыла ладонь, сосредоточилась, и от ее руки отделился огненный шар.

Движимый любопытством, Кинг дотронулся до него. Затем отдернул обожженный палец, облизнул и начал на него дуть.

— Здорово.

— Огонь — это одна из четырех стихий, подобно воздуху, земле и воде. Но если я извлеку огонь во время битвы и направлю на врага, он может поразить и одного из нас.

Кинг внимательно разглядывал мерцающий шар.

— Это вроде как целиться из ружья, не умея стрелять. Не знаешь, в кого попадет пуля. Или чего доброго прострелишь себе ногу.

— Да, похоже. — Гленна погасила огонь. — Но все равно приятно знать, что этот трюк есть у тебя в запасе.

— Отдохни, рыжая, пока ты кого-нибудь не прибила.

— Не возражаю. — Она вернулась в дом, надеясь утолить жуткую жажду и что-нибудь перекусить. И едва не столкнулась с Кианом.

— Не знала, что ты уже на ногах.

Он стоял в стороне от солнечного света, проникавшего в комнату через окно, но так, чтобы видеть все происходящее во дворе.

— Ну? — спросила Гленна. — Как у нас получается?

— Напади враг сейчас, вас передушат, как цыплят.

— Знаю. Мы неуклюжие, и у нас нет чувства локтя. Но мы будем стараться.

— Придется.

— Послушай, сегодня утром ты полон благожелательности и поддержки. Мы тренируемся больше двух часов, но для всех эти упражнения непривычны. Представлению Кинга о воине лучше всех соответствует Ларкин, но и он еще зелен.

Киан едва удостоил ее взглядом.

— Созрейте — или умрете.

Усталость не проблема, подумала Гленна. Пот и боль в мышцах можно вынести. Но ей нанесли оскорбление.

— Довольно трудно заниматься тем, чем мы занимаемся, когда один из нас полный козел.

— Так ты называешь реалиста?

— Пошел ты! — Гленна прошла в кухню, сложила хлеб, фрукты и несколько бутылок воды в корзину, подхватила ее и, не обращая внимания на Киана, вышла из дома.

Во дворе она поставила корзину на стол, который Кинг приспособил для оружия.

— Еда! — Ларкин набросился на корзину, словно умирал от голода. — Дай бог тебе здоровья, Гленна. Я тут совсем зачах.

— Да, прошло уже два часа с тех пор, как ты наелся до отвала, — вставила Мойра.

— Повелитель тьмы считает, что мы недостаточно усердны, и сравнивает нас с цыплятами на пикнике для вампиров. — Гленна взяла яблоко и впилась в него зубами. — Я ответила, что мы докажем: он ошибается.

Она еще раз откусила яблоко, затем повернулась к новому чучелу. Сосредоточилась, прицелилась и швырнула. Яблоко полетело в соломенный манекен, на лету превращаясь в деревянную пику, которая проткнула и ткань, и солому.

— Ух ты, — выдохнула Мойра. — Здорово.

— Иногда злость усиливает магию.

Пика выскользнула из чучела и упала на землю — уже в виде яблока. Гленна искоса взглянула на Хойта.

— Есть над чем поработать.

— И все-таки нам не хватает сплочения, мы еще не команда. Нужно подумать о том, что может нас объединить, — убеждала Гленна Хойта. Она сидела в башне, втирая мазь в синяки и ссадины, а он листал страницы книги заклинаний. — Обычно у команды есть униформа или командный гимн.

— Гимн? Мы будем еще и петь? Может, просто нанять трубадура?

Братья похожи друг на друга не только внешностью, но и склонностью к сарказму, подумала Гленна.

— Нам нужно найти что-то, что бы нас объединило. Посмотри на нас — даже теперь. Мы с тобой тут, в башне, Мойра и Ларкин куда-то ушли вдвоем, а Кинг и Киан сидят в зале и придумывают для нас новые мучения. Хорошо, когда команда разбита на группы, каждая из которых занята своим делом. Но мы еще не стали командой.

— И для этого нам нужно взять арфу и запеть? Мы заняты серьезным делом, Гленна.

— Ты меня не слушаешь. — Терпение, напомнила себе она. Хойт сегодня занимался не меньше ее и точно так же устал. — Речь идет о символе. Да, у нас общий враг, но цели — разные.

Подойдя к окну, она заметила, что тени удлинились, а солнце опустилось почти к самому горизонту.

— Скоро стемнеет. — Она сжала пальцами кулон, и на нее снизошло озарение. Так просто и очевидно.

— Ты ищешь защиту для Киана, который не может выйти из дома днем. А для нас? Мы тоже не должны рисковать, появляясь на улице после захода солнца. Лилит может дотянуться до нас даже в доме, проникнуть в наше сознание. Как насчет щита для нас самих, Хойт? Что защитит нас от вампиров?

— Свет.

— Конечно. А символ? Крест! Нужно сделать кресты и наделить их магической силой. Они станут не только щитом, но и оружием, Хойт.

Он вспомнил о крестах, которые Морриган вручила ему для защиты родных. Но его сила — даже объединенная с силой Гленны — не могла соперничать с могуществом богов.

И все же...

— Серебро, — пробормотал он. — Их нужно сделать из серебра.

— С красной яшмой для защиты в ночное время. Нам понадобятся чеснок и шалфей. — Она начала рыться в сумке с сушеными корнями и травами. — Я приготовлю зелье. — Схватив книгу, Гленна принялась торопливо листать страницы. — Знаешь, где можно взять серебро?

— Да.

Он спустился на первый этаж и прошел в комнату, которую теперь превратили в столовую. Обстановка тут была новой — по крайней мере для него. Столы из темного тяжелого дерева, стулья с высокими спинками и замысловатой резьбой. Темно-зеленые шторы на окнах из плотного и тяжелого шелка создавали ощущение лесной тени.

На стенах висели картины: ночные пейзажи с лесными чащами, полянами и утесами. И тут брат защищается от света, подумал Хойт. Или он просто предпочитает тьму — даже в живописи?

В высоких шкафчиках с дверцами из узорчатого стекла ярким блеском сверкала дорогая стеклянная и фарфоровая посуда. Коллекция богатого и влиятельного человека, у которого в запасе вечность.

Интересно, есть ли среди этих вещей нечто особенное, дорогое сердцу Киана? Хотя при таком обилии ценностей один предмет вряд ли может что-то значить.

На самом большом подносе стояли два высоких серебряных подсвечника. Хойт узнал их.

Они принадлежали матери.

Хойт взял один подсвечник и увидел мать — словно отражение в озерной воде, — сидящую за прялкой. Притопывая ногой, она напевала одну из старинных песен, которые так любила.

Синее платье, на голове накидка, лицо спокойное и юное, а умиротворенность окутывала ее, словно тончайший шелк. Теперь он заметил ее округлившуюся фигуру — она вынашивала ребенка. Нет, поправил он себя, детей. Его и Киана.

На сундуке рядом с матерью стояли два подсвечника.

«Это свадебный подарок моего отца, и из всех подарков он — самый дорогой для меня. Когда-нибудь один достанется тебе, а один — Киану. Этот дар будет передаваться из поколения в поколение, и, зажигая свечу, все будут вспоминать о том, кто его подарил».

Хойт подумал, что ему не нужно зажигать свечу, чтобы увидеть мать, и эта мысль немного успокоила его. Он направился в башню, держа в руке тяжелый подсвечник.

Гленна подняла голову от котелка, в котором смешивала травы.

— Отлично. Какой красивый. Даже жалко расплавлять. — Она повернулась и внимательно рассмотрела подсвечник. — Тяжелый. Старинный, наверное.

— Да, он очень старый.

Она все поняла, и сердце ее замерло.

— Семейная реликвия?

— Это мое наследство, и я имею право им распоряжаться. — Хойт тщательно следил, чтобы лицо и голос оставались бесстрастными.

Гленна хотела сказать, что нужно поискать другой предмет, с которым не связаны дорогие его сердцу воспоминания, но передумала. Кажется, она поняла, почему Хойт сделал такой выбор. Таковой была цена. За магию приходится платить.

— Твоя жертва усилит чары. Подожди. — Она сняла кольцо со среднего пальца правой руки. — Бабушкино.

— В этом нет необходимости.

— Это личная жертва. Хочу внести свой вклад. Мы просим многого. Мне нужно время, чтобы составить заклинание. В книгах я не нашла ничего подходящего, и поэтому мы должны поработать над теми, что уже известны.

Появившийся в дверях Ларкин увидел, что Гленна и Хойт увлеченно роются в книгах. Он окинул взглядом комнату, но порога не переступил.

— Меня послали за вами. Солнце садится, и пора собираться на вечернюю тренировку.

— Передай, что мы придем, когда закончим, — сказала Гленна. — Мы не можем прерваться.

— Передать-то я передам, но вряд ли ему это понравится. — Ларкин закрыл дверь и удалился.

— Кажется, я поняла, что нужно делать. Нарисую кресты, какими они мне представляются, а потом мы вместе визуализируем их. Хойт?

— Он должен быть неоскверненным, — пробормотал Хойт. — Созданным не только магией, но и верой.

Гленна оставила его в покое и принялась делать набросок. Крест должен быть простым и хорошо всем знакомым. Подняв голову, девушка увидела, что маг сидит, закрыв глаза. Наверное, копит силы и сосредотачивается.

Такое серьезное лицо. Располагающее, вызывающее, полное доверия. Казалось, она всегда знала это лицо, тембр и модуляции этого голоса.

Как бы то ни было, времени у них мало. А будет еще меньше — всего несколько песчинок в песочных часах.

Если они победят — нет, когда они победят, — Хойт вернется в свою эпоху, в свою жизнь, в свой мир. А она — в свой. Но все уже будет иначе. И нечем будет заполнить образовавшуюся пустоту.

— Хойт.

Маг открыл глаза. Они изменились — стали глубже и темнее. Гленна подвинула ему рисунок.

— Ну, как? Пойдет?

Он взял лист, внимательно рассмотрел.

— Да, только...

Хойт взял у нее карандаш и добавил несколько линий на длинном основании кельтского креста, который нарисовала Гленна.

— Что это?

— Огамическое письмо[1]. Древние знаки.

---

[1] О г а м и ч е с к о е п и с ь м о — письменность древних кельтов и пиктов, употреблявшаяся на территории Ирландии и Великобритании в IV—X вв. наряду с латиницей и, возможно, являвшаяся тайнописью.

— Я знаю, что такое огамическое письмо. Что означает эта надпись?

— Свет.

— Превосходно. — Она с улыбкой кивнула. — А вот и заклинание. Мне оно кажется подходящим.

Хойт взял другой листок, потом посмотрел на Гленну.

— Рифма?

— По-другому я не умею. Привыкай. И мне нужен магический круг. С ним надежнее.

Кивнув, Хойт поднялся, чтобы вместе построить круг. Ритуальным ножом с белой рукояткой Гленна начертила магические символы на новых свечах и подождала, пока Хойт зажжет их.

— Воспламеним огонь вместе. — Он протянул Гленне руку.

Магическая сила подбросила ее руку, проникла в самое сердце. Пламя, белое и чистое, горело почти у самого пола. Хойт взял котелок и поставил его на огонь.

— Серебро древнее, серебро мягкое, — он опустил подсвечник в котелок, — огонь превращает в патоку.

— Башня волшебная, пламя яркое, — продолжила Гленна, добавляя яшму и травы, — силу освободит жаркую. — Она опустила в котел бабушкино кольцо.

Небо, вода, воздух, земля,
Где же магия твоя?
Сделай твоим слугам милость!
Часа испытаний близость

Укрепляет души и сердца,
Помоги изгнать мрак-подлеца!
Трижды три раза просим — мы те,
Кто верно служит тебе на земле!
Пусть этот крест ярко сияет в ночи.

Когда они трижды три раза повторяли последнюю строчку, из котелка поднялся серебристый дым, а пламя под ним вспыхнуло ярче.

Дым окутал Гленну и, казалось, заполнил ее целиком. Их с Хойтом голоса крепли, и теперь девушка видела только глаза мага, смотревшие прямо на нее.

Откуда-то изнутри поднимался жар. Таких сильных и глубоких ощущений ей еще не приходилось испытывать. Свободной рукой Хойт всыпал в котел остатки толченой яшмы, и Гленну словно закружило вихрем.

Всякий крест серебряный,
Превратись в щит немедленно!

Комната озарилась яркой вспышкой, от которой задрожали стены и пол. Котелок опрокинулся, и расплавленное серебро расплескалось в огонь.

Гленна едва не упала, но сильные руки Хойта подхватили ее. Своим телом он заслонил девушку от вспыхнувшего пламени и рева ветра.

Затем Хойт увидел, как открывается дверь. На мгновение в проеме появилась фигура Киана, будто растворившаяся в этом невыносимом свете. И быстро исчезла.

— Нет, нет! — таща за собой Гленну, Хойт выскочил за пределы круга. Огонь сжался сам по себе, а затем с громоподобным звуком потух. Сквозь звон в ушах Хойт услышал крики.

На полу, истекая кровью, лежал Киан; его наполовину сгоревшая рубашка еще дымилась.

Опустившись на колени, Хойт пытался нащупать пульс брата, пока не вспомнил, что все равно не сможет его найти.

— Боже, боже, что я наделал?

— Он сильно обожжен. Сними с него рубашку. — Голос Гленны был холоден, как вода, и столь же спокоен. — Аккуратно.

— Что случилось? Что, черт возьми, ты натворил? Сукин сын. Киан. Господи Иисусе!

— Мы произносили заклинание. Он открыл дверь. А комната была наполнена светом. Никто не виноват, Ларкин, — продолжала Гленна, — помоги Кингу отнести Киана в его комнату. Я сейчас приду. У меня есть кое-какие снадобья.

— Он жив. — Хойт говорил тихо, пристально глядя на брата. — Он не умер.

— Он не умер, — повторила Гленна. — Его можно спасти. Я хороший лекарь. Можешь мне поверить.

— Я помогу. — Мойра шагнула вперед, но прижалась к стене, когда Кинг и Ларкин подняли Киана. — Я тоже кое-что умею.

— Хорошо. Иди с ними. Сейчас принесу все необходимое. Хойт, я действительно могу ему помочь.

— Что мы наделали? — Хойт растерянно смотрел на свои руки. Они все еще вибрировали от остатков магической силы, но теперь казались ненужными и бесполезными. — Такого со мной еще не было.

— Поговорим об этом позже. — Гленна взяла его за руку и потащила за собой в комнату в башне.

На полу был выжжен круг — яркая белая линия. В его центре сверкали девять серебряных крестов с красным кружком яшмы в центре.

— Девять. Трижды три. Обдумаем это потом. А пока, мне кажется, пусть они полежат здесь. Остынут.

Не слушая ее, Хойт переступил черту и поднял один их крестов.

— Холодный.

— Отлично. Замечательно. — Мыслями Гленна была уже с Кианом. Искала средства, чтобы помочь ему. Она схватила сумку. — Мне нужно вниз, к нему. Никто не виноват в произошедшем, Хойт.

— Уже дважды. Дважды я чуть не убил его.

— В таком случае я виновата не меньше тебя. Идешь со мной?

— Нет.

Она открыла рот, собираясь возразить, но, помедлив, просто покачала головой и бросилась по лестнице вниз.

В роскошной спальне на широкой кровати лежал вампир. У него было лицо ангела. Падшего ангела, подумала Мойра. Она отправила мужчин за теплой водой и бинтами — на самом деле для того, чтобы они не путались под ногами.

И осталась одна с лежащим на кровати вампиром, неподвижным, словно труп.

Если положить ему руку на грудь, сердцебиения

не почувствуешь. Поднесенное к губам зеркальце не затуманится. И рефлексов у него нет.

Она читала об этом — и о другом тоже.

Но вампир спас ей жизнь, и она у него в долгу.

Мойра подошла к кровати и попыталась использовать свои небольшие возможности в магии, чтобы успокоить обожженную плоть Киана. К горлу подступила тошнота. Девушке еще не приходилось видеть таких сильных ожогов. Неужели человек — или любое другое существо — способен оправиться от таких ран?

Киан открыл глаза — обжигающе-синие. Его пальцы сомкнулись на запястье Мойры.

— Что ты делаешь?

— Тебе больно. — Голос дрожал, и ей это не нравилось, но страх перед ним — перед тем, что она осталась с ним одна, — был слишком велик. — Несчастный случай. Сейчас придет Гленна. Мы тебе поможем. Лежи тихо. — Она увидела, что ему больно, и страх немного отступил. — Не шевелись. Я могу немного облегчить боль.

— Может, ты предпочитаешь, чтобы я горел в аду?

— Не знаю. Но точно не хочу быть среди тех, кто отправит тебя туда. Я не должна была целиться в тебя вчера вечером. И мне стыдно, что я заставила тебя поверить в то, что выстрелю. Ты спас мне жизнь.

— Уходи, и будем считать, что мы в расчете.

— Гленна уже идет. Тебе хоть немного легче?

Киан закрыл глаза, и по его телу пробежала дрожь.

236

— Мне нужна кровь.

— Ну, моей крови ты не получишь. Моя благодарность не простирается так далеко.

Ей показалось, что губы Киана дрогнули — совсем чуть-чуть.

— Не твоя, хоть я и не сомневаюсь, что она мне понравится. — Он умолк, превозмогая боль. — В ящике, в том конце комнаты. Черный ящик с серебристой ручкой. Мне нужна кровь, чтобы... просто нужна.

Мойра отошла от кровати и открыла ящик. Вид прозрачных пакетов с темно-красной жидкостью вызвал новый приступ тошноты.

— Давай сюда — кидай, а потом беги, если хочешь, но мне нужна кровь.

Она принесла кровь и смотрела, как он пытается сесть и обожженными руками открыть пакет. Потом молча отобрала его у Киана и сама открыла его, немного расплескав.

— Прости. — Собравшись с духом, она одной рукой приподняла голову Киана, а другой поднесла пакет с кровью к его губам.

Он смотрел ей в глаза, пока пил, и она заставила себя не отводить взгляда.

Когда Киан осушил пакет, Мойра опустила его голову на подушку, принесла из ванной губку и вытерла ему губы и подбородок.

— Маленькая, но храбрая, да?

Она уловила сарказм в его голосе — и отзвук былой силы.

— У тебя нет выбора, потому что ты такой, какой

есть. И у меня нет выбора — я такая, какая есть. — При виде влетевшей в комнату Гленны она отошла от кровати.

11

— Обезболивающее нужно? — Гленна нанесла мазь на кусок марли.

— А что у тебя есть?

— Вот это. — Она осторожно расправила ткань на груди Киана. — Мне очень жаль, что так вышло. Нужно было запереть дверь.

— Запертая дверь для меня не препятствие — по крайней мере, в собственном доме. В следующий раз можете повесить предупреждающую табличку или что-то в этом роде... твою мать!

— Прости. Я знаю, что больно. Через минуту полегчает. Табличку, говоришь? — ласково приговаривала она, продолжая обрабатывать его раны. — «Взрывоопасная магия. Берегись!»

— Не помешает. — У него создалось впечатление, что ожог проник до самых костей, как будто огонь взорвался не только снаружи, но и внутри его. — Чем, черт возьми, вы там занимались?

— Мы и сами от себя такого не ожидали. Приготовь еще одну повязку, Мойра. Киан?

— Что?

Гленна просто смотрела на него — пристальным, внимательным взглядом, — держа руки над самыми сильными ожогами. Она чувствовала жар, но не облегчение.

— Не поможет, пока ты не перестанешь сопротивляться, — сказала она. — Пока не поверишь мне и не расслабишься.

— Высокая цена за небольшое облегчение, особенно с учетом того, что ты тоже виновата в моих страданиях.

— Минуту, — сказала Гленна. — Дай мне одну минуту. Я хочу тебе помочь, и тебе нужно в это поверить. Поверь мне. Посмотри на меня, взгляни мне в глаза. Да, вот так.

Теперь получилось. Тепло и облегчение. Тепло и облегчение.

— Ну вот, уже легче. Чуть-чуть легче. Да?

Киан понял, что она сняла боль. Взяла себе — не всю, но какую-то часть. Он этого не забудет.

— Немного. Да. Немного легче. Спасибо.

Она приложила еще один компресс и снова взяла свою сумку.

— Сейчас промою и обработаю раны, а потом дам снадобье, которое поможет тебе отдохнуть.

— Мне не нужен отдых.

Вернувшись, она присела на край кровати, намереваясь промыть раны на его лице. Затем удивленно провела пальцами по щеке Киана и повернула его голову.

— Мне казалось, было хуже.

— Было. Я же говорил, что на мне все быстро заживает.

— Повезло тебе. Как со зрением?

Взгляд его жгучих синих глаз остановился на ней.

— Прекрасно тебя вижу, рыжая.

— Возможна небольшая контузия. У вас бывают

контузии? Думаю, да, — заключила Гленна, не дожидаясь ответа. — Еще ожоги есть? — Она потянула простыню вниз, затем хитро посмотрела на Киана. — Эти слухи о вампирах — правда?

Он рассмеялся, но тут же вскрикнул от вернувшейся боли.

— Сказки. Мы остаемся точно такими же, какими были до превращения. Можешь взглянуть сама, хотя в том месте ожогов нет. Удар пришелся в грудь.

— Ладно, пощадим твою скромность... и мои иллюзии. — Гленна взяла его за руку, и лицо Киана стало серьезным. — Я думала, что мы тебя убили. Хойт испугался. Теперь он жутко переживает.

— Неужели? *Он* переживает. Может, он хочет поменяться со мной местами?

— Ты прекрасно знаешь, что он бы не отказался. Не знаю, как ты, но Хойт тебя любит. Он ничего не может с этим поделать, и у него не было стольких столетий на преодоление братских чувств.

— Братьями мы перестали быть в ночь моей смерти.

— Нет, ты не умер. И ты обманываешь себя, если так думаешь. — Она встала. — К сожалению, больше я ничего не могу сделать. Вернусь через час и займусь тобой снова.

Она собрала вещи. Мойра, выскользнувшая из спальни раньше ее, ждала в коридоре.

— Чем его так обожгло?

— Трудно сказать.

— Нужно выяснить. Это мощное оружие против таких, как он. Мы должны использовать его.

— Но мы не управляли этой силой. Я не знаю наших возможностей.

— Выясни, — настаивала Мойра.

Гленна открыла дверь своей комнаты и поставила сумку. Она не могла заставить себя вернуться в башню.

— Насколько я могу судить, эта сила управляла нами. Огромная, безбрежная. Слишком могущественная для нас. Даже вдвоем — а мы объединили наши возможности — нам не удалось совладать с ней. Словно мы оказались внутри солнца.

— Солнце — тоже оружие.

— Если не умеешь обращаться с мечом, можно отрубить собственную голову.

— Значит, учись.

Гленна опустилась на кровать, вытянула руку.

— Я дрожу, — сказала она, глядя на трясущуюся ладонь. — У меня внутри все трясется. Я даже не подозревала, что так бывает.

— А я пристаю к тебе. Прости. Ты выглядела такой уверенной и спокойной, когда лечила вампира.

— У него есть имя. Киан. Называй его по имени. — Слова Гленны прозвучали резко, и голова Мойры дернулась, словно от пощечины. — Мне жаль твою мать. Это очень печально, только он не убивал ее. Если бы твою мать убил блондин с голубыми глазами, ты начала бы ненавидеть всех голубоглазых и белокурых мужчин?

— Это не одно и то же.

— Почти, особенно в нашем положении.

На лице Мойры застыло упрямое выражение.

— Я напоила его кровью и постаралась снять боль. Помогала тебе лечить его ожоги. Этого достаточно.

— Нет. Постой, — приказала Гленна, увидев, что Мойра повернулась к выходу. — Подожди. Меня трясет, и от этого я становлюсь раздражительной. Подожди несколько минут. Я выглядела спокойной, потому что со мной всегда так. Справляюсь с кризисом, а потом разваливаюсь. Теперь наступила вторая часть нашей программы. Но я сказала то, что хотела, Мойра. Впрочем, ты тоже. Он нам нужен. И ты должна думать о нем и обращаться с ним как с личностью, а не как с вещью.

— Они разорвали мою мать на кусочки. — Глаза Мойры наполнились слезами, но в голосе чувствовался вызов. — Его там не было, он в этом не участвовал. Он взялся за меч, чтобы защитить меня. Я все понимаю, но ничего не могу с собой поделать. — Девушка прижала ладонь к сердцу. — Ничего. Они лишили меня даже траура. Не позволили оплакать собственную мать. А теперь я здесь, и все, что у меня осталось, — только скорбь и гнев. Кровь и смерть. Я не хотела такой доли. Вдали от своего народа. Вдали от всего, что мне близко и дорого. Почему мы здесь? Почему боги призвали именно нас? Почему мы до сих пор пребываем в неведении?

— Не знаю, но с ответом придется подождать. Мне жаль твою мать, Мойра, очень жаль. Но не ты одна переполнена скорбью и гневом. Не ты одна мучаешься неразрешимыми вопросами и жаждешь вернуться к привычной жизни.

— Ты к ней когда-нибудь вернешься. А вот я уже не смогу. — Мойра распахнула дверь и выбежала из комнаты.

— Превосходно. Лучше не бывает. — Гленна уронила голову на руки.

Хойт положил каждый крест на кусочек белой льняной ткани. Они были прохладными на ощупь, и хотя металл слегка потускнел, серебро по-прежнему излучало ровное, холодное сияние.

Маг поднял обгоревший до черноты котелок Гленны. Вряд ли он теперь на что-то годен. Интересно, для чего этот сосуд был предназначен изначально? Свечи, надписанные Гленной, превратились в бесформенные кучки воска, разбросанные по полу. Нужно навести порядок. Придется убрать всю комнату, прежде чем тут опять можно будет заниматься магией.

Магический круг тонкой белой линией теперь навечно отпечатался на полу. Наружная часть двери и стены коридора были испачканы кровью брата.

Киан стал жертвой, подумал Хойт. За силу всегда приходится платить. Он отдал подсвечник матери. Гленна пожертвовала кольцо своей бабушки, но этого оказалось мало.

Огонь был таким могучим, ярким, горячим. Тем не менее на коже не осталось ожога. Хойт поднял ладонь и тщательно осмотрел ее. Никакой отметки. Дрожит. Но абсолютно чистая.

Свет заполнил его, но не поглотил. И накрепко

соединил с Гленной, словно они стали одной личностью, одной силой.

И эта сила была пьянящей и безмерной.

Она обрушилась на брата, будто гнев богов. Пока маг наслаждался властью над молнией, та ударила во вторую его половину.

Теперь Хойт был полностью опустошен. Но сила по-прежнему присутствовала в нем, она распирала мага, будто тяжелая свинцовая глыба, втиснутая в корпус его тела. И чувство вины — оно переполняло Хойта.

Он переделал все свои дела, осталось разве что навести порядок в комнате. Он попытался успокоиться, занять себя чем-то простым, не требующим внимания. В комнату ворвался Кинг, но Хойт стоял неподвижно, покорно ожидая удара, направленного прямо в лицо.

Отлетев в другой конец комнаты, Хойт подумал, что на него обрушился смерч. Ударившись о стену, он обмяк и сполз на пол.

— Вставай. Вставай, сукин сын.

Хойт сплюнул кровь. Перед глазами все плыло, и он видел несколько черных гигантов с кулаками размером с окорок. Придерживаясь за стену, он поднялся.

Великан ударил его снова. На этот раз красная пелена сменилась черной, затем все заволокло серой завесой. Голос Кинга доносился словно издалека, но Хойт подчинился ему, пытаясь подняться.

Цветная вспышка прорезала серую пелену, теплая струя растопила леденящую боль.

В башню вихрем влетела Гленна. Ударив Кинга локтем в солнечное сплетение, она бросилась к Хойту и закрыла его своим телом.

— Прекрати! Тупой ублюдок! Хойт, что с твоим лицом?!

— Уходи, — с трудом выговорил он и, превозмогая боль, оттолкнул девушку, снова попытался встать.

— Давай, ударь меня. — Кинг развел руки и похлопал себя по подбородку. — Дарю тебе удар. Даже два, несчастный ты сукин сын. Это больше, чем ты дал Киану.

— Значит, он мертв. Отстань от меня. — Он оттолкнул Гленну и повернулся к Кингу: — Давай. Заканчивай.

Сжатые кулаки Кинга опустились. Противник едва держался на ногах; кровь текла у него из носа и изо рта. Один глаз заплыл. А он стоял, покачиваясь, и ждал следующего удара.

— Он тупой или просто свихнулся?

— Ни то, ни другое, — огрызнулась Гленна. — Он думает, что убил брата, и поэтому молча стоит и позволяет избивать себя до смерти. Винит себя точно так же, как ты винишь его. Вы оба ошибаетесь. Киан жив. Он поправится, Хойт. Он просто отдыхает. Отдыхает.

— Не умер?

— У тебя ничего не вышло, но второго шанса не будет.

— Ради всего святого! — Гленна повернулась к Кингу. — Никто не хотел никого убивать.

— Отойди, рыжая. — Кинг ткнул в нее пальцем. — Еще тебе достанется.

— А почему бы и нет? Если Хойт виноват, то и я тоже. Мы работали вместе. Делали то, зачем сюда явились, черт возьми! Киан появился в неподходящее время — все просто и трагично. Если бы Хойт желал причинить вред Киану, ты бы тут не стоял. Он сразил бы тебя силой мысли. А я бы ему помогла.

Глаза Кинга превратились в щелочки, уголки рта опустились. Но руки были бессильно опущены вниз.

— И что вас остановило?

— Это против нашей природы. Тебе не понять. Но если ты не полный болван, то должен понимать, что Хойт любит Киана и предан ему не меньше, чем ты. С самого рождения. А теперь убирайся. Уходи.

Кинг разжал кулаки, потер ладони о брюки.

— Возможно, я был не прав.

— Поздно извиняться.

— Пойду посмотрю, как там Киан. Если что, вернусь и закончу начатое.

Не обращая на него внимания, Гленна повернулась к Хойту и попыталась поддержать его.

— Ну вот. Теперь тебе нужно сесть.

— Может, оставишь меня в покое?

— Не оставлю.

Хойт молча опустился на пол.

Вздохнув, Гленна взяла бинт, налила воды из кувшина в чашку.

— Похоже на то, что мне придется весь вечер вытирать кровь.

Она опустилась на колени, смочила бинт, затем осторожно смыла кровь с лица Хойта.

— Я солгала. Ты бестолковый. Глупо позволять себя бить. Глупо винить себя. Это трусость.

Заплывшие, налитые кровью глаза Хойта посмотрели на нее.

— Поосторожнее.

— Это трусость, — повторила она; голос был хриплым от подступивших к горлу слез. — Сидишь тут и убиваешься, вместо того чтобы спуститься вниз и помочь. Узнать, как себя чувствует брат. Кстати, ненамного хуже, чем ты в данный момент.

— Я не в том настроении, чтобы выносить твои колкости и кудахтанье. — Он отвел ее руки.

— Превосходно. Отлично. — Она бросила бинт в чашку, расплескав воду. — Тогда лечи себя сам. Я устала от вас всех. Сомневаетесь, жалеете себя, ни на что не способны. Если хочешь знать мое мнение, Морриган сплоховала, собирая такую команду.

— Сомневаетесь, жалеете себя, ни на что не способны... Забываешь, что ты одна из нас. Ведьма.

Гленна склонила голову набок.

— Устарело. Теперь мы используем слово покрепче — «сука».

— Это твой мир. Твой.

— Совершенно верно. Пока ты сидел тут, мог бы найти время и кое о чем подумать. Сегодня мы совершили нечто потрясающее. — Она ткнула пальцем в разложенные на столе серебряные кресты. — Такое происходит со мной впервые в жизни. И этот факт должен был сплотить нашу пеструю компанию. А мы снова разбрелись по разным углам и скулим. Боюсь, что момент упущен, а магическая сила растрачена впустую.

Она выскочила из комнаты и едва не столкнулась с Ларкином, который поднимался по лестнице.

— Киан встает. Говорит, что мы потеряли много времени и поэтому ночью будем заниматься на час дольше.

— Передай, что он может поцеловать меня в задницу.

Ларкин удивленно заморгал, затем перегнулся через перила и проводил взглядом спускавшуюся девушку.

— Симпатичная задница, — еле слышно произнес он.

Заглянув в комнату, он увидел сидящего на полу окровавленного Хойта.

— Матерь Божья, неужели это Гленна?

Хойт хмуро посмотрел на Ларкина и решил, что испытания еще не закончились.

— Нет. Ради всего святого, разве я похож на человека, которого может избить женщина?

— Я ее боюсь. — Ларкин старался держаться подальше от магии, но не мог бросить беспомощного человека. Он подошел к Хойту и присел на корточки. — Черт, ну и дела. Пара подбитых глаз тебе обеспечена.

— Ерунда. Дай мне руку.

Ларкин с готовностью помог ему встать и подставил плечо, чтобы Хойт мог на него опереться.

— Не знаю, что тут происходит, черт возьми, но

Гленна вне себя, а Мойра заперлась в своей комнате. Киан выглядит ужасно, хотя встал с кровати и собирается нас тренировать. Кинг открыл бутылку виски, и я подумываю, не составить ли ему компанию.

Хойт осторожно дотронулся до скулы и со свистом втянул воздух, когда невыносимая боль разлилась по всему лицу.

— Ничего не сломано. Хоть тут немного повезло. А она тут со своими нотациями...

— Слова — самое грозное оружие женщин. Судя по твоему виду, немного виски тебе тоже не повредит.

— Наверное. — Хойт оперся ладонью о стол, стараясь не потерять равновесие. — Ларкин, постарайся собрать всех в зале для упражнений. Я скоро буду.

— Это опасно. Тебе надо подлечиться. Но, раз ты просишь, сделаю. Постараюсь быть милым и очаровательным с дамами. Они либо клюнут, либо оторвут мне голову.

Ларкин остался цел, но девушки пришли с явной неохотой. Мойра сидела, скрестив ноги и опустив опухшие от слез глаза. Гленна стояла в углу, мрачно уставившись в бокал с вином. Кинг занял другой угол, позвякивая кубиками льда в низком стакане для виски.

Киан сидел, барабаня пальцами по подлокотнику кресла. Лицо его было белым как мел, а просторная рубашка не скрывала синевато-багровых ожогов.

— Только музыки не хватает, — нарушил молчание Ларкин. — Вроде той, что исполняют у погребальных костров.

— Будем тренировать силу и скорость. — Киан обвел взглядом комнату. — Пока вы не продемонстрировали ни того, ни другого.

— Снова оскорбления? — усталым голосом спросила Мойра. — И вообще, к чему все эти жалкие потуги? Скрещивать мечи, обмениваться ударами? Подобных ожогов я никогда в жизни не видела, а час спустя ты уже на ногах. Если уж такая магия не способна убить тебя, то на что мы можем рассчитывать?

— Насколько я понимаю, ты предпочла бы видеть на моем месте кучку пепла. Сожалею, что разочаровал тебя.

— Она имела в виду совсем другое. — Гленна раздраженно провела рукой по волосам.

— А ты теперь стала ее переводчиком?

— Я не нуждаюсь в толмаче, — огрызнулась Мойра. — И нечего указывать, что я должна делать целыми днями, черт бы вас побрал! Я знаю, что их убивает, — читала книги.

— Ах да, ты читала книги. — Киан махнул рукой в сторону двери. — Тогда, пожалуйста, выйди и прикончи парочку вампиров.

— По крайней мере, это лучше, чем кувыркаться, словно в цирке, — парировала она.

— Тут я на стороне Мойры. — Ларкин накрыл

ладонью рукоять кинжала. — Нужно начать на них охоту, перейти в наступление. А мы даже не выставили часовых и не отправили разведчиков.

— Это другая война, мальчик.

Глаза Ларкина сверкнули.

— Я не мальчик, и то, что я видел, не похоже на войну.

— Ты не знаешь, кто тебе противостоит, — вставила Гленна.

— Знаю. Я сражался с ними, собственными руками убил троих.

— Молодых и слабых. Лилит не станет посылать против тебя лучших. — Киан встал. Движения его были скованными и давались ему с явным трудом. — Не забывай, что тебе повезло — помощь подоспела вовремя. Но при столкновении с опытным и искусным врагом у тебя нет шансов.

— Я сумею себя защитить.

— Попробуй на мне. Давай, нападай.

— Ты ранен. Это нечестно.

— Оставь честность женщинам. Одолеешь меня, и мы вместе выйдем из дома. Начнем охоту.

В глазах Ларкина вспыхнул интерес.

— Даешь слово?

— Обещаю. Если справишься со мной.

Ларкин бросился вперед, затем повернулся вокруг своей оси, чтобы дезориентировать Киана. Нанес удар, сделал обманное движение, снова повернулся. Киан же просто протянул руку, схватил Ларкина за горло и приподнял над полом.

— Не советую танцевать с вампирами, — сказал он и отбросил противника на середину комнаты.

— Скотина. — Мойра вскочила и бросилась к брату. — Ты его чуть не задушил.

— «Чуть» не считается.

— Без этого нельзя было обойтись? — Гленна встала, склонилась над Ларкином и прижала ладони к его горлу.

— Парень сам напросился, — заметил Кинг, и Гленна резко повернулась к нему:

— Парочка забияк, вот вы кто.

— Я в полном порядке. Ничего страшного. — Ларкин откашлялся, прочищая горло. — Ловко, — сказал он Киану. — Я и глазом моргнуть не успел.

— Вот когда будешь успевать, тогда и отправишься на охоту. — Киан попятился и осторожно опустился в кресло. — Пора приниматься за дело.

— Я бы попросил немного подождать, — сказал Хойт, входя в комнату.

Киан не удостоил его взглядом.

— Мы достаточно долго ждали.

— Еще немного. Мне нужно кое-что сказать. Сначала тебе. Я проявил беспечность, но и ты тоже был не прав. Мне следовало запереть дверь на засов, но и ты не должен был открывать ее.

— Теперь это мой дом. Твоим он был много веков назад.

— Не спорю. Но закрытая дверь напоминает о правилах вежливости и об осторожности, особенно когда дело касается магии, Киан. — Хойт ждал, пока брат посмотрит на него. — Я не хочу причинить тебе боль. Можешь мне не верить. Но я правда не хочу причинить тебе боль.

— Не уверен, что могу сказать то же самое в твой адрес. — Киан дернул подбородком, указывая на лицо Хойта. — Это твоя магия?

— Еще одно последствие ее действия.

— Должно быть, больно.

— Еще как.

— Ну, тогда мы почти в расчете.

— Именно для этого мы тут собрались — чтобы все уладить. — Хойт повернулся и обвел взглядом комнату. — Чтобы покончить со спорами и обидами. Ты была права. — Теперь он обращался к Гленне. — В твоих словах содержится истина, хотя, на мой взгляд, ты слишком много говоришь.

— Неужели?

— Мы разобщены, и пока такое положение сохраняется, надежды на победу у нас нет. Даже если тренироваться все дни напролет. Потому что — повторяю твои слова — враг у нас общий, но цели разные.

— Цель — сражаться с ними, — перебил его Ларкин. — Сражаться и убивать. Уничтожить всех.

— Почему?

— Потому что они демоны.

— Он тоже. — Хойт положил ладонь на спинку кресла, в котором сидел Киан.

— Он на нашей стороне. И не угрожает Гиллу.

— Гилл. Ты думаешь о Гилле, а ты, — Хойт повернулся к Мойре, — о матери. Кинг присоединился к нам потому, что предан Киану. Я тоже — в определенном смысле. А ты, Киан, почему ты здесь?

— Потому что я сам по себе. Никакой преданности — ни тебе, ни ей.

— А ты, Гленна?

— Если я не буду сражаться, если хотя бы не попытаюсь, то все, что нам дорого, может исчезнуть. Можете считать, что это моя внутренняя потребность. Кроме того, добро нуждается в солдатах, чтобы биться против зла.

Потрясающая женщина, подумал Хойт. Всех пристыдила.

— Вот он, ответ. Единственный. И только одна Гленна его знает. Мы нужны, необходимы силам добра. И это важнее храбрости, мести, верности или гордости. Мы нужны. Сможем ли мы сплотиться и совершить то, что должно? Нас всего лишь горстка, и у нас в запасе нет тысячи лет. Нас шестеро, но это только начало. Нам больше нельзя оставаться чужими друг для друга.

Отодвинувшись от кресла Киана, он сунул руку в карман.

— Гленна говорила, что нужно создать символ и щит, знак общей цели. Единство цели — это самая сильная магия из тех, что я знаю. Мне с ней не справиться. — Он покосился на Киана. — Я верю, что они смогут защитить нас, если мы будем помнить, что щит нуждается в мече, и использовать щит и меч для одной общей цели.

Хойт извлек из кармана серебряные кресты и протянул один Кингу:

— Наденешь?

Кинг поставил стакан и взял крест на цепочке. Внимательно посмотрел в лицо Киану, затем надел крест.

— Можешь приложить к глазу лед.

— Есть и другие средства. А ты? — маг протянул крест Мойре.

— Постараюсь быть достойной его. — Она бросила на Гленну виноватый взгляд. — Я вела себя не лучшим образом.

— Как и все мы, — успокоил ее Хойт. — Ларкин?

— Не только ради Гилла, — сказал Ларкин, надевая крест. — Теперь не только.

— И ты. — Хойт протянул крест Гленне, затем подошел ближе, заглянул ей в глаза и сам надел его ей на шею. — Сегодня ты всех нас пристыдила.

— Постараюсь не превращать это в привычку. Здесь. — Она взяла последний крест и надела на Хойта. Потом осторожно коснулась губами его разбитой щеки.

Маг вернулся к Киану.

— Если ты хочешь предложить мне надеть крест, то зря теряешь время.

— Я знаю, что ты не можешь этого сделать. Ты не такой, как мы, но я все равно прошу тебя быть с нами — ради общей цели. — Он протянул брату кулон в виде пентаграммы, похожий на тот, что носила Гленна. — Камень в центре — это яшма, как и в крестах. Пока я не знаю, как сделать для тебя щит. Поэтому предлагаю символ. Возьмешь?

Киан молча протянул руку. Хойт опустил кулон на цепочке в подставленную ладонь, и вампир слегка встряхнул его, словно оценивая вес.

— Металл и камень — еще не армия.

— Но оружие.

— Справедливо. — Киан продел голову в цепочку. — Если церемония закончена, мы наконец можем заняться делом, черт возьми?

12

Гленне очень хотелось побыть одной, подумать. Она вошла в пустую кухню, налила себе бокал вина, достала блокнот, карандаш и устроилась за кухонным столом.

Час в тишине, чтобы успокоиться и подвести кое-какие итоги. Потом, возможно, ей удастся заснуть.

Услышав приближающиеся шаги, она недовольно выпрямилась. Неужели в таком большом доме невозможно уединиться, хотя бы на время?

Кинг вошел в кухню и остановился, сунув руки в карманы и слегка покачиваясь.

— Ну?

— Хочу извиниться за то, что разбил лицо Хойту.

— Это его лицо — перед ним и извиняйся.

— Мы с ним разберемся. Я хотел объясниться с тобой.

Гленна не ответила, и он, запустив пальцы в густые волосы, почесал макушку. Его вид демонстрировал смущение. Если, конечно, человек ростом шесть футов и шесть дюймов и весом сто семьдесят фунтов[1] способен смущаться.

— Послушай, я бросился наверх, а там вспышка, и он лежит, окровавленный и обожженный. Мне еще не приходилось сталкиваться с колдунами. — Черный гигант немного помолчал. — Мы знакомы всего неделю. А Киана я знаю с... очень давно и обязан ему всем.

— И когда ты увидел, что Киан ранен, то, естественно, подумал, что его пытался убить брат.

— Вот именно. И еще подумал, что ты тоже в этом участвовала, но у меня рука не поднялась, чтобы тебя ударить.

— Ценю твое рыцарство.

Сарказм в голосе девушки заставил его поморщиться, как от боли.

— Умеешь ты унизить мужчину.

— Чтобы сделать тебя пониже, понадобится бензопила. Ладно, тебе не к лицу этот виноватый и жалкий вид. — Вздохнув, она откинула волосы со лба. — Мы допустили промах, ты тоже, и теперь всем чертовски неудобно. Хочешь вина? Или булочку?

Кинг улыбнулся.

— Лучше пиво. — Он открыл холодильник и достал бутылку. — Булочку оставлю тебе. Ну и язва ты, рыжая. Люблю таких женщин — даже если страдает моя задница.

— Не замечала за собой. Мне так кажется.

---

[1] Ф у т — мера длины, равная 12 дюймам (30,48 см); дюйм — единица длины, равная 1/12 фута (2,54 см); ф у н т — мера веса, равная 453,6 г.

Бледная и хорошенькая. Наверное, устала как собака. Днем он здорово погонял ее, как, впрочем, и всех остальных, а вечером Киан задал им трепку.

Конечно, она злится. Но не так сильно, как ожидал Кинг. А вообще-то Хойт прав. Она одна знала ответ на вопрос, какого черта они здесь делают.

— То, о чем говорил Хойт, о твоих словах, — в этом есть смысл. Пока мы врозь, мы легкая добыча. — Он открыл крышку и одним глотком выпил полбутылки. — Так что я готов мириться — если ты не против.

Гленна посмотрела на протянутую ей огромную ладонь, помедлила секунду, а потом вложила в нее свою.

— Киану повезло, что у него есть такой защитник. Которому он не безразличен.

— А он защищает меня. Мы помогаем друг другу.

— Для того чтобы такая дружба, как у вас, сформировалась и окрепла, требуется время. Такого количества времени у нас нет.

— Тогда нам нужно постараться сократить этот путь. Ну, теперь мир?

— Да, мир.

Кинг допил пиво и бросил пустую бутылку в ведро под раковиной.

— Пойду наверх. И тебе советую. Нужно поспать.

— Обязательно.

Он ушел, но Гленна чувствовала себя настолько уставшей и взвинченной, что осталась сидеть с бокалом вина в ярко освещенной кухне, окно которой сияющим пятном выделялось в непроглядной ночной тьме. Она не знала, который час, да и какое это теперь имело значение?

Все они превращались в вампиров — спали почти весь день и работали по ночам.

Продолжая писать, она нащупала висящий на шее крест. Тяжесть ночи холодными ладонями навалилась ей на плечи.

Гленна пришла к выводу, что скучает по городу. Она не стыдилась признаться в этом. Ей не хватало звуков, красок, автомобильных гудков — городского пульса. Она жаждала городской сложности и простоты. Там жизнь была просто жизнью. А смерть, жестокость и насилие — все это не имело никакого отношения к миру, с которым ей пришлось столкнуться теперь.

Но вдруг перед ее глазами всплыл образ вампира в подземке.

Когда-нибудь она успокоится, убедив себя, что это был человек.

Ей хотелось встать рано утром и пойти в булочную за свежими рогаликами. Хотелось повернуть мольберт к неяркому утреннему свету и рисовать и чтобы самой серьезной из всех ее забот было пополнение банковского счета.

Всю жизнь магия была рядом с ней, и Гленне казалось, что она ценит и уважает свой дар. Но это не шло ни в какое сравнение с осознанием предназначения и цели этого дара.

Вполне возможно, он принесет ей смерть.

Гленна взяла бокал с вином и вздрогнула, увидев в дверях фигуру Хойта.

— Очень умно — подкрадываться в темноте. Особенно в нашей ситуации.

— Надеялся, что не потревожу тебя.

— Ладно уж. Сижу тут, жалею себя. Это пройдет. — Она пожала плечами. — Немного скучаю по дому. Но, думаю, это ерунда по сравнению с тем, что чувствуешь ты.

— Я стою в комнате, которую мы делили с Кианом, когда были мальчишками и очень дружили.

Гленна встала, взяла второй бокал, наполнила его вином.

— Садись. — Она снова села и поставила вино на стол. — У меня есть брат. Он врач, начинающий. Немного владеет магией и использует ее для исцеления. Он хороший врач и хороший человек. Я знаю, что он любит меня — но не понимает. Это очень тяжело, когда тебя не понимают.

Как странно, подумал Хойт. В его жизни еще не было женщины — если не считать членов семьи, — с которой он мог говорить о том, что действительно для него важно. А с Гленной можно говорить обо всем. Откровенно.

— Я очень огорчен, что потерял Киана, что исчезла наша былая близость.

— Естественно.

— Его — Киана — воспоминания обо мне потускнели и угасли, а мои по-прежнему свежи и сильны. — Хойт поднял бокал. — Правда, очень тяжело, когда тебя не понимают. Я привык гордиться тем, что я маг, что мне дарованы исключительные способности. Словно у меня в руках сверкающая драгоценность, предназначенная только мне. Я был осторожен с этой драгоценностью, благодарен за нее, но слишком самодоволен. Кажется, теперь я избавился от этого.

— Если вспомнить о том, к чему мы прикоснулись сегодня, какое уж тут самодовольство.

— Но моя семья, мой брат не понимали — по крайней мере до конца — мою гордость магическим даром. И никогда не поймут, какую цену я теперь плачу за это. Они просто не в состоянии этого понять.

Гленна накрыла ладонью руку Хойта.

— Он не в состоянии понять. Конечно, мы с тобой разные люди и обладаем разными способностями, но я понимаю, какую потерю ты имеешь в виду. Выглядишь ужасно. — Теперь тон ее был не таким серьезным. — Хочешь, помогу избавиться от синяков?

— Ты устала. Я могу подождать.

— Ты этого не заслужил.

— Я потерял контроль. Позволил силе вырваться из меня.

— Нет, она ускользнула от нас обоих. Кто знает, может, так и должно было случиться.

Гленна вытащила заколки из волос, жгутом стянутых на затылке, и золотистая волна разметалась по ее плечам.

— Послушай, мы ведь кое-чему научились, ведь так? Вместе мы сильнее, чем ты или я могли себе представить. Теперь нам нужно научиться управлять этой силой, направлять ее в нужное русло. Можешь мне поверить, остальные еще больше станут нас уважать.

— Попахивает бахвальством. — Его губы растянулись в слабой улыбке.

— Да, похоже на то.

Хойт глотнул вина и вдруг понял, что впервые за много часов почувствовал себя комфортно. Как приятно просто сидеть в ярко освещенной кухне, отгородившись от ночи, и беседовать с Гленной.

Он чувствовал ее запах — запах земной женщины. Видел ее чистые зеленые глаза, видел легкие тени усталости на нежной коже под глазами.

— Очередное заклинание? — кивком головы Хойт указал на лист бумаги.

— Нет, более прозаичное. Составила списки. Мне кое-что нужно. Травы и прочее. А Мойре с Ларкином нужна одежда. Кроме того, следует распределить обязанности в доме. До сих пор стряпней и всем прочим занимались мы с Кингом. Хозяйство требует времени, и даже если мы готовимся к войне, нам не обойтись без еды и чистых полотенец.

— Тут столько машин для домашней работы. — Хойт обвел взглядом кухню. — Должно быть, это нетрудно.

— Так только кажется.

— В саду должны расти травы. Я еще не осматривал участок. — Все время откладывал, признался себе Хойт. Боялся увидеть, что изменилось, а что осталось прежним. — Может, Киан их посадил. Если нет, я займусь этим. Земля хранит память.

— Запишем это в перечень дел на завтра. Ты знаешь окрестные леса. Подскажешь, где мне найти все необходимое. Утром пойду собирать травы.

— Знаю, — пробормотал Хойт, обращаясь скорее к самому себе.

— Нам нужно больше оружия, Хойт. И руки, которые могут его выковать.

— В Гилле у нас будет армия.

— Надеюсь. Я знаю нескольких людей, обладающих магической силой, а Киан — таких, как он. Пора вербовать рекрутов.

— Вампиров? И Киану-то было трудно довериться. Что касается ведьм, то мы только начинаем узнавать друг друга — как сегодня вечером. Нет, я думаю, что придется ограничиться теми, кто у нас есть. Оружие — это другое дело. Мы можем создать его сами — тем же способом, что и кресты.

Гленна вновь взяла бокал, глотнула вина, затем медленно выдохнула.

— Хорошо. Согласна.

— Когда отправимся в Гилл, возьмем оружие с собой.

— Легко сказать... Когда и как?

— Как? Через Пляску Богов. Когда? Этого я не знаю. Могу лишь верить в то, что нас об этом известят. Мы узнаем, когда придет время.

— Думаешь, мы сможем вернуться? Если останемся живы? Мы сможем вернуться домой?

Хойт поднял глаза на девушку. Уверенной рукой она что-то рисовала в блокноте. От усталости и напряжения она побледнела и осунулась; ее яркие непокорные волосы упали на лоб.

— Чего ты боишься больше всего? — спросил он. — Умереть или не увидеть дома?

— Не знаю. Смерть неотвратима. Никому из нас ее не избежать. Но мы — по крайней мере, я говорю о себе, — надеемся, что когда придет наше время, у нас достанет мужества достойно ее встретить.

Рассеянным жестом левой руки Гленна заправила за ухо прядь волос, не переставая чертить.

— Смерть для меня всегда была чем-то абстрактным. До этого момента. Тяжело сознавать, что ты умрешь, но еще тяжелее понимать, что ты больше никогда не увидишь свой дом, своих родных. Они даже не поймут, что со мной произошло.

Она подняла голову.

— Кажется, я говорю о том, что и так всем известно.

— Я не знаю, сколько они прожили. Как умерли. Долго ли искали меня.

— Если знать, было бы легче.

— Да. — Он встряхнулся и склонил голову набок. — Что ты там рисуешь?

Гленна поджала губы, разглядывая рисунок.

— Похоже на тебя.

Она перевернула лист и протянула Хойту.

— Таким ты меня видишь? — В его голосе сквозило скорее удивление, чем похвала. — Суровым?

— Не суровым, а серьезным. Ты серьезный мужчина, Хойт Маккена. — Гленна подписала рисунок. — Вот так твое имя пишется и произносится в наши дни. Я выяснила. — Небрежным росчерком она поставила свою подпись. — И твоя серьезность чрезвычайно привлекательна.

— Серьезность к лицу старикам и государственным мужам.

— А также воинам и тем, кто облечен властью. Когда я познакомилась с тобой, почувствовала влечение к тебе, то поняла, что все, кого я знала прежде, — просто мальчишки. Вероятно, теперь мне нравятся люди постарше.

Хойт смотрел на девушку. Между ними на столе стояло вино и лежал рисунок. И все равно такой близости он еще никогда не испытывал.

— Странное чувство: вот так сидеть с тобой в этом доме, моем и одновременно чужом, в этом мире, моем и одновременно чужом, где единственное мое желание — ты.

Гленна встала, подошла к нему, обняла. Он склонил голову к ней на грудь, слушая биение ее сердца.

— Тебе спокойно?

— Да. Но ты так мне нужна. И я не могу больше сдерживаться.

Она склонила голову, закрыла глаза и прижалась щекой к его волосам.

— Давай поступим, как обычные люди. Хотя бы остаток этой ночи проведем как обычные люди, потому что я не хочу оставаться одна в темноте. — Она обхватила ладонями его лицо и повернула к себе. — Возьми меня к себе в постель.

Хойт поднялся, потянув ее за собой.

— За тысячу лет ничего не изменилось, правда?

Она засмеялась.

— Кое-что всегда остается неизменным.

Держась за руки, они направились к двери.

— У меня было не так много женщин. Я ведь серьезный человек.

— А у меня — не так много мужчин. Я разумная женщина. — У двери своей комнаты она с хитрой улыбкой повернулась к нему. — Надеюсь, мы справимся.

— Подожди. — Хойт притянул ее к себе и поцеловал в губы. Она почувствовала жар, наполненный пульсирующей магической силой.

Потом он открыл дверь.

Гленна увидела, что он зажег свечи, огромное количество свечей, так что комната наполнилась золотистым светом и нежным ароматом. Камин тоже горел — ровным, неярким пламенем.

Это глубоко тронуло ее, а по коже пробежала дрожь предвкушения близости.

— Прекрасное начало. Спасибо. — Услышав щелчок замка, она прижала руку к сердцу. — Я волнуюсь. Все так неожиданно. Никогда так не волновалась. Даже в первый раз.

Хойта не остановило ее волнение. Сказать по правде, оно только усиливало его страсть.

— Твои губы... Такие чувственные. — Он провел пальцем по нижней губе девушки. — Я целовал их во сне. Ты отвлекала меня, даже когда тебя не было рядом.

— Это тебя беспокоит. — Она обняла его за шею. — Я так рада.

Гленна прижалась к нему, наблюдая, как его взгляд скользит к ее губам, останавливается, затем снова поднимается. Дыхание Хойта смешалось с ее дыханием, сердца забились в унисон. Их губы встретились, и они на мгновение замерли. И растворились друг в друге.

Что-то затрепетало у нее внутри — десятки бархатных крыльев желания. Воздух по-прежнему гудел, наполненный магической силой.

Ладони Хойта коснулись ее волос, нетерпеливым жестом убрав их с лица, и Гленна задрожала в ожидании. Его губы оторвались от ее губ, скользнули по лицу, нашли пульсирующую жилку на шее.

Она способна поглотить его полностью. Хойт понимал это, но ничего не мог с собой поделать. Неистовое влечение к ней могло увести его в неведомые глубины. Но каким бы ни оказался тот мир, Хойт знал, что она всегда будет рядом.

Он гладил ладонями ее тело, словно растворяясь в нем. Гленна вновь жадно приникла к его губам. Затем отступила, и он услышал ее прерывистое дыхание. В мерцающем свете свечей она принялась расстегивать рубашку.

Под рубашкой оказалось что-то белое и кружевное, приподнимавшее грудь, словно предлагая ему. Под брюками, соскользнувшими со стройных бедер, тоже оказались кружева — соблазнительный треугольник, скрывавший низ живота и открывавший бедра почти до самой талии.

— Женщины — умнейшие существа, — пробормотал Хойт, кончиком пальца касаясь кружев. Почувствовав, как вздрогнула Гленна, он улыбнулся. — Мне нравится твой наряд. Ты всегда носишь это под одеждой?

— Нет. По настроению.

— Мне нравится, когда у тебя такое настроение. — Большими пальцами он провел по кружевам, прикрывавшим грудь.

Голова Гленны откинулась назад.

— О боже.

— Тебе приятно. А так? — Он проделал то же самое с кружевами, скрывавшими низ живота, наблюдая за лицом Гленны.

Нежная кожа, тонкая и гладкая. А под ней сильные мышцы. Восхитительно.

— Дай к тебе прикоснуться. Твое тело прекрасно.

Она откинулась назад, ухватившись за стойку кровати.

— Пожалуйста.

Ладони Хойта скользили по ее коже, вызывая легкую дрожь. Пальцы двигались все увереннее, и с ее губ сорвался стон. Гленна чувствовала, что кости как будто размягчаются под руками мага, а мышцы становятся податливыми, словно желе. Она не сопротивлялась этому медленному, завораживающему наслаждению — триумф и одновременно капитуляция.

— Это застежка?

Открыв глаза, Гленна увидела, что Хойт возится с передним крючком бюстгальтера. Но когда она попыталась помочь ему, он отвел ее руки.

— Сам разберусь. Секунду. Ага, вот так. — Хойт расстегнул бюстгальтер, и груди девушки легли на ладони мага. — Интересно... Какая прелесть. — Он

268

склонил голову, коснулся губами нежной и теплой кожи.

Желание продлить удовольствие боролось в нем с растущим нетерпением.

— А там? Где застежка? — его рука скользнула вниз.

— Они не... — Она задохнулась и негромко вскрикнула, стиснув пальцами его плечи.

— Посмотри на меня. Вот так. — Ладони Хойта накрыли тонкие кружева, скользнули внутрь. — Гленна Вард, которая сегодня принадлежит мне.

Ее тело раскрылось ему навстречу, взорвалось острым наслаждением. Глаза не отрывались от его глаз.

Трепеща, Гленна склонила голову на его плечо.

— Я хочу почувствовать тебя. Во мне. — Она стянула с него фуфайку и отбросила в сторону. Теперь его тело открылось ее рукам, ее губам. Сила вернулась к ней, и она рухнула на кровать, потянув его за собой.

— Во мне. Во мне.

Ее губы жадно прильнули к его губам, бедра раскрылись. Не отрываясь от Гленны, он стягивал с себя остатки одежды; их тела пылали жаром.

Когда он овладел ею, огонь в камине оглушительно заревел, а пламя свечей стрелами взметнулось вверх.

Страсть и магия закружили их, швырнув на грань безумия. Крепко прижимаясь к Хойту, Гленна не отводила от него взгляд наполненных слезами глаз.

Ветер разметал по кровати ее волосы, яркие, как

пламя. Хойт почувствовал, что тело девушки под ним напряглось, словно изогнутый лук. В ослепительной вспышке света, поглотившей его без остатка, он смог лишь прошептать ее имя.

Она как будто светилась — словно жар, вспыхнувший между ними, по-прежнему продолжал переполнять их тела. И удивлялась, что не видит теплых золотистых лучей, расходящихся от кончиков пальцев.

Огонь в камине был слабым и ровным. Но его тепло, как и тепло их тел, ласкало кожу. Сердце по-прежнему учащенно билось.

Голова Хойта лежала на груди Гленны, а ее ладонь — на его голове.

— Ты когда-нибудь...

Его губы ласково коснулись ее груди.

— Нет.

Она перебирала пряди его волос.

— Я тоже. Может, это в первый раз так. Или в нас сохранилось то, что мы уже создали вместе.

Вдвоем мы сильнее. Собственные слова эхом пронеслись у нее в голове.

— И что же дальше?

В ответ на его удивленный взгляд Гленна покачала головой.

— Просто такое выражение, — объяснила она. — Впрочем, теперь неважно. У тебя синяки прошли.

— Знаю. Спасибо.

— Разве это я?

— Ты. Касалась моего лица, когда мы соединились. — Он взял ее руку и поднес к губам. — У тебя волшебные руки и волшебное сердце. А глаза по-прежнему тревожные.

— Просто устала.

— Хочешь, я уйду?

— Нет. — Может, в этом все дело? — Я хочу, чтобы ты остался.

— Тогда вот так. — Он подвинулся, притянул ее к себе, поправил простыню, подоткнул одеяло. — Можно задать один вопрос?

— Угу.

— У тебя здесь клеймо. — Он провел пальцами по ее пояснице. — Пентаграмма. В ваше время так клеймят всех ведьм?

— Нет. Это татуировка. Я сама ее сделала. Мне хотелось, чтобы этот символ всегда был со мной, даже когда остаюсь в чем мать родила.

— А-а. Не сочти это неуважением к символу или твоим намерениям, но мне он кажется... соблазнительным.

— Отлично. — Гленна улыбнулась. — Значит, он выполнил свое второе предназначение.

— Я чувствую себя здоровым, — сказал Хойт. — Снова стал самим собой.

— И я тоже.

Только устала, подумал Хойт. Он понял это по ее голосу.

— Давай немного поспим.

Она повернула голову, встретившись взглядом с Хойтом.

— Ты говорил, что не дашь мне спать, если я окажусь в твоей постели.

— Сегодня сделаем исключение.

Гленна положила голову ему на плечо, но не закрыла глаза — даже когда он погасил свечи.

— Хойт. Что бы ни случилось с нами потом, я этого не забуду.

— Я тоже. Впервые за все время я поверил, что мы не только должны, но и сможем победить. Поверил, потому что ты со мной.

Она на мгновение закрыла глаза, чувствуя, как защемило сердце. Он говорит о войне, подумала Гленна. А она о любви...

Дождь и тепло его тела. Проснувшись, Гленна лежала, прислушиваясь к стуку капель по крыше, наслаждаясь мощью и силой, которые излучал лежащий рядом мужчина.

Ночью ей пришлось уговаривать себя. То, что возникло между ней и Хойтом, — дар, который следует ценить и беречь. Нет смысла изводить себя, убеждая в том, что этого мало.

И к чему задаваться вопросом, почему все случилось именно так? Неужели сила, призвавшая их на битву, соединила их, зажгла страсть, желание и — да, да — любовь, просто потому, что вместе они сильнее?

Гленна всегда верила в чувства. Теперь же она сомневалась — чувство оказалось слишком сильным.

Пора снова стать практичной, радоваться тому, что у нее есть. И не забывать о долге.

Она осторожно отстранилась и стала выбираться

из постели. Пальцы Хойта сомкнулись на ее запястье.

— Еще рано, и на улице дождь. Полежи еще.

Гленна оглянулась.

— Откуда ты знаешь, что еще рано? Часов тут нет. У тебя в голове солнечные часы?

— Какой от них прок в дождь? У тебя волосы будто солнце. Иди сюда.

Теперь он не выглядел таким серьезным. Сонные глаза и тени на щеках от отросшей за ночь щетины.

— Тебе не мешало бы побриться.

Хойт провел рукой по лицу, ощупывая щетину. Потом провел еще раз, и щеки стали гладкими.

— Так тебе больше нравится, *астор*?

Гленна протянула руку, провела пальцем по его щеке.

— Очень гладко. И постричься мог бы поприличнее.

Нахмурившись, Хойт взъерошил волосы.

— А чем тебя не устраивают мои волосы?

— Они великолепны, но им нужно придать форму. Хочешь, я этим займусь?

— Да нет. Спасибо, не надо.

— Не доверяешь?

— Только не волосы.

Рассмеявшись, она уселась на него верхом.

— Ты же доверяешь мне другие, гораздо более чувствительные части тела.

— Это совсем другое дело. — Он приподнял ладонями ее груди. — Как называется та одежда, которую ты носила на своей прелестной груди вчера вечером?

— Бюстгальтер. Не уходи от ответа.

— Знаешь, мне гораздо приятнее обсуждать твою грудь, чем мои волосы.

— Сегодня у тебя хорошее настроение.

— Ты зажгла во мне свет.

— Льстец. — Она взяла прядь его волос. — Чик, чик. И будешь другим человеком.

— Кажется, я тебе нравлюсь и таким.

Улыбнувшись, Гленна приподнялась, затем снова опустилась, приняв в себя его плоть. Потухшие свечи вспыхнули.

— Чуть-чуть подровняю, — прошептала она, касаясь губами его губ. — Потом.

Он узнал, какое это наслаждение — принимать душ вместе с женщиной. А затем его ждало еще одно удовольствие — наблюдать, как она одевается.

Она втирала в свою кожу разные мази — одни для тела, другие для лица.

Бюстгальтер и то, что она называла трусиками, сегодня были голубыми. Как яйцо дрозда. Поверх она надела грубые штаны и короткую мешковатую тунику, которая называлась фуфайкой. На ней были написаны следующие слова: ВИККАНСКАЯ[1] СТРАНА ЧУДЕС.

---

[1] Вик к а н с т в о — один из древнейших магических культов, направленный на магию природы и манипуляцию стихиями.

Верхняя одежда превращает то, что Гленна носит под ней, в чарующую тайну.

Он расслабился и был очень доволен собой. И запротестовал, когда Гленна попросила его сесть на сиденье унитаза. Она взяла ножницы и щелкнула ими в воздухе.

— Ни один разумный мужчина не позволит женщине приблизиться к нему с таким орудием.

— Такой большой и сильный волшебник, как ты, не должен бояться маленькой стрижки. Кроме того, если тебе не понравится, вернешь все на место.

— Почему женщины всегда хотят переделать мужчин?

— Такова наша природа. Сделай мне одолжение.

Вздохнув, он сел. И поежился.

— Сиди спокойно. Глазом не успеешь моргнуть, как я закончу. Интересно, как Киан ухитряется следить за собой?

Хойт закатил глаза вверх, потом скосил вбок, пытаясь увидеть, что она делает.

— Не знаю.

— Без отражения в зеркале это задача непростая. А выглядит он всегда превосходно.

Теперь Хойт пытался посмотреть ей в глаза.

— Тебе нравится, как он выглядит?

— Вы похожи — настоящие близнецы. Так что это вполне естественно. Но у него слегка раздвоенный подбородок, а у тебя нет.

— Там его ущипнула фея. Так говорила наша мать.

— У тебя лицо более худое, а брови изогнуты сильнее. Но глаза, рот и скулы — все одинаковое.

Срезанная прядь волос упала на колени Хойта, и могучий волшебник почувствовал, как внутри у него все задрожало.

— Господи, женщина, ты стрижешь меня наголо?

— Тебе еще повезло, что мне нравятся длинные волосы у мужчин. По крайней мере у тебя. — Она поцеловала его в макушку. — Твои волосы как черный шелк и чуть-чуть вьются. Знаешь, в некоторых культурах есть такой обряд: если женщина срезает волосы мужчине, это считается бракосочетанием.

Голова Хойта дернулась, но Гленна предвидела его реакцию и успела вовремя убрать ножницы. Ее смех, веселый и дразнящий, гулко прозвучал в кафельном пространстве ванной.

— Шучу. Расслабься, парень. Я почти закончила.

Она расставила ноги пошире и приблизилась к нему вплотную, так что ее грудь оказалась у его лица. Хойт подумал, что стрижка — не такая уж неприятная процедура.

— Мне нравится, когда рядом со мной женщина.

— Да, кажется, припоминаю.

— Нет, я хотел сказать, когда это моя женщина. Я мужчина, и у меня такие же потребности, как и у остальных. Но ты полностью овладела моими мыслями. Такого со мной никогда не случалось.

Она отложила ножницы и пальцами расчесала его влажные волосы.

— Мне нравится, что ты обо мне думаешь. Ну вот, взгляни.

Хойт встал и посмотрел на свое отражение в зеркале. Волосы стали короче, но не намного. Ему показалось, что теперь они лежат аккуратнее — хотя и раньше его все устраивало.

Гленна не обкорнала его, словно овцу, и это ему понравилось.

— Неплохо. Спасибо.

— Пожалуйста.

Хойт оделся, и они спустились на кухню, где уже собрались все, за исключением Киана.

Ларкин накладывал себе в тарелку омлет.

— Доброго вам утра. Человек, который тут разводит кур, просто волшебник.

— Мое дежурство у плиты закончилось, — объявил Кинг. — Так что готовьте себе завтрак сами.

— Именно об этом я хотела поговорить. — Гленна открыла холодильник. — О дежурстве. Стряпня, стирка, уборка. Нужно распределить обязанности.

— Я с удовольствием помогу, — подала голос Мойра. — Если покажешь, что нужно делать и как.

— Ладно. Смотри и учись. Сегодня у нас яичница с ветчиной. — Под пристальным взглядом Мойры она принялась за дело.

— Теперь я спокоен — ты знаешь свое дело.

Мойра покосилась на Ларкина.

— Он ест, как две лошади.

— Ага. Нужно организовать доставку продуктов. — Теперь Гленна обращалась к Кингу. — Судя по всему, это станет нашей с тобой обязанностью, поскольку остальные не умеют водить машину. Ларкину и Мойре нужна подходящая одежда. Если ты нарисуешь мне карту, я съезжу в магазин.

— Сегодня пасмурно.

— У меня есть защита. — Гленна кивнула в сторону Хойта. — Он может разогнать тучи.

— Так или иначе, хозяйством, конечно, нужно заниматься. Ладно, можешь распределять обязанности — мы подчинимся. В остальном все остается по-прежнему. Не выходить поодиночке из дома, и тем более в деревню. Не покидать дом без оружия.

— Значит, мы в осаде и дождь не дает нам и шагу ступить? — Ларкин взмахнул вилкой. — А не пора ли доказать, что мы не позволим диктовать нам свои условия?

— Он прав, — поддержала Ларкина Гленна. — Осторожность, но не страх.

— За лошадью в конюшне тоже нужно ухаживать, — прибавила Мойра.

Хойт собирался сам отправиться на конюшню, предоставив остальным заниматься другими делами. Но теперь задумался: может, то, что он считал ответственностью и обязанностью лидера, на самом деле просто недоверие к другим?

— Мы с Ларкином займемся лошадью. — Он сел, увидев, что Гленна поставила тарелки на стол. — Нам с Гленной нужны травы, так что заодно и их соберем. Осторожность, — повторил он и, принимаясь за еду, стал обдумывать план действий.

Хойт пристегнул к поясу меч. Дождь превратился в мелкую морось, которая — он знал это по опыту — могла не прекращаться несколько дней. Вместе с Гленной они могли очистить небо, чтобы на нем засияло солнце.

Но земля нуждалась в дожде.

Кивнув Ларкину, он открыл дверь.

Они вышли из дома вместе, спина к спине, распределив между собой сектора обзора.

— Не завидую я им, если в такую погоду они сидят и ждут, когда мы выйдем, — заметил Ларкин.

Они пересекли двор, стараясь не упустить из внимания ни малейшей тени или движения. Но вокруг царили только дождь, запах мокрых цветов и травы.

Добравшись до конюшни, они занялись привычной для них обоих работой. Убрали навоз, принесли свежей соломы, насыпали зерна в кормушку, почистили жеребца. Хойт подумал, что присутствие лошади успокаивает.

Ларкин напевал — настроение у него явно улучшилось.

— Дома у меня гнедая кобыла, — сообщил он Хойту. — Красавица. Но я думаю, что мы не можем провести лошадей через Пляску Богов.

— Мне было приказано оставить кобылу. А это правда — насчет легенды? О мече, камне и о том, кто правит Гиллом? Похоже на легенду об Артуре.

— Правда, причем говорят, что одна легенда послужила основой для другой. — Ларкин налил свежей воды в корыто. — После смерти короля или королевы маг снова запечатывает меч в камень. На следующий день после похорон наследники по очереди приходят к камню и пытаются взять меч. Удается это только одному, именно он и становится владыкой Гилла. До смерти правителя меч выставляется в огромном зале на всеобщее обозрение. Так повторяется из поколения в поколение.

Ларкин вытер вспотевший лоб.

— У Мойры нет ни братьев, ни сестер. Она должна унаследовать трон.

Хойт с интересом взглянул на Ларкина.

— А если она не сможет взять меч, наступит твой черед?

— Боже упаси. — Протест Ларкина выглядел искренним. — У меня нет никакого желания править. Если хочешь знать мое мнение, то это такая морока. Ну вот и все, правда? — Он провел ладонью по боку жеребца. — До чего ж хорош! Но ему нужна тренировка. Надо бы объездить его.

— Не сегодня. Но ты прав. Размяться ему не помешает. Это лошадь Киана, и последнее слово будет за ним.

Из конюшни они вышли так же, как из дома, — одновременно, спина к спине.

— Туда, — показал Хойт. — Раньше там был огород с лекарственными травами. Может, кое-что сохранилось. Я еще не ходил в ту сторону.

— Мы с Мойрой ходили. Я ничего не заметил.

— Все равно нужно взглянуть.

Тварь прыгнула на них с крыши конюшни — так стремительно, что Хойт не успел выхватить меч. Стрела пронзила сердце вампира, когда тот был еще в воздухе.

На землю посыпался пепел, и одновременно с

крыши на них прыгнул второй вампир. Вторая стрела тоже попала в цель.

— Могла бы оставить нам одного — для забавы! — крикнул Ларкин Мойре.

Девушка неподвижно застыла в дверях кухни, вставив третью стрелу в лук.

— Тогда займитесь тем, что слева.

— Он мой! — крикнул Ларкин Хойту.

Тварь была в два раза крупнее их, и Хойт собирался было запротестовать, но Ларкин уже ринулся вперед. Послышался звон скрестившихся клинков. Хойт видел, как вампир дважды отступал, когда на него попадал отблеск серебряного креста на шее противника. Но у него были длинные руки и очень длинный меч.

Заметив, что Ларкин поскользнулся на мокрой траве, маг бросился вперед. Он целился мечом в шею вампира — и промахнулся.

Ларкин резко выпрямился и метнул деревянный дротик, попавший точно в цель.

— Я просто хотел вывести его из равновесия.

— Отличный бросок.

— Возможно, тут есть и другие.

— Возможно, — согласился Хойт. — Но мы должны сделать то, за чем пришли.

— Тогда я прикрываю твою спину, а ты мою. Неизвестно, что было бы, не пристрели Мойра тех двоих. Действует, — прибавил Ларкин, касаясь креста. — Во всяком случае, отпугивает.

— Даже если им удастся нас убить, они не смогут превратить нас в вампиров, пока мы носим кресты.

— Значит, ты хорошо поработал.

13

Они не нашли ни стелющегося по земле тимьяна, ни пахучего розмарина. Маленький огородик на пригорке, высаженный матерью, теперь превратился в лужайку с аккуратно подстриженной травой. В ясную погоду тут все залито солнцем, вспомнил Хойт. Мать выбрала это место — не самое удобное, далеко от кухни, — чтобы травы напитывались солнечным светом.

Еще ребенком он узнал от нее о красоте и пользе трав, наблюдая, как она пропалывает грядки, обрезает кустарник, собирает урожай. Мать рассказала сыну о названиях растений, их потребностях и свойствах. Хойт научился различать травы по запаху, форме листьев и цветкам, которые срывал, если мать разрешала.

Сколько часов он провел рядом с нею, ковыряясь в земле, тихо беседуя или просто молча наслаждаясь порханием бабочек и жужжанием пчел?

Это было их самое любимое место.

Он вырос, стал мужчиной и обосновался в местности, которую теперь называют Керри. Построил там каменную хижину, обретя одиночество, необходимое для занятий магией и сбора собственного урожая.

Но Хойт всегда возвращался домой. И всегда приходил в этот маленький огород с лекарственными травами вместе с матерью, находя в нем радость и утешение.

Теперь он стоял на этом месте, как над могилой,

вспоминая и скорбя. Где-то в глубине души за-
жглась искорка гнева на брата: почему он не сохранил огород?

— Вот, значит, что ты искал? — Ларкин внимательно осмотрел траву, затем перевел взгляд на деревья, контуры которых проступали сквозь пелену
дождя. — Похоже, от огорода ничего не осталось.

Услышав звук шагов, Хойт резко обернулся;
Ларкин тоже. К ним приближалась Гленна: в одной
руке дротик, в другой — нож. Капельки дождя крошечными жемчужинами блестели у нее в волосах.

— Зачем ты вышла? Тут могут быть вампиры.

— Но нас теперь трое. — Она кивком указала на
дом. — А если точнее, то пятеро. Мойра и Кинг нас
прикрывают.

Хойт посмотрел на дом. Мойра заняла позицию
у окна; стрела, вставленная в лук, была опущена.
В дверном проеме стоял Кинг с палашом в руке.

— Тогда все в порядке. — Ларкин улыбнулся сестре. — Надеюсь, ты не всадишь стрелу в задницу
кому-нибудь из нас.

— Только если буду в нее целиться! — крикнула
она в ответ.

Стоя рядом с Хойтом, Гленна внимательно рассматривала землю.

— Он был здесь? Огород?

— Был. И будет.

Что-то случилось, подумала она. Какая-то не-
приятность. Слишком уж мрачное у Хойта лицо.

— У меня есть восстанавливающее заклинание.
С его помощью я лечила растения.

— Оно мне не понадобится. — Хойт воткнул меч в землю, чтобы освободить руки.

Вытянув их и раскрыв ладони, он вызвал в памяти огород матери. Здесь потребуется вложить душу, а не только искусство мага. Это дань уважения к той, кто дал ему жизнь.

Значит, будет больно.

— Семя к листу, лист к цветку, земля, солнце и дождь. Вспоминайте.

Глаза Хойта потемнели, лицо казалось высеченным из камня. Ларкин хотел что-то сказать, но Гленна заставила его замолчать, прижав палец к губам. Она знала, что теперь должен звучать только голос Хойта. Воздух словно загустел, скованный магической силой.

Гленна не могла помочь Хойту со зрительными образами, так как он никогда не описывал ей аптекарский огород. Оставалось лишь сосредоточиться на запахах. Розмарин, лаванда, шалфей.

Хойт повторил заклинание три раза; глаза его еще больше помрачнели, голос звучал все громче и громче. Земля под ногами слегка вздрогнула.

Поднялся ветер, закружил, подул сильнее.

— Восстаньте! Вернитесь. Растите и цветите, дар земли, дар богов. Для земли, для богов. Эйрмид, древняя богиня, покажи нам свою щедрость. Эйрмид из Туата Де Дананн, напои землю. Пусть станет такой, как прежде.

Его лицо было белее мрамора, глаза — словно черный оникс. Магическая сила изливалась из него прямо в вибрирующую землю.

И земля раскрылась.

Гленна услышала судорожный вздох Ларкина, почувствовала, как удары ее сердца гулко отдаются в ушах. Из почвы поднимались растения, разворачивая листья и распуская цветы. Нервное напряжение выплеснулось радостным смехом.

Серебристый шалфей, блестящие иглы розмарина, курчавые коврики тимьяна и ромашки, лавр и рута, нежные стрелки лаванды — все это росло из земли навстречу моросящему дождю.

Огород имел форму кельтского узла — узкие петли дорожек облегчали сбор трав.

Когда ветер стих, а земля перестала вибрировать, Ларкин шумно выдохнул.

— Вот это я понимаю!

— Здорово, Хойт. — Гленна положила руку на плечо Ларкину. — Самая замечательная магия, какую мне только приходилось видеть. Благословенная богами.

Хойт выдернул меч из земли. Сердце, раскрывшееся для магии, теперь саднило, словно кровоподтек.

— Собирай все, что нужно, только поторопись. Мы и так слишком долго находимся вне дома.

Гленна достала боллин[1] и энергично принялась за дело, хотя ей очень хотелось задержаться тут, просто насладиться работой.

---

[1] Боллин — ритуальный нож с белой рукояткой. (*Прим. перев.*)

Ее окутали ароматы трав. Она не сомневалась: магия, благодаря которой появились эти растения, придаст им особую силу.

Мужчина, прикасавшийся к ней ночью, обнимавший ее утром, обладал властью, о которой она даже не догадывалась. Такое Гленна и представить себе не могла.

— Вот чего мне не хватало в городе, — заметила она. — У меня много растений в горшках, но это не идет ни в какое сравнение с настоящим огородом.

Хойт ничего не ответил. Он просто смотрел на нее: огненные волосы с блестящими капельками дождя, тонкие белые руки, перебирающие зелень травы. Сердце его на мгновение замерло, будто стиснутое невидимой рукой.

Когда Гленна встала с охапкой травы и подняла на него смеющийся взгляд, сердце мага затрепетало и рухнуло куда-то вниз, словно пронзенное стрелой.

Околдованное, подумал Хойт. Она его околдовала. Магия женщины в первую очередь действует на сердце.

— Этого мне достаточно. — Она тряхнула головой, откидывая со лба влажные волосы. — И еще останется, чтобы приготовить на обед вкусный суп.

— Тогда забирай их, и пойдем. Там, на западе, какое-то движение, — Ларкин кивком головы указал на кромку леса. — Пока только наблюдают.

Околдован, оборачиваясь, снова подумал Хойт. Очарованный девушкой, он совсем забыл об осторожности.

— Я насчитал штук шесть, — ровным, спокойным голосом продолжал Ларкин. — Хотя там могут прятаться и другие. Мне кажется, что они хотят заманить нас, надеются, что мы бросимся преследовать их. И тогда другие отрежут нас от дома.

— Мы уже закончили все дела, намеченные на утро, — начал Хойт, но затем умолк. — Хотя... пусть не думают, что это они вынудили нас вернуться в дом. Мойра, — он повысил голос и повернулся к дому, — ты можешь подстрелить одного с такого расстояния?

— Которого?

Удивленный, он пожал плечами.

— Выбери сама. Пусть у них появится пища для размышлений.

Не успел он договорить, как в воздухе мелькнула стрела. Хойт подумал, что ему это показалось, но тут послышался свист второй стрелы. Раздались два крика, слившиеся в один. И четыре тени — вместо шести — бросились под защиту леса.

— Двое — большая пища для размышлений, чем один. — С мрачной улыбкой Мойра вставила в лук еще одну стрелу. — Могу выпустить пару штук в лес. Отгоню тварей подальше.

— Не трать зря стрелы.

К окну подошел Киан и встал за ее спиной. Он выглядел помятым и немного раздраженным. Мойра инстинктивно отстранилась.

— Вовсе не зря. Если попаду в цель.

— Теперь они уйдут. Если бы у них были более

серьезные намерения, чем просто досадить нам, они напали бы, пока имели численное превосходство.

Киан прошел мимо Мойры к боковой двери и вышел из дома.

— Рано проснулся? — спросила Гленна.

— Поспишь тут, когда такое творится. Как землетрясение, черт его подери. — Он окинул взглядом огород и повернулся к Хойту. — Твоя работа?

— Нет. — В голосе мага сквозила обида и боль. — Моей матери.

— Послушай, когда в следующий раз соберешься разбивать сад, предупреди меня. А то я боялся, что дом рухнет мне на голову. И скольких вы уничтожили?

— Пятерых. Четырех из них — Мойра. — Ларкин вложил меч в ножны. — Один мой.

Киан оглянулся на окно.

— Маленькая королева набирает очки.

— Мы хотели разведать обстановку, — сказал Ларкин. — И прибраться в конюшне.

— Спасибо.

— Если не возражаешь, я мог бы время от времени выезжать жеребца.

— Я не возражаю, а Владу[1] это пойдет на пользу.

— Владу? — переспросила Гленна.

— Моя маленькая шутка. Если вы успокоились, то я вернусь в постель.

---

[1] Влад III, также известный как Влад Цепеш и Влад Дракула — господарь Валахии, отличавшийся особой жестокостью в обращении с врагами и подчиненными.

288

— Мне нужно с тобой поговорить. — Хойт подождал, пока Киан ответит на его взгляд. — Наедине.

— А для этого обязательно мокнуть под дождем?

— Пройдемся.

— Как знаешь. — Киан пожал плечами и улыбнулся Гленне. — Сегодня утром ты такая румяная.

— И мокрая. Хойт, в доме полно сухих укромных уголков.

— Мне нужен свежий воздух.

Все умолкли.

— Он туго соображает. Девушка хочет, чтобы ее поцеловали. Так она будет меньше волноваться, что тебе перережут горло из-за того, что тебе взбрело в голову погулять под дождем.

— Идите в дом. — Немного стесняясь, Хойт взял Гленну за подбородок и поцеловал в губы. — Не волнуйся за меня.

Ларкин вновь вытащил меч и протянул его Киану:

— Лучше быть вооруженным.

— Золотые слова. — Киан наклонился и, не спрашивая разрешения, поцеловал Гленну. — И за меня тоже.

Они молча удалялись от Гленны и Ларкина, и Хойт все острее ощущал, что между ними лежит пропасть. Прежде они с братом понимали друг друга без слов. Теперь же мысли Киана оставались тайной для Хойта; вероятно, и брат уже не мог читать его мысли.

— Ты сохранил розы, но позволил исчезнуть травам. А мать так любила свой огород.

— С тех пор как я приобрел это владение, розы

пересаживали бессчетное количество раз. Травы? Они исчезли давным-давно.

— Это не владение — вроде твоей квартиры в Нью-Йорке. Это родовой дом.

— Для тебя. — Гнев Хойта дождем обрушился на спину Киана. — Ожидая от меня больше того, что я могу и хочу дать, ты обречен на вечное разочарование. Я купил землю и стоящий на ней дом за свои деньги. И я оплачиваю их содержание. Мне казалось, сегодня утром у тебя должно быть хорошее настроение — после бурной ночи с хорошенькой ведьмой.

— Поосторожнее, — негромко произнес Хойт.

— Я отвечаю за свои слова. — Киан не смог побороть искушение и принялся поддразнивать брата. — Она хороша, в этом можно не сомневаться. Но мой опыт с женщинами на несколько веков больше, чем твой. В ее пронзительных зеленых глазах светится не только страсть. Она видит будущее. И я спрашиваю себя: что ты собираешься с этим делать?

— Не твоя забота.

— Вообще-то, конечно, не моя, но мне любопытно знать о твоих планах, особенно с учетом того, что в данный момент у меня нет женщины. Она не глупая деревенская девчонка, готовая за безделушку поваляться с тобой в стогу сена. Она хочет и ждет от тебя большего — подобно всем женщинам, особенно умным.

Повинуясь инстинкту, Киан взглянул на небо. Ирландская погода переменчива, и сквозь облака в любой момент могло проглянуть солнце.

— Рассчитываешь на то, что если через три месяца останешься в живых и удовлетворишь своих богов, они разрешат тебе взять ее с собой?

— Почему тебя это так волнует?

— Неважно. Ты можешь представить ее в Керри, в своем домике на скалах? Где нет ни электричества, ни водопровода, ни универмага за углом. Готовить обед придется в горшке на очаге, который топится дровами. Жизнь ее сократится наполовину из-за отсутствия здравоохранения и неправильного питания. И все это ради любви?

— Что ты знаешь о любви? — огрызнулся Хойт. — Ты не способен любить.

— А вот тут ты ошибаешься. Мы способны любить, и очень сильно. Даже безрассудно — в этом мы похожи на людей. Итак, ты не можешь взять ее с собой, потому что это будет высшим проявлением эгоизма. Мой брат слишком благороден и чист, чтобы так поступить. Роль мученика тоже тебе не подходит. Значит, ты оставишь ее тут, и она будет сохнуть по тебе. Тогда я смогу немного развлечься, предложив ей утешение. А с учетом нашего сходства, она примет его. И меня тоже.

Удар заставил его попятиться, но не сбил с ног. Почувствовав пьянящий вкус крови, Киан поднес руку к губам. Чтобы спровоцировать брата, потребовалось больше времени, чем он ожидал.

— Ладно, это давно назревало. — По примеру Хойта он отбросил меч. — Приступим.

Кулак Киана перемещался с такой скоростью, что выглядел размытым пятном, и от этого пятна из глаз Хойта брызнули искры. Из носа хлынула кровь. Братья сшиблись, словно бараны.

Киан получил удар по почкам, а от последующей оплеухи у него зазвенело в ушах. Он забыл, что Хойт, если его раздразнить, может драться, как дьявол. Поднырнув, он сбил Хойта с ног ударом по корпусу. И тут же с размаху шлепнулся на землю — брат выбил у него почву из-под ног.

Киан почувствовал, как закипает его кровь. А в таком состоянии он предпочитал борьбу.

Они покатились по земле, колошматя друг друга и изрыгая проклятия. Кулаки и локти крушили плоть и кости.

Вдруг Киан со стоном отпрянул. Хойт увидел на ладони брата ожог в форме креста.

— Проклятье, — пробормотал Киан, приникая губами к обожженной коже, из которой сочилась кровь. — Похоже, тебе требуется оружие, чтобы победить меня.

— Пошел ты. Хватит и кулаков. — Хойт схватил цепочку и едва не сорвал с себя крест. Затем медленно опустил руку, осознав невообразимую глупость такого поступка.

— Превосходно, правда? — Вместе со словами из его рта вылетали капли крови. — Просто превосходно. Сцепились тут, как пара уличных крыс, забыв о безопасности. Окажись враг поблизости, мы бы уже были мертвы.

— Обо мне речь не идет — я и так мертв.

— Послушай, я звал тебя не для того, чтобы обмениваться тумаками. — Хойт, все еще возбужденный, вытирал кровь со своих губ. — Это ничего не решает.

— Зато приятно.

Разбитые губы Хойта дернулись в улыбке, и он почувствовал, что гнев постепенно уходит.

— Чистая правда — приятно. Святые великомученики, черт бы меня побрал.

— Знаю, как тебя достать.

— И всегда знал. Если нам не суждено оставаться братьями, кто же мы тогда друг для друга?

Киан сел, рассеянно поглаживая траву и пятно крови на своей рубашке.

— Если ты победишь, то через несколько месяцев тебе придется вернуться. В противном случае я увижу, как ты умираешь. Знаешь, сколько смертей я уже видел?

— У нас мало времени, и это важнее.

— Ты ничего не знаешь о времени. — Киан поднялся. — Давай продолжим нашу прогулку, и я кое-что расскажу тебе о времени.

Он пошел по мокрой траве, и Хойту пришлось последовать за ним.

— Ты по-прежнему ею владеешь? Землей?

— В основном. Часть была продана несколько столетий назад, а часть отнята англичанами во время одной из войн и отдана какому-то дружку Кромвеля[1].

— Что за Кромвель?

---

[1] Кромвель Оливер (1599—1658) — вождь английской революции, военачальник и государственный деятель, лорд-протектор Англии, Шотландии и Ирландии.

— Жил на свете такой ублюдок, потративший много времени и сил, чтобы разграбить и сжечь Ирландию на потребу британской короне. Политика и войны — без них, кажется, люди, боги и демоны не могут обойтись. Я убедил его сына, получившего землю в наследство, продать ее мне. За хорошие деньги.

— Убедил? Ты его просто убил!

— А что, если и так? — устало возразил Киан. — Дело давнее.

— Значит, ты так нажил свое богатство? С помощью убийств?

— У меня было больше девятисот лет, чтобы заработать капитал, и мне приходилось использовать самые разные средства. Я люблю деньги, и у меня всегда были способности к финансам.

— Это уж точно.

— Поначалу пришлось туго. Не один десяток лет я был ограничен в средствах, но не сдавался. Путешествовал. Мир велик и удивителен, и мне нравится его исследовать. Вот почему у меня не вызывает восторга желание Лилит стать новым Кромвелем.

— Ты просто защищаешь свои капиталы, — проговорил Хойт.

— Да. И буду их защищать. Все это заработано. Кстати, я бегло говорю на пятнадцати языках — очень помогает в делах.

— Пятнадцати? — Хойту показалось, что идти и разговаривать стало легче. — Очень странно. Тебе не давалась даже латынь.

— У меня было достаточно времени, чтобы

учиться и наслаждаться плодами обучения. Что я и делаю.

— Не понимаю. Она лишила тебя жизни, лишила человеческой сущности.

— Но дала бессмертие. Возможно, я не испытываю особой благодарности к ней, поскольку сделано это было не ради меня, но и не вижу смысла злиться всю подаренную мне вечность. Мой век долог, а вам уготовано вот что. — Он махнул рукой в сторону могил. — Несколько жалких десятков лет, а потом только прах и тлен.

Каменные руины заросли вьюнком, среди листьев которого торчали шипы и чернели ягоды. Сохранилась только задняя стена. На ней, словно в раме, были вырезаны фигуры, но время и непогода практически стерли их.

Цветы и даже мелкий кустарник, пробившиеся сквозь трещины в камне, опустили пушистые фиолетовые головки, отяжелевшие от дождя.

— Часовня? Мама о ней мечтала.

— И ее построили, — подтвердил Киан. — Но вот что от нее осталось. Как и от всех них. И тех, кто пришел за ними. Камни, мох и сорняки.

Хойт покачал головой. Камни, вкопанные в землю или положенные плашмя, обозначали могилы. Он шагал среди них по влажной скользкой траве, ощущая под ногами бугристую, много раз перекопанную землю.

Подобно резным фигурам на развалинах часовни, буквы, вырезанные на некоторых могильных плитах, стали почти неразличимыми, а сами плиты заросли мхом и лишайником. Какие-то надписи еще можно было прочесть, но этих имен он не знал: «Майкл Томас Маккена, возлюбленный муж Эллис. Предан земле 6 мая 1825 года». Сама Эллис присоединилась к супругу шестью годами позже. Один из их детей покинул этот мир через несколько дней после появления на свет, а трое других — прожив всего лишь несколько десятков лет.

Томас и Эллис жили и умерли через несколько веков после его рождения. И почти за двести лет до этого момента, когда он стоит здесь и читает их высеченные на камне имена.

Время как река, подумал он, а те, кто ступает в ее воды, так хрупки и незащищены.

Кресты, закругленные камни. Могилы утопали в зарослях сорняков, словно выращиваемых беспечными призраками. Хойт ощущал присутствие этих призраков.

За могильным камнем, едва доходившим ему до колена, разросся розовый куст, усеянный крупными алыми бархатистыми цветами. Сердце Хойта пронзил острый укол, постепенно превращаясь в тупую боль.

Он понял, что стоит у могилы матери.

— Как она умерла?

— Остановилось сердце. Обычное дело.

Хойт невольно сжал кулаки.

— Как ты можешь быть таким спокойным — даже здесь, даже теперь?

— Говорили, что оно остановилось от горя. Возможно. Он ушел первым. — Киан указал на второй

296

камень. — Лихорадка забрала его в равноденствие, осенью, после... моего ухода. Она последовала за ним три года спустя.

— А наши сестры?

— Здесь, все здесь. — Киан махнул в сторону группы надгробий. — И их потомки — по крайней мере, те, кто остался в графстве Клэр. Здесь был страшный голод. Люди мерли, словно мухи, или бежали в Америку, Австралию, Англию — лишь бы подальше отсюда. Эта земля видела страдания, боль, мор, грабежи. Смерть.

— Нола?

Киан помолчал немного, затем продолжил тем же намеренно беспечным тоном:

— Прожила больше шестидесяти лет — долгая жизнь для женщины того времени. Родила пятерых детей. Или шестерых.

— Она была счастлива?

— Откуда мне знать? — В голосе Киана послышалось раздражение. — Я с ней больше не разговаривал. Меня не приглашали в дом, которым я теперь владею. Да и с какой стати?

— Она сказала, что я вернусь.

— Вот ты и вернулся, разве нет?

Голос Хойта теперь звучал ровно, даже холодно.

— Но здесь нет моей могилы. Если я вернусь, она появится? Тут может что-то измениться?

— Парадокс. Кто знает? В любом случае ты исчез — такие ходили слухи. Хотя есть разные версии. В этих краях ты превратился в легенду. Тебя называли «Хойт из Клэра»; правда, графство Керри тоже не прочь заявить на тебя права. Твоя история не так популярна, как легенды о богах или даже о Мерлине, но твое имя упоминается в некоторых путеводителях. Тот круг из камней к северу от дома, через который ты прошел, теперь связывают с тобой и называют Пляской Хойта.

Хойт не знал, гордиться ему или смущаться.

— Это Пляска Богов, и круг существовал задолго до меня.

— Так всегда бывает, когда фантазия превосходит реальность. Помнишь пещеры под утесом, с которого ты сбросил меня в море? Говорят, ты лежишь там, в толще скал, охраняемый эльфами, и время от времени встаешь, чтобы вызвать молнии и ветер.

— Глупости.

— Забавная претензия на славу.

Некоторое время они молчали. Просто стояли рядом — двое удивительно похожих друг на друга мужчин в пропитанном дождем мире мертвых.

— Если бы той ночью я выполнил твою просьбу и поехал с тобой в деревенский паб, чтобы выпить и повеселиться... — У Хойта запершило в горле при этих воспоминаниях. — Но меня интересовала только магия, и мне никто не был нужен, даже ты. Пойди я с тобой, и ничего этого не было бы.

Киан отбросил со лба мокрые волосы.

— Тебе не кажется, что ты слишком много на себя берешь? Впрочем, ты всегда был таким. Если бы ты пошел со мной, скорее всего, Лилит заполучила бы нас обоих. И ничего этого не было бы — тут ты прав, я не спорю.

298

Выражение лица Хойта привело его в ярость.

— Я что, требую, чтобы ты повинился? Ты мне не сторож и не нянька — ни тогда, ни теперь. Я стою тут, как и много веков назад, проклиная невезение или собственную глупость, позволившую тебе втянуть меня в это дело, когда я рискую получить деревянный кол в сердце, и я буду стоять на этом же месте много веков спустя. А ты, Хойт, — пища для червей. Так кому же из нас улыбнулась судьба?

— К чему вся моя магия, если я не могу изменить всего одну ночь, вернуть одно мгновение? Я должен был пойти с тобой. Умереть за тебя.

Киан вскинул голову, и на его лице проступила ярость, как во время драки.

— Не взваливай на меня свою смерть и свои сожаления.

Но Хойт оставался спокоен.

— А ты бы принял смерть ради меня. И ради них. — Он обвел рукой могилы.

— Когда-то...

— Ты — моя половина. И тут ничего не изменишь — в кого бы ты ни превратился. Ты знаешь это не хуже меня. И дело не только в крови и плоти. Под внешней оболочкой мы такие же, какими были всегда.

— Я не могу *существовать* в этом мире, чувствуя это. — Эмоции Киана прорвались наружу, проступили на лице, в интонациях голоса. — Я не могу все время оплакивать себя или тебя. Или их. А ты все время заставляешь меня возвращаться к этим мыслям, черт бы тебя побрал!

— Я люблю тебя. С этим ничего не поделать.

— Того, что ты любишь, давно нет.

Неправда, подумал Хойт. И доказательством тому служат розы, посаженные Кианом на могиле матери.

— Ты стоишь тут со мной среди могил наших родных. Ты не слишком изменился, Киан, — иначе не пришел бы сюда. — Хойт дотронулся до лепестков розы. — И не посадил бы их.

Внезапно глаза Киана наполнились неизбывной тоской.

— Я видел смерть. Тысячи и тысячи смертей. Старость, болезни, убийства, войны. Но не видел их смерти. А цветы... Большего я не мог для них сделать.

Хойт убрал руку, и лепестки полностью раскрывшейся розы посыпались на могилу матери.

— Этого достаточно.

Киан посмотрел на протянутую руку Хойта, тяжело вздохнул.

— Черт побери нас обоих. — Он пожал руку брата. — Мы слишком долго гуляем. Не стоит больше испытывать судьбу. К тому же я хочу спать.

Они направились к дому.

— Ты скучаешь по солнцу? — спросил Хойт. — По тому, как его лучи скользят по лицу?

— Говорят, солнце вызывает рак кожи.

— Гм. — Хойт задумался. — Но его тепло летним утром...

— Я об этом не думаю. Мне нравится ночь.

Хойт подумал, что еще рановато просить Киана пожертвовать немного крови для эксперимента.

— Чем ты зарабатываешь? А в свободное время чем любишь заниматься? Ты...

— Всем, что доставляет удовольствие. Но больше я люблю работать; работа приносит удовлетворение. И делает игру еще более привлекательной. Невозможно за время одной утренней прогулки под дождем охватить несколько столетий — даже если бы я захотел. — Он положил меч на плечо. — Скорее всего, это закончилось бы твоей смертью, которая избавила бы меня от дальнейших расспросов.

— Я не слабак, — парировал Хойт, и голос его зазвучал бодрее. — И я доказал это. Посмотри на фонарь у себя под глазом.

— Он пройдет быстрее, чем твой, разве что снова вмешается эта ведьма. В любом случае я дрался не в полную силу.

— Чушь.

Мрачное настроение, охватившее Киана на кладбище, начало рассеиваться.

— Если бы я не сдерживался, пришлось бы копать тебе могилу.

— Давай повторим.

Киан покосился на Хойта.

Воспоминания — приятные, которым он так долго противился, — обрушились на него.

— В другой раз. И я вздую тебя как следует. И даже если ты придешь в себя, то уже не сможешь кувыркаться со своей рыжей.

— Я скучал по тебе, — улыбнулся Хойт.

Киан ускорил шаг, направляясь к показавшемуся из-за деревьев дому.

— Будь я проклят, но мне тоже тебя не хватало.

14

Опустив заряженный арбалет, Гленна стояла на страже у окна башни. Она понимала, что почти не имеет опыта обращения с этим оружием, а ее способность попасть в цель вызывает серьезные сомнения.

Но она не могла просто стоять, безоружная, и в отчаянии заламывать руки, словно слабая беззащитная женщина. Появись это проклятое солнце, она бы не волновалась. Более того, с раздражением подумала Гленна, не уйди братья Маккена — вероятно, чтобы выяснять отношения без свидетелей, — она была бы избавлена от ужасных картин, то и дело всплывавших перед ее мысленным взором: их разрывает на части стая вампиров.

Стая? Толпа?

Хотя не все ли равно? Клыки и злоба.

Куда же они запропастились? И почему они так долго не возвращаются в дом, оставаясь уязвимыми и беззащитными?

Может, стая или толпа вампиров уже растерзала их и тащит изуродованные тела... О боже, как ей хотелось хотя бы на пять минут выключить этот ужасный видеофильм, прокручивающийся у нее в голове!

Большинство женщин волнуются из-за того, что на их мужчину могут напасть грабители или он попадет под автобус. Она же умудрилась связаться с парнем, вышедшим на тропу войны с питающимися кровью тварями.

Почему она не влюбилась в бухгалтера или биржевого маклера?

Наверное, можно использовать свои способности и проследить за ними с помощью хрустального шара. Но это было бы... бестактно, решила она. И свидетельствовало бы о плохом воспитании.

Но если братья не вернутся через десять минут, она забудет о хороших манерах и отыщет их.

Гленна задумалась о том, какую эмоциональную бурю испытывает Хойт, чего он лишился и чем рискует. Ему труднее всех, решила Гленна. Сама она оказалась за тысячи миль от родных, но их не разделяют столетия. А Хойт попал в дом, в котором вырос, но теперь этот дом стал чужим. Каждый новый день, каждый час напоминал ему об этом.

Возрождение аптекарского огорода матери заставило его страдать. Она должна была знать об этом. Заткнуться и забыть о своих желаниях и потребностях. Просто составить список и купить или найти все необходимое где-нибудь еще.

Гленна бросила взгляд на травы, которые уже успела связать в пучки и развесить для просушки. Бытовые мелочи причиняют самую сильную боль.

Теперь он где-то бродит под дождем. Вместе с братом. Вампиром. Гленна не верила, что Киан способен напасть на Хойта, — по крайней мере, не хотела верить. Но если Киана сильно разозлить, спровоцировать, сможет ли он совладать со своими инстинктами?

Кроме того, в лесу могло быть полно кровожадных тварей, ожидающих приказа Лилит и готовых в любую минуту наброситься на братьев.

Наверное, волноваться глупо. Двое сильных мужчин, к тому же хорошо знающих местность. И оба они вооружены не только мечами и кинжалами. Хойт опытный и сильный маг, он носит на шее один из созданных ими крестов: вряд ли его можно назвать беззащитным.

К тому же вряд ли они могли совершать такую длительную прогулку, если бы дом был осажден вампирами.

Кроме Гленны, никто особенно не волновался. Мойра вернулась в библиотеку, к книгам. Ларкин и Кинг занимались инвентаризацией оружия в зале для тренировок. Вне всякого сомнения, ее переживания беспочвенны.

Но где же они, черт возьми?

Обводя взглядом окрестности, она заметила какое-то движение, смутные тени в пелене дождя. Схватив арбалет, Гленна усилием воли уняла дрожь в пальцах и заняла позицию в узком окне.

«Дыши поглубже, — уговаривала она себя. — Дыши. Вдох и выдох, вдох и выдох».

За выдохом последовал вздох облегчения — она увидела Хойта, а рядом с ним Киана. Идут рядом, промокшие, словно никуда не торопятся и у них нет никаких забот.

Братья приближались, и Гленна нахмурилась. Кажется, на рубашке Хойта кровь, а под глазом свежий синяк?

Высунувшись наружу, она задела арбалетом каменный подоконник. Раздался звук спущенной тетивы. Гленна взвизгнула. Потом она ругала себя, но в тот момент, когда стрела со свистом рассекла насыщенный влагой воздух, она не смогла сдержать этой чисто женской реакции отчаяния и испуга.

Стрела воткнулась в землю в нескольких дюймах от правого ботинка Хойта.

Сверкнула сталь обнаженных мечей, и братья мгновенно повернулись, прижавшись спинами друг к другу. В других обстоятельствах она любовалась бы этим движением, стремительным и одновременно плавным, похожим на танец. Но в тот момент ее охватили досада и ужас.

— Простите! Простите! — Она еще дальше высунулась из окна и принялась махать рукой. — Это я. Это моя стрела. Просто... — Черт с ним. — Я спускаюсь.

Гленна бросила арбалет, поклявшись потратить целый час на тренировку, прежде чем снова позволит себе целиться во что-либо, кроме мишени. Уже на бегу она услышал звук, который ни с чем не перепутаешь, — мужской смех. Бросив взгляд в окно, девушка увидела, что смеется Киан — он буквально перегнулся пополам. Хойт просто стоял, глядя на башню.

Когда Гленна кубарем скатилась по лестнице, из тренировочного зала выглянул Ларкин.

— Что-то случилось?

— Нет, нет. Ничего. Все в порядке. В полном.

Подбегая к парадной двери, она почувствовала, как краска заливает щеки.

Братья вошли, отряхиваясь, словно мокрые собаки.

— Простите. Простите.

— Кажется, у меня есть повод злиться на тебя, рыжая, — беззаботным тоном сказал Киан. — Ты могла целиться мне в сердце, а попасть совсем в другое место.

— Я просто стояла на страже и случайно спустила тетиву. А все из-за того, что вас не было так долго и я волновалась.

— Вот это мне и нравится в женщинах. — Киан хлопнул брата по плечу. — Сначала едва не убьют тебя, а потом заявляют, что ты же и виноват. Нам повезло. Я пойду спать.

— Мне нужно осмотреть твои ожоги.

— Не суетись.

— Что случилось? На вас напали? У тебя губы разбиты... и у тебя тоже. — Она повернулась к Хойту. — А глаз почти заплыл...

— Нет, никто на нас не нападал. — В его голосе сквозило недовольство. — Если не считать того, что ты чуть не прострелила мне ногу.

— У вас лица разбиты, одежда изорванная и грязная. Если... — Наконец до нее дошло. Выражения их лиц говорили сами за себя. В конце концов, у нее тоже есть брат. — Вы что, дрались? *Друг с другом?*

— Он первый начал.

306

Гленна бросила на Киана испепеляющий взгляд.

— Отлично. Просто превосходно. Разве мы не покончили с этим еще вчера? Разве не говорили о распрях, о том, насколько они деструктивны и бессмысленны?

— Похоже, сегодня придется лечь спать без ужина.

— Не хами. — Она ткнула пальцем в грудь Киана. — Я тут чуть с ума не сошла, а вы мутузили друг друга, как парочка глупых щенков.

— Ты чуть не прострелила мне ногу, — напомнил Хойт. — На сегодня уже достаточно глупостей.

В ответ она лишь скрипнула зубами.

— Марш на кухню, оба. Займусь вашими синяками и ссадинами. Снова.

— Я пойду спать, — заявил Киан.

— Оба, я сказала. И без разговоров.

Она удалилась, и Киан потрогал разбитую губу.

— Времени, конечно, прошло много, но я не помню, чтобы тебе особенно нравились властные женщины.

— Раньше не нравились. Но я достаточно хорошо их понимаю, и поэтому не стоит ей перечить. Кроме того, у меня болит глаз.

Когда они вошли в кухню, Гленна раскладывала свои принадлежности на столе. Она успела поставить чайник на огонь и закатать рукава.

— Крови хочешь? — спросила она, и ее холодный тон заставил Киана смущенно откашляться.

Как это ни удивительно, он почувствовал досаду. Такого ощущения у него не было... даже не вспомнить сколько. Очевидно, близкое общение с людьми дурно влияет на него.

— Нет, спасибо. Хватит и твоего чая.

— Снимай рубашку.

Гленна видела, что с его языка готово сорваться язвительное замечание. Но Киан проявил благоразумие и сдержался.

Он стянул рубашку и сел на табурет.

— Я и забыл об ожогах. — Хойт принялся рассматривать рубцы. Волдыри исчезли, превратившись в багровые шрамы. — Если бы вспомнил, — прибавил он, усаживаясь напротив Киана, — то целил бы тебе в грудь.

— Опять начинается, — пробормотала Гленна, но братья не обратили на нее внимания.

— Ты дрался не так, как обычно. Работал в основном ногами и локтями. — Хойт чувствовал последствия ударов брата. — И еще прыжки.

— Боевые искусства. У меня черный пояс в нескольких видах. Символ мастера, — пояснил Киан. — Тебе нужно больше тренироваться.

Хойт потер саднящие ребра.

— Обязательно.

Что-то они вдруг стали общительными, недоумевала Гленна. Странные эти мужчины — становятся друзьями после того, как расквасят друг другу физиономии.

Она налила горячую воду в кастрюльку, и пока настой заваривался, подошла к столу с баночкой целебной мази.

— Учитывая площадь ожогов, я сказала бы раньше, что своими средствами вылечу их через три недели. — Она села и зачерпнула пальцами мазь. — Теперь сокращаю срок до трех дней.

— Нас можно ранить, причем серьезно. Но если удар не смертельный, мы выздоравливаем, причем быстро.

— Повезло тебе, особенно если учесть, что у тебя не только ожоги, но и синяки. Но способности к регенерации у вас нет, — продолжала Гленна, нанося мазь на кожу. — Если мы, например, отрубим им руки, они не отрастут снова.

— Жестоко, но мысль интересная. Нет. Я никогда не слышал о чем-то подобном.

— Значит, если нам не достать до головы или сердца, можно целиться в руку или ногу.

Гленна вернулась к раковине, чтобы смыть мазь с пальцев и приготовить холодные компрессы.

— Вот. — Она протянула один Хойту. — Приложи к глазу.

Он понюхал марлю и молча подчинился.

— Не стоило так беспокоиться.

— Какая бестактность, — поморщился Киан. — Разумнее было бы сказать: «Прости, любимая, что заставили тебя волноваться. Мы поступили эгоистично и неразумно и готовы понести заслуженное наказание. Надеемся, ты нас простишь». И добавь чуть-чуть ирландского акцента. Женщины падки на ирландский акцент.

— А потом поцеловать ей ноги.

— Лучше зад. Традиция целования зада никогда не выйдет из моды. Тебе потребуется терпение, Гленна. Хойт еще не прошел курс обучения.

Она поставила чай на стол и вдруг погладила Киана по щеке, удивив обоих братьев.

— Ты собираешься учить его обращению с современными женщинами?

— Он выглядит довольно жалко.

Усмехнувшись, она наклонилась и коснулась губами губ Киана.

— Ты прощен. Пей чай.

— Вот как? — изумился Хойт. — Его погладили по щеке и одарили поцелуем. А ведь это не в него ты чуть не всадила стрелу.

— Женщины — непостижимые существа, — тихо произнес Киан. — И одна из самых больших загадок в мире. Я возьму чай с собой. — Он поднялся. — Хочу переодеться в сухое.

— Выпей все, — не оборачиваясь, сказала Гленна. Она взяла другую бутылочку. — Это поможет.

— Хорошо, выпью. Дай мне знать, если он будет плохо усваивать уроки. Я не прочь его заменить.

— Он всегда был таким, — сказал Хойт, когда Киан удалился. — Подначивает.

— Знаю. Выходит, стоило вам отколошматить друг друга, как вы снова стали друзьями.

— Не спорю — я первый его ударил. Говорил с ним о нашей матери, об огороде, а он оставался холоден. Я понимал, что его безразличие — лишь маска, но все равно я... не сдержался, и... Потом он привел меня туда, где похоронена наша семья. Вот и все.

Гленна повернулась к нему — в ее глазах светилась жалость.

— Наверное, вам обоим было тяжело там находиться.

— Теперь я наконец осознал, что они умерли. Раньше мне это казалось нереальным.

Гленна подошла вплотную, кончиками пальцев принялась наносить мазь на ссадины на лице Хойта.

— А он столько лет жил вообще без семьи. Еще одна жестокость по отношению к нему. Ко всем им. Мы ведь не вспоминаем об этом, когда говорим о войне с ними, об их уничтожении? А ведь когда-то они были людьми, как и Киан.

— Они хотят нас убить, Гленна. Всех, у кого бьется сердце.

— Знаю. Знаю. Их лишили человеческой сущности. Но когда-то они были людьми, Хойт, — с семьями, любовью, надеждами. Мы об этом не думаем. Наверное, не можем.

Она убрала прядь волос с его лица. Бухгалтер, вновь мелькнуло у нее в голове, или биржевой маклер. Смехотворно и банально. По сравнению с тем чудом, которое сейчас рядом с ней.

— Мне кажется, Киана привела к нам сама судьба, чтобы мы осознали всю важность нашей миссии. А когда все закончится, мы должны понимать, что исполняли свой долг. И заплатили за это приличную цену.

— Вот и хорошо. Только постарайся уберечь свое лицо от кулаков.

Она хотела отвернуться, но Хойт взял ее за руку, встал, притянул к себе и нежно коснулся губами ее губ.

— Та же судьба привела сюда и тебя. Гленна, я должен был понять, что в мире есть не только смерть, кровь и жестокость. В нем есть место для красоты и доброты. И они тут. — Он обнял девушку. — Со мной.

Она позволила себе на секунду расслабиться и склонила голову ему на плечо. Ей хотелось спросить, что будет с ними, когда все закончится, но Гленна понимала, как важно не торопиться. Всему свое время.

— Пора за работу. — Она отстранилась. — У меня появилась парочка идей, как создать зону безопасности вокруг дома. Защищенное пространство, в котором мы могли бы свободно передвигаться. И мне кажется, Ларкин прав насчет разведки. Если получится за день добраться до пещер, мы можем кое-что выяснить и даже расставить ловушки.

— Ты никогда не успокаиваешься.

— Мне так легче. Когда я размышляю или чем-то занята, мне не страшно.

— Тогда за дело.

— Потом, нам поможет Мойра, — прибавила Гленна, когда они вышли из кухни. — Она читает все, что только может найти, и будет нашим главным источником информации... то есть сведений о вампирах. Кроме того, у нее есть способности к магии. Зачатки, неразвитые, но есть.

Гленна с Хойтом заперлись в башне, и дом погрузился в тишину. В библиотеке Мойра склонилась над фолиантом, в котором были собраны легенды о демонах. Просто удивительно, думала она. Столько разнообразных теорий и преданий. Мойра считала своим долгом проверить их.

Кое-что может знать Киан. За сотни лет у него было достаточно времени. Тот, кто заполнил такую комнату книгами, не может не уважать знания и не стремиться к ним. Но Мойра не могла себя заставить обратиться к нему с вопросами. И вряд ли когда-нибудь сможет.

Если он не похож на описанных в книге существ, — которые по ночам охотятся за человеческой кровью и жаждут не только крови, но и убийства, — тогда кто он? Теперь Киан готов сражаться с себе подобными, и она не могла этого понять.

Ей требовалось больше узнать о враге, о Киане, обо всех остальных. Разве можно понять то, чего не знаешь, разве можно доверять ему?

Она вела записи — подробные — на листах бумаги, которые нашла в ящике большого письменного стола. Ей нравилось иметь дело с бумагой и пишущим инструментом. Ручкой — поправила она себя, — внутри которой есть баллончик с чернилами. Интересно, удастся ли ей прихватить с собой в Гилл ручки и чернила?

Мойра закрыла глаза. Она скучала по дому, и эта тоска походила на ноющую боль в животе. Нужно написать завещание, запечатать и оставить среди своих вещей — Ларкин найдет его, если ей суждено погибнуть.

Даже если она умрет тут, ей хотелось, чтобы ее тело похоронили в Гилле.

Она писала, не переставая размышлять. Одна мысль все время крутилась у нее в голове, не давала покоя. Нужно улучить момент и расспросить Гленну, как это сделать, — если остальные согласятся. И если это вообще возможно.

Существует ли способ закрыть или запечатать ворота, ведущие в Гилл?

Вздохнув, она посмотрела в окно. Интересно, в Гилле теперь тоже дождь или над могилой матери светит солнце?

Услышав приближающиеся шаги, Мойра провела пальцами по рукоятке кинжала. В комнату вошел Кинг, и она опустила руку. С ним она почему-то чувствовала себя свободнее, чем с остальными.

— Ты что-то имеешь против стульев, Малявка?

Губы девушки растянулись в улыбке. Ей нравился рокот его голоса — словно камни катились по скалистому склону.

— Нет, но я люблю сидеть на полу. Пора на тренировку?

— Перерыв. — Он уселся в широкое кресло, обхватив ладонью огромную кружку с кофе. — Ларкин готов тренироваться весь день. Сейчас отрабатывает ката[1].

— Мне нравится ката. Похоже на танец.

— Только когда танцуешь с вампиром, вести должен ты.

_____

[1] К а т а — формализованная последовательность движений, связанных друг с другом принципами ведения поединка с воображаемым противником или группой противников.

Мойра неспешно перевернула страницу книги.

— Хойт с Кианом подрались.

— Да? — Кинг отхлебнул из кружки. — И кто победил?

— Да никто. Я видела, как они возвращались. Судя по лицам обоих — ничья.

— Откуда ты знаешь, что они дрались друг с другом? Может, на них напали?

— Нет. — Она вела пальцем по строкам. — Я кое-что слышала.

— Любишь подслушивать.

— Мне мама тоже так говорила. Они помирились — Хойт с братом.

— Это избавит нас от лишних сложностей, хотя бы на какое-то время. — Учитывая характеры братьев, Кинг предполагал, что полное согласие между ними просуществует не дольше плодовой мушки. — Что ты хочешь найти в этих книгах?

— Все. Знаешь, как появился первый вампир? Существует несколько версий.

— Никогда об том не думал.

— А я думала... и думаю. Одна из них похожа на любовную историю. Давным-давно, когда мир был еще юн, демоны начали вымирать. А еще раньше, задолго до этого, они главенствовали на земле. Мир населяли целые полчища демонов. Но люди становились сильнее, умнее, и эпоха демонов подходила к концу.

Кинг, любивший всякие истории, откинулся на спинку кресла.

— Что-то вроде эволюции.

— Да, назревали перемены. Многие демоны спустились под землю — спрятались или впали в спячку. Тогда в мире было больше магии, потому что люди не отвергали ее. Люди и эльфы заключили союз, чтобы начать войну с демонами и избавиться от них раз и навсегда. Один из демонов был отравлен и медленно умирал. Он любил женщину из числа смертных, что считалось у них непростительным грехом.

— Значит, фанатизм не является исключительно людской привилегией. Продолжай, — добавил Кинг, когда Мойра умолкла.

— Тогда умирающий демон похитил эту женщину. Он буквально сходил по ней с ума, и его последним желанием было соединиться с возлюбленной перед смертью.

— Примерно так же люди ведут себя и в наши дни.

— Думаю, все живые существа жаждут любви и наслаждения. Соитие олицетворяет жизнь.

— А парни просто хотят оттянуться.

Мойра умолкла.

— Что?

Кинг поперхнулся, едва не расплескав кофе. Рассмеявшись, он махнул рукой.

— Не обращай на меня внимания. Рассказывай дальше.

— Так вот... Он увел ее в лесную чащу и овладел ею, а женщина, словно под действием чар, не могла расстаться с ним. Пытаясь спасти демону жизнь, она предложила ему свою кровь. Он напился ее крови, а она попробовала его — тоже соитие, только другого рода. Женщина умерла вместе с ним, но не совсем. Она превратилась в существо, которое мы теперь называем вампиром.

— Демон любви.

— Да, похоже. Она стала мстить людям — охотилась на них, питалась ими, изменяла их сущность, порождая себе подобных. Но все равно тосковала по возлюбленному и в конце концов убила себя с помощью солнечных лучей.

— Похоже на «Ромео и Джульетту», правда?

— А, это пьеса! Я видела эту книгу здесь, на полке. Но еще не добралась до нее. — Потребуется не один год, чтобы прочитать все книги в этой комнате, подумала она, задумчиво теребя кончик косы.

— А в другой книге о вампирах рассказывается о демоне, который сходил с ума и погибал от чар, еще более злых, чем он сам. Демон жаждал человеческой крови. Но чем больше он ее пил, тем безумнее становился. И умер, смешав свою кровь с кровью обычного человека, который превратился в вампира. Первого из такого рода существ.

— Кажется, первая версия тебе нравится больше.

— Нет, я предпочитаю правду, а вторая как раз больше на нее похожа. Разве может смертная женщина полюбить демона?

— Беззаботная у тебя была жизнь, да? Там, откуда я пришел, люди все время влюбляются в чудовищ — или в тех, кого считают чудовищами. У любви нет логики, Малявка. Любовь просто существует, вот и все.

Мойра отбросила косу за спину, пожав плечами.

— Если я полюблю, то не лишусь разума.

— Надеюсь дождаться того момента, когда ты возьмешь свои слова обратно.

Девушка захлопнула книгу, вытянула ноги.

— А ты кого-нибудь любил?

— Женщину? Пару раз был близок к этому, но, насколько я понимаю, не попал в яблочко.

— А откуда ты знаешь?

— Когда попадаешь в цель, Малявка, оказываешься в нокдауне. Но сам процесс доставляет удовольствие. Не каждая женщина способна забыть об этом. — При этом он ткнул пальцем себе в лицо.

— Мне нравится твое лицо. Большое и черное.

Кинг зашелся в приступе хохота, снова едва не пролив кофе.

— Прямо в точку!

— Ты сильный. Умеешь говорить и хорошо готовишь. Верен друзьям.

Большое черное лицо смягчилось.

— Претендуешь на любовь всей моей жизни?

Мойра непринужденно улыбнулась.

— Думаю, я не предназначена для тебя. Если стану королевой Гилла, то должна буду выйти замуж. Иметь детей. Надеюсь, это будет не только обязанность и я найду в своем муже то, что моя мать нашла в отце. То, что они нашли друг в друге. Я хочу, чтобы он был сильным и верным.

— И красивым.

Мойра неопределенно повела плечами — разумеется, она надеялась и на это.

318

— Неужели здесь женщинам нужна только красота?

— Точно не знаю, но она явно не помешает. К примеру, парни с внешностью Киана производят на них неизгладимое впечатление.

— Тогда почему он одинок?

Кинг внимательно посмотрел на нее поверх кружки.

— Хороший вопрос.

— Как ты с ним познакомился?

— Он спас мне жизнь.

Мойра обхватила руками ноги и устроилась поудобнее. Такие истории она очень любила.

— Расскажешь?

— Однажды я оказался в одном из опасных районов восточного Лос-Анджелеса. — Он снова отхлебнул из кружки и приподнял одно плечо, словно собирался пожать плечами, но потом передумал. — Понимаешь, мой папаша откинулся еще до моего рождения, а у мамаши случилась — если можно так выразиться — небольшая проблема с наркотиками. Передозировка. Приняла слишком много какой-то дряни.

— Она умерла. — Мойра была полна сочувствия. — Очень печально.

— Судьба, невезение. Ты должна понять — некоторые люди приходят в мир для того, чтобы спустить свою жизнь в сортир. Она была из таких. В общем, я остался на улице, занимался всем, чем придется, и старался не связываться с властями. В тот день я шел в одно знакомое место: надо сказать, то еще местечко! Темное, жаркое. Искал место для ночлега.

— У тебя не было дома?

— Улица заменяла мне дом... На крыльце маячили двое парней; наверное, хотели раздобыть наркотики. И тут я вляпался. Хотел пройти мимо них, чтобы попасть туда, куда нужно. И в этот момент подъезжает машина, и из нее начинают стрелять. Вооруженное нападение. Вроде засады, — пояснил он. — Я оказался прямо между ними. Пуля попадает мне в голову. Еще выстрелы, и я понимаю, что пришла моя смерть. Вдруг кто-то хватает меня и отшвыривает назад. Перед глазами все плывет, и мне кажется, что я лечу. А потом прихожу в себя в совершенно другом месте.

— Где?

— В шикарном номере отеля. Такие я только в кино видел. — Кинг скрестил огромные ноги, обутые в ботинки. — Широченная кровать, на которой хватило бы места для десятерых, и я лежу на ней. Голова жутко болит — я понял, что не умер и не в раю. Из ванной выходит он. Рубашку снял, а на плече свежая повязка. Поймал пулю, вытаскивая меня из-под перекрестного огня.

— И что ты сделал?

— Ничего. Я был в шоке. Он сел и стал внимательно рассматривать меня, будто какой-то занимательный предмет. «Счастливчик, — говорит. — И дурак». У него был странный акцент. Я принял его за рок-звезду или что-то в этом роде. Потрясающая внешность, властный голос, шикарный номер. По правде говоря, я подумал, что он извращенец и хочет... Ну, в общем, я до смерти испугался. Ведь мне было только восемь лет.

— Такой маленький? — Глаза Мойры широко раскрылись. — Ты был еще ребенком?

— Восемь лет, — повторил Кинг. — В таких условиях дети быстро взрослеют. Он спросил меня, какого черта я там делал, а я ему в ответ нагрубил. Пытался что-то там из себя изображать. Он поинтересовался, голоден ли я, а я огрызнулся, что, мол, не намерен... удовлетворять его сексуальные желания за какой-то проклятый обед. Он заказал стейк, бутылку вина, содовую. И заявил мне, что не интересуется маленькими мальчиками. Если у меня есть куда идти, то я свободен. В противном случае могу подождать, пока принесут стейк.

— Ты подождал.

— Точно. — Кинг подмигнул. — Это было начало. Он дал мне еды и право выбора. Я мог вернуться к прежней жизни — ему было до лампочки — или работать на него. Я выбрал работу. Не знал, что он имеет в виду школу. Он дал мне одежду, дом, образование. Я начал уважать себя.

— Киан признался, кто он?

— Тогда нет. Но через какое-то время сказал. Я подумал, он чокнутый, но мне было все равно. К тому моменту, когда я понял, что он говорит правду — в буквальном смысле, — я был готов ради него на все. Если бы не он, я бы умер в ту ночь на улице. Он не превратил меня в вампира, — тихо сказал Кинг. — Но изменил.

— Зачем? Ты спрашивал его, зачем он это сделал?

— Да. Только пусть об этом он расскажет сам.

Мойра кивнула. Тут есть о чем подумать.

— Перерыв заканчивается, — объявил он. — Теперь час тренировки в помещении. Будем закалять твою тощую задницу.

— А можно пострелять из лука. Научим тебя целиться как следует.

— Пойдем, нахалка. — Нахмурившись, он посмотрел в сторону двери. — Что-нибудь слышишь?

— Стучат? — Мойра пожала плечами, поставила на место книги и вышла из комнаты, отстав от Кинга на несколько шагов.

Гленна спускалась по лестнице. Они хорошо поработали, и теперь можно на время оставить Хойта одного, чтобы приготовить ужин. Она внесла себя в списки дежурных, и сегодня была ее очередь. Замаринует цыплят, а потом поработает еще часок.

Вкусная еда будет способствовать созданию благоприятной атмосферы для вечернего совещания.

Нужно только заглянуть в библиотеку, чтобы оторвать Мойру от книг и преподать ей урок кулинарии. Возможно, это дискриминация — обе женщины вместе отправятся на кухню, но надо же с чего-то начинать.

Стук в дверь заставил ее вздрогнуть и нервно провести ладонью по волосам.

Первым ее желанием было позвать Ларкина или Кинга, но, подумав, она покачала головой. Кто тут говорит о дискриминации? Как она сможет принять участие в битве, если боится открыть дверь в дождливый полдень?

Может, это сосед с визитом вежливости. Или нанятый Кианом сторож заехал осведомиться, не нужно ли чего.

Кроме того, вампир не может переступить порог и войти в дом без приглашения.

А вероятность того, что его кто-то пригласил (это мог быть только Киан!), крайне мала.

Как бы то ни было, Гленна сначала выглянула в окно. И увидела молодую женщину лет двадцати — хорошенькую блондинку в джинсах и ярко-красном свитере. Волосы собраны в хвост, пропущенный в отверстие красной кепки. Она рассматривала карту, задумчиво грызя ноготь большого пальца.

Заблудилась, подумала Гленна. Чем скорее девушка окажется как можно дальше от этого дома, тем лучше.

Стук повторился, и Гленна отвернулась от окна.

Открыв дверь, она предусмотрительно не стала переступать порог.

— Привет. Нужна помощь?

— Привет. Да, спасибо. — В голосе женщины чувствовалось облегчение — и сильный французский акцент. — Я... заблудилась. *Excusez-moi*[1], я не очень хорошо говорю по-английски.

— Ничего. Мой французский еще хуже. Чем я могу вам помочь?

---

[1] Извините (*фр.*).

— Эннис? *S'il vous plaît?*[1] Не подскажете, где дорога на Эннис?

— Точно не знаю. Сама не здешняя. Давайте взгляну на карту. — Протягивая руку, Гленна смотрела в женщине в глаза и не отрывала пальцев другой руки от дверного косяка. — Я Гленна. *J'ai suis* Гленна.

— *Oh, oui. Je m'appelle* Лора. Я студенка. Каникулы.

— Чудесно.

— Дождь. — Лора подставила ладонь под капли. — Кажется, я заблудилась.

— Бывает. Давайте взглянем на вашу карту. Вы тут одна?

— *Pardon?*

— Одна? Вы одна?

— *Oui. Mes amies...* мои друзья... я имею друзей в Эннисе, но я плохо свернула. Неправильно?

Нет, подумала Гленна. Не похоже.

— Удивительно, как вы разглядели этот дом с шоссе? Он скрыт за деревьями.

— Простите?

Гленна широко улыбнулась.

— Готова поспорить, что вы предпочли бы войти и выпить чашку чая, пока мы будем прокладывать маршрут. — Она увидела искорки, вспыхнувшие в голубых глазах блондинки. — Но вы не можете, правда? Не можете переступить порог.

— *Je ne comprends pas*[2].

---

[1] Пожалуйста (*фр.*).

[2] Я не понимаю (*фр.*).

— Я уверена. Но если интуиция сегодня меня подвела, вам нужно возвратиться на шоссе и свернуть налево. Налево, — повторила Гленна, сопровождая слова взмахом руки.

Крик Кинга заставил ее обернуться. Волосы взметнулись, и их кончики вылетели за порог. Потом взрыв боли — ее безжалостно дернули за волосы, так что она вылетела из дома и со всего размаху ударилась о землю.

Словно из ниоткуда возникли еще две фигуры. Гленна инстинктивно обхватила ладонью крест и попыталась ударить врага ногой. Движение получилось вялым; во рту ощущался привкус крови. Она увидела, как Кинг бросился на одного из вампиров с ножом, крича, чтобы она скорее вставала и возвращалась в дом.

Она поднялась, и в этот момент твари окружили Кинга. Гленна услышала свой крик, и ей показалось — по крайней мере, она на это надеялась, — что кто-то в ответ закричал в доме. Они не успеют! Вампиры накинулись на Кинга, словно стая собак.

— Сука французская, — пробормотала Гленна и бросилась на блондинку.

Кулак попал в цель, и Гленна с удовлетворением увидела кровь на лице незваной гостьи. Потом ее еще раз отшвырнуло назад, она ударилась о землю, и все заволокло серой пеленой.

Почувствовав, что ее кто-то тащит, она стала отчаянно сопротивляться. Над ухом раздался голос Мойры:

— Это я. Я. Ты уже в доме. Лежи тихо.

— Нет. Где Кинг? Они схватили Кинга.

Мойра уже вытащила кинжал и бросилась к двери. Пока Гленна пыталась подняться, Ларкин перепрыгнул через нее и выскочил из дома.

Гленна встала на колени, потом с трудом поднялась. Преодолевая слабость и тошноту, снова заковыляла к выходу.

Ну и скорость, подумала она. Ни одно существо не способно двигаться так быстро. Мойра с Ларкином бросились в погоню, но вампиры уже запихнули отчаянно сопротивлявшегося Кинга в черный фургон. Не успела она выйти из дома, как машина тронулась с места.

Тело Ларкина завибрировало, замерцало, и он превратился в пуму. Огромная кошка бросилась вслед за фургоном и скрылась из виду.

Гленна опустилась коленями прямо на мокрую траву. Ее вырвало.

— Иди в дом. — Хойт подхватил ее свободной рукой; в другой руке у него был меч. — В дом. Гленна, Мойра, идите внутрь.

— Поздно! — в ужасе вскрикнула Гленна. Слезы хлынули у нее из глаз. — Кинг у них. — Подняв голову, она увидела Киана, стоящего за спиной Хойта. — Они его захватили. Кинга.

15

— В дом, — повторил Хойт. Он потянул за собой Гленну, а Киан тем временем бросился к конюшне.

— Иди с ним. — В голосе Гленны были слезы и боль. — Ради бога, иди с ним. Скорее.

Хойт размышлял: он не мог оставить ее, дрожащую и окровавленную.

Ворота, за которыми стояла черная машина, открылись. Брат небрежно, но быстро кидал внутрь оружие.

— Мы их догоним? — спросил Хойт.

Киан едва удостоил его взглядом; его глаза налились кровью.

— Оставайся с женщинами. Ты мне не нужен.

— Нужен или нет, но ты от меня не избавишься. Как, черт возьми, попасть в эту проклятую штуку? — Хойт пытался открыть дверь, а когда она поддалась, поспешно нырнул в салон.

Киан молча сел за руль. Машина устрашающе взревела, задрожала, словно жеребец перед стартом, и рванула с места. Камни и дерн полетели в разные стороны. Хойт бросил взгляд на застывшую в дверном проеме Гленну, которая держалась за руку, — он боялся, что рука сломана.

Хойт молился всем богам, чтобы они позволили им увидеться вновь.

Гленна смотрела ему вслед с тревогой в сердце: вернется ли ее любимый? Потом повернулась к Мойре:

— Бери оружие — сколько можешь унести.

— Ты ранена. Давай я тебя осмотрю.

— Бери оружие, Мойра. — Испачканное кровью лицо Гленны пылало яростью. — Или ты хочешь, чтобы мы сидели тут, будто малые дети, когда мужчины сражаются?

Мойра кивнула.

— Меч или лук?

— И то, и другое.

Гленна быстро прошла на кухню, собрала бутылки. Рука сильно болела, и девушка сделала все, что смогла, чтобы блокировать боль. Это Ирландия, с тоской подумала она, а значит, тут много церквей. А в них должна быть святая вода. Она отнесла в микроавтобус бутылки, нож для разделки мяса и связку садовых колышков.

— Гленна! — К микроавтобусу шла Мойра: на одном плече — лук, на другом — арбалет, в руке два меча. Она уложила оружие в салон и протянула серебряный крест на цепочке.

— Нашла в комнате для занятий. Наверное, Кинга. У него нет защиты.

— У него есть мы, — ответила Гленна, захлопывая грузовой люк.

Завеса дождя превратила живые изгороди и холмы в расплывчатые тени. Хойт видел другие машины — автомобили, так они называются, — на мокрой дороге; окраины деревень друг за другом мелькали за окном.

В полях среди каменных изгородей паслись коровы и овцы. Ни Ларкина, ни фургона, в котором увезли Кинга, не было видно

— Ты можешь найти их следы? — спросил он Киана.

— Нет. — Киан повернул руль, и из-под колес брызнул фонтан воды. — Он везут Кинга к Лилит.

Не стали убивать. — Он должен был в это верить. — И везут к Лилит.

— Пещеры?

Хойт вспомнил, какой долгой была дорога от скал в Клэр. Правда, он путешествовал верхом, раненый и больной. И все же потребуется время. Слишком много времени.

— Не убили? Зачем им оставлять его в живых, Киан?

— Подарок для нее. Это подарок. Он жив. Лилит захочет сама его убить. Мы не могли сильно отстать. А мой «Ягуар» быстрее того проклятого фургона, в котором везут Кинга.

— Они не смогут отведать его крови. Крест не даст.

— Крест не остановит меч или стрелу. Пулю, черт возьми. Хотя пистолеты и луки не пользуются популярностью, — пробормотал он, обращаясь больше к самому себе. — Слишком далеко. Мы предпочитаем убивать с близкого расстояния — такова традиция. Любим смотреть жертве в глаза. Лилит хочет сначала помучить его. Чтобы он долго страдал. — Киан с силой сжал обтянутый кожей руль, так что на нем остались вмятины. — Значит, у нас есть время.

— Скоро ночь.

Оба понимали, что имеет в виду Хойт: ночью количество врагов увеличится.

Киан на скорости обогнал седан, отчего «Ягуар» занесло на мокрой дороге, затем выровнял машину и вновь надавил на газ. Фары слепили его, но Киан не сбросил скорость. Он еще успел подумать: «Проклятые туристы», когда встречная машина задела их, заставив съехать с дороги. Ветки живой изгороди застучали по окнам и дверям «Ягуара». Гравий пулями вылетал из-под колес.

— Теперь не догоним. Возможно, они поехали другой дорогой, или Лилит перебралась в новое логово... — Слишком много неизвестных, подумал Киан и еще увеличил скорость. — Ты можешь что-нибудь сделать? Заклинание?

— У меня нет... — На очередном вираже ему пришлось ухватиться за щиток. — Погоди. — Он стиснул пальцами висевший на шее крест, направил в него магическую силу. Затем представил его сияние. — Щит и символ. Веди меня. Раскрой мне глаза.

Он увидел пуму, мчащуюся сквозь дождь: на шее животного поблескивает серебристая цепочка с крестом.

— Ларкин рядом. Отстал от нас. Бежит по полям. Он уже устал. — Хойт искал, перебирая пальцами лучи света, исходящие от креста. — Гленна... а с ней Мойра. Они не остались в доме — движутся. Ей больно.

— Они мне не помогут. Где Кинг?

— Не могу его найти. Он во тьме.

— Мертв?

— Не знаю. Не получается до него добраться.

Киан нажал на тормоз и резко повернул руль. «Ягуар» завертело и стремительно понесло на застывший поперек дороги черный фургон. Визг шин сменился глухим металлическим ударом.

Не дождавшись, пока машина остановится, Киан выскочил наружу с мечом в руке. Он распахнул дверь фургона, но там было пусто.

— Женщина! — крикнул Хойт. — Раненая.

Выругавшись, Киан обогнул фургон и открыл задние двери. Кровь — судя по запаху, человеческая. Но ее было немного, недостаточно для того, чтобы человек умер.

— Она искусана, но жива.

Киан оглянулся. На дороге лежала женщина; из ран на ее шее текла кровь.

— Не стали пить кровь. Времени не было. Оживи ее. Приведи в чувство, — приказал Киан. — Ты умеешь. Торопись. Они забрали ее машину. Пересели. Выясни, на чем она ехала.

— Ей нужна помощь.

— Проклятье! Она либо выживет, либо нет. Приведи ее в сознание.

Хойт коснулся пальцами ран на шее женщины, почувствовал жжение.

— Послушайте меня. Очнитесь и послушайте меня.

Она пошевелилась и открыла глаза — зрачки были огромными, словно луна.

— Рори! Рори. Помоги.

Киан грубо оттолкнул Хойта. Он тоже владеет магией.

— Смотрите на меня. В меня. — Он нагнулся, и их взгляды встретились. — Что здесь произошло?

— Женщина, в фургоне. Мы подумали, просит помощи. Рори остановился. Вышел. Он вышел, а они... Боже... Боже милосердный. Рори.

— Они пересели в вашу машину. Какая у вас машина?

— Синяя. «БМВ». Рори. Они забрали его. Они забрали его. Нет места. Они сказали, что для меня нет места, и бросили. Они смеялись.

Киан выпрямился.

— Помоги мне столкнуть фургон с дороги. У них хватило ума забрать ключи.

— Мы не можем ее так бросить.

— Тогда оставайся с ней, только помоги убрать этот чертов фургон.

В ярости Хойт резко обернулся, и фургон отлетел на три фута.

— Отлично.

— Женщина может здесь умереть. Она ни в чем не виновата.

— Она не первая и не последняя. Мы ведь на войне, правда? — ответил Киан. — Как говорится, сопутствующие потери. Неплохой план, — задумчиво произнес он. — Задержать нас и пересесть в более мощную машину. Теперь мне их не догнать до самых пещер. Если, конечно, они направляются туда.

Киан повернулся к брату, размышляя.

— Возможно, ты мне все-таки пригодишься.

— Я не брошу раненую женщину у дороги, словно больную собаку.

Киан вернулся к «Ягуару», открыл бардачок, вытащил мобильный телефон и сказал в трубку несколько слов.

— Устройство для связи, — объяснил он брату, кладя телефон на место. — Я вызвал подмогу — врачей и полицию. Если останешься, тебя задержат и будут задавать вопросы, на которые ты не сможешь ответить.

Он открыл багажник, достал одеяло и несколько сигнальных огней.

— Накрой ее. А я расставлю знаки. Теперь Кинг стал еще и приманкой, — прибавил он, зажигая сигнальные огни. — Не только подарком, но и приманкой. Она знает, что мы идем. И ждет.

— Тогда не будем ее разочаровывать.

Потеряв надежду догнать врага до того, как они достигнут пещер, Киан повел машину осторожнее.

— Она перехитрила нас. Была агрессивнее и не считалась с потерями. Поэтому получила преимущество.

— У них огромное численное превосходство.

— Так будет всегда. Но в данный момент она, возможно, захочет поторговаться. Предложим ей обмен.

— Одного из нас на Кинга?

— Для нее вы все одинаковы. Нет смысла менять человека на человека. Другое дело — ты. Она уважает магию и жаждет ее. Но я ей нужен больше.

— Хочешь обменять его жизнь на свою?

— Она меня не убьет. По крайней мере сразу. Захочет сначала продемонстрировать свои таланты. Получить удовольствие.

— Тебя будут пытать?

— А также убеждать и уговаривать. Если ей удастся переманить меня на свою сторону, это будет серьезный успех.

— Тот, кто обменивает свою жизнь на жизнь друга, не способен на предательство. Или она думает иначе?

— Нам нельзя доверять. Кроме того, Лилит превратила меня в вампира. И это дает ей некоторую власть.

— Нет, к тебе это не относится! Я не сомневаюсь, что ты обменяешь себя на Кинга, но вряд ли она тебе поверит. Ты должен предложить меня.

— Неужели?

— На протяжении сотен лет я для тебя не существовал. Ты сильнее привязан к Кингу, чем ко мне. И ей это известно. Человек в обмен на мага. Выгодная сделка.

— Думаешь, она поверит, что ты жертвуешь собой ради человека, с которым знаком всего неделю?

— Ты приставишь мне нож к горлу.

Киан принялся барабанить пальцами по рулевому колесу.

— Ну, хорошо. Попробуем.

К тому времени, когда они добрались до скал, дождь уже прекратился и низкое серое небо освещал тусклый свет луны. Над дорогой вздымались утесы, отбрасывая остроконечные зазубренные тени на море, кипящее внизу.

Слышался только звук разбивающихся о камни

волн, а воздух был наполнен гудением, словно дыханием богов.

Никаких следов вокруг: ни машины, ни человека, ни какого-то другого существа.

Вдоль внешнего края дороги тянулось ограждение. За ним возвышались скалы, вода и лабиринт пещер.

— Выманим ее сюда, — Киан кивком указал на край утеса. — Если спустимся в пещеры, попадем в ловушку — море отрежет путь к отступлению. Поднимемся на утес и заставим ее прийти к нам.

Они начали карабкаться по скользким камням, поросшим травой. Наверху стоял маяк; его луч будто распарывал ночную тьму.

Братья почувствовали врага раньше, чем заметили хоть какое-то движение. Из-за скал, обнажив клыки, прыгнул вампир. Киан слегка повернулся, и нападавший кубарем покатился по дороге. Второго он проткнул выхваченным из-за пояса дротиком.

Выпрямившись, Киан повернулся к третьему, который был осторожнее своих собратьев.

— Скажи госпоже, что с ней хочет говорить Киан Маккена.

В лунном свете сверкнули острые клыки.

— Сегодня мы будем пить твою кровь.

— Скорее ты умрешь голодным от рук Лилит. Потому что не передал ей мои слова.

Вампир нырнул вниз и словно растаял в темноте.

— Наверху могут поджидать другие.

— Маловероятно. Лилит рассчитывает, что мы атакуем пещеры, а не станем подниматься наверх для обмена заложниками. Она будет заинтригована и придет.

Они карабкались по склону на самую вершину утеса, туда, где Хойт уже встречался с Лилит и с существом, в которого она превратила брата.

— Лилит должна оценить выбор места.

— Все точно так же. — Хойт спрятал крест под рубашку. — Воздух. Ночь. Когда-то это место было моим. Здесь я мог при помощи мысли вызывать магические силы.

— Будем надеяться, ты и теперь можешь. — Киан вытащил кинжал. — Становись на колени. — Он прижал острие к горлу брата и смотрел, как из крошечной ранки вытекает капля крови. — Давай.

— Итак, пора делать выбор.

— Выбор приходится делать всегда.

— Ты убил бы меня тут, если бы смог.

— Я спас бы тебя тут, если бы смог.

— Но не сделал ни того, ни другого, правда? — Киан извлек из ножен кинжал Хойта, скрестил клинок со своим и приставил к горлу брата. — На колени.

Ощущая прикосновение холодной стали к горлу, Хойт опустился на колени.

— Какая приятная картина.

И тут в полосе лунного света показалась Лилит. На ней было платье изумрудного цвета; длинные волосы разметались по плечам, словно солнечные лучи.

— Лилит! Давно не виделись.

— Даже слишком. — Ее движения сопровождались шелестом шелка. — Ты проделал весь этот путь, чтобы преподнести мне подарок?

— Обмен, — поправил Киан. — Отзови своих псов, — спокойно прибавил он. — Или я убью его, а потом их. И ты останешься ни с чем.

— Убедительно. — Она махнула рукой вампирам, обступившим их со всех сторон. — Ты возмужал. Уже не тот милый щенок, которому я преподнесла дар. Посмотри на себя — настоящий волк. Мне нравится.

— Он по-прежнему твой верный пес, — вставил Хойт.

— А, могучий маг унижен. Мне это тоже нравится. Ты пометил меня. — Лилит распахнула платье, показав выжженную на груди, прямо над сердцем, пентаграмму. — Боль не проходила больше десяти лет. А шрам останется навсегда. Я у тебя в долгу. Расскажи, Киан, как тебе удалось привести его сюда.

— Без особого труда. Хойт считает меня братом.

— Она отняла у тебя жизнь. Она — ложь и смерть.

— Именно это мне в ней и нравится. — Киан улыбнулся поверх головы Хойта. — Я отдам его тебе в обмен на человека, которого вы захватили. Он предан мне, а я в нем нуждаюсь. Я хочу его вернуть.

— Он гораздо больше твоего брата. От него я получу больше удовольствия.

— Но у него нет силы. Он простой смертный. Взамен я отдаю мага.

— А сам хочешь человека.

— Я же сказал, что я в нем нуждаюсь. Знаешь, скольких усилий стоит воспитать слугу из числа людей? Мне он нужен. Никто не смеет взять то, что принадлежит мне. Ты не исключение.

— Хорошо, обсудим. Приведите его. Мне порядком надоели пещеры. Мы с тобой можем здесь устроиться поудобнее и перекусить. У меня припасена студентка с рубенсовскими формами — швейцарка. Могу поделиться. Ах. — Она мелодично засмеялась. — Я слышала, что теперь ты питаешься свиной кровью.

— Не стоит верить слухам. — Киан поднял кинжал, приставленный к горлу Хойта, и лизнул окровавленное лезвие.

От вкуса человеческой крови — впервые за много лет — его глаза загорелись красным огнем, под ложечкой засосало.

— Будь я глуп, мне не удалось бы прожить так долго. Предлагаю последний раз. Верни мне человека и забирай мага.

— Разве я могу верить тебе, мой мальчик? Ты убиваешь своих собратьев.

— Я убиваю кого хочу и когда хочу. Как и ты.

— Ты заключил с ними союз. С людьми. Строишь против меня козни.

— Развлекаюсь. Но это становится скучным и дорогостоящим занятием. В качестве премии приглашаю тебя в свой дом. Закусим остальными.

Голова Хойта дернулась, и клинок вспорол кожу. Маг выругался на гэльском, тихо и яростно.

— Чувствую силу в его крови. — Лилит осторожно приблизилась. — Она великолепна.

— Еще шаг, и я перережу ему вену — тогда тебе ничего не достанется.

— Правда? — Она мило улыбнулась. — Интересно было бы посмотреть. Ты этого хочешь? — Она взмахнула рукой.

На краю утеса рядом с маяком Киан увидел обмякшую фигуру Кинга, зажатого между двумя вампирами.

— Он жив, — небрежно бросила Лилит. — Разумеется, у тебя есть лишь мое слово. Впрочем — я тоже могу рассчитывать только на твое обещание передать мне вот этого, словно подарок, завернутый в блестящую бумагу. Ну что ж, начнем игру.

Она закружилась, подхватив юбки.

— Убей его, и я отдам твоего человека. Убей брата, но не кинжалом. Убей так, как убивают вампиры. Выпей его кровь, и человек твой.

— Сначала отдай человека.

Поджав губы, Лилит принялась нервно разглаживать ткань своего платья.

— Отлично.

Она подняла руку, затем другую. Увидев, что Кинга потащили вперед, Киан убрал кинжалы от горла Хойта.

Затем вампиры вдруг отпустили чернокожего гиганта и сильным толчком сбросили его со скалы.

— Ой! — Лилит прижала ладонь к губам, но в ее глазах плясали веселые искорки. — Растяпы. Думаю, теперь ты отплатишь мне и убьешь своего брата.

Киан с диким криком прыгнул вперед. Лилит встала, расправив свои одежды, словно крылья.

— Возьмите их! — крикнула она. — Приведите ко мне.

И исчезла.

Киан поудобнее перехватил кинжалы, а вскочивший на ноги Хойт вытащил из-за пояса дротики.

В воздухе засвистели стрелы, пронзая сердца вампиров. Не успел Киан нанести первый удар, как несколько врагов уже обратились в прах, уносимый в море ветром.

— Новые прибывают! — послышался из-за деревьев голос Мойры. — Нужно уходить. Немедленно. Сюда. Быстрее!

Отступать не хотелось. От бессилия и горечи ком подкатывал к горлу. Но альтернативой была смерть. И они покинули поле битвы.

У машины Хойт тронул брата за руку.

— Киан...

— Не надо. — Он прыгнул за руль, подождал, пока остальные сядут в микроавтобус. — Ничего не говори.

Долгую дорогу они провели в молчании, скорби и ярости.

Гленна не плакала. Потрясение оказалось слишком сильным. Она вела машину в каком-то оцепенении; тело пульсировало болью, чувства притупились. Понимая, что это трусость, она сжалась в комок, притихла.

— Ты не виновата.

Гленна слышала голос Мойры, но ответить не могла. Она чувствовала, как Ларкин тронул ее за плечо — наверное, пытался успокоить. Но никак не отреагировала. А когда Мойра перебралась назад, к Ларкину, и оставила ее одну, испытала лишь слабое облегчение.

Свернув в лес, Гленна осторожно повела машину по узкой дорожке. Перед домом, где горел свет, она заглушила мотор и выключила фары. Потом протянула руку к дверце.

Дверца распахнулась, Гленну вытащили из салона, и ее ноги повисли в нескольких дюймах над землей. Но и тогда она ничего не почувствовала — даже при виде налитых кровью глаз Киана.

— Почему бы не свернуть тебе шею, и делу конец?

— Не знаю.

Хойт первым добежал до них, но брат небрежным движением руки отбросил его в сторону.

— Нет. Не вини его. Не надо. — Гленна остановила Хойта, прежде чем он успел снова броситься на брата. — Пожалуйста, не надо. — Теперь она обращалась к Ларкину.

— Думаешь, это меня разжалобит?

— Нет. С какой стати? — Она смотрела прямо в глаза Киану. — Кинг принадлежал тебе. А я его убила.

— Это не она. — Мойра пыталась оттолкнуть руку Киана, но рука не сдвинулась ни на дюйм. — Нельзя ее винить.

— Пусть сама расскажет.

— Она не может. Разве ты не видишь, что ей больно? Она не позволила мне осмотреть ее, а бросилась в погоню. Мы должны войти в дом. Если на нас нападут здесь, мы все умрем.

— Только тронь ее, — тихо произнес Хойт. — И я тебя убью.

— Вот, значит, в чем дело? — устало прошептала Гленна. — Всего лишь в смерти? Так все и будет продолжаться?

— Отдай ее мне. — Хойт подставил руки, взял девушку у Киана и понес в дом, шепча что-то на гэльском языке.

— Пойдем. Ты должен выслушать нас. — Мойра взяла Киана за руку. — Кинг этого заслуживает.

— Только не рассказывай мне, чего он заслуживает. — Киан с силой выдернул руку, и девушка отлетела на несколько шагов в сторону. — Ты ничего не знаешь.

— Знаю, причем больше, чем ты думаешь. — Оставив его, она вслед за Хойтом прошла в дом.

— Я не смог их догнать. — Ларкин стоял, потупившись. — Скорости не хватило. Я их не догнал. — Он открыл заднюю дверцу и выгрузил оружие. — Не умею превращаться в такую штуку. — Он захлопнул дверцу. — Оно должно быть живым — то, во что я превращаюсь. А машину не догонит даже пума.

Киан молча переступил порог дома.

Они уложили Гленну в большой гостиной. Глаза девушки были закрыты, лицо бледное, кожа влажная и холодная. На белой щеке и скуле багровел синяк. В уголке рта запеклась кровь.

Хойт осторожно ощупал ее руку и вздохнул с облегчением. Цела. Сильное растяжение, но не перелом. Стараясь не потревожить Гленну, он снял с нее рубашку и обнаружил еще синяки и кровоподтеки: на плече, на боку, на бедре.

— Я знаю, что нужно. — Мойра выскочила из комнаты.

— Кости целы. — Хойт провел ладонями над ребрами девушки. — Хорошо, что ничего не сломано.

— Ей повезло, что сохранила голову на плечах. — Киан прошел прямо к буфету и достал виски. Открыл бутылку и глотнул прямо из горлышка.

— Есть внутренние повреждения. Она серьезно ранена.

— И поделом — нечего было высовываться из дома!

— Она не выходила. — Мойра вернулась в гостиную с чемоданчиком Гленны. — Все было не так, как ты думаешь.

— Ты думаешь, я поверю в россказни, будто на улицу вышел Кинг, а она бросилась его защищать?

— Он вышел за мной. — Гленна открыла глаза, наполненные болью. — И они схватили его.

— Тихо, — приказал Хойт. — Мойра, ты мне нужна.

— Вот это, — она выбрала бутылочку. — Смажь синяки. — Передав ему мазь, она опустилась на колени и простерла ладони над Гленной.

Силы мои могучие,
Облегчите боль тягучую.
Тепло вреда не причинит,
Раны быстро исцелит.

Она умоляюще посмотрела на Гленну.

— Помоги, у меня не очень получается.

Гленна накрыла ладонью руку Мойры, опустила
веки. Сверху легла ладонь Хойта, и девушка вздрогнула и застонала. Мойра хотела отдернуть руку, но
Гленна крепко держала ее.

— Иногда лечение болезненно, — с трудом проговорила она. — Так и должно быть. Повтори заклинание. Три раза.

Мойра подчинилась. Кожа Гленны покрылась
капельками пота, но синяки немного посветлели.

— Да, так лучше. Спасибо.

— Может, немного виски? — спросила Мойра.

— Нет. Не стоит. — Задержав дыхание, Гленна
приподнялась. — Помогите мне сесть. Я хочу посмотреть, что со мной.

— Теперь посмотрим вот здесь. — Хойт провел
пальцами по ее лицу. Гленна схватила его руку. Наконец-то на смену оцепенению пришли слезы. Она
не могла остановить их.

— Я так виновата...

— Ты не должна себя винить, Гленна.

— А кого же? — возразил Киан, и Мойра вскочила.

— Кинг не носил крест. — Она сунула руку в
карман и достала серебряный оберег. — Снял и оставил его наверху.

344

— Кинг показывал мне кое-какие приемы. Борцовские, — объяснил Ларкин. — А крест мешал. Наверное, он просто забыл о нем.

— Он ведь не собирался выходить из дома? И вышел только из-за нее!

— Он ошибся. — Мойра положила крест на стол. — Гленна, он должен знать правду. Будет не так больно.

— Он подумал... наверное, подумал, что я собираюсь ее впустить или выйти сама. Но у меня и мыслей таких не было. Но я проявила самонадеянность, так что разница невелика. Подвело мое самодовольство. И поэтому он мертв.

Киан еще раз приложился к бутылке.

— Расскажи, как это произошло.

— Она постучала в дверь. Мне не нужно было открывать, но я выглянула в окно и увидела женщину. Молодую женщину с картой. Я не выходила и не приглашала ее в дом — клянусь. Она сказала, что заблудилась. Говорила с акцентом, французским. Такая очаровательная, правда. Но я знала... чувствовала. И не смогла удержаться, чтобы не поиграть с ней. О боже, боже. — Слезы вновь хлынули из ее глаз. — Какая глупость, какое тщеславие!

Гленна вздохнула.

— Она назвалась Лорой.

— Лора. — Киан опустил бутылку. — Молодая, симпатичная, французский акцент?

— Да. Ты ее знаешь?

— Знаю. — Он снова глотнул виски. — Еще как.

— Я поняла, кто она такая. Не знаю как, но поняла. Мне надо было захлопнуть дверь перед ее носом. Но я подумала, что могу ошибаться, и поэтому нужно указать ей путь. Начала объяснять, и в это время услышала крик Кинга, который бежал к нам по коридору. Я повернулась. Испугалась, потеряла бдительность. Лора ухватила меня за волосы и вытащила наружу.

— Все произошло так быстро, — продолжила Мойра. — Я шла за Кингом и даже не заметила, как эта вампирша вытащила из дому Гленну. Кинг выскочил за ними, а там оказались другие. Еще четверо или пятеро. Все произошло так стремительно и неожиданно, как удар молнии.

Мойра налила себе виски и залпом выпила, чтобы немного успокоить нервы.

— Они набросились на него, все сразу, а он крикнул Гленне, чтобы она спряталась в доме. Но она встала и бросилась ему на помощь. Ее снова сбили с ног — женщина, быстрая, как камень из пращи. Гленна пыталась помочь ему, даже раненная. Может, она была неосторожна, но ведь и он тоже проявил неосмотрительность.

Мойра взяла со стола крест.

— И заплатил за это ужасную цену. За то, что защищал друга.

С помощью Хойта Гленна встала.

— Я понимаю, никакие сожаления тут не помогут. И знаю, что он значил для тебя.

— Откуда тебе знать?

— Мне так кажется. И еще я знаю, что он значил

для всех нас. Кинг умер из-за меня. И я всю жизнь буду об этом помнить.

— Я тоже. Только мне не повезло — моя жизнь гораздо длиннее твоей.

Киан вышел, прихватив с собой бутылку виски.

16

Короткий миг между явью и сном был заполнен мерцанием свечей и благословенным одиночеством. Приятное тепло, пахнущие лавандой простыни и плавное покачивание в комфортном пространстве.

Но этот миг прошел, и Гленна вспомнила.

Кинг мертв, сброшен вампирами в море с такой же легкостью, с которой мальчишка бросает в озеро камень.

Она ушла наверх — потребовала, чтобы ее оставили в покое — хотелось побыть одной и попытаться заснуть.

Наблюдая за колеблющимся пламенем свечи, она подумала, что теперь больше не сможет спать в темноте. И с приближением ночи всегда будет бояться, что вместе с ней приближается смерть. Неужели можно гулять при свете луны и не бояться? Вернется ли к ней когда-нибудь подобная доверчивость? Или даже дождливый день теперь всегда будет нагонять на нее страх?

Гленна повернула голову на подушке. И увидела его силуэт, залитый серебристым светом, проникавшим из окна, которое выходило на аптекарский огород. Ночное дежурство. Охраняет ее. Всех. Ему тяжелее, чем остальным. И все-таки он пришел, чтобы встать между ней и тьмой.

— Хойт.

Он обернулся, и Гленна села на постели, протягивая к нему руки.

— Не хотел тебя будить. — Он подошел к кровати, взял ладони девушки в свои и пристально посмотрел в ее лицо. — Болит?

— Нет. Нет, боль утихла, по крайней мере, теперь. Спасибо тебе и Мойре.

— Ты сама себе помогла, не меньше, чем мы. А еще поможет сон.

— Не уходи. Пожалуйста. Как Киан?

— Не знаю. — Хойт обеспокоенно взглянул на дверь. — Закрылся в своей комнате с бутылкой виски. — Откинув прядь волос, он повернул ее лицо к свету и стал рассматривать синяки. — Сегодня мы используем все доступные нам средства, чтобы снять твою боль.

— Лилит никогда бы его не отпустила. Не отдала бы нам Кинга. Что бы мы ни делали.

— Нет. — Хойт присел на край кровати. — В глубине души и Киан это понимал, но должен был попытаться. Мы должны были попытаться.

Сделав вид, что готовы пойти на обмен, подумала она, вспоминая рассказ Хойта о том, что случилось с ними на скалах.

— Теперь мы убедились: никакие сделки невозможны, — продолжал он. — У тебя хватит сил выслушать то, что я должен сказать?

— Да.

— Мы потеряли одного из нас. Одного из шестерых, которые нужны — так мне было сказано — для победы в войне. Я не знаю, что это значит.

— Мы потеряли нашего воина. Может, теперь мы все должны стать воинами? Лучшими воинами. Сегодня я убивала, Хойт. Наверное, это результат везения, а не искусства, но я уничтожила того, кто раньше был человеком. Я могу сделать это еще раз — и хочу. Но с большим искусством. Каждый день я должна овладевать новыми знаниями и умениями. Лилит забрала одного из нас и думает, что мы испугались и ослабли. Но она ошибается. Мы докажем, что она ошибается.

— Я должен возглавить эту битву. Ты сильна в магии. Будешь работать в башне — над оружием, защитой, заклинаниями. Магический круг, чтобы...

— Эй, погоди. — Гленна подняла руку. — Я правильно поняла? Меня заточат в башню, как Рапунцель?[1]

— Не знаю, кто это.

— Еще одна беспомощная женщина, ждущая, когда ее спасут. Я буду заниматься магией, еще больше, еще усерднее. И буду усердно тренироваться. Но я не собираюсь день и ночь сидеть в башне со своим котелком и кристаллами и писать заклинания, пока вы сражаетесь.

---

[1] Рапунцель — имя сказочной красавицы с очень длинными волосами из одноименной сказки, записанной братьями Гримм. Девушка была заточена в высокой башне.

— Сегодня был твой первый бой, и ты едва не погибла.

— И прониклась большим уважением к врагу. Меня призвали — как и остальных. И я не буду прятаться.

— Правильно использовать свои таланты — не значит прятаться. Меня поставили во главе этой армии...

— Хорошо, давай я прилеплю тебе нашивки и буду называть полковником.

— Почему ты так сердишься?

— Я не хочу, чтобы ты меня защищал. Я хочу, чтобы ты меня ценил.

— Ценил? — Хойт вскочил, и красные отблески огня в камине упали на его лицо. — Я ценю тебя превыше всего! Я уже столько потерял. Я видел, как погибает мой брат, с которым мы были вместе еще в утробе матери. Я стоял над могилами родных. И я не хочу наблюдать, как тебя убивает одна из этих тварей. Ты мой свет, единственный... Я больше не хочу рисковать твоей жизнью. Я не собираюсь стоять над твоей могилой.

— А я могу рисковать твоей жизнью? Я могу стоять над твоей могилой?

— Я мужчина.

Он сказал это так просто и естественно, как взрослый говорит ребенку, что небо — синее. На несколько секунд Гленна лишилась дара речи. Потом снова откинулась на подушки.

— Единственная причина того, что я не превратила тебя в ревущего осла, — это некоторое снисхождение к твоей непросвещённой эпохе.

— Не... непросвещённой?

— Позволь объяснить, как обстоят дела теперь. Мужчины и женщины равны. Мы работаем, воюем, голосуем и, что самое главное, сами принимаем решения относительно своей жизни, своего тела и своей души. Мужчины нам больше не указ.

— Как же так? — пробормотал он. — Но физически вы слабее, Гленна.

— Мы компенсируем это другими преимуществами.

— Несмотря на ваш ум и хитрость, тело у вас более хрупкое. Оно предназначено для деторождения.

— Ты путаешь понятия. Если бы за деторождение отвечали мужчины, конец света давно бы уже наступил, причём без помощи банды желающих прославиться вампиров. И ещё один маленький факт. Причиной всей этой заварухи стала женщина.

— Довод в мою пользу.

— Как раз нет. Забудь о нём. И свела нас вместе тоже женщина — тут тебе крыть нечем. Могу привести ещё немало аргументов, но от этого глупого разговора у меня болит голова.

— Тебе нужно отдохнуть. Поговорим завтра утром.

— Я не собираюсь отдыхать, и мы не вернёмся к этому разговору завтра утром.

Единственный свет? Иногда больше похоже на луч, бьющий прямо в глаза.

— Ты упрямая и несносная женщина.

— Да. — Она улыбнулась и вновь протянула ему руки. — Присядь. Ты беспокоишься и заботишься обо мне. Я это понимаю и ценю.

— Ради меня. — Хойт поднес ее руки к губам. — Я успокоюсь. И сосредоточусь на деле.

— Хорошо. — Она высвободила руки и игриво толкнула его в грудь. — Очень хорошо. Значит, коварство — не только женская черта.

— Это не коварство, а истина.

— Попроси меня о чем-нибудь другом, и я постараюсь выполнить твою просьбу. Но оставаться в башне — этого я тебе обещать не могу, Хойт. Я тоже волнуюсь за тебя. За всех нас. И постоянно мучаюсь вопросом: что мы можем сделать, какие у нас возможности. Почему во всем мире — во всех мирах — только нам, женщинам, поручена эта работа — продумывать каждый шаг, беспокоясь о дорогих тебе людях. Но от моих размышлений, к сожалению, ничего не изменилось. И мы уже потеряли очень хорошего человека.

— Если я потеряю тебя... Гленна. Даже думать об этом не могу.

Она знала, что иногда женщина должна быть сильнее мужчины.

— Миров так много, и они непостижимы. Думаю, мы уже никогда не потеряем друг друга. Теперь у меня есть больше, чем когда-либо. И это делает нас лучше. Возможно, мы здесь еще и для того, чтобы найти друг друга.

Гленна прижалась к нему и вздохнула, почувствовав его крепкое объятие.

— Останься со мной. Ложись рядом. Люби меня.

— Тебе нужно выздоравливать.

— Да. — Она потянула его за собой на подушки, коснулась губами его губ. — Нужно.

Хойт надеялся, что сможет подарить ей всю свою нежность, в которой она так нуждалась. Он хотел доставить ей это волшебное наслаждение.

— Тогда медленно. — Он поцеловал Гленну в щеку. — И тихо.

Он касался ее только губами, покрыв теплыми и убаюкивающими поцелуями ее лицо и шею. Потом снял с нее рубашку и стал целовать грудь, синяки на боку. Осторожно и бережно.

Легкие, словно крылья птицы, его губы и пальцы успокаивали — тело и душу — и одновременно возбуждали.

Их взгляды встретились, и Хойт понял, что ему открылось ранее неведомое. Он обладает тем, чего у него еще никогда не было.

Он поднял Гленну на подушку из воздуха и серебристого света, сделав магию своей постелью. Со звуком, напоминающим вздох, в комнате зажглись свечи. Их свет был похож на расплавленное золото.

— Как чудесно. — Паря в воздухе, Гленна взяла его за руки и закрыла глаза. Она наслаждалась. — Волшебно.

— Я отдам тебе все, что у меня есть, но думаю, что этого мало.

— Ты ошибаешься. Больше ничего не нужно.

Не только наслаждение, не только страсть. Понимает ли он, что с ней творится от его прикосновений? То, что они пережили — ужас, боль, смерть, проклятие, — не может затмить это чувство. Огонь, горевший в ее душе, служил для него маяком, который никогда не погаснет.

Жизнь многолика, и сейчас Хойт и Гленна погрузились в самую приятную и ошеломительную ее часть. Вкус его губ лечил душу, прикосновения будили сонм желаний. Прижавшись к Хойту, она подняла руки и развернула ладони. С них дождем посыпались белоснежные лепестки роз.

Гленна улыбнулась, почувствовав его плоть внутри себя, и их тела стали двигаться в унисон, нежно и медленно. Взлет и падение тел и сердец. Воздух, насыщенный светом, ароматами и чувствами.

На кухне Мойра задумчиво разглядывала консервную банку с супом. Все проголодались, и она решила что-нибудь приготовить на случай, если Гленна проснется. Чай-то она заварит, но хорошо бы кто-нибудь показал, как совладать с этой штукой.

Она лишь один раз видела, как Кинг открывал такой цилиндр машинкой, издававшей противный звук. Мойра трижды пыталась включить машинку, а теперь раздумывала: может, лучше воспользоваться мечом, чтобы вскрыть проклятую банку?

У нее были способности к магии, но, честно говоря, совсем небольшие. Оглянувшись и удостоверившись, что она одна, Мойра сосредоточилась и представила цилиндр открытым.

Он слегка завибрировал, но упрямо не хотел открываться.

— Отлично, попробуем еще раз.

Нагнувшись, она принялась разглядывать консервный нож, прикрепленный к нижней стороне столешницы. Будь у нее инструменты, Мойра могла бы разобрать эту штуку и выяснить, как она работает. Ей нравилось разбираться в устройстве разных вещей. Хотя в первую очередь инструментами она открыла бы этот чертов цилиндр.

Выпрямившись, она откинула волосы со лба, пожала плечами. Затем вполголоса выругалась и предприняла еще одну попытку. На этот раз машинка зажужжала, повернув банку. Мойра радостно захлопала в ладоши и снова наклонилась, чтобы посмотреть, как работает консервный нож.

Ловко придумано. Здесь столько хитроумных вещей! Интересно, позволят ли ей сесть за руль машины? Кинг обещал ее научить.

При воспоминании о Кинге у нее задрожали губы, и она с большим усилием сдержалась, чтобы не расплакаться. Мойра надеялась, что он умер быстро и не страдал. Утром она поставит ему могильную плиту на кладбище, которое они с Ларкином видели во время прогулки.

А когда вернется в Гилл, воздвигнет в его честь памятник и попросит менестреля написать о нем песню.

Мойра вылила содержимое банки в кастрюлю и поставила на огонь, зажигать который ее научила Гленна.

Им нужно поесть. Скорбь и голод ослабят их, а слабость сделает легкой добычей для врагов. Хлеб, решила она. Нужен хлеб. Простая, но сытная еда.

Она шагнула к кладовке и резко отпрянула, увидев в дверном проеме Киана. Он прислонился к стене, удерживая пальцами горлышко почти пустой бутылки.

— Решила перекусить посреди ночи? — Он улыбнулся, сверкнув белыми зубами. — Я сам люблю это дело.

— Все ушли спать голодными. Я подумала, что нам нужно поесть.

— Ты никогда не перестаешь думать, маленькая королева?

Он пьян. От выпитого виски глаза Киана остекленели, голос стал хриплым. Но Мойра понимала, что он страдает.

— Сядь, а то упадешь.

— Спасибо за любезное предложение — в моем собственном доме, черт возьми. Я пришел за другой бутылкой. — Он встряхнул той, что держал руке. — Эту уже кто-то прикончил...

— Можешь напиться, если хочешь. Но тебе тоже нужно поесть. Я знаю, что ты ешь обычную еду, — видела. А у меня тут ничего не выходит.

Бросив взгляд на стол, Киан усмехнулся.

— Ты открыла банку.

— Прости, но у меня не было времени заколоть откормленного бычка. Придется обойтись тем, что есть.

Она отвернулась и замерла, почувствовав, что

Киан стоит у нее за спиной. Его пальцы коснулись ее шеи, легкие, словно крылья бабочки.

— Я подумал: какая ты вкусная.

Пьяный, злой, опечаленный. Такая смесь делала его опасным. Если она покажет, что боится, то еще больше раздразнит его.

— Ты мне мешаешь.

— Пока нет.

— У меня нет времени возиться с пьяными. Может, ты и не голоден, но Гленне нужно поесть, чтобы восстановить силы.

— Я думаю, она уже вполне пришла в себя. — Мойра подняла голову, удивившись горечи, сквозившей в его тоне. — Заметила, как буквально секунду назад свет стал ярче?

— Заметила. Но не понимаю, при чем тут Гленна.

— Это значит, что они с моим братом набросились друг на друга. Секс, — пояснил он в ответ на ее недоуменный взгляд. — Немного секса — голые, потные тела — в завершение вечера. О, мы краснеем, — засмеялся он, подвигаясь ближе. — Как прелестно, кровь под кожей заиграла. И как вкусно.

— Перестань.

— Мне нравилось, когда они дрожали, — совсем как ты теперь. Это горячит кровь, возбуждает. Я об этом почти забыл.

— От тебя пахнет виски. И ты взвинчен. Садись, налью тебе тарелку.

— Не хочу я твоего проклятого супа. И на их бурный секс мне наплевать, но я, наверное, слишком пьян и не владею собой. В таком случае возьму новую бутылку, чтобы закончить начатое.

— Послушай, Киан. Когда люди сталкиваются со смертью, они обращаются друг к другу за утешением. Это нормальная внутренняя потребность.

— Ты еще будешь читать мне лекцию о сексе? Я знаю о нем больше, чем ты можешь вообразить. О наслаждении, которое он дает, о муках и смысле.

— А иногда люди обращаются за утешением к бутылке, но это вредно. Я знаю, кем Кинг был для тебя.

— Нет, не знаешь.

— Он рассказал мне больше, чем остальным, потому что я люблю слушать. Он рассказал о том, как ты подобрал его много лет назад, когда он был еще ребенком, о том, что ты для него сделал.

— Я просто развлекался.

— Прекрати. — В ее голосе зазвучали повелительные нотки. — Ты проявляешь неуважение к человеку, который был моим другом. А тебе он был как сын. Друг и брат. Все вместе. Завтра я хочу поставить ему надгробие. Могу подождать до захода солнца, чтобы ты мог выйти и...

— Какое мне дело до надгробий? — бросил он и удалился.

Гленна так обрадовалась солнцу, что едва не заплакала. Облака на небе были редкими, и солнечные лучи пробивались сквозь них, даря земле свет и тень.

Боль не исчезла — ни телесная, ни душевная. Но

Гленна знала, что справится с ней. Захватив фотоаппарат, она и вышла из дома, торопясь подставить лицо солнцу. Очарованная музыкой журчащей воды, она подошла к ручью и легла на его берегу, нежась под теплыми лучами солнца.

Птицы пели, оглашая радостью пропитанный ароматами цветов воздух. Гленна заметила крохотную пичужку, порхающую в ясном небе. На мгновение девушке показалось, что земля под ней вздыхает и шепчет, радуясь новому дню.

Гленна знала: печаль придет и уйдет. А сегодня есть свет и есть работа. И мир по-прежнему полон магии.

Почувствовав, что на нее упала тень, она повернула голову и улыбнулась, увидев Мойру.

— Как ты сегодня?

— Лучше, — ответила Гленна. — Еще болит, остались скованность и дрожь, но уже лучше.

Она повернулась к Мойре, чтобы получше рассмотреть тунику и грубые штаны девушки.

— Нужно подобрать тебе одежду.

— Меня и эта устраивает.

— Если будем в городе, там поищем.

— У меня нет денег. Я не смогу заплатить.

— Для этого существует «Виза». Мне это доставит удовольствие. — Она легла на спину и снова закрыла глаза. — Не думала, что кто-то еще встал.

— Ларкин вывел коня на прогулку. Им обоим полезно. Да он, скорее всего, и не спал вовсе.

— Наверное, сегодня никто из нас не мог уснуть. Все это кажется нереальным, особенно теперь, при свете дня, когда светит солнце и поют птицы, правда?

— Для меня это вполне реально. — Мойра села. — Я увидела, что мы можем нести потери. Я нашла камень, — продолжила она. — Когда Ларкин вернется, мы можем пойти на кладбище и сделать надгробие для Кинга.

Не открывая глаз, Гленна взяла Мойру за руку.

— У тебя доброе сердце, — сказала она. — Да, мы это обязательно сделаем.

Травмы не позволяли Гленне тренироваться, но не мешали работать по дому и заниматься магией.

А еще она фотографировала.

И не просто ради того, чтобы чем-то занять себя. День за днем она занималась исключительно практическими, полезными делами. А фотографии были — и станут — чем-то вроде документов, памятью.

Так она не чувствовала себя лишней, пока другие до седьмого пота упражнялись с мечами или отрабатывали приемы рукопашного боя.

Гленна изучила окрестные дороги, запоминая разные маршруты. Она давно не садилась за руль и теперь оттачивала водительские навыки: петляла по извилистым тропинкам, объезжала живые изгороди на поворотах, носилась по объездным дорогам, с каждым разом чувствуя себя все уверенней.

Она рылась в книгах заклинаний, выискивая средства нападения и защиты. Искала ответы. Не в ее власти было вернуть Кинга, но она твердо решила сделать все, что может, для защиты оставшихся.

Затем Гленне в голову пришла блестящая мысль: все должны научиться водить микроавтобус. Начали с Хойта.

Она сидела на пассажирском сиденье рядом с ним, а машина медленно ползла по аллее.

— Я могу с большей пользой потратить свое время.

— Возможно. — Гленна подумала, что если так и дальше пойдет, то через тысячу лет он сможет ехать со скоростью пять миль в час. — Но каждый из нас должен при необходимости сесть за руль.

— Зачем?

— Затем.

— Ты собираешься использовать эту машину в битве?

— Только если за рулем будешь сидеть не ты. Практические соображения, Хойт. Я единственная, кто может водить машину днем. Если со мной что-то случится...

— Не надо. Не дразни богов. — Он накрыл ладонью руку Гленны.

— Но мы обязаны это учитывать. Тут глушь, и без машины мы пропадем. Водительские навыки дают определенную независимость. Мы должны быть готовы ко всему.

— Можно достать еще лошадей.

Уловив тоску в голосе Хойта, Гленна ободряюще похлопала его по плечу.

— У тебя отлично получается. Может, попробуешь чуть-чуть увеличить скорость?

Машина рванула вперед, так что гравий брызнул из-под колес. Гленна вскрикнула.

— Тормози! Тормози! Тормози!

Взвизгнули шины, и микроавтобус резко остановился.

— Чуть мне шею не сломал, — усмехнулась Гленна.

— Ты сказала, быстрее. Нужно нажать сюда. — Он показал на педаль газа.

— Да. Хорошо. — Она вздохнула. — Понимаешь, есть улитка, а есть кролик. Попробуем найти нечто среднее. Например, собаку. Красивого и сильного золотистого ретривера.

— Собаки гоняют кроликов, — заметил Хойт, и она рассмеялась. — Так-то лучше. А то ты была какая-то грустная. Я соскучился по твоей улыбке.

— Увидишь широкую, во весь рот, если мы сегодня сможем закончить урок. Следующий этап — выезжаем на дорогу. — Гленна протянула руку и дотронулась до кристалла, висевшего на зеркале заднего вида. — Надеюсь, он поможет.

У Хойта получалось лучше, чем она рассчитывала: он никого не покалечил и даже не сбил. Сердце Гленны то замирало, то уходило в пятки, но им удавалось удержаться на дороге — по большей части.

Ей нравилось смотреть, как он готовится к повороту. Брови насуплены, глаза внимательные, длинные пальцы крепко держат руль, словно это спасательный трос в бушующем море.

Вокруг них сомкнулись живые изгороди — зеленый туннель с кроваво-красными бутонами фуксий, — а затем мир снова открылся им: уходящие вдаль холмы, белоснежные овцы и пятнистые коровы на склонах.

Гленна была очарована. Даже в другую эпоху, в другом мире она могла бы полюбить эти места. Игра света и тени на зелени, пестрая мозаика полей, неожиданный блеск воды, вздыбленные камни древних руин.

Хорошо, что они выбрались из дома в лесу и у нее есть возможность увидеть и полюбить мир, который они собираются защищать.

Хойт затормозил, и Гленна огляделась по сторонам.

— Нужно держать постоянную скорость. Резко тормозить опасно — как и ехать слишком быстро. Собственно, это правило применимо ко всему.

— Я хотел остановиться.

— Нужно съехать на обочину — на край дороги. Включить аварийный сигнал, как я тебе показывала, и медленно тормозить. — Она посмотрела на дорогу. Обочина узкая, но других машин не видно. — Теперь останавливайся. Вот так. Хорошо. Значит... Что? — воскликнула она, увидев, как Хойт открыл дверцу.

Гленна отстегнула ремень безопасности, схватила ключи — а после секундного размышления и фотоаппарат — и поспешила за Хойтом. Он уже шагал посреди поля, быстро приближаясь к тому, что осталось от древней каменной башни.

— Если ты хотел немного размяться или тебе

нужно в туалет, нужно было сказать. — Она слегка запыхалась, догоняя его.

Ветер играл с ее волосами, отбрасывая их с лица. Прикоснувшись к руке Хойта, Гленна почувствовала, как напряжены его мышцы.

— Что случилось?

— Я знаю это место. Тут жили люди. Старшая из моих сестер вышла замуж за их второго сына. Его звали Фергус. Они возделывали эту землю. Они... ходили по этой земле. Жили...

Хойт вошел — теперь Гленна поняла — в маленькую сторожевую башню. Без крыши и одной из стен. Пол, заросший травой и белыми, похожими на звездочки цветами, был усеян овечьим пометом.

Ветер завывал внутри, словно плач призраков.

— У них была еще дочь, хорошенькая. Наши родители надеялись, что мы...

Он прижал ладонь к стене и долго стоял так.

— Теперь остались только камни. — Его голос был едва слышен. — Руины.

— Но они по-прежнему здесь. По крайней мере, хоть кто-то. И ты их помнишь. То, что мы делаем, должны сделать, — разве это не означает, что у них появился бы шанс прожить долгую и счастливую жизнь? Возделывать землю, ходить по ней. Жить.

— Они приходили на поминки по брату. — Он опустил руку. — Не знаю, что и думать.

— Могу представить, как тебе тяжело, Хойт. И так каждый день. — Она положила руки ему на плечи и заглянула в глаза. — Но ведь что-то осталось. В тебе. Во мне. Это очень важно. Мы должны видеть в этом надежду. Черпать силы. Хочешь побыть тут один? Я вернусь в машину и подожду тебя.

— Каждый раз, когда я начинаю колебаться или думаю, что не справлюсь с порученным делом, ты поддерживаешь меня. — Он нагнулся, сорвал маленький белый цветок, покрутил в руке и воткнул в волосы Гленны. — Значит, будем надеяться.

— Конечно. Постой. — Она взяла в руки фотоаппарат. — Это место просто требует, чтобы его сфотографировали. И свет великолепен.

Она вышла из башни, чтобы найти подходящий ракурс. Нужно подарить Хойту снимок. Ее частичку, которую он сможет взять с собой. А копию она сделает себе и повесит дома.

Будет смотреть на фото и представлять, как он вглядывается в свой снимок. Каждый будет вспоминать, как они стояли тут в летний полдень, на усыпанном цветами ковре из трав.

Но эта мысль принесла ей гораздо больше боли, чем радости.

Гленна направила фотоаппарат на Хойта.

— Посмотри на меня. Улыбаться не обязательно. На самом деле... — Она щелкнула затвором. — Отлично, просто отлично.

Загоревшись новой идеей, Гленна опустила фотоаппарат.

— А теперь я включу таймер, и мы сфотографируемся вместе.

Она оглянулась, ища, на что бы поставить камеру. Жаль, что не догадалась захватить штатив.

— Так, нужно составить композицию. Человек, камни и поле. — Она навела объектив на Хойта.

Воздух, тебе застыть приказываю,
Под моей рукой затвердеть.
Удержать, что скажу, обязываю,
Повелеваю окаменеть.

Гленна поставила фотоаппарат на полочку из загустевшего воздуха, включила таймер и бросилась к Хойту.

— Смотри в камеру. — Она обняла его за талию, обрадовавшись, что он повторил ее жест. — Если бы ты смог немного улыбнуться... раз, два...

Она смотрела, как сверкнула вспышка.

— Готово. Останется для потомков.

Хойт пошел вместе с ней за фотоаппаратом.

— Откуда ты знаешь, как будет выглядеть изображение, когда извлечешь его из коробки?

— Конечно, я не могу дать стопроцентную гарантию, что снимки получатся отличными. Можно сказать, что это еще одна разновидность надежды.

Она оглянулась на развалины.

— Хочешь побыть тут еще?

— Нет. — Время, подумал Хойт. Его всегда не хватает. — Нужно возвращаться. Нас ждут другие дела.

— Ты ее любил? — спросила Гленна, когда они шли через поле к машине.

— Кого?

— Девушку? Дочь тех, кто здесь жил.

— Нет. К огромному разочарованию матери, но — мне так кажется — не девушки. Я никогда не искал женщину только для того, чтобы жениться, родить детей. Мне казалось... Мне казалось, что

366

мой дар, мои занятия предполагают одиночество. А жены требуют времени и внимания.

— Так и есть. Но они также могут подарить и время, и внимание — теоретически.

— Но я стремился к одиночеству. Всю жизнь мне не хватало одиночества и тишины. А теперь... Теперь я боюсь, что всю оставшуюся жизнь у меня этого будет слишком много.

— Все зависит от тебя. — Гленна остановилась, еще раз оглянулась на развалины. — Что ты им скажешь, когда вернешься? — Произнося эти слова, она чувствовала, как ее сердце разрывается на части.

— Не знаю. — Хойт взял девушку за руку. Они стояли рядом и смотрели на руины, представляя, какими они были прежде. — Не знаю. А что ты скажешь своим родным, когда все закончится?

— Да ничего. Пусть верят в то, что я путешествовала по Европе. Зачем им жить в страхе, узнав о том, какие нам выпали испытания? — ответила она. — Мы знаем, что ночные кошмары реальны, — теперь точно знаем, — и это тяжелая ноша. Поэтому я просто скажу близким, что люблю их, и дело с концом.

— Разве это не разновидность одиночества?

— Такое я смогу выдержать.

Теперь за руль села Гленна. Устраиваясь рядом с ней на пассажирском сиденье, Хойт еще раз посмотрел на развалины.

Без Гленны, подумал он, одиночество поглотит его целиком.

17

Эти мысли не давали ему покоя. О том, что он не вернется в свой мир. Умрет здесь. Больше никогда не увидит дом. Остаток дней проведет без женщины, наполнившей его жизнь новым смыслом.

У него внутри разразилась еще одна битва — кроме той, в которой будут необходимы мечи и копья, — разрывающая сердце, которое желало так много, что он и представить себе не мог.

Из окна башни он видел, как Гленна фотографирует Ларкина и Мойру: скрестивших мечи, стоящих рядом, улыбающихся.

Ее травмы заживали, и она уже не так скованно двигалась, не так быстро уставала. Но Хойт никогда не забудет, как она лежала на земле, истекая кровью.

Ее манера одеваться больше не казалась ему странной — наоборот, теперь он считал, что одежда как нельзя лучше соответствует ее характеру. Движения Гленны — в черных штанах и белой рубашке, с небрежно заколотыми на затылке огненно-рыжими волосами — казались ему образцом грации.

В ее лице он видел красоту и жизненную силу. В разуме — интеллект и любознательность. В сердце — сострадание и отвагу.

Хойт понял: он нашел в ней все, что только мог желать, даже не осознавая, чего был лишен все эти годы.

Разумеется, у него не было никаких прав на нее. Они не могли принадлежать друг другу за пределами времени, отведенного на выполнение воли богов. Если им суждено выжить, если миры не исчезнут, он вернется в свой мир, а она останется здесь.

Даже любовь не может протянуться через тысячу лет.

Любовь. Это слово вызвало боль в сердце, и Хойт прижал ладонь к груди. Значит, такова она, любовь. Сверлящая, жгучая боль. Свет и тьма.

Не только теплая плоть и шепот при свечах, но и боль, и постоянное напряжение. При свете дня и в темных глубинах ночи. Такое сильное чувство к одному человеку затмевает все остальное.

И это пугает.

Нет, он не трус, напомнил себе Хойт. Маг по рождению, воин по стечению обстоятельств. Он мог извергать молнии, вызывать ветер. Он убивал вампиров и дважды противостоял их королеве.

Значит, он не испугается любви. Любовь не искалечит и не убьет его. Каким же нужно быть трусом, чтобы избегать ее?

Хойт вышел из комнаты, спустился по лестнице; движения его были стремительными. Проходя мимо комнаты брата, он услышал музыку — что-то медленное и грустное. Музыка скорби.

Если проснулся брат, подумал Хойт, значит, зашевелились и другие, подобные ему. Скоро закат.

Он быстро прошел через весь дом, пересек кухню, где что-то варилось на плите, и выбежал на задний двор.

Ларкин развлекался, превратившись в золотистого волка, а Гленна, радостно вскрикнув, ходила вокруг него с маленькой коробкой, которая делает картинки. Фотоаппарат, вспомнил Хойт.

Ларкин снова стал человеком и, подняв меч, принял надменную позу.

— В облике волка ты красивее, — сказала Мойра.

Ларкин поднял меч и, изобразив ярость, погнался за сестрой. Их крики и смех настолько не вязались с музыкой брата, что Хойт застыл в недоумении.

Значит, в мире еще остался смех. Время и потребность в игре и веселье. Остался и свет, хотя тьма подбиралась все ближе.

— Гленна.

Она повернулась; искорки смеха все еще плясали в ее глазах.

— Ой, как здорово! Стой на месте. Вот так, дом будет виден за спиной.

— Мне нужно...

— Тихо. А то скоро стемнеет. Да, да, вот так. Отстраненный и встревоженный. Чудесно! Жалко, нет времени вернуться за плащом. Он просто создан для тебя.

Она сменила ракурс, присела, сделала еще один снимок.

— Нет, не смотри на меня. Взгляд поверх моей головы, лицо задумчивое. Смотри на деревья.

— На что бы я ни смотрел, все равно вижу только тебя.

Она на мгновение опустила фотоаппарат и довольно улыбнулась.

— Пытаешься меня отвлечь. Стань прежним

Хойтом, хотя бы на минуту. Смотри на деревья, суровый маг.

— Мне нужно с тобой поговорить.

— Две минутки. — Гленна сделала еще несколько снимков, затем выпрямилась. — Требуется реквизит, — пробормотала она и посмотрела на разложенное на столе оружие.

— Гленна. Ты вернешься со мной?

— Две минутки, — повторила она, раздумывая, что выбрать: длинный меч или кинжал. — Все равно мне нужно в дом, посмотреть, как там суп.

— Я имею в виду не кухню, черт бы ее побрал! Ты пойдешь со мной?

Она внимательно посмотрела на Хойта, автоматически подняла фотоаппарат, поймала в объектив его лицо, отметив, какое оно напряженное и сосредоточенное. Хорошая еда, подумала Гленна, еще одна ночь крепкого сна, и завтра утром можно будет приступить к полноценным тренировкам.

— Куда?

— Домой. Ко мне домой.

— Что? — Она опустила руки, почувствовав, как замерло сердце. — Что?

— Когда все закончится. — Хойт шагнул к ней, не отрывая взгляда от ее глаз. — Ты пойдешь со мной? Останешься со мной? Будешь моей?

— Вернуться с тобой? В XII век?

— Да.

Медленно и осторожно она опустила камеру на стол.

— Зачем я тебе?

— Потому что я вижу только тебя, хочу только тебя. Пять минут в мире, где тебя нет, покажутся мне вечностью. Я не могу смотреть в вечность, не видя твоего лица. — Он дотронулся до ее щеки. — Не слыша твоего голоса, не прикасаясь к тебе. Я уверен, что меня послали сюда не только сражаться. Но и чтобы найти тебя. Ты сама об этом говорила. И ты призвана не только уничтожать врагов бок о бок со мной. Ты помогла мне понять самого себя, Гленна.

Хойт взял ее руки и поднес к губам.

— Среди страха, скорби и потерь я вижу только тебя.

Пока он говорил, Гленна не отводила взгляда, а когда умолк, прижала ладонь к его сердцу.

— Оно такое большое, — тихо сказала она. — И мне так повезло, что в нем есть место для меня. Я пойду с тобой. Куда угодно.

Теплая волна радости захлестнула Хойта, и он кончиками пальцев снова коснулся щеки Гленны.

— Оставишь свой мир, все, что тебе близко и дорого? Почему?

— Потому что пять минут в мире, где тебя нет, покажутся мне вечностью. Я тебя люблю. — Она увидела, как изменилось выражение его глаз. — Это самое сильное из всех заклинаний, которые я знаю. Я тебя люблю. Произнеся это заклинание, я уже принадлежу тебе.

— Произнесенные слова живы. Ничто не может их убить. — Он взял ее лицо в ладони. — А ты примешь меня, если я останусь тут, с тобой?

— Но ты сказал...

— Ты примешь меня, Гленна?

— Да. Конечно.

— Когда все закончится, мы решим, какой из миров станет нашим. Я буду любить тебя — неважно, где и когда. — Он коснулся губами ее губ. — Только тебя.

— Хойт. — Она обняла его. — Тогда мы сможем все.

— Я этого еще не сказал.

Засмеявшись, Гленна осыпала поцелуями его щеки.

— Почти.

— Подожди. — Он слегка отстранился и посмотрел ей прямо в глаза. — Я тебя люблю.

Одинокий луч спустился с небес и остановился на них, так что они оказались в круге света.

— Ну вот, — прошептал Хойт. — Я твой — в этой жизни и во всех следующих. А ты — моя. Обещаю тебе, Гленна.

— Я тоже. Клянусь. — Она снова прильнула к нему, прижалась щекой к щеке. — Что бы ни случилось.

Она слегка откинула голову назад, и их губы встретились.

— Я знала, что это ты, — шепнула она, — с той самой секунды, когда ты вошел в мой сон.

Обнявшись, они стояли в круге света, а когда он погас и на землю спустились сумерки, собрали оружие и внесли его в дом.

Киан наблюдал за ними из окна спальни. Их окружало сияние любви, обжигавшее его кожу, резавшее глаза.

И тяжестью ложившееся на сердце, которое не билось почти тысячу лет.

Значит, его брат пал от единственного оружия, против которого нет защиты. Теперь они проживут свои короткие, полные страдания жизни, озаренные этим светом.

Возможно, оно того стоит.

Киан отступил в глубь комнаты, в темноту и прохладу.

Он спустился, когда совсем стемнело. Гленна была на кухне одна. Напевала, стоя рядом с раковиной, — негромким счастливым голосом. Киан подумал, что человек с фантазией нарисовал бы такую картину: вместе с мелодией с ее губ слетают маленькие розовые сердечки.

Она загружала посудомоечную машину, совсем как дома. Кухня пахла цветами и травами. Волосы девушки были собраны на затылке, бедра двигались в такт песне.

Интересно, смог бы он завоевать такую женщину, будь он живым? Такую, которая будет петь на кухне или стоять в круге света и смотреть ему в лицо, излучая любовь?

Разумеется, у него были женщины. Много. И некоторые любили его — по-видимому, себе на беду. Но даже если их лица освещала подобная любовь, теперь они уже стерлись из его памяти.

Любовь была в числе тех вещей, которые он исключил из своей жизни.

По крайней мере, он убедил себя в необходимости сделать это. Но правда заключалась в том, что он любил Кинга, как отец любит сына, как брат — брата. Маленькая королева была права, и Киан ненавидел ее за это.

Он отдал свою любовь человеку, доверился ему, но — это так типично для людей — все закончилось крахом.

Хойт готов ради нее на все, подумал Киан, наблюдая, как девушка ставит тарелки на полку. Еще одна привычка людей — жертвовать собой ради другого человека.

Эта черта довольно часто вызывала у него любопытство. Хотя в его случае легче понять другую сторону медали — склонность убивать друг друга.

Гленна повернулась и вздрогнула от испуга. Тарелка выскользнула у нее из рук и разбилась, упав на кафельный пол.

— Господи. Извини. Ты меня напугал.

Ее движения были стремительными — и резкими, отметил он, что странно для женщины, обладавшей природной грацией. Она достала из кладовки метлу и совок и принялась собирать осколки.

Он не разговаривал с ней — и с другими тоже — с той ночи, когда погиб Кинг. Пусть сами тренируются, если хотят, или делают все, что угодно.

— Я не слышала, как ты вошел. Остальные уже поужинали. Они... пошли наверх, тренироваться. Сегодня мы с Хойтом прогулялись часок. Урок вождения. Я подумала... — Она выбросила осколки и повернулась к нему. — Господи. Ну, скажи *хоть что-нибудь.*

— Даже если вы останетесь живы, вы все равно принадлежите к разным мирам. Что собираетесь делать?

— Хойт говорил с тобой?

— В этом нет нужды. У меня есть глаза.

— Не знаю. — Она поставила метлу на место. — Придумаем что-нибудь. А тебе не все равно?

— Не совсем. Мне любопытно. — Он взял бутылку вина и принялся разглядывать этикетку. — Я прожил среди вас довольно долго. Если бы не любопытство, я давно бы умер от скуки.

Гленна выпрямилась.

— Любовь делает нас сильнее. Я в это верю. А нам нужно быть сильными. До сих пор не слишком-то все получалось.

Киан открыл вино, достал бокал.

— Да, не особенно хорошо.

— Киан, — окликнула его Гленна, увидев, что он направился к двери. — Я знаю, ты винишь меня в смерти Кинга. У тебя есть полное право... меня обвинять и ненавидеть. Но если мы не найдем способ действовать вместе, сотрудничать, Кинг станет не единственным, кому суждено умереть. Он просто будет первым.

— Я опередил его на несколько веков. — Он поднял бокал в некоем подобии тоста, затем вышел, захватив с собой бутылку.

— Бесполезно, — пробормотала Гленна и снова занялась тарелками.

Он будет ненавидеть ее — и Хойта тоже, потому что брат любит ее. Команда распалась еще до того, как у них появился реальный шанс стать таковой.

Будь у них время — всего лишь время, — она оставила бы все как есть, подождала, пока Киан остынет. Только они лишены такой роскоши — тратить драгоценные часы, которых у них и так мало. Поэтому ей нужно придумать, как обойти проблему... или Киана.

Гленна вытерла руки и отбросила полотенце.

Из-за двери во дворе послышался глухой удар, словно там упало что-то тяжелое. Девушка инстинктивно попятилась, схватила прислоненный к стене меч и один из деревянных дротиков, лежавших на столе.

— Они не могут войти, — дрожащим голосом прошептала она. — Пусть подглядывают за мной, когда я мою посуду, что из того?

Жаль, что они с Хойтом еще не нашли заклинание, способное создать безопасную зону.

Она не должна поддаваться страху. Ни в коем случае. Разумеется, она больше не откроет дверь, чтобы поболтать с тварью, которая жаждет перегрызть ей горло.

Затем послышалось какое-то царапанье, где-то внизу. И стон. Ладонь, сжимавшая рукоять меча, стала влажной от пота.

— Помогите. Пожалуйста.

Слабый голос с трудом проникал сквозь деревянный массив двери.

Но ей показалось...

— Впусти меня. Гленна? Гленна? Ради бога, впусти, пока они меня не догнали.

— Кинг? — Выронив меч, со стуком упавший на пол, она кинулась к двери. Рука ее тем не менее крепко сжимала дротик.

«Второй раз меня не обманешь», — подумала Гленна и открыла дверь, стараясь держаться вне пределов досягаемости.

Он лежал на камнях прямо возле двери, в окровавленной и изорванной одежде. На щеке — запекшаяся кровь, дыхание похоже на слабый хрип.

Жив — это все, о чем Гленна могла подумать.

Она присела, чтобы втащить Кинга в дом, но рядом вдруг оказался Киан. Оттолкнув ее, он нагнулся и прижал ладонь к изуродованной щеке Кинга.

— Нужно внести его в дом. Быстрее, Киан! У меня есть средства, которые ему помогут.

— Они близко. Преследуют меня. — Кинг ощупью нашел руку Киана, сжал ее. — Не думал, что смогу.

— Ты смог. Давай сюда. — Киан подхватил Кинга под мышки и с трудом втащил его в кухню. — Как тебе удалось спастись?

— Сам не знаю. — Кинг растянулся на полу, закрыв глаза. — Не угодил на скалы. Думал, что утону... но выбрался, вылез из воды. Было очень больно. Потом отключился — не знаю, надолго ли. Потом шел, весь день. Ночью прятался. Они приходят ночью.

— Дай посмотрю, чем можно тебе помочь, — сказала Гленна.

— Закрой дверь, — резко приказал Киан.

— Все это делают? Все... голодны?

— Да, знаю. — Киан взял его за руку, заглянул в глаза. — Знаю.

— Начнем с этого. — Гленна поспешно смешала что-то в чашке. — Киан, позови остальных. Мне помогут Хойт и Мойра. Нужно перенести Кинга в кровать — там ему будет удобнее.

Девушка наклонилась над раненым, и крест, висевший у нее на шее, коснулся его лица.

Кинг зашипел по-змеиному, оскалился и отпрянул.

Затем — к ужасу Гленны — встал. И ухмыльнулся.

— Ты не рассказывал, как это бывает, — он обращался к Киану.

— Слова тут бессильны. Это нужно почувствовать.

— Нет. — У Гленны хватило сил лишь для того, чтобы покачать головой. — О боже, нет.

— Ты мог бы сделать это еще много лет назад. Но я рад, что ты ждал. Рад, что это произошло теперь, когда я в самом расцвете сил.

Кинг сделал несколько шагов, загородив выход из кухни.

— Сначала они пытали меня — Лилит умеет причинить боль. Знаешь, у тебя нет ни единого шанса победить ее.

— Прости, — прошептала Гленна. — Прости.

— Не стоит. Она сказала, что ты моя. Я могу полакомиться тобой или превратить в кого угодно. На мое усмотрение.

— Ты не тронешь меня, Кинг.

— Можешь не сомневаться, — небрежно бросил Киан. — Он хочет причинить тебе боль так же сильно, как жаждет твоей крови. Такова теперь его природа. Ты получил дар Лилит еще до того, как тебя сбросили со скалы?

— Нет. Но я сильно разбился. Едва держался на ногах. Они обмотали меня веревкой и вытащили. Сказали, что если останусь жив, то получу дар. Я выжил. Лилит вернет тебя.

— Да, знаю.

Гленна переводила взгляд с одного на другого. Она в ловушке, зажатая между двумя вампирами. Киан знал — теперь это было уже очевидно. Знал, в кого превратился Кинг, еще до того, как впустил его в дом.

— Остановись. Неужели ты можешь так поступить? Со своим братом?

— Я не могу получить его, — сказал Кинг Киану. — И ты тоже. Ей самой нужен Хойт. Его кровь, кровь мага. Тогда она поднимется еще выше. И все миры будут нашими.

Меч был далеко, а рука больше не сжимала дротик. Она была безоружна.

— Мы должны доставить ей Хойта и маленькую королеву живыми. Эта женщина и парень? Они наши, если пожелаем.

— Я давно не пробовал человеческой крови. — Киан протянул руку и провел кончиками пальцев по шее Гленны. — Думаю, ее кровь должна опьянять.

— Мы можем поделить ее. — Кинг облизнулся.

— Почему бы и нет? — Он крепче сжал горло Гленны и, услышав ее вскрик, рассмеялся. — Да, конечно, зови на помощь. Пусть остальные прибегут спасать тебя. Это избавит нас от необходимости идти наверх.

— Будешь гореть в аду. Мне жаль, что с тобой это случилось. — Теперь она обращалась к Кингу, который шагнул к ней. — Прости, что стала невольной причиной этой беды. Но облегчать тебе задачу я не собираюсь.

Повиснув на Киане, она ударила Кинга обеими ногами. Тот отлетел на несколько шагов, но, рассмеявшись, снова двинулся на нее.

— Они позволяют людям бегать по пещерам. Чтобы мы преследовали их. Мне нравится, когда люди бегают. Когда они кричат.

— Я не закричу. — Гленна выставила локти и ударом ноги снова отбросила Кинга.

С лестницы послышался топот ног. Нет! И все-таки она закричала, отчаянно пытаясь освободиться.

— Крест. Меня не пускает этот проклятый крест. Отключи ее, — потребовал Кинг. — Сорви крест. Я голоден!

— Не волнуйся. — Киан отшвырнул Гленну, и в этот момент в комнату вбежали остальные.

Глядя прямо в глаза Кинга, Киан вонзил в сердце друга дротик, который все это время держал за спиной.

— Это все, что я могу для тебя сделать, — произнес он и отвернулся.

— Кинг. Нет, это не Кинг. — Мойра опустилась на колени возле кучки пепла. Затем накрыла пепел ладонями и звенящим от слез голосом сказала: — Пусть тот, кем он был, его душа и сердце, вернутся в этот мир. Демон, поработивший его, мертв. Пусть он увидит свет, чтобы найти путь назад.

— Невозможно воскресить человека из кучки праха.

— Нет. — Она подняла голову и посмотрела на Киана. — Но можно освободить его душу для новой жизни. Ты не убивал своего друга, Киан.

— Нет. Его убила Лилит.

— Я думала... — Гленна дрожала, опираясь на Хойта, который помог ей подняться.

— Я знаю, о чем ты думала. Это вполне естественно.

— Нет, я должна была верить тебе. Я говорила, что мы не стали командой, но не понимала, что сама виновата не меньше, чем другие. Я тебе не верила. Думала, ты меня убьешь, но ты спас.

— Ошибаешься. Я спас его.

— Киан. — Она шагнула к нему. — Я виновата во всем. Я не могу...

— Нет. Не ты его убила, и не ты превратила в вампира. Это сделала Лилит. И она послала его сюда, чтобы он умер еще раз. Он был новичком, еще не привыкшим к своей сущности. И к тому же раненным. Он не мог расправиться со всеми нами, и Лилит это знала.

— Она знала, как ты поступишь. — Хойт подошел к брату и положил руку ему на плечо. — И чего это тебе будет стоить.

— В каком-то смысле — беспроигрышный вариант. Она рассуждала так: если я не убью его, он доберется до одного из вас — или нескольких, с моей помощью. Если же я приму другое решение и уничтожу его, это обойдется мне... дорого, очень дорого.

— Смерть друга, — вздохнул Ларкин, — тяжело пережить. Мы все переживаем.

— Надеюсь. — Киан посмотрел на Мойру, все еще стоявшую на коленях. — Мне тяжелее, потому что он в первую очередь был моим другом. Лилит так поступила не из-за тебя, — он повернулся к Гленне, — из-за меня. Убей она Кинга, я винил бы тебя. Но теперь ты ни при чем. Это наше с ней дело.

Он подобрал дротик, которым пронзил Кинга, и внимательно осмотрел острие.

— Когда придет время и мы схватимся с ней лицом к лицу, она моя. Я остановлю любого, кто захочет нанести ей смертельный удар. Так что Лилит просчиталась. Я в долгу у нее за то, кем стал, и расплатой станет смерть.

Он поднял меч.

— Сегодня будем тренироваться.

Гленна скрестила меч в поединке с Ларкином, Мойру Киан поставил в пару к Хойту, а сам стоял рядом или ходил вокруг, подначивая состязающихся своими едкими комментариями. Наверное, такой у него способ мотивации, подумала Гленна.

Рука ныла, еще не зажившие ребра пульсировали болью. Пот заливал глаза, струйкой стекал по спине, но Гленна не сдавалась. Боль и усталость помогали прогнать жуткую картину: Кинг, оскалившись, наступает на нее.

— Руку выше! — крикнул ей Киан. — Не сможешь правильно держать этот долбаный меч, не проживешь и пяти минут. А ты, Ларкин, перестань танцевать перед ней. Тут не ночной клуб, черт бы тебя побрал!

— Она еще не выздоровела, — возразил Ларкин. — И что такое ночной клуб?

— Перерыв. — Мойра опустила меч и тыльной стороной ладони вытерла вспотевший лоб. — Мне нужно отдохнуть, хотя бы минуту.

— И не думай. — Киан повернулся к ней. — Рассчитываешь оказать ей услугу, требуя отдыха? Полагаешь, они согласятся сделать перерыв только потому, что твоей подруге нужно перевести дух?

— Со мной все в порядке. Не кричи на нее. — Гленна пыталась отдышаться и унять дрожь в ногах. — Все нормально. Дерись в полную силу, — сказала она Ларкину. — Я не нуждаюсь в поблажках.

— С ней нужно поаккуратнее. — Хойт махнул рукой, останавливая Ларкина. — Ей еще рано так тренироваться.

— Не тебе решать, — заметил Киан.

— Я настаиваю. Она устала, и ей больно. Этого достаточно.

— Я же сказала, что все в порядке. И нечего за меня решать. Хотя твой брат, как он сам признался, любит издеваться над людьми. Я не нуждаюсь в защитниках — сама могу ответить.

— Тебе придется привыкнуть, потому что я буду говорить за тебя, если нужно.

— Мне лучше знать, что мне нужно и когда.

— Может, вы двое собираетесь убалтывать врага до смерти? — сухо заметил Киан.

Разозлившись, Гленна ткнула мечом в сторону Киана:

— Давай. Только ты и я. Ты-то уж не будешь сдерживать себя.

— Нет. — Киан поднял меч. — Не буду.

— Я сказал, хватит. — Хойт встал между ними и взмахнул мечом. По клинку пробежала змейка огня.

— Так который из вас? — Голос Киана звучал вкрадчиво. Хойт повернулся к нему, и глаза вампира потемнели от мрачного удовольствия.

— Интересно, — произнес Ларкин, но тут вмешалась Мойра:

— Подождите. Остановитесь. Мы все расстроены. Устали и возбуждены, как лошади, которых слишком долго заставляли мчаться галопом. Нет смысла набрасываться друг на друга. Если не будем делать перерыв, то давайте хотя бы откроем двери. Нам нужен свежий воздух.

— Хотите открыть двери? — Внезапно повеселев, Киан вскинул голову. — Свежий воздух, говорите? Пожалуйста — сколько угодно.

Он подошел к дверям террасы и распахнул ее.

Затем молниеносным движением протянул руку в темноту.

— Что же вы не заходите? — спросил он и втащил в комнату двух вампиров. — Тут столько еды.

Он неспешно подошел к столу. Вампиры выпрямились и вытащили мечи. Острием своего меча Киан подцепил яблоко из вазы. Затем прислонился к стене и взял яблоко в руку, намереваясь откусить.

— Посмотрим, как вы с ними справитесь, — предложил он. — В конце концов, вас по двое против каждого из них. Есть шанс остаться в живых.

Хойт повернулся, инстинктивно закрыв собой Гленну. Ларкин уже бросился вперед, размахивая мечом. Его противник без труда отразил удар и свободной рукой толкнул Ларкина, так что тот отлетел на середину комнаты.

Гленна подавила страх и дала волю ярости. Призвав на помощь свой дар, она направила во врага огненный шар. Вампир вспыхнул прямо в воздухе.

— Молодец, рыжая, — прокомментировал Киан и стал наблюдать, как борется за жизнь его брат.

— Помоги ему. Помоги мне.

— А почему не ты?

— Они слишком близко, чтобы применить огонь.

— Попробуй вот это. — Киан кинул ей дротик и снова откусил яблоко.

Не раздумывая — она просто была не в состоянии думать, — Гленна бросилась вперед и вонзила дротик в спину вампира.

И не попала в сердце.

Вампир взвыл — казалось, не от боли, а от удовольствия, — повернулся и занес меч над головой Гленны. Мойра и Ларкин бросились на него, но они были слишком далеко. Гленна поняла, что сейчас умрет.

Меч Хойта вонзился в шею вампира. Кровь брызнула в лицо Гленны, тут же превратившись в пепел.

— Слабовато, но в конечном счете эффективно. — Киан вытер руки. — Разбейтесь на пары. Развлечение закончено.

— Ты знал, что они там. — Рука Мойры, все еще сжимавшая дротик, дрожала. — Знал.

— Конечно. Включили бы вы мозги или хотя бы чувства — тоже бы знали.

— Ты позволил бы им убить нас.

— Скорее вы сами едва не позволили убить себя. Ты. — Он повернулся к Мойре. — Застыла, как истукан, парализованная страхом. А ты, — Киан обращался к Ларкину, — бросился вперед сломя голову и чуть не лишился ее. Хойт! Разумеется, защищать женщину — рыцарский жест, но вас обоих ждала смерть. Хотя твоя честь осталась бы незапятнанной. Рыжая, по крайней мере, использовала голову — и силу, которой ее одарили проклятые боги, — но потом растерялась и стала смиренно ждать смерти.

Он шагнул вперед.

— Так что будем работать над вашими слабостями. Имя которым — легион.

— С меня хватит, — едва слышным шепотом произнесла Гленна. — Слишком много крови и смерти для одной ночи. — Она уронила дротик на пол и вышла.

— Оставь ее, — махнул рукой Киан, увидев, что Хойт двинулся за ней. — Ради всего святого. Если у тебя есть хоть капля мозгов, ты должен понять, что ей сейчас никто не нужен. И какой драматический уход — ну просто театр!

— Он прав, — вмешалась Мойра. — Как ни тяжело мне это признавать. Ей нужен покой. — Она подняла меч, выбитый у нее из рук. — Слабости, говоришь. — Кивнув, она повернулась к Киану. — Ну, что ж, показывай.

18

Входя в комнату, Хойт ожидал увидеть Гленну в постели. Он надеялся, что девушка спит, и хотел погрузить ее в еще более глубокий сон и полечить.

Но она в полной темноте стояла у окна.

— Не зажигай свет, — не оборачиваясь, произнесла Гленна. — Киан прав: снаружи есть еще вампиры. Если сосредоточиться, можно их почувствовать. Движутся словно тени — скорее ощущение движения, чем само движение. Думаю, они скоро уйдут. В нору, где прячутся днем.

— Тебе нужно отдохнуть.

— Я знаю: ты говоришь это, потому что волнуешься за меня. И уже достаточно успокоилась, чтобы не отрывать тебе голову. Я вела себя недостойно — там, наверху. Но мне все равно.

— Ты устала, и я тоже. Я хочу вымыться и лечь спать.

— У тебя есть своя комната. И сюда тебя никто не звал, — продолжила она, не дав ему вставить и слова. Гленна повернулась к нему. Ее бледное лицо светилось в темноте, выделяясь на фоне темной рубашки. — Нет, я не настолько успокоилась. У тебя нет никакого права тут распоряжаться.

— Нет, есть. Любовь дала мне это право. Но и без нее мужчина должен защищать женщину от...

— Остановись. — Она подняла руку и выставила вперед ладонь, словно отстраняясь от его слов. — Речь идет не о мужчинах и женщинах. О людях. Секунды, которые ты потратил на мысли обо мне, на заботу обо мне, могли стоить тебе жизни. Мы не вправе так рисковать. Никто. Если ты не веришь, что я... все мы способны себя защитить, то ничего у нас не выйдет.

Справедливость упреков не имела никакого значения, потому что речь шла о нем лично. У него перед глазами еще стояла ужасная картина: набрасывающееся на Гленну чудовище.

— Где бы ты была, не уничтожь я того вампира?

— Это другое. Совсем. — Она подошла ближе, так что он почувствовал ее запах — аромат притираний, которые она наносила на кожу. Очень женственный.

— Все это глупость и пустая трата времени.

— Для меня не глупость. Придется тебе послушать. Одно дело — сражаться бок о бок и защищать товарища. Это важно. Мы должны рассчитывать друг на друга. Но не давать мне сражаться — совсем другое. Ты должен понять и признать разницу.

— Но ведь речь идет о тебе, Гленна. Если я тебя потеряю...

— Хойт. — Она взяла его за руки, словно торопилась успокоить. — Любой из нас может погибнуть. Я пытаюсь осознать этот факт и смириться с ним. Но если ты умрешь, я не буду всю оставшуюся жизнь винить себя в твоей смерти. Не буду.

Она присела на край кровати.

— Сегодня я снова убивала. Я знаю, что чувствуешь, когда лишаешь жизни. Никогда не думала, что буду так использовать свой дар, что возникнет такая необходимость. — Она вытянула руки и принялась разглядывать их. — Но я сделала это ради спасения другого человеческого существа. Воспользуйся я мечом или дротиком, мне было бы легче. Но я обратилась к магии, чтобы убивать.

Гленна подняла голову, и он увидел, что ее глаза полны печали.

— Мой дар всегда был светлым, а теперь у него появилась темная сторона. Мне нужно это принять. А ты не должен мешать мне.

— Я признаю и принимаю твой дар, а также и то, как ты им распоряжаешься. Я думаю, что всем нам будет лучше, если ты сосредоточишься исключительно на магии.

— А грязную работу оставлю тебе? Уйду с передовой, спрячусь от опасности, чтобы мирно помешивать зелье в котелке?

— Дважды за эту ночь я чуть не потерял тебя. Теперь будешь делать то, что я скажу.

На секунду Гленна лишилась дара речи.

— Черта с два! Дважды за эту ночь я смотрела в лицо смерти. И осталась жива.

— Послушай, давай продолжим разговор завтра.

— Ну нет! Ни за что. — Она взмахнула рукой, и дверь ванной захлопнулась перед носом Хойта.

Он резко обернулся — терпение его было на пределе.

— Не демонстрируй мне свою силу.

— А ты не демонстрируй свою мужественность. Ты проявляешь ее не так, как мне хотелось бы. — Почувствовав, что сквозь раздражение пробивается смех, Гленна сбавила тон. — Но подчиняться твоим распоряжениям, Хойт, я тоже не буду — по крайней мере, не больше, чем ты моим. Ты испугался за меня, и я, клянусь, это понимаю, потому что сама боялась. И за тебя, и за всех нас. Но мы должны преодолеть страх.

— Как? — спросил Хойт. — Как это сделать? Такая любовь для меня внове — постоянная потребность в тебе, ужас от осознания того, что я могу потерять тебя. Когда нас призвали на битву со злом, я подумал, что это самое тяжелое испытание. Но ошибся. Любить тебя труднее. Любить и понимать, что могу лишиться тебя.

Всю жизнь, подумала Гленна, она ждала именно такой любви. Впрочем, как и все люди.

— И я никогда не думала, что могу испытывать к кому-нибудь такие глубокие чувства. Для меня все это тоже впервые — тяжело, страшно, непривычно. Мне очень хочется пообещать, что ты меня не потеряешь. Очень. Но я точно знаю: чем сильнее я становлюсь, тем больше у меня шансов остаться в живых. Чем сильнее каждый из нас, тем выше наши шансы выжить. Победить.

Она снова встала.

— Сегодня я смотрела на Кинга — человека, которого успела полюбить. Смотрела на то, что они с ним сделали. Существо, в которое он превратился, жаждало моей крови, оно обрадовалось бы моей смерти. Видеть и осознавать это невыносимо. Кинг был другом. Мы так быстро подружились.

Ее голос задрожал; она отвернулась и подошла к окну, спрятавшись в темноте.

— Даже когда я пыталась спастись, какая-то часть меня видела перед собой того, кем он был прежде. Человека, с которым мы вместе готовили, разговаривали, смеялись. Я не могла применить против него свой дар, не могла себя заставить. Если бы Киан не...

Гленна вновь повернулась к нему и выпрямилась, хрупкая и решительная.

— Все! Со слабостью покончено. Я больше не буду колебаться ни секунды. Можешь мне поверить.

— Но во время стычки ты крикнула, чтобы я бежал. Не значит ли это, что ты хотела заслонить меня в бою?

Гленна открыла было рот, собираясь возразить, но сдержалась. Потом откашлялась.

— Похоже, так оно и было. Ладно, ладно. Принимаю упрек. Нам обоим нужно следить за собой. У меня появились идеи насчет средства, которое нам поможет. Но прежде чем мы его испробуем, я хочу прояснить еще одну вещь.

— Не скажу, что очень удивлен.

— Твои ссоры с братом из-за меня мне совсем не нравятся, и я не чувствую себя польщенной вашими склоками.

— Но мы ссоримся не только из-за тебя.

— Знаю. Но я почти всегда служу поводом. Нужно поговорить об этом и с Мойрой. Ее идея отвлечь Киана от нас здорово разрядила ситуацию.

— Да это было просто безумие с его стороны: впустить в дом этих тварей! Его дурной нрав и высокомерие могли дорого нам стоить.

— Нет. — Голос Гленны теперь звучал спокойно и уверенно. — Он правильно сделал.

— Как ты можешь такое говорить? — Хойт в изумлении смотрел на нее. — Почему ты его защищаешь?

— Киан преподнес нам очень важный урок, которого мы уже не забудем. Мы не в состоянии всегда предвидеть нападение и поэтому должны быть готовы убить или умереть — каждую минуту, каждый день. А мы растерялись. Даже после случая с Кингом. Будь вампиров больше, все могло бы обернуться совсем иначе.

— Но он просто стоял, ничего не предпринимая.

— Он преподал нам еще один важный урок. В этих обстоятельствах он самый сильный и самый умный из всех нас. И мы должны догонять его. У меня есть кое-какие мысли на этот счет — по крайней мере, для нас двоих.

Гленна подошла к нему, приподнялась на цыпочки и губами коснулась его щеки.

— Иди мойся. Мне нужно поспать, чтобы в голове прояснилось. С тобой.

Ей снилась богиня и прогулка по саду, где птицы были яркими, как цветы, а цветы сверкали, словно драгоценные камни.

С высокого черного утеса водопад обрушивал свои сапфировые струи в чистое и прозрачное, как стекло, озеро, где сновали рубиновые и золотистые рыбки.

Теплый воздух был насыщен ароматами.

За садом тянулась серебристая полоска пляжа, к которой — словно любовник — ласкались бирюзовые волны. Дети, весело смеясь, строили сверкающие замки из песка или плескались в пене прибоя.

От пляжа вверх поднимались ослепительно-белые ступени лестницы, украшенной по краям сверкающими рубинами. Высоко над морем виднелись дома, окрашенные в нежные пастельные тона, окруженные пышными клумбами и цветущими деревьями.

Гленна слышала музыку, доносившуюся с высокого холма: приятное пение арф и флейт.

— Где мы?

— Во Вселенной много миров, — ответила Морриган, шедшая рядом с ней. — Это — один из них. Мне захотелось показать тебе, что ты защищаешь не только свой дом или дом твоих друзей.

— Он такой красивый. И... счастливый.

— Не все миры такие. В некоторых жизнь трудна, полна тягот и страданий. Но жизнь есть жизнь. Этот мир стар, — продолжала богиня и развела руками. — Он заслужил покой и красоту, пройдя через боль и страдания.

— В твоей власти остановить зло. Сделай это, останови Лилит.

Морриган повернулась к Гленне; ее огненные волосы развевались на ветру.

— Я сделала все, что могла. Я выбрала тебя.

— Этого недостаточно. Мы уже потеряли одного из нас. Он был хорошим человеком.

— Хороших людей много.

— И это называется судьбой? Высшими силами? Такое безразличие?

— Высшие силы подарили смех этим детям, принесли в мир цветы и солнце. Любовь и наслаждение. А еще боль и смерть. Так и должно быть.

— Почему?

Морриган с улыбкой повернулась к ней.

— Иначе не почувствуешь радости. Ты — одаренное дитя. Но все имеет свою цену.

— Я использовала свой дар, чтобы убивать. Всю жизнь я считала — меня так учили, и я верила, — что никому не смогу причинить вред. Но мне пришлось использовать магию для разрушения.

Морриган коснулась волос Гленны.

— Это и есть цена, и ее приходится платить. Ты призвана направить свой дар против зла.

— Я никогда не буду прежней, — задумчиво сказала Гленна, глядя на море.

— Нет, конечно. Но ты пока не готова. Никто из вас не готов. Вы еще не войско.

— Мы потеряли Кинга.

— Нет. Просто он перешел в иной мир.

— Мы не боги, и мы оплакиваем смерть друга. Жестокую смерть.

— Будет еще смерть, еще скорбь.

Гленна закрыла глаза. Так тяжело говорить о смерти, глядя на эту красоту.

— Сегодня столько всего произошло. Я хочу вернуться.

— Да, твое место там. Она принесет с собой кровь и силу.

— Кто? — Страх заставил Гленну отпрянуть. — Лилит? Она идет?

— Смотри туда. — Морриган указала на запад. — Когда сверкнет молния.

Небо потемнело, и зигзаг молнии ударил в самое сердце моря.

Гленна всхлипнула, повернулась, и Хойт обнял ее.

— Темно.

— Скоро рассвет. — Он коснулся губами ее волос.

— Будет гроза. Вместе с грозой придет она.

— Тебе снился сон?

— Мы гуляли с Морриган. — Гленна прижалась к магу. — Она показывала мне другой мир, вполне реальный. Там было так тепло. И красиво. Просто прекрасно. А потом стало темно, молния ударила в море, как будто в самый его центр. И я услышала, как они воют во тьме.

— Мы теперь здесь. В безопасности.

— Никто не может чувствовать себя в безопасности. — Гленна жадно прильнула к его губам. — Хойт.

Она привстала, наклонилась над ним, тонкая и благоухающая. Белая кожа на фоне перламутровых предрассветных теней, наполнявших комнату. Взяла его ладони и прижала к своей груди. Почувствовала, как пальцы обхватывают ее.

Его пальцы. Настоящие, теплые.

Сердце учащенно забилось, и свечи в комнате, оживая, замерцали. Огонь в камине вспыхнул ярче.

— Вот наша сила. — Гленна опустилась на него, покрыла поцелуями лицо, шею. — Смотри на нее. Чувствуй ее. То, на что мы способны вместе.

Жизнь. Здесь жизнь — жаркая, человеческая. Здесь сила, способная отбросить ледяные пальцы смерти.

Гленна снова приподнялась, одним сильным, решительным движением принимая в себя его плоть. Затем выгнулась, впитывая наслаждение, словно вино.

Хойт обнял ее, прижался губами к ее груди, чтобы ощущать биение ее сердца. Жизнь. Вот она, жизнь.

— Я твой, — задыхаясь, шепнул он. — Весь. С первого мгновения и до конца дней.

Гленна обхватила ладонями его лицо, заглянула в глаза.

— В любом из миров. Во всех.

Наслаждение пронзило ее, острое и горячее, и она закричала.

Занимавшаяся заря освещала их бушующую страсть.

— Огонь, — произнесла Гленна.

Они сидели в башне, пили кофе с пшеничными лепешками. Гленна надежно заперла дверь и добавила заклинание, чтобы никто и ничто не проникло в комнату, пока она не закончит.

— Он будит страсть. — Глаза Хойта были сонными, тело обволакивала приятная истома.

Секс способен творить чудеса, подумала Гленна.

— Подтверждение тому — наши утренние объятия, но я имела в виду не такой огонь. По крайней мере, не только его. Огонь — это оружие, и очень мощное, против существ, с которыми мы сражаемся.

— Вчера ты убила вампира огнем. — Хойт налил себе еще кофе; он явно пристрастился к этому напитку. — Быстро, действенно, только...

— Согласна — немного непредсказуемо. Если промахнуться, если один из нас окажется слишком близко... последствия могут быть трагическими. Но... — Гленна забарабанила пальцами по чашке. — Мы научимся управлять огнем, направлять его. Именно так. Практика и еще раз практика. Более того, можно использовать огонь для усиления другого оружия. Как вчера, когда твой меч охватило пламя.

— Что?

— Огонь на твоем мече, когда ты схватился с Кианом. — Увидев его искреннее удивление, Гленна вскинула брови. — Ты не призывал его, все получилось само собой. Сильное чувство — в данном случае гнев. Сильное чувство, когда мы любим друг друга. Вчера вечером твой меч был охвачен огнем всего лишь мгновение. Пылающий меч.

Она вскочила и начала расхаживать по комнате.

— У нас не получилось создать безопасную зону вокруг дома.

— Будем надеяться, что получится.

— Маловероятно, поскольку в доме есть вампир. Мы не сможем наложить чары, отгоняющие вампиров, но не действующие на Киана. Конечно, со временем — если у нас будет время — мы справимся с этой задачей. А пока... Огонь не только эффективен, он потрясающе символичен. Могу поспорить, что он вселит священный ужас в вампиров.

— Огонь требует внимания и сосредоточенности. Трудновато, когда сражаешься не на жизнь, а на смерть.

— Будем тренироваться, пока не привыкнем. Ты хотел, чтобы я занялась магией, и теперь я сама этого хочу. Пора вооружаться как следует.

Гленна вернулась к столу, села.

— Когда настанет время перенести эту войну в Гилл, мы будем вооружены.

Гленна работала весь день, одна и с Хойтом. Она с головой зарылась в книги — свои и те, что притащила из хозяйской библиотеки.

Когда солнце зашло, она зажгла свечи и продолжила работу, не обращая внимание на Киана, стучавшего в дверь. Не слушала его проклятия и крики, что пора тренироваться.

Она тренировалась по-своему.

И вышла из комнаты во всеоружии.

Женщина была молода и свежа. И одна, совсем одна.

Радуясь удаче, Лора наблюдала из темноты. Откровенно говоря, она осталась недовольна, когда Лилит отправила ее вместе с тремя простыми солдатами на разведку местности. Ей хотелось заскочить в один из местных пабов, развлечься, погулять. Долго еще Лилит собирается держать их в пещерах, где они сидят, притаившись и довольствуясь случайными туристами?

Единственный раз за все прошедшие *недели* она получила удовольствие, когда врезала той ведьме и увела чернокожего человека прямо из-под носа этой занудной команды святош.

Жаль, что они обосновались в этом тоскливом месте, а не *где-нибудь* еще. Например, в Париже или в Праге. Где много людей, которых можно срывать, как спелые сливы. В месте, наполненном ударами сердец и запахом плоти.

Она могла побиться об заклад, что коров и овец в этой дурацкой стране гораздо больше, чем людей.

Такая скука.

Но теперь появлялся шанс поразвлечься.

Такая хорошенькая. И такая невезучая.

Превосходный кандидат на превращение, а также небольшая закуска. Неплохо будет иметь компаньона, особенно женщину. Которую можно обучать и хотя бы этим как-то развлекаться.

Новая игрушка, решила Лора, разгонит эту бесконечную тоску — по крайней мере, пока не начнется настоящее веселье.

Интересно, куда направляется эта красотка ночью в своей маленькой машине? Такое невезение — проколоть шину на тихой сельской дороге.

Лора смотрела, как женщина достает запасное колесо и монтировку. Красивое пальто. Они были примерно одного размера, и Лора была бы не прочь позаимствовать ее одежду и полакомиться ее кровью.

Вкусная теплая кровь.

— Приведите ее ко мне. — Лора повелительно махнула трем вампирам, притаившимся рядом с ней.

— Лилит сказала, что мы не должны есть, пока...

Она резко повернулась: сверкнули клыки, глаза налились кровью. Вампир, в бытность свою человеком представлявший гору мышц весом двести двадцать фунтов, поспешно отступил.

— Будешь мне перечить?

— Нет. — В конце концов, голодная Лора рядом, а Лилит далеко.

— Приведите ее ко мне, — повторила Лора, ткнув вампира в грудь, а затем игриво проведя пальцем по его лицу. — Целую и невредимую. Мне она нужна живая. Будет мне новой подружкой. — Она капризно надула губы, обнажив клыки. — И постарайся не испортить пальто. Мне оно очень нравится.

Они вышли из тьмы на дорогу — трое мужчин, которые когда-то были людьми.

Они чувствовали запах человека. Женщины.

Дремавшая в них жажда крови проснулась, и только страх перед Лорой не позволял им броситься на добычу, словно стая волков.

Почувствовав их приближение, женщина оглянулась. Дружелюбно улыбнулась, поднялась с корточек и отбросила назад короткие темные волосы, так что в тусклом свете луны стали видны ее горло и шея.

— Как хорошо, что вы пришли. Я надеялась, кто-то будет проезжать мимо.

— Тебе сегодня повезло, — сказал тот, с кем разговаривала Лора.

— Да уж, повезло. Темная, пустынная дорога в самой глуши. Ух! Страшновато.

— А может стать еще страшнее.

Они приближались с трех сторон, прижимая женщину к машине. Она отступила, глядя на них широко раскрытыми глазами, и вампиры утробно зарычали.

— О боже. Чего вы от меня хотите? У меня мало денег, но...

— Нам нужны вовсе не деньги, но их мы тоже возьмем.

Женщина подняла руку с монтировкой, и тот, кто стоял к ней ближе всего, рассмеялся.

— Стойте. Не подходите ко мне.

— Металл для нас не проблема.

Вампир бросился на нее, пытаясь схватить за горло. И рассыпался в прах.

— Металл, конечно, не проблема. В отличие от этой острой штуки. — Она взмахнула деревянным дротиком, который прятала за спиной.

Женщина прыгнула вперед, ударом ноги в живот отбросила второго вампира, предплечьем отразила выпад третьего и проткнула его дротиком. Потом подождала, когда ярость и голод заставят последнего врага броситься на нее. От удара монтировкой по лицу вампир рухнул на дорогу, и в то же мгновение женщина вскочила ему на спину.

— Металл, конечно, не проблема, — повторила она. — Но мы довершим дело вот этим.

Проткнув вампира, она встала и отряхнулась.

— Проклятые твари.

Женщина шагнула к машине, но вдруг замерла и подняла голову, словно принюхивающаяся собака.

Затем расставила ноги шире, перехватила поудобнее монтировку и дротик.

— Может, выйдешь? Позабавимся! — крикнула она. — Я чувствую твой запах. Эти трое не дали мне как следует размяться. Только раззадорили.

Запах стал ослабевать. Через несколько секунд воздух снова был чист. Некоторое время женщина ждала, потом пожала плечами и заткнула дротик за пояс. Закончив менять колесо, она взглянула на небо.

Луна скрылась за облаками, на западе гремел гром.

— Будет гроза, — пробормотала она.

В зале для тренировок Хойт с размаху упал навзничь, ощущая удар каждой косточкой своего тела. Ларкин бросился вперед и приставил тупой дротик к его сердцу.

— Я убил тебя уже шесть раз. Сегодня ты не в форме, — сказал он и вполголоса выругался, почувствовав приставленный к горлу клинок.

Мойра убрала меч и с улыбкой посмотрела на Ларкина.

— Он превратится в прах, в этом нет сомнения, а ты оросишь кровью все, что от него осталось.

— Ну, если ты будешь нападать на человека сзади...

— Они точно будут это делать, — напомнил Киан и одобрительно кивнул Мойре, что случалось крайне редко. — И не поодиночке. Убил — продолжай сражаться. Не теряя времени, быстро, стремительно.

Он сжал голову Мойры ладонями и сделал вид, будто сворачивает девушке шею.

— Теперь уже трое из вас мертвы, потому что вы слишком много времени тратите на разговоры. Вы должны дать отпор нескольким противникам сразу — мечом, дротиком или голыми руками.

Хойт встал и отряхнулся.

— Может, продемонстрируешь?

Киан раздраженно вскинул бровь.

— Хорошо. Вы все против меня. Постараюсь не калечить вас без необходимости.

— Хвастун. Все это только слова. — Ларкин присел, принимая боевую стойку.

— Нет. Это констатация факта. — Киан взял тупой дротик и бросил Мойре. — Ты пришла сюда, чтобы наблюдать, попытаться предвидеть действия каждого, в том числе и мои. Потом... Решила вступить в игру, — проговорил Киан, глядя на появившуюся в дверях Гленну.

— Я работала над оружием. И кое-чего уже добилась. — Гленна дотронулась до рукоятки кинжала у себя за поясом. — Мне нужно было отвлечься и заняться магией. Что тут у вас происходит?

— Собираемся надрать задницу Киану, — объяснил Ларкин.

— О-о. Я тоже участвую. Оружие?

— Выбирай сама. — Киан кивком указал на кинжал. — Похоже, ты принесла с собой.

— Нет, он не для этого. — Гленна взяла тупой дротик. — Правила?

В ответ Киан неожиданно опрокинул Ларкина на пол.

— Победить. Других правил нет.

Хойт бросился на его. Киан принял на себя удар и, используя его силу, взлетел в воздух. Потом оттолкнулся от стены, повернулся и всей тяжестью налетел на Хойта, который столкнулся с Мойрой. Оба рухнули.

— Предвидеть, — повторил он и небрежным ударом ноги отбросил Ларкина.

Гленна схватила крест, подняла повыше и шагнула вперед.

— Ага, разумно. — Глаза его сверкнули красным огнем, самый край радужки. — И щит, и оружие, заставляет врага отступить. Разве что... — Неуловимым движением руки он отбросил крест в сторону. Затем повернулся вокруг своей оси, чтобы выхватить у Гленны дротик, но девушка уклонилась, резко нырнув вниз.

— Хорошо, — одобрительно кивнул Киан; вспышка молнии за окном на мгновение осветила его лицо. — Она действует с умом, полагается на инстинкт, по крайней мере когда ставки — ха-ха — невелики.

Теперь они окружили Киана со всех сторон — уроки тактики не прошли даром. Они еще не стали единой командой, хорошо отлаженным механизмом, но прогресс был очевиден.

Противники приближались, и по глазам Ларкина Киан понял, что тот готовится к прыжку.

Выбрав самое слабое звено, Киан повернулся, схватил Мойру одной рукой, приподнял над полом и отбросил в сторону. Ларкин инстинктивно дернулся, чтобы поймать девушку. Оставалось лишь подставить ногу, и оба кубарем полетели на пол.

Повернувшись к брату, Киан схватил его за рубашку. Сильный удар головой отбросил Хойта назад, что позволило Киану выхватить дротик у Гленны.

Прижав к себе спину девушки, Киан обхватил рукой ее шею.

— Ну, что теперь? — обратился он к остальным. — Гленна у меня. Отступите и отдадите ее мне? Или атакуете, несмотря на то что я могу свернуть ей шею? Проблема.

— Или позволят мне самой себя защитить? — Гленна схватила висящую на шее цепочку и поднесла крест к лицу Киана.

Он отпустил ее и взвился к самому потолку. На мгновение завис в воздухе, затем мягко приземлился.

— Неплохо. Тем не менее вы вчетвером не смогли справиться со мной. И если бы я захотел... — В свете молнии рука Киана дернулась, перехватив летящий дротик в дюйме от сердца. Конец дротика был заострен.

— А это уже жульничество, — тихо произнес он.

— Отойдите от него.

Повернувшись, они увидели женщину, вошедшую в дом через дверь на террасу; за ее спиной новая вспышка молнии прорезала черное небо. Изящный силуэт в черном кожаном плаще до колен. Коротко постриженные темные волосы открывали высокий лоб и огромные синие глаза.

Женщина опустила на пол большой рюкзак и, сжимая в одной руке еще один дротик, а в другой обоюдоострый нож, шагнула в круг света.

— Кто ты, черт возьми? — спросил Ларкин.

— Мерфи. Блэр Мерфи. Сегодня я спасаю ваши жизни. Какого черта вы впустили его в дом?

— Так случилось, что я его владелец, — сказал Киан. — Это мой дом.

— Отлично. Вот будет радость наследникам. Я же сказала, чтобы вы отошли от него, — она повысила голос, увидев, что Ларкин и Хойт загородили собой Киана.

— Наследником буду я — он мой брат.

— Он один из нас, — прибавил Ларкин.

— Нет. Этого не может быть.

— Может. — Мойра медленно вытянула руки вперед, показывая, что она безоружна, и шагнула к непрошеной гостье. — Мы будем его защищать.

— Когда я вошла, мне показалось, что вы предпринимали жалкие попытки напасть на него.

— Мы тренировались. А он помогает нам.

— Вампир помогает людям? — Большие синие глаза прищурились; в них мелькнуло любопытство и искорка веселья. — Мир полон чудес. — Блэр медленно опустила дротик.

Киан оттолкнул своих защитников.

— Что ты здесь делаешь? И как ты сюда попала?

— Как? Авиакомпанией «Эйр Лингус». Что делаю? Убиваю таких, как ты, — сколько смогу. Разумеется, я не имею в виду присутствующих.

— Откуда ты узнала о них? — поинтересовался Ларкин.

— Долгая история. — Она умолкла, обвела взглядом комнату и, увидев гору оружия, задумчиво нахмурилась. — Чудный арсенал. В боевом топоре есть нечто, что греет мою душу.

— Морриган. Богиня говорила, что она придет вместе с молнией. — Гленна тронула Хойта за руку, затем подошла к Блэр. — Тебя прислала Морриган.

— Она сказала, что вас будет пятеро. Но не упомянула о вампире. — Помедлив секунду, женщина вложила кинжал в ножны и заткнула за пояс дротик. — Вот тебе и боги. Говорят загадками. Послушайте, я проделала долгий путь. — Она подняла рюкзак и закинула его на плечо. — У вас найдется что-нибудь поесть?

19

— У нас много вопросов.

Блэр подняла взгляд на Гленну, продолжая поглощать жаркое.

— Не сомневаюсь — как, впрочем, и у меня. Вкусно. — Она зачерпнула еще ложку. — Спасибо, отличный ужин, а повар — молодец.

— Пожалуйста. В таком случае я начну. — Гленна обвела взглядом остальных. — Откуда ты?

— В данный момент? Из Чикаго.

— Из Чикаго XXI века?

Губы Блэр растянулись в улыбке. Она протянула руку за ломтем хлеба, разорвала его надвое крепкими пальцами с ярко накрашенными ногтями.

— Того самого. Центра цивилизации планеты Земля. А ты?

— Я из Нью-Йорка. Это Мойра и ее двоюродный брат, Ларкин. Они из Гилла.

— Да брось ты. — Не отрываясь от жаркого, Блэр уставилась на них. — Всегда считала, что Гилл — это миф.

— Но ты не слишком-то удивилась своей ошибке.

— Меня уже ничто не удивляет, особенно после визита богини. А этот суровый парень?

— Это Хойт. Ирландский маг. Из XII века.

Блэр увидела, как Гленн взяла Хойта за руку и их пальцы переплелись.

— Вы вместе?

— Можно сказать и так.

Блэр взяла бокал с вином и сделала маленький глоток.

— Серьезный шаг для человека его возраста, но кто посмеет вас упрекнуть?

— Хозяин дома — его брат Киан, которого превратили в вампира.

— В XII веке? — Блэр откинулась назад и внимательно посмотрела на него, с интересом, но без улыбки. — Тебе почти тысяча лет? Никогда не встречала вампира, сумевшего прожить так долго. Самому старому, с которым мне приходилось сталкиваться, было чуть меньше пятисот.

— Прилично.

— Даже не верится.

— Киан не пьет людскую кровь. — Ларкин взял вторую миску и тоже положил себе жаркое. — Он сражается на нашей стороне. Мы — армия.

— Армия? У вас мания величия. А ты кто? — Блэр повернулась к Гленне.

— Ведьма.

— Итак, мы имеем ведьму, мага, пару беженцев из Гилла и вампира. Хороша армия.

— Могущественная ведьма, — впервые подал голос Хойт, — ученый непревзойденной мудрости и отваги, человек, умеющий менять облик, и древний вампир, обращенный самой правящей королевой.

— Лилит? — Блэр положила ложку. — Она тебя превратила?

Киан облокотился на стол и положил ногу на ногу.

— Я был молод и глуп.

— Да, тебе действительно не повезло.

— А ты кто? — спросил Ларкин.

— Я? Охотник на вампиров. — Она снова взяла ложку и вернулась к еде. — Большую часть жизни я выслеживаю и уничтожаю таких, как он.

Гленна склонила голову набок.

— Ух ты, как Баффи?[1]

Засмеявшись, Блэр проглотила жаркое.

— Нет. Во-первых, я — не единственная. Но лучшая.

— Значит, есть и другие. — Ларкин решил, что уже можно налить себе вина.

— У нас это семейное, передается на протяжении столетий. В каждом поколении есть один или двое таких, как я. Например, мой отец, моя тетя. Таким же был дядя моего отца. Теперь двое моих двоюродных братьев. Мы ведем битву.

— И Морриган прислала тебя сюда, — вставила Гленна. — Только тебя.

— Видимо, да, потому что я тут одна. Признаюсь, последние пару недель творилось что-то

---

[1] Б а ф ф и — главная героиня американского молодежного телесериала «Баффи — истребительница вампиров» с Сарой Мишель Геллар в главной роли. Фильм повествует о судьбе американской девушки, обладающей сверхчеловеческими силами.

411

странное. Вампиры как-то засуетились, словно к ним приехало начальство. И еще мне снились сны. Вообще-то всем нам снятся странные сны, но я видела их каждый раз, стоило мне закрыть глаза. А иногда и наяву. Это очень раздражало.

— Лилит? — спросила Гленна.

— Она появлялась несколько раз — скажем, эпизодически. Раньше я тоже считала ее мифом. Во сне мне казалось, что я здесь, в Ирландии. По крайней мере, место было очень похоже на это. Я уже бывала в Ирландии — тоже семейная традиция. Я стою на горе. Дикое, пустынное место, глубокие пропасти, острые скалы.

— Долина Молчания, — вставила Мойра.

— Да, Морриган именно так ее называла. Сказала, что я нужна. — Блэр умолкла, нерешительно обвела взглядом остальных. — Наверное, мне нет смысла углубляться в детали, раз вы все здесь. Грядет грандиозная битва, возможно Апокалипсис. Королева вампиров собирает армию, намереваясь уничтожить человечество. Меня будут ждать пятеро, уже нашедшие друг друга. Время на подготовку у нас — до праздника Самайн. Не так много, учитывая обстоятельства. Ну, вы понимаете: боги, вечность. Но так уж случилось.

— И ты пришла, — сказала Гленна. — Так просто?

— А ты? — Блэр пожала плечами. — Это мое предназначение. Насколько я помню, мне и раньше снилось то место. Я стою на холме и смотрю на скалы подо мной. Луна, туман, крики. Я всегда знала, что окажусь там.

Всегда предполагала, что умрет там.

— Я все-таки рассчитывала на более существенную поддержку.

— За три недели мы убили больше дюжины, — с некоторым самодовольством заявил Ларкин.

— Неплохо для вас. Я не веду счет с тех пор, как уничтожила первого, тринадцать лет назад. Но сегодня ночью я убила троих — на дороге, по пути сюда.

— Троих? — Ларкин застыл с ложкой в руке. — Одна?

— Был и четвертый. Но не высовывался. Преследовать его я не стала, потому что мне нужно было добраться до вас живой и невредимой. Не стоило нарушать главную заповедь нашей семьи — ответственность, верность данному слову. Там могли прятаться еще вампиры, хотя я чуяла только одного. Они дежурят вокруг дома, и мне пришлось обходить их, чтобы попасть внутрь.

Она отодвинула пустую миску.

— Правда вкусно. Еще раз спасибо.

— Еще раз пожалуйста. — Гленна поставила миску в раковину. — Хойт, можно с тобой поговорить? Прошу прощения, мы отлучимся на минутку.

Гленна вывела его из кухни и увела в другую часть дома, ближе к парадной двери.

— Хойт, она...

— Воин, — закончил он. — Да, последний из шести.

— А Кинг никогда им не был. — Гленна прикрыла ладонью рот и отвернулась. — Он не был одним из шести, и то, что с ним случилось...

— То и случилось. — Хойт взял ее за плечи и повернул к себе. — И ничего не изменить. Но она воин, последнее звено в нашем круге.

— Мы должны ей верить. Это очень трудно. Она едва не убила твоего брата, даже не удосужившись поздороваться.

— Остается лишь надеяться, что Блэр — та, за кого себя выдает.

— Она не вампир. Смогла войти в дом. Кроме того, Киан определил бы ее сущность.

— У вампиров бывают слуги из числа людей.

— Откуда нам знать? Или принимать ее слова на веру? Если Блэр не лжет, то она действительно последняя из нас.

— Мы должны быть уверены.

— Сомневаюсь, что нам удастся проверить ее паспорт.

Хойт покачал головой, даже не спросив, что значит это слово.

— Ее нужно испытать. Наверху, в башне. Магический круг все прояснит.

Когда все собрались наверху, Блэр огляделась.

— Довольно тесно. Я люблю просторные комнаты. А тебе лучше держаться подальше, — предупредила она Киана. — А то могу проткнуть, чисто рефлекторно.

— Попробуй.

Она постучала пальцами по дротику, заткнутому за пояс. На большом пальце правой руки блестело серебряное кольцо с насечкой.

— Ну, и к чему все это?

— Нам не было знака, что ты идешь, — объяснила Гленна. — Именно ты.

— Ну да, — согласилась Блэр. — Глупо верить мне на слово. И мне приятно сознавать, что вы не наивны. Чего вы от меня хотите? Лицензию охотника на вампиров?

— А у тебя правда есть...

— Нет, конечно. — Она расставила ноги, как воин перед битвой. — Но если вы задумали колдовать с моей кровью или другой телесной жидкостью, вам не повезло. Это исключается.

— Ничего подобного. Колдовство, но никакой крови не нужно. Мы связаны между собой, все пятеро. Судьбой, необходимостью. А некоторые и родством. Мы — круг избранных. Если ты последнее звено в цепи, мы об этом узнаем.

— А если нет?

— Мы не можем причинить тебе вреда. — Хойт положил руку на плечо Гленны. — Нам запрещено применять магию против людей.

Блэр посмотрела на палаш, висевший на стене башни.

— А что говорят ваши правила насчет острых предметов?

— Мы не причиним тебе вреда. Если ты слуга Лилит, то станешь нашим пленником.

Она улыбнулась: сначала приподнялся один уголок рта, потом другой.

— Удачи вам. Ладно, давайте. Я уже сказала, что была бы больше обеспокоена, если бы вы мне поверили не задумываясь. Значит, вы, ребята, останетесь за пределами этого белого круга, а я буду внутри?

— Ты имеешь представление о магии? — спросила Гленна.

— Кое-что знаю. — Блэр вошла в круг.

— Мы окружим тебя, образовав пентаграмму. А Хойт прочитает.

— Прочитает?

— Твои мысли.

— Там есть и кое-что личное. — Она недовольно передернула плечами и, нахмурившись, посмотрела на Хойта. — Ты что, знахарь?

— Я не знахарь. Все произойдет быстро, и ты ничего не почувствуешь, если откроешь свой разум. — Он поднял руки и зажег свечи. — Гленна?

Этот круг света и знания
Объединяет души и сердца.
В этом круге света и знания
Не причинят тебе вреда.
Мы ищем связи и истины,
Лишь правда нам нужна.
Судьбой соединенные издавна,
По воле нашей и навсегда.

Воздух в комнате задрожал, ровное пламя свечей стрелами взметнулось вверх. Хойт протянул руки к Блэр.

— Никакого вреда, никакой боли. Только мысли. Твои и мои, твои и наши.

Их взгляды встретились, и в голове Хойта словно что-то вспыхнуло. Затем глаза Блэр потемнели, и он увидел.

Все увидели.

Юная девушка сражается с монстром, который почти в два раза больше ее. На лице кровь, рубашка порвана в клочья. Они слышат ее прерывистое дыхание. Рядом стоит мужчина, наблюдая за схваткой.

Сокрушительный удар слева сбивает ее с ног, но девушка тут же поднимается. И вновь падает на землю. Вампир бросается на нее, но она мгновенно откатывается в сторону и втыкает кол ему в спину, пронзив сердце.

«*Медленно,* — говорит мужчина. — *Небрежно, даже для первого раза. Ты должна работать над собой*».

Девушка молчит, но все могут прочесть ее мысли: «*Я буду работать. Стану лучше всех*».

Вот она уже старше, сражается бок о бок с мужчиной. Яростно, безжалостно. Их двое против пятерых врагов, но все заканчивается мгновенно. Мужчина неодобрительно качает головой: «*Спокойнее. Меньше страсти. Страсть погубит тебя*».

Вот она обнаженная, в постели с молодым мужчиной; освещенные тусклым светом лампы, тела сплелись в объятиях. Улыбнувшись, она изгибается и покусывает губу юноши. На ее пальце ослепительно сверкает бриллиант. Душа наполнена страстью, любовью, счастьем.

Вот она, погруженная в скорбь и отчаяние, сидит на полу, в темноте и одиночестве, и плачет: ее сердце разбито. А кольца на пальце уже нет.

Вот она стоит над полем битвы, а рядом с ней — белый силуэт богини.

«*Ты первая из призванных и последняя*, — говорит ей Морриган. — *Они ждут. Судьба миров зависит от тебя. Протяни им руку и сражайся*».

«*Я шла к этому всю жизнь*, — думает она. — *Неужели этим моя жизнь и закончится?*»

Хойт опустил руки, медленно вывел Блэр из круга. Ее глаза прояснились, она моргнула.

— Ну? Как просмотр?

В ответ Гленна улыбнулась, подошла к столу и подняла один из крестов.

— Теперь он твой.

Блэр взяла цепочку и принялась разглядывать.

— Красивый. Великолепная работа — я ценю вашу щедрость. Но у меня уже есть крест. — Она извлекла цепочку из-под рубашки. — Еще одна семейная реликвия. Что-то вроде фамильной драгоценности.

— Он хорош, но...

— Погоди. — Хойт схватил крест и впился в него глазами. — Где ты его взяла? Откуда он у тебя?

— Я же сказала, это — семейная реликвия. У нас их семь, передаются из поколения в поколение. Отдай.

Хойт снова посмотрел ей в глаза, и Блэр прищурилась.

— В чем дело?

— Крестов было семь — их дала мне богиня в ту ночь, когда отправила сюда. Я просил защитить мою семью, которую она приказала мне оставить. Это один из тех крестов.

— То есть это случилось девятьсот лет назад? Значит...

— Он принадлежал Ноле. — Хойт посмотрел на Киана. — Я чувствую. Это крест Нолы.

— Нола?

— Наша сестра. Самая младшая. — Его голос вдруг стал хриплым, и он поднес крест ближе к глазам. — Вот здесь, на обороте, я написал ее имя. Она сказала, что мы еще встретимся. Всемогущие боги, мы встретились. Нола живет в этой женщине. В ее крови. В нашей крови.

— Ты уверен? — тихо спросил Киан.

— Я сам надел ей на шею крест. Посмотри на нее, Киан.

— Да. Точно. — Киан снова отвел взгляд и отошел к окну.

— Выкованные в божественном огне, врученные магом. — Блэр вздохнула. — Семейная легенда. Мое второе имя Нола. Блэр Нола Бриджит Мерфи.

— Хойт, — Гленна тронула его за руку, — она из твоей семьи.

— Думаю, ты приходишься мне дядей. В тысячном поколении, или как это правильно сказать. — Блэр перевела взгляд на Киана. — Ну и дела. Родственница вампира.

Утром Гленна и Хойт стояли на семейном кладбище, освещенные слабыми, с трудом пробивавшимися сквозь облака лучами солнца. Дождь напоил траву, а с лепестков роз на могиле матери все еще падали на землю капли.

— Не знаю, как тебя утешить.

Хойт взял ее за руку.

— Ты здесь. Не представлял, что я буду в ком-то нуждаться так, как в тебе. Все произошло так быстро. Потеря, обретение, озарение, вопросы. Жизнь и смерть.

— Расскажи мне о сестре. О Ноле.

— Она была умной и красивой. И одаренной. Обладала даром предвидения. Она любила животных, хорошо понимала их. Незадолго до моего отъезда у отцовского волкодава появились щенки. Нола часами пропадала в конюшне, играла с ними. А потом выросла, превратилась в женщину, родила детей.

Он повернулся и прижался лбом ко лбу Гленны.

— Я вижу ее в этой женщине, в воине, который теперь с нами. А внутри меня бушует еще одна битва.

— Ты приведешь ее сюда? Блэр?

— Это надо сделать. Так будет правильно.

— Ты все делаешь правильно. — Она подняла голову и поцеловала его в губы. — Поэтому я тебя и люблю.

— Если мы поженимся...

Гленна быстро отступила на шаг.

— Поженимся?

— Уверен, что за прошедшие века ничего не изменилось. Если мужчина и женщина любят друг друга, они произносят клятву, дают обещания. Брак или обручение соединяют их.

— Я знаю, что такое брак.

— И это тебя пугает?

— Нет. Не улыбайся так, будто я мила и глупа. Погоди минутку. — Она окинула взглядом могилы, сверкающие холмы вдали. — Да, люди по-прежнему вступают в брак, если хотят. Но некоторые живут вместе и без этого обряда.

— Мы с тобой, Гленна Вард, рождены для обрядов.

С замиранием сердца она подняла глаза на Хойта.

— Да.

— Если мы поженимся, ты согласишься жить здесь со мной?

Сердце ее снова замерло.

— Здесь? В этом доме, в *этом* мире?

— В этом доме, в этом мире.

— Но... разве ты не хочешь вернуться? Разве тебе не нужно вернуться?

— Я сомневаюсь, что смогу вернуться домой. Да, с помощью магии это, наверное, возможно. — Взмахом руки он остановил собиравшуюся возразить Гленну. — Но я не уверен, что смогу вернуться к прежней жизни. К прежнему дому. К неведению о том, когда они умрут. Зная, что Киан — моя вторая половина — здесь. Вряд ли я смогу вернуться, понимая, что ты пойдешь со мной и будешь тосковать по всему, что оставила в этом мире.

— Я же обещала пойти с тобой.

— Это ты сделала без колебаний, — согласился он. — Но почему-то сомневаешься насчет брака.

— Ты застал меня врасплох. И не сделал мне

предложения! — В ее голосе проступили раздраженные нотки. — Скорее высказал гипотезу.

— Если мы поженимся, — в третий раз повторил он, и его настойчивость заставила Гленну подавить раздражение, — ты согласишься жить здесь со мной?

— В Ирландии?

— Да. Именно в этом месте. Так мы соединим наши миры, наши желания. Я попрошу Киана, чтобы он позволил нам жить в доме, следить за ним. Дому нужны люди, семья и дети, которые у нас обязательно будут.

— Какой быстрый, — пробормотала она и умолкла, пытаясь успокоиться и справиться с нахлынувшими эмоциями. Ее время, но его место. Да, это будет компромисс любви, который может привести — и обязательно приведет — к слиянию душ.

— Я всегда знала, чего хочу, даже ребенком. Таков мой принцип: знать, чего хочешь, добиваться этого и ценить, когда получишь. Я старалась не принимать все, что происходит в моей жизни, как само собой разумеющееся. Семью, свой дар, образ жизни.

Потянув руку, она дотронулась до розы на могиле матери Хойта. Безыскусная красота. Чудо жизни.

— Теперь я поняла, что принимала этот мир как данность, которая будет существовать вечно — двигаться, развиваться без всякого участия с моей стороны. Но я ошибалась. Оказывается, у меня есть кое-что еще, ради чего стоит работать, что нужно ценить.

— Ты хочешь сказать, теперь не время говорить о браке и детях?

— Нет. Я имею в виду, что мелочи, обычные вещи... и важные тоже... да и саму жизнь начинаешь ценить только тогда, когда понимаешь, что можешь их потерять. Итак... Хойт Колдун...

Гленна коснулась губами его щеки, затем другой.

— Если мы поженимся, я буду жить с тобой здесь, ухаживать за домом, растить детей. И я очень постараюсь ценить все это.

Глядя ей в глаза, Хойт протянул руку. Их ладони встретились, пальцы переплелись в крепком пожатии. Из сомкнутых рук струился свет.

— Ты выйдешь за меня, Гленна?

— Да.

Хойт обнял ее за шею, притянул к себе. Их поцелуй стал символом их любви, их будущего, их надежды. Обнимая Хойта, Гленна чувствовала, что нашла самую важную часть своей судьбы.

— Теперь у нас еще больше оснований для сражения. — Он зарылся лицом в ее волосы. — Мы должны стать сильными.

— Обязательно станем. Пойдем со мной. Я покажу тебе, над чем сейчас работаю.

Гленна привела его к дому, рядом с которым были расставлены мишени для стрельбы из лука. Стук копыт заставил ее оглянуться: Ларкин верхом на жеребце скрылся за деревьями.

— Лучше бы ему не углублялся в лес. Там столько теней.

— Сомневаюсь, что вампиры смогут его догнать, даже если поджидают в засаде. Но если ты попросишь, — Хойт провел рукой по волосам Гленны, — Ларкин ограничится полем.

Девушка удивленно вскинула брови.

— Я попрошу?

— Если он будет знать, что ты волнуешься, то уступит. Он благодарен тебе за то, что ты для него делаешь. Ты его кормишь, — смеясь, добавил он, заметив изумление Гленны.

— А-а. Да, он любит поесть.

Она посмотрела на дом. Мойра, наверное, уже в библиотеке — по утрам она обычно зарывается в книги. Киан спит. Что касается Блэр, то ее привычки еще предстоит изучить.

— Думаю, на обед у нас будет лазанья. Не волнуйся. — Она похлопала Хойта по руке. — Тебе понравится. У меня такое ощущение, что я уже присматриваю за домом и семьей. Никогда не замечала за собой любви к домашнему хозяйству. Но всему можно научиться. А теперь...

Она извлекла кинжал из ножен, удивляясь тому, как легко она перешла от кулинарии к оружию.

Всему можно научиться.

— Вчера я работала над этим.

— Над кинжалом, — подсказал Хойт.

— Над заклинанием для кинжала. Я подумала, что начинать нужно с оружия небольших размеров, а потом перейти к мечу. Помнишь, мы говорили о совершенствовании оружия, но нам все время что-то мешало приступить к делу. Потом мне в голову пришла одна идея.

Хойт взял у нее кинжал, провел пальцем по лезвию.

— Заколдован?

— Думай об огне, — сказала Гленна и, почувствовав взгляд Хойта, прибавила: — Нет, в буквальном смысле. — Она отступила на шаг. — Думай об огне. Представь, что он охватывает лезвие.

Хойт повернул кинжал в руке, ухватил поудобнее. Представил, как огонь окружает стальной клинок. Но лезвие осталось холодным.

— Или нужно произнести какие-то слова?

— Нет. Просто пожелай, представь. Попробуй еще раз.

Хойт сосредоточился, но опять ничего не вышло.

— Ладно. Может, пока работает только у меня. Но это поправимо. — Гленна забрала у него кинжал и направила в сторону мишени.

Ничего не произошло.

— Проклятье, а вчера получалось. — Она принялась внимательно разглядывать кинжал, чтобы убедиться, что не перепутала оружие. — Тот самый, с пентаграммой на рукоятке. Видишь?

— Да, вижу. А если заклинание со временем перестает действовать?

— Не вижу причин для этого. Я должна сама снять его, но я этого не делала. На него потрачено столько времени и сил...

— Что тут происходит? — Из дома вышла Блэр:

одна рука в кармане джинсов, в другой — чашка горячего кофе, от которого поднимался пар. На поясе — кинжал, в ушах сверкают лунные камни. — Практикуетесь в метании ножей?

— Нет. Доброе утро.

Уловив раздражение в голосе Гленны, Блэр удивленно вскинула бровь.

— По крайней мере, для некоторых. Красивый кинжал.

— Ничего не выходит.

— Дай-ка, проверю. — Блэр выхватила кинжал из рук Гленны, взвесила его на ладони и, продолжая прихлебывать кофе, метнула в мишень. Точно в «яблочко». — У меня порядок.

— Отлично. Лезвие острое, а бросать ты умеешь. — Гленна подошла к мишени и выдернула клинок. — Но что случилось с магией?

— Откуда мне знать. Это кинжал, и отличный. Колет, рубит, режет, делает свое дело. Нельзя во всем полагаться на магию. А то тебя проткнут чем-нибудь острым.

— У тебя в крови тоже есть магия, — заметил Хойт. — Ты должна уважать ее.

— Не буду спорить. Просто у меня лучше получается с острыми предметами, чем с вуду.

— При чем тут вуду, — сердито бросила Гленна. — Если ты умеешь бросать ножи, это не значит, что ты не нуждаешься в том, что можем дать мы с Хойтом.

— Без обид — серьезно. Я в первую очередь всегда рассчитываю на себя. И если ты не умеешь обращаться с оружием, предоставь сражаться тем, кто умеет.

— Думаешь, я не попаду в эту дурацкую мишень?

Блэр отхлебнула кофе.

— Не знаю. А что, можешь попасть?

Вспыхнув от обиды, Гленна повернулась и, мысленно выругавшись, метнула кинжал.

Он вонзился во внешний круг мишени. И вспыхнул.

— Превосходно. — Блэр опустила чашку. — Бросать ты не умеешь, но фокус с огнем — это круто. — Она взмахнула рукой. — Теперь нужна новая мишень.

— Я разозлилась, — пробормотала Гленна. — Гнев. — Она обратила взволнованное лицо к Хойту. — Адреналин. Мы с тобой не злились. Я была счастлива. А Блэр вывела меня из себя.

— Всегда рада помочь.

— Прекрасное заклинание, хорошее оружие. — Хойт положил руку на плечо Гленны; мишень продолжала гореть. — И сколько будет жить пламя?

— Ой! Подожди. — Гленна отступила на шаг, сосредоточилась. Успокоившись, мысленно погасила пламя. Огонь вспыхнул и потух. Остался только дым.

— Нужно еще поработать. Очевидно, хотя... — Гленна подошла к мишени, потрогала рукоятку кинжала. Теплая, но не горячая. — Это может помочь нам.

— И правда, — согласилась Блэр. — Прости за неудачную шутку про вуду.

— Принято. — Гленна убрала кинжал в ножны. — Хочу попросить тебя об одолжении, Блэр.

— Давай.

— Нам с Хойтом теперь нужно поработать над этим, но позже... научишь меня бросать нож так же, как ты?

— Может, так у тебя все равно не получится, — ухмыльнулась Блэр, — но ты явно станешь делать это лучше, чем теперь. А то такое впечатление, что ты охотишься на голубей.

— Это еще не все, — вмешался Хойт. — После захода солнца нас тренирует Киан.

— Вампир учит людей убивать вампиров. — Блэр покачала головой. — В этом есть какая-то странная логика. И что?

— Мы и днем упражняемся — несколько часов. На улице, если светит солнце.

— Судя по тому, что я видела вчера вечером, пока у вас не очень получается. Не обижайтесь, — прибавила Блэр. — Я сама тренируюсь пару часов в день.

— Тот, кто занимался с нами днем... мы его потеряли. Из-за Лилит.

— Печально. Мне очень жаль. Это всегда тяжело.

— Думаю, ты сможешь его заменить.

— Отдавать команды, гонять вас до седьмого пота? — Ее лицо просияло. — Будет весело! Только когда начнете меня ненавидеть, вспомните, что сами попросили об этом. Кстати, а где остальные? Не будем терять драгоценные солнечные часы.

— Мойра, наверное, в библиотеке, — ответила Гленна. — Ларкин недавно взял лошадь. Киан...

— Понятно. Ладно, тогда я немного прогуляюсь. Схожу на разведку, познакомлюсь с окрестностями. Начнем, когда вернусь.

— Лес тут густой. — Гленна кивнула в сторону деревьев. — Не заходи слишком далеко, даже днем.

— Не беспокойся.

20

Блэр любила лес. Ей нравился его запах, деревья с толстыми стволами, а игра света и тени казалась ей настоящей музыкой. Земля под ногами была устлана листьями и чарующей зеленью мха. Веселый ручей придавал чащобе еще большее сходство с волшебной сказкой. Его тонкая, извилистая лента добавляла изящную мелодию журчащей на камнях воды к роскошной симфонии леса.

Она уже бывала в графстве Клэр, бродила по его земле, а теперь удивлялась, почему пропустила это место, где жили ее предки. Наверное, она не должна была найти его раньше времени. Чтобы не знать.

И вот время пришло. Теперь она вместе с этими людьми, в этом месте.

Ведьма и маг. Они были переполнены любовью, сияющей и новой, буквально излучали ее.

Сила это или слабость — выяснится позже.

Единственное, что она точно знала, — ей хотелось иметь огненный кинжал Гленны.

Ведьма что надо. Потрясающие волосы, и это городское чувство стиля, заметное даже в простой одежде — брюках и рубашках. Кроме того, насколь-ко могла судить Блэр, котелок у нее варит превос-ходно. А Блэр кое-что смыслила в таких вещах. Вчера вечером Гленна изо всех сил старалась вы-глядеть гостеприимной. Кормила ужином, убирала комнату, выделенную для гостьи.

К такому обращению Блэр не привыкла. Это бы-ло приятно.

Маг, похоже, был цельной личностью. Больше наблюдает, но говорит мало. Это вызывало уваже-ние. Волшебная сила окружала его, словно вторая кожа.

Что касается вампира, то с ним она еще не опре-делилась. Киан будет потрясающим союзником — или врагом, хотя до сегодняшнего дня она не могла представить вампира в качестве союзника. Тем не менее что-то мелькнуло в его лице, когда брат вспомнил о Ноле.

Вторая женщина была тихой, как мышка. Осто-рожная и, кажется, мягкая. Судя по всему, Мойра еще не составила своего мнения о Блэр — впрочем, как и Блэр о ней.

А парень? Ларкин. Красавчик. Атлетически сло-жен, полон сил и энергии — он может быть незаме-ним в бою. Умение менять облик тоже пригодится, если он действительно мастер. Нужно попросить, чтобы он продемонстрировал свое искусство.

А пока есть время насладиться утренней прогул-кой по лесу, прислушиваясь к журчанию воды, на-блюдая за игрой света.

Обогнув скалу, Блэр вскинула голову при виде фигуры, калачиком свернувшейся в тени.

— Это тебе вместо будильника, — пробормотала она, спуская тетиву арбалета.

Вампир даже не успел открыть глаза.

Блэр подобрала стрелу и снова зарядила арбалет.

Она подстрелила еще троих и спугнула четвертого, который бросился бежать по тропинке, петляя между лучами света. Не имея возможности как следует прицелиться и не желая понапрасну тратить стрелу, Блэр бросилась в погоню.

На тропу выскочил конь — огромный черный зверь с всадником, похожим на золотого бога. Взмахнув мечом, Ларкин мгновенно обезглавил вампира.

— Отличная работа! — крикнула Блэр.

Ларкин направил коня к ней, через потоки света, пробивавшиеся сквозь листву.

— Что ты здесь делаешь?

— Убиваю вампиров. А ты?

— Лошади нужно размяться. Нельзя гулять одной в лесу, так далеко от дома.

— Но ты же гуляешь.

— Его они не догонят. — Он похлопал Влада по шее. — Быстрый, как ветер. Ну и скольких ты видела?

— Четырех убила я, пятого прикончил ты. Наверное, есть еще.

— Говоришь, четырех? Ты не теряешь времени даром. Собираешься еще поохотиться?

Похоже, он был не против, но Блэр колебалась. Незнакомый партнер — верный путь к гибели, даже если он только что продемонстрировал завидное владение мечом.

— Пока достаточно. По крайней мере один из них побежит к мамочке и расскажет, что днем мы выкуриваем их из гнезд. Это ее достанет.

— Достанет?

— Выведет из себя.

— Ага. Это точно.

— Но в любом случае нам нужно потренироваться, чтобы я посмотрела, на что ты способен.

— Увидишь.

— Я ваш новый начальник. — Блэр заметила, что Ларкин не особенно обрадовался этой новости — но кто мог его упрекнуть? Она протянула руку: — Поднимешь, ковбой?

Он наклонился, подхватил девушку под локти и посадил сзади себя.

— Ну что, этот парень быстро скачет? — спросила она.

— Держись, и покрепче.

Ларкин сдавил пятками бока жеребца, пустив его в галоп.

Гленна добавила в кипящую жидкость щепотку серы.

— Понемножку, — рассеянно заметила она, обращаясь к Хойту. — А то переборщим, и... — Гленна отпрянула от вспыхнувшей жидкости.

— Береги волосы, — предупредил Хойт.

Она схватила несколько шпилек и торопливо сколола пряди на затылке.

432

— Ну, что тут у нас?

Кинжал на металлическом подносе по-прежнему был окружен пламенем.

— Огонь все еще не укрощен. Мы должны подчинить его своей воле, чтобы не сгореть вместе с вампирами.

— Должно получиться. — Гленна взяла меч и погрузила его в жидкость. Потом отступила на шаг, протянула руки над дымом и прочла заклинание.

Хойт оторвался от своего занятия, любуясь девушкой; магия подчеркивала и усиливала ее красоту. И как он жил без нее? Ему не с кем было поделиться самым сокровенным — даже Киан не понимал его. И никто не мог заглянуть ему в глаза, так что замирало сердце.

Языки пламени лизали края котла, поднимались по лезвию меча, а Гленна застыла рядом, в дыму и пламени. Ее голос был музыкой, сила — танцем.

Пламя погасло, и Гленна взяла меч щипцами и отложила в сторону — остужаться.

— Придется над каждым клинком работать отдельно. Конечно, это займет много времени — несколько дней, но в конце концов... Что? — встрепенулась она, поймав его пристальный взгляд. — Я измазалась сажей?

— Нет. Ты прекрасна. Когда мы поженимся?

Она удивленно заморгала.

— Я думала, потом, когда все закончится.

— Нет. Я не могу ждать. Дни проходят, и каждый из них драгоценен. Я хочу, чтобы мы поженились здесь, в этом доме. Скоро мы отправимся в Гилл, а там... Мы должны сделать это здесь, Гленна, в доме, который станет нашим.

— Конечно. Я понимаю, что твоя семья не может присутствовать, за исключением Киана и Блэр. Моя тоже. Но когда все закончится, Хойт, когда все снова будут в безопасности, я хочу устроить еще один обряд. И пригласить родных.

— Сейчас обручение, потом свадьба. Так тебя устраивает?

— Превосходно. Но что значит «сейчас»? Сию минуту? Я так не могу. Сначала нужно... как-то подготовиться. У меня, например, нет платья.

— Мне казалось, ты предпочитаешь совершать обряды обнаженной.

— Очень смешно! Подождем несколько дней. Скажем, до полнолуния.

— Конец первого месяца. — Он кивнул. — Да, так будет правильно. Я хочу... Что это за крики?

Подойдя к окну, они увидели Блэр, оживленно спорящую с Ларкином. Мойра стояла рядом, уперев руки в бока.

— Кстати, об обрядах, — заметила Гленна. — Похоже, самая интересная часть утренней тренировки началась без нас. Пожалуй, нам лучше спуститься.

— Она медлительная и неуклюжая, а это верный путь к смерти.

— Неправда, — огрызнулся Ларкин. — Она метко стреляет из лука и очень умна.

— Потрясающе — она умертвит вампира с помощью мысли. Пусть продемонстрирует, как это делается. Что касается лука — да, у нее глаз как у орла, но невозможно все время держаться от врага на расстоянии.

— Я сама могу за себя постоять, Ларкин. А ты... — Мойра посмотрела на Блэр. — Мне не нравится, когда со мной разговаривают, как с дурочкой.

— С мозгами у тебя все в порядке, а вот с правой рукой — неважно. Ты дерешься, как девчонка.

— Это естественно.

— Но не на тренировке и не в бою. Тут ты солдат, и врагу плевать на твой пол.

— Кинг хотел, чтобы она делала то, что у нее лучше получается.

— Кинг мертв.

Все умолкли. Атмосфера сгустилась до такой степени, что ее можно было резать на ломтики боевым топором Киана. Затем Блэр вздохнула. И поняла, что переборщила.

— Послушайте. То, что случилось с вашим другом, ужасно. Клянусь, я не хотела бы оказаться на его месте. Но чтобы не повторить его судьбу, вы должны устранить свои слабости — а их у вас предостаточно. А таланты можете развивать в свободное время.

К ним подошли Гленна и Хойт.

— Ты поручил мне это? — она повернулась к Хойту.

— Да, — подтвердил он.

— А нас уже не спрашивают? — Лицо Ларкина напряглось. — Совсем?

— Все равно тебе нечего возразить. Она — лучшая.

— Потому что она твоя родственница.

Блэр повернулась к Ларкину.

— Потому что я справлюсь с тобой за пять секунд.

— Уверена? — Тело Ларкина замерцало, и он изменил облик, превратившись в волка. Животное присело, напряглось, приготовившись к прыжку, и оскалилось.

— Потрясающе, — пробормотала Блэр; ее гнев тут же испарился, сменившись неподдельным восхищением.

— Ларкин, перестань! — Мойра, терпение которой было явно на пределе, шлепнула ладонью по шкуре волка. — Он рассердился из-за того, что ты была груба со мной. А у тебя нет причин для оскорблений. Я согласна, что нужно устранять слабости. — Киан говорил то же самое, вспомнила Мойра. — Я хочу тренироваться, но не собираюсь терпеть твои грубости.

— Предпочитаешь кнуту пряник? — спросила Блэр. — Всегда удивлялась, почему люди так падки на лесть. Послушай, в свободное время мы можем вместе заняться маникюром и поболтать о парнях. Но на тренировке я буду настоящей стервой — потому что хочу, чтобы ты осталась жива. А тебе не больно, — спросила она Ларкина, который снова принял человеческий облик, — когда меняются кости и другие органы?

— Немного. — Никто еще не задавал ему такой

вопрос. Ярость угасла так же быстро, как и вспых-нула. — Но менять облик здорово, и я не обращаю внимания на боль.

Ларкин обнял Мойру за плечи, успокаивающе погладил и повернулся к Хойту и Гленне.

— В лесу ваша девушка убила четверых вампи-ров. Пятого прикончил я.

— Этим утром? Пятерых? — Гленна во все глаза смотрела на Блэр. — Далеко от дома?

— Близко. — Блэр оглянулась на лес. — Думаю, это были дозорные, причем не очень опытные. За-стала их во время сна. Лилит сообщат об этом. Вряд ли она обрадуется.

Дело было не в том, чтобы просто убить уцелев-шего вампира; по крайней мере, Лилит в этом ни-чуть не сомневалась. Его смерть должна быть как можно более мучительной.

Молодой вампир, имевший неосторожность вернуться в логово после утренней вылазки Блэр, теперь висел над огнем животом вниз, медленно поджариваясь. Запах нельзя было назвать прият-ным, но Лилит понимала, что власть требует опре-деленных жертв.

Она обошла вокруг костра, стараясь не подстав-лять подол красного платья языкам пламени.

— Почему бы нам не обсудить все снова? — Ее голос звучал ласково, как у опытного учителя, бесе-дующего с любимым учеником. — Человек — женщина — убил всех, кого я отправила в дозор, за исключением тебя.

— Мужчина. — Боль не давала вампиру говорить, и слова с трудом слетали с его губ. — Лошадь...

— Да, да. Я забыла о мужчине на лошади. — Остановившись, Лилит оторвала взгляд от унизанных кольцами пальцев. — Он появился уже после того, как она — если можно так выразиться — разделалась с четверыми?

Лилит присела, похожая на прекрасного паука, и посмотрела в его налитые кровью, бешено вращавшиеся глаза.

— И почему же она смогла это сделать? Потому что вы *спали*?

— Они. Остальные спали. Я был на посту, ваше величество. Клянусь.

— На посту, говоришь. А одинокая женщина жива. Жива, потому что — я ничего не путаю? — ты сбежал?

— Я вернулся... чтобы сообщить. — Капли пота падали в огонь и с шипением испарялись. — Остальные... они убежали. Скрылись. А я пришел к тебе.

— Совершенно верно. — Она игриво похлопала его по носу. — Думаю, твоя верность заслуживает награды.

— Спасибо. Спасибо, ваше величество.

Повернувшись — движение сопровождалось шелестом шелковых юбок, — Лилит улыбнулась мальчику, который сидел по-турецки на полу пещеры и методично отрывал головы пластиковым фигуркам героев фильма «Звездные войны»[1].

— Если сломаешь все игрушки, Дэви, с чем ты будешь играть?

Мальчик недовольно поджал губы и обезглавил Энакина Скайуокера[2].

— Они мне надоели.

— Да, знаю. — Она ласково провела рукой по золотистым волосам ребенка. — И ты слишком долго сидел взаперти, правда?

— Мы можем выйти? — Он подпрыгнул, и его глаза округлились в предвкушении удовольствия. — Можно выйти на улицу и поиграть? *Пожалуйста!*

— Пока еще нет. Ну, не дуйся. — Она приподняла его подбородок и поцеловала в губы. — А то твое лицо застынет, как у них. Послушай, мой мальчик, хочешь новую игрушку?

Круглые щеки мальчика вспыхнули, и он в гневе разломил на две части фигурку Хана Соло[3].

— Надоели мне игрушки.

— Это будет новая игрушка. Такой у тебя еще не было. — Она оглянулась и, не убирая пальца с подбородка ребенка, повернула его голову. Теперь они

[1] «Звездные войны» — фантастическая сага американского режиссера Дж. Лукаса, созданная им в начале 1970-х гг. Первый фильм назывался «Звездные войны. Новая надежда».
[2] Энакин Скайуокер, он же Дарт Вейдер, — центральный персонаж Вселенной «Звездных войн», главный герой одноименной киноэпопеи.
[3] Хан Соло — один из героев «Звездных войн», пилот космического корабля «Тысячелетний сокол».

оба смотрели на подвешенного над костром вампира.

Увидев их глаза, несчастный задергался, тщетно пытаясь освободиться.

— Это мне? — радостно спросил Дэви.

— Все тебе, моя пышечка. Только обещай мамочке не приближаться к огню. Я не хочу, чтобы ты сгорел, золотко. — Она поцеловала его маленькие пальчики и встала.

— Ваше величество, умоляю вас! Ваше величество, я же вернулся!

— Не люблю неудачников. Будь умницей, Дэви. И не испорть свой обед. — Лилит махнула Лоре, которая молча стояла у входа.

Крики раздались раньше, чем за ними успела закрыться дверь. Щелкнул замок.

— Охотник, — сказала Лора. — Скорее всего. Никакая другая женщина не сумеет...

Взгляд Лилит заставил ее замолчать.

— Я не давала разрешения говорить. Только моя любовь спасает тебя от наказания. Но на этом милости заканчиваются.

Покорно опустив голову, Лора последовала за Лилит в соседнюю пещеру.

— Ты потеряла трех моих солдат. Что ты можешь на это сказать?

— У меня нет оправданий.

Кивнув, Лилит прошлась по комнате, небрежным движением взяла с сундука рубиновое колье. Единственное, чего ей не хватало, — это зеркала. Даже по прошествии двух тысячелетий она жаждала увидеть свое отражение. Восхититься собственной красотой. Королева вампиров устала от бесчисленных колдунов, ведьм и магов, на протяжении веков пытавшихся доставить ей эту радость, — и пресытилась ими.

— Ты поступаешь разумно, что не оправдываешься. Я терпеливая женщина, Лора. Того, что должно случиться, мне пришлось ждать больше тысячи лет. Но я не потерплю оскорблений. Мне не нравится, что эти *люди* бьют нас, словно мух.

Она упала в кресло и забарабанила по подлокотнику длинными красными ногтями.

— Ладно, говори. Расскажи мне о новичке. Об охотнике.

— Как и было предсказано провидцами, он — воин из древнего рода. Один из тех охотников, которые преследуют нас на протяжении столетий.

— Почему ты так решила?

— Слишком быстрый для обычного человека. Слишком сильный. Но это — женщина. Она все поняла еще до того, как они напали, и была готова. Она у них последнее звено. Первый акт закончен.

— Мои мудрецы говорили, что воин — это черный человек.

— Он ошибались.

— Тогда какой с них прок? — Лилит швырнула колье, которое все это время не выпускала из рук, в угол комнаты. — Как можно править, если вокруг тебя сплошная некомпетентность? Я хочу того, что мне причитается по праву. Крови, смерти и восхитительного хаоса! Разве я не могу требовать от тех, кто мне служит, быть точными в деталях?

Лора сопровождала Лилит уже больше четырехсот лет. Подруга, любовница, служанка. Никто — она в этом не сомневалась — не знает королеву лучше ее. Налив бокал вина, Лора подошла к креслу.

— Лилит, — ласково сказала она, протягивая бокал и сопровождая его поцелуем, — мы ничего не потеряли.

— Лицо.

— Нет. Даже его. Они верят, что то, чем они занимались последние недели, имеет какое-то значение. И это хорошо, потому что они станут самоуверенными. Кроме того, мы убили слугу Киана.

— Да. — Еще секунду Лилит дулась, потом отпила глоток вина. — И это приятно.

— А потом ты отправила его к ним, показав свой ум и силу. Пусть убьют несколько десятков обычных солдат. А мы нанесем удар прямо в сердце.

— Ты меня всегда успокаиваешь. — Не отрываясь от бокала с вином, Лилит погладила руку Лоры. — Ты права. Конечно, права. Признаюсь, я разочарована. Мне хотелось уменьшить их число, чтобы не сбылось пророчество.

— Но ведь так даже лучше, правда? Приятнее будет получить их всех.

— Лучше. Да, лучше. Хотя... Думаю, нам нужно показать себя. Это поднимет мне настроение — и боевой дух. У меня появилась идея. Только ее требуется обдумать. — Она повернула бокал, наблюдая за искрящимся вином. — Когда-нибудь, причем совсем скоро, я буду наслаждаться кровью мага. Я буду пить ее из серебряного кубка, закусывая засахаренными сливами. Вся его сила перейдет ко мне, и тогда передо мной затрепещут даже боги. А теперь оставь меня. Мне нужно подумать.

Лора встала и направилась к двери, но Лилит остановила ее и похлопала ладонью по бокалу.

— От всей этой суеты я проголодалась. Принеси еды, хорошо?

— Сию минуту.

— Проследи, чтобы он был свежим.

Оставшись одна, Лилит закрыла глаза и принялась составлять план кампании. От крика и визга, доносившихся из соседней пещеры, дрожали стены.

Ее губы растянулись в улыбке. Разве можно грустить, подумала она, когда в воздухе разносится смех ребенка?

Мойра сидела на кровати Гленны, поджав под себя ноги, и наблюдала, как та управляется с маленькой волшебной шкатулкой, которую называла «лэптоп». Мойре очень хотелось самой взять ее в руки. Внутри скрывались целые миры знаний, а ей до сих пор удалось только одним глазком туда заглянуть.

Гленна обещала ее научить пользоваться этой шкатулкой, но сама не могла оторваться от нее. А у них был всего один свободный час.

Поэтому она осторожно покашляла.

— Как тебе? — спросила Гленна, указывая на изображение женщины в длинном белом платье.

Наклонив голову, чтобы лучше видеть, Мойра внимательно посмотрела на экран.

— Очень хорошенькая. Интересно...

— Нет, не модель, а платье. — Гленна вскочила со стула. — Мне нужно платье.

— А что случилось с твоим?

— Ничего. — Рассмеявшись, Гленна сдвинула висевший на шее кулон. — Мне нужно особенное платье. Свадебное. Мойра, мы с Хойтом собираемся пожениться. Обручиться. Сейчас обручимся, а свадьбу сыграем позже. Когда все закончится.

— Ты помолвлена с Хойтом? Я не знала.

— Это случилось недавно. Я понимаю, что наше решение выглядит поспешным, да и время...

— Ой, как чудесно! — Мойра вскочила и в порыве восторга обняла Гленну. — Я так рада за вас! За всех нас.

— Спасибо. За всех нас?

— Свадьбы — это ведь такая радость, правда? Радость, счастье. Так по-человечески. Как бы мне хотелось перенестись домой и устроить для вас пир. Конечно, тут ты сама можешь приготовить свадебное угощение, потому что я еще плохо стряпаю.

— Об этом пока нет речи. Ты права: свадьба — это радость и счастье. И я в достаточной степени человек, чтобы хотеть быть одетой в красивое платье на собственном обручении.

— Да, конечно. А что тебе мешает?

— Слава богу, — Гленна с облегчением вздохнула. — А то я чувствовала себя немного неуверенно. Оказывается, мне не хватало подружки. Ты мне поможешь? Я уже кое-что присмотрела, и теперь нужно только выбрать.

— С удовольствием. — Мойра с любопытством прикоснулась к экрану. — Но... как ты достанешь платье из шкатулки?

— Всему свое время. Тут есть свои хитрости, а потом я покажу тебе, как делать покупки. Я хочу... наверное... что-то вроде этого.

Они приникли к экрану, но в эту минуту в дверь постучали. Это была Блэр.

— Прошу прощения. У тебя есть минутка, Гленна? Хотела поговорить о запасах продуктов и еще кое о чем. Думала, ты в курсе. Ага. Хорошая игрушка.

— Одна из моих любимых. Связь есть у меня и у Киана, так что если тебе нужно...

— Я привезла свой, но все равно спасибо. Шопингом занимаетесь? «Нейман-Маркус»[1], — сказала она, подвинувшись ближе к экрану. — Классные шмотки, особенно для войны.

— Мы с Хойтом женимся.

— Ты не шутишь? Потрясающе. — Она дружески хлопнула Гленну по плечу. — Мои поздравления. И когда состоится это великое событие?

— Завтра вечером. — Увидев, что у Блэр удивленно вытянулось лицо, Гленна начала торопливо объяснять: — Я знаю, что это выглядит странным, но...

— Здорово. Просто превосходно. Жизнь не остановить. Нам это не под силу. И им не под силу —

---

[1] «Нейман-Маркус» — сеть дорогих магазинов. (*Прим. перев.*)

вот что главное. Кроме того, это правда потрясающе, что вы нашли друг друга, когда тут такое творится. Мы ведь и за это сражаемся, так ведь?

— Да. Именно так.

— Ты ищешь свадебное платье?

— Да. Спасибо, Блэр.

Блэр положила руку на плечо Гленны — то ли в знак женской солидарности, то ли как товарищ по оружию. Гленна подумала, что в данный момент это одно и то же.

— Я сражаюсь тринадцать лет. И мне лучше, чем кому-либо другому, известно, как необходимы воину реальные, жизненные вещи. Те, которые для тебя важны, которые греют тебе душу, — иначе проиграешь. Хорошо, что ты их нашла.

— Поможешь нам с покупкой?

— Правда? — Блэр исполнила что-то похожее на танец. — Всегда готова. Только вот... Не хотелось бы тебя расстраивать, но каким образом думаешь получить платье завтра?

— У меня свои методы. А сейчас давайте поторопимся. Закрой, пожалуйста, дверь. Я не хочу, чтобы Хойт вошел во время примерки.

— Примерки... Ага, — кивнула Блэр, увидев, как Гленна расставляет магические кристаллы вокруг компьютера. Потом ведьма зажгла свечи, отступила на шаг и развела руки в стороны.

> Богиня, судьбу мою верши,
> Платье предо мной яви,
> Сквозь просторы пронеси,
> Как символ моей судьбы.

Джинсы и футболка на Гленне замерцали, вспыхнули и сменились белым платьем.

— Ух ты! Новое слово в магазинных кражах.

— Я не краду, — нахмурилась Гленна. — Никогда не использую свой дар для таких целей. Я просто примеряю, а когда выберу подходящее, произнесу другое заклинание, чтобы оформить покупку. Экономлю время, которого у меня слишком мало.

— Не лезь в бутылку. Я пошутила. — Отчасти. — А с оружием это сработает, если нам понадобится раздобыть его побольше?

— Думаю, да.

— Хорошо. А платье отличное!

— Милое, — согласилась Мойра. — Очень.

Гленна повернулась и принялась изучать свое отражение в старинном зеркале.

— Слава богу, Киан не убрал из дома все зеркала. Чудесное, правда? Мне нравится силуэт. Но...

— Не то, — закончила за нее Блэр и уселась на кровать рядом с Мойрой, чтобы насладиться зрелищем.

— Почему ты так думаешь?

— Ты в нем не сияешь. Нужен свет — внутренний, идущий прямо из сердца и пронизывающий тебя до кончиков пальцев. Ты надеваешь свадебное платье и с первого взгляда понимаешь, что это оно, именно оно тебе нужно. Остальные — просто подготовительный этап.

Значит, она через это прошла, подумала Гленна, вспомнив Блэр с обручальным кольцом на пальце.

А потом ту же Блэр, плачущую в темноте, уже без кольца.

Она хотела спросить ее об этом, но сдержалась. Деликатная тема, требующая не просто знакомства, а настоящей дружбы. До таких отношений им с Блэр еще далеко.

— Ты права: не то. Я выбрала еще четыре. Попробуем следующее.

Сияние она почувствовала на третьем. И услышала задумчивый вздох Мойры.

— Ну, вот и платье-победитель, — сказала Блэр. — Можешь не сомневаться. Оно твое.

Платье было романтичным и простым, как и хотела Гленна. Длинная, слегка приподнятая юбка и глубокий вырез с фестоном в виде сердца, и с двумя тонкими бретельками, выгодно подчеркивавшими стройную спину невесты.

— То, что нужно. — Она взглянула на цену и поморщилась. — По сравнению с грядущим Апокалипсисом опустошение кредитной карты выглядит сущим пустяком.

— Лови момент, — согласилась Блэр. — А у тебя будет вуаль или шляпка?

— Традиционное кельтское обручение требует вуали, но в данном случае... Думаю, ограничимся цветами.

— Так даже лучше. Нежные, земные, романтичные, сексуальные — все вместе. Покупай!

— Мойра? — Оглянувшись, Гленна увидела, что Мойра притихла, задумавшись и мечтательно глядя прямо перед собой грустными глазами. — Вижу, ты тоже «за».

— Ты будешь самой красивой невестой.

— Славно развлеклись. — Блэр встала. — Я полностью согласна с нашим «мозговым центром» — ты выглядишь потрясающе. Но нужно сворачиваться. — Она постучала пальцем по циферблату часов. — Вам обеим пора на тренировку. Нужно попрактиковаться в рукопашном бое. — Она повернулась к Мойре. — Пойдем со мной. Начнем пока без нее.

— Я спущусь через пару минут, — сказала им Гленна и вновь принялась изучать свое отражение в зеркале.

От свадебного платья к рукопашному бою. Любопытные повороты совершает ее жизнь.

Незадолго до захода солнца Хойт, услышав доносившуюся из комнаты музыку, постучал в дверь Киана. В прежние времена, вспомнил он, ему бы и в голову не пришло постучать — тогда он мог войти в спальню брата без разрешения.

В те времена Хойт не просил бы Киана позволить им с женой поселиться в собственном доме.

Щелкнули замки, и на пороге появился Киан, одетый лишь в свободные брюки. Лицо его было сонным.

— Рановато для визитов.

— Мне нужно с тобой поговорить. Наедине.

— Что, подождать нельзя? Ладно, входи уж.

В комнате было темно, хоть глаз выколи.

— Нам обязательно разговаривать в темноте?

— Я достаточно хорошо вижу, — ответил Киан, но все же зажег ночник. В тусклом свете покрывало на кровати блестело, словно бриллиантовое, а простыни отливали шелком. Киан подошел к холодильнику, достал пакет с кровью. — Я еще не завтракал. — Он сунул пакет в микроволновку, стоявшую на холодильнике. — Что тебе нужно?

— Чем ты собираешься заняться, когда все закончится?

— Как обычно — чем пожелаю.

— Будешь жить здесь?

— Думаю, что нет. — Киан усмехнулся и взял с полки хрустальный бокал.

— Завтра вечером... мы с Гленной собираемся обручиться.

Киан замер на секунду, потом поставил бокал.

— Это интересно. Полагаю, поздравления не заставят себя ждать. Ты намерен взять ее с собой, представить родителям? Мама, папа, вот моя невеста. Маленькая ведьма, которую я нашел, перепрыгнув через несколько столетий.

— Киан.

— Извини. Меня забавляет абсурдность происходящего. — Он достал разогретый контейнер с кровью, надорвал, вылил содержимое в бокал. — Ладно, неважно. Ваше здоровье.

— Я не могу вернуться.

Сделав первый глоток, Киан внимательно посмотрел на брата поверх бокала.

— Становится все интереснее и интереснее.

— Тот мир будет мне чужим — после всего, что я узнал. Ждать дня, когда они умрут? А ты смог бы вернуться?

Нахмурившись, Киан сел.

— Нет. По тысяче причин. И эта — одна из них. Но я о другом. Ты сам втянул меня в эту войну. А теперь тратишь драгоценное время на обручение?

— Человеческие желания не исчезают. Напротив, приближение конца света только обостряет их.

— Да, ты прав. Я наблюдал это тысячу раз. Но правда и то, что невесты военного времени не всегда бывают верными женами.

— Это тебя не касается!

— Разумеется. — Он поднял бокал и сделал еще глоток. — Ну что ж, удачи вам.

— Мы хотели бы жить здесь, в этом доме.

— В моем доме?

— В доме, который был нашим. Не будем обсуждать мои права, наше родство и все прочее. Ты деловой человек. Ты платишь сторожу, когда не живешь тут. Мы с Гленной избавим тебя от этих трат. Будем присматривать за домом и землей — бесплатно.

— А чем ты собираешься зарабатывать на жизнь? В нынешнее время спрос на магов невелик. Нет, погоди, беру свои слова обратно. — Рассмеявшись, Киан допил кровь. — Ты можешь заработать целое состояние на телевидении или в Интернете. Заведешь себе телефонный номер, начинающийся на 900, интернет-сайт и развернешься вовсю. Впрочем, это не твой стиль.

— Я найду, чем заняться.

Киан отодвинул бокал, отвел взгляд.

— Надеюсь. Разумеется, при условии, что останешься жив. Я не возражаю, чтобы ты жил в доме.

— Спасибо.

Киан пожал плечами.

— Ты выбрал себе непростую жизнь.

— И намерен ее прожить. Ладно, я пойду. Одевайся.

Непростая жизнь, повторил Киан, оставшись один. Он был удивлен и раздосадован тем, что способен завидовать такой жизни.

21

Гленна предполагала, что большинство невест взволнованы и очень заняты в день свадьбы. Но им не приходилось в перерывах между макияжем и педикюром упражняться с мечом и придумывать заклинания.

С другой стороны, дела не давали разыграться нервам, о существовании которых Гленна до сих пор даже не подозревала. У нее не было времени на волнение, когда она хлопотала по поводу цветов, романтического освещения или придумывала, как лучше обезглавить вампира.

— Попробуй вот это. — Блэр протянула оружие, но остановилась, увидев, что Гленна от удивления раскрыла рот. — Боевой топор. Скорее молот, чем меч. Думаю, он тебе больше подойдет. Руки у тебя довольно сильные, и удар топором должен полу-

чаться лучше, чем мечом. Только нужно почувствовать его вес и центр тяжести. Возьми.

Она отступила и взяла меч.

— Защищайся.

— Я не привыкла к топору. Могу промахнуться и
поранить тебя.

— Поверь, это невозможно. Защищайся! — Блэр
сделала выпад.

— Смотри, замешкавшись с поворотом, ты от-
крываешь мне спину.

— Тяжелый, — пожаловалась Гленна.

— Нет. Расставь руки шире. Вот так. Не повора-
чивайся после первого удара. Нажимай на меч, на-
ступай на меня. Медленно. Раз, — она начала считать и сделала выпад. — Два. Продолжай наступать.
Ты должна не только парировать удар, но и вывести
меня из равновесия, заставить перейти в оборону,
отражать твои выпады. Представь себе танец, в котором ты хочешь не только вести, но и убить партнера.

Блэр подняла руку и отступила.

— Давай покажу. Эй, Ларкин. Сыграешь роль
соломенной куклы. — Она протянула ему меч, рукояткой вверх, а сама взяла топор. — Только медленно. Это процесс обучения.

Приготовившись, Блэр кивнула.

— Нападай.

Ларкин перешел в наступление, а Блэр коммен-
тировала вслух:

— Удар, удар, поворот. Выпад в сторону, еще
удар. Хорошо получается, видишь? — Наступает, не

дает мне перейти в атаку. Придется импровизировать. — Поворот, удар ногой, выпад, еще один, разворот на месте. Готово!

Она выхватила прикрепленный к запястью кинжал и взмахнула рукой, так что лезвие прошло в нескольких дюймах от живота Ларкина.

— Когда его кишки вывалятся наружу, ты...

Блэр отпрянула, едва успев уклониться от огромного медвежьего когтя.

— Ух ты. — Она поставила лезвие топора на пол, облокотилась на рукоятку. Форму изменила только рука Ларкина.

— Ты и так умеешь? Одну часть тела?

— Если захочу.

— Держу пари, дома девушки от тебя без ума.

Помедлив секунду, — Блэр уже повернулась к Гленне, — он довольно рассмеялся.

— Это точно. Но не потому, о чем ты думаешь. В таких занятиях я предпочитаю собственный облик.

— Ладно. Гленна, поработай с Ларкином. Я пока займусь Малявкой.

— Не называй меня так, — ощетинилась Мойра.

— Не кипятись. Я не имела в виду ничего обидного.

Мойра хотела было возразить, но потом только рукой махнула.

— Прости. Не сдержалась.

— Ее так называл Кинг.

— А-а. Понятно. Мойра, тренировка с отягощением. Нужно подкачать тебе мышцы.

— Прости, что была с тобой резка.

— Послушай. Пока все это не закончится, мы еще не раз будем доставать друг друга. На мне не остается синяков — ни в буквальном, ни в переносном смысле. Ты хотела стать сильнее. Возьми пятифунтовые гантели. Когда подкачаешься, станешь настоящей культуристкой.

Мойра прищурилась.

— Возможно, я сожалею, что так с тобой разговаривала, но не позволю себя оскорблять.

— Нет, это такое выражение. Оно означает... — Все другие определения, приходившие на ум Блэр, были такими же непонятными. Тогда она просто согнула руку и напрягла бицепс.

— А... — В глазах Мойры блеснула улыбка. — Это хорошо. Я не против.

Они занимались все утро. Прервавшись, чтобы глотнуть воды из бутылки, Блэр повернулась к Гленне.

— У тебя неплохо получается. Занималась балетом?

— Восемь лет. Не представляла себе пируэт с боевым топором, но жизнь полна неожиданностей.

— А тройной можешь?

— Пока нет.

— Смотри. — Не выпуская из рук бутылки, Блэр сделал три оборота вокруг своей оси, затем резко выбросила ногу в сторону, под углом сорок пять градусов. — Инерция прибавляет силы удару ногой. Чтобы отбросить этих тварей, нужна сила. Тренируйся. У тебя должно получиться. Кстати. — Она сделала еще глоток. — А где жених?

— Хойт? В башне. Нужно кое-что закончить. Мы с ним занимаемся очень важным делом, — добавила она, почувствовав недовольство Блэр.

— Возможно. Вполне возможно. Если сделаете что-то похожее на огненный кинжал.

— Мы уже заколдовали часть оружия. — Гленна прошла в другой конец комнаты, взяла меч. — Мы их помечаем. Видишь?

На лезвии возле рукоятки было выгравировано изображение огня.

— Здорово. Просто отлично. Можно попробовать?

— Лучше на улице.

— Разумно. Ладно, все равно нужно прерваться на часок. Перекусить. Девочки и мальчики, после ленча будут луки и арбалеты.

— Я пойду с тобой, — сказала Гленна. — На всякий случай.

Блэр вышла через двери на террасу, потом спрыгнула на землю. Ее взгляд упал на соломенное чучело, сооруженное Ларкином. Нужно отдать должное парню — у него есть чувство юмора. На соломенном лице он нарисовал клыки, а на груди ярко-красное сердце.

Было бы забавно испробовать на соломенной кукле огненный меч, но не хотелось портить реквизит.

Блэр приняла боевую стойку, выставив меч вперед и согнув другую руку над головой.

— Нужно научиться управлять им, — начала объяснять Гленна. — Вызывать огонь только в нужный момент. Если просто размахивать горящим мечом, рискуешь сжечь саму себя или кого-то из нас.

— Не беспокойся.

Гленна хотела продолжить, но передумала и лишь пожала плечами. Все равно тут ничего нет, кроме воздуха.

Она наблюдала, как движется Блэр: медленно и плавно, меч словно стал продолжением ее руки. Похоже на балет, только смертельно опасный. И тем не менее завораживающий. Клинок сверкнул под лучами солнца, но остался холодным. Только Гленна подумала, что Блэр нуждается в подсказке, как та сделала выпад, и лезвие меча вспыхнуло.

— И враг поджаривается. Боже, как мне нравится. Сделаешь мне такой же из моего меча?

— Конечно, — ответила Гленна. Блэр взмахнула клинком, и пламя погасло. — Ты быстро учишься.

— Да. — Блэр окинула взглядом небо и нахмурилась. — На западе собираются тучи. Похоже, опять будет дождь.

— Хорошо, что я планировала провести церемонию в доме.

— Правильно сделала. Пойдем перекусим.

Хойт спустился из башни только к вечеру, и к тому времени Гленна позволила себе заняться собой. Ей хотелось не просто привести себя в порядок, а немного побаловать.

Для венка и букета нужны были цветы. Крем для

457

лица Гленна сама приготовила из трав и теперь энергично наносила его на кожу, поглядывая на небо из окна спальни.

Тучи сгущались, и если она хочет собрать цветы, нужно поторопиться, пока не зашло солнце и не начался дождь. Гленна открыла дверь и увидела на пороге Мойру и Ларкина. Вспомнив о зеленой маске на лице, она смущенно ойкнула.

— Не обращайте внимания — это женские штучки. Я ничего не успеваю. Еще не собрала цветы для венка.

— Мы... Вот. — Мойра извлекла из-за спины и протянула Гленне венок из бутонов белых роз с вплетенной в него красной лентой. — Надеюсь, подойдет — такой, как ты хотела. Я знаю, что при обручении нужен красный цвет. Мы с Ларкином хотели тебе что-нибудь подарить, но у нас ничего нет. Только это. Но если тебе...

— Великолепно. Очень красивый. Спасибо! — Она крепко обняла Мойру, одарила Ларкина лучезарной улыбкой.

— Думаю, что тебе не стоит меня целовать, — произнесла она. — В данный момент...

— Не волнуйся. Я свое наверстаю. И возьми еще вот это, — он протянул Гленне небольшой букетик разноцветных роз, тоже связанных красной лентой. — Мойра говорит, невеста должна держать его в руках.

— Боже, как это мило. — Слезы побежали по щекам, смывая крем. — Я думала, что мне будет трудно без семьи. Оказывается, у меня есть семья. Спасибо. Спасибо вам обоим.

Гленна приняла ванну, надушила волосы, нанесла крем на кожу. Зажгла свечи и выполнила ритуал, знакомый каждой женщине, которая готовится к встрече с мужчиной. К свадьбе, к брачной ночи.

Закутавшись в халат, она задумчиво провела пальцами по платью, висевшему снаружи на створке шкафа. В дверь кто-то постучал.

— Входи. Если это не Хойт.

— Не Хойт. — В комнату вошла Блэр с бутылкой шампанского в ведерке со льдом. За ней следовала Мойра с тремя бокалами.

— Поздравления от хозяина, — сказала Блэр. — Должна сказать, круто для вампира. Классная шипучка.

— Киан прислал шампанское?

— И я собираюсь открыть его, прежде чем мы начнем тебя наряжать.

— У меня настоящая свадьба! Вам тоже нужны платья. А я об этом не подумала.

— Не беспокойся. Сегодня твой день.

— Я никогда не пробовала шампанское. Блэр сказала, мне понравится.

— Гарантирую. — Подмигнув, Блэр откупорила бутылку. — Кстати, у меня есть подарок. Не бог весть что, поскольку я еще не овладела твоим методом делать покупки в сети, но все же... — Она сунула руку в карман. — Только без коробочки.

Она вложила в руку Гленны булавку.

— Это кладдах. Традиционный ирландский символ. Дружба, любовь, верность. Хотела подарить тостер или салатницу, но у меня было мало времени.

Еще один круг, подумала Гленна. Еще один символ.

— Очень красиво. Спасибо. — Повернувшись, она приколола булавку к ленте букета. — Теперь все подарки будут у меня с собой.

— Люблю сантименты. Особенно с шампанским. — Блэр налила три бокала и раздала девушкам. — За невесту.

— И ее счастье, — добавила Мойра.

— И за связь времен, символом которой служит сегодняшняя церемония. За надежду на будущее. Я хочу покончить со слезами до того, как начну краситься.

— Разумно, — согласилась Блэр.

— Я нашла в Хойте то, что мне нужно. Обещания, которые мы сегодня дадим друг другу, будут иметь отношение только к нам двоим. Но я уверена: вы здесь не случайно, так и должно быть. И это важно для меня. Я хочу, чтобы вы знали, — я очень рада, что вы разделяете с нами этот день.

Они сомкнули бокалы, выпили шампанское, и Мойра закрыла глаза.

— Блэр была права. Мне понравилось.

— Говорила тебе. Ладно, Мойра, давай займемся невестой.

За окном лил дождь и клубился туман. Но дом был наполнен ярким светом и ароматом цветов.

— Ну? — произнесла Гленна, отступая от зеркала.

— Просто мечта, — сказала Мойра. — Богиня из сказки.

— У меня колени дрожат. Думаю, с богинями такого не бывает.

— Сделай пару глубоких вдохов. Мы спустимся и проверим, все ли готово. Включая счастливого жениха. Тебе предстоит снимать с него носки.

— Зачем ей...

— Знаешь, милая, — сказала Блэр, подталкивая Мойру к двери, — ты все воспринимаешь слишком буквально. Когда роешься в книгах, удели, пожалуйста, внимание современному сленгу. — Она открыла дверь и замерла, увидев стоящего на пороге Киана. — Стоп! Это женская территория.

— Мне нужно поговорить с... будущей невесткой.

— Не волнуйся, Блэр. Киан, входи.

Он переступил порог, оглянулся на Блэр и закрыл дверь перед ее носом. Потом повернулся и окинул Гленну внимательным взглядом.

— Потрясающе выглядишь. Правда. Повезло брату.

— Ты, наверное, считаешь это глупостью.

— Ошибаешься. Возможно, это чисто по-человечески, но не глупо. Хотя, если быть откровенным, неразумности тут тоже хватает.

— Я люблю твоего брата.

— Да. Это заметно даже слепому.

— Спасибо за шампанское. За то, что вспомнил.

— Не за что. Хойт готов.

— О боже. — Она прижала руку к животу. — Я волнуюсь.

Улыбнувшись, Киан шагнул к ней.

— Я для вас кое-что приготовил. Свадебный подарок. Вручаю его тебе, потому что именно ты — по крайней мере, в данный момент — отвечаешь за документы.

— Документы?

Киан протянул ей тонкую кожаную папку. Раскрыв ее, Гленну озадаченно посмотрела на Киана.

— Не понимаю.

— По-моему, все ясно. Это дарственная на дом и землю. Теперь они ваши.

— Нет, мы не можем. Когда Хойт просил разрешения жить тут, он не имел в виду...

— Гленна, широкие жесты я делаю один раз в несколько десятилетий, когда на меня вдруг накатит. Бери, когда дают. Для Хойта это гораздо большая ценность, чем когда-либо будет для меня.

Гленна с трудом проглотила ком в горле.

— Я знаю, что это значит для меня. А для него — в тысячу раз больше. Я хочу, чтобы ты сам отдал ему документы.

— Бери, — повторил он и повернулся к двери.

— Киан. — Гленна отложила папку и взяла букет. — Ты проводишь меня вниз? К Хойту?

После секундного размышления он открыл дверь. Затем протянул руку Гленне.

Спускаясь по лестнице, она услышала музыку.

— Твои подружки развили бурную деятельность.

От маленькой королевы я ожидал чего-то подобного — столько эмоций. Но охотница меня удивила.

— Я дрожу? У меня такое ощущение, что дрожу.

— Нет. — Он заставил ее взять себя под руку. — Спокойна, как скала.

Переступив порог комнаты, украшенной свечами и цветами, и увидев Хойта, стоящего перед золотистым пламенем камина, она успокоилась.

Они направились навстречу друг другу, остановившись в центре комнаты.

— Я ждал тебя, — шепнул Хойт.

— Я тебя тоже.

Гленна взяла его за руку и огляделась. Сколько цветов. Из них был выложен круг. Все свечи горели, за исключением тех, что понадобятся для обряда. На столе, заменявшем алтарь, лежал ивовый прут.

— Сделал для тебя. — Хойт показал ей массивное серебряное кольцо, украшенное орнаментом.

— Я тоже. — Она сняла с большого пальца кольцо, которое изготовила для Хойта.

Взявшись за руки, они подошли к алтарю. Прикосновением пальцев зажгли свечи. Потом надели кольца на ивовый прут и повернулись друг к другу.

— Мы просим вас быть свидетелями этого священного обряда, — произнес Хойт.

— Быть нам семьей в ритуале нашего обручения.

— Да благословят боги этот дом. Мы собрались тут для свершения обряда любви и верности.

— Духи воздуха, придите к нам и своими чуткими пальцами скрепите соединяющие нас узы, — продолжила Гленна, глядя в глаза Хойту.

— Духи огня, придите к нам...

Потом они обратились к духам воды и земли, к благословенной богине и смеющемуся богу. Лицо Гленны сияло. Жених и невеста зажгли благовония, потом красную свечу. Сделали по глотку вина и рассыпали соль.

Ивовый прут со сверкающими кольцами Гленна и Хойт держали вместе.

Свечи вспыхнули ярче, а кольца засверкали, когда они обратились друг к другу.

— Я соединяюсь с этим мужчиной по своей воле, — произнесла Гленна и надела кольцо на палец жениха.

— Я соединяюсь с этой женщиной по своей воле. — Хойт повторил ее жест.

— Союз заключен, — вместе сказали они. — Перед лицом богини и бога, древних духов...

Крик, донесшийся снаружи, нарушил торжественность момента, словно разбивший оконное стекло камень.

Блэр бросилась к окну и отдернула штору. Даже ей стало не по себе: лицо вампира находилось в нескольких дюймах от нее, прямо за стеклом. Но кровь стыла в жилах совсем от другого — от того, что она увидела за его спиной.

— Проклятье, — произнесла она, поворачиваясь к остальным.

Вампиров было не меньше пятидесяти, а может, и больше, в лесу и рядом с домом. На траве стояли три клетки с окровавленными и закованными в цепи пленниками — они кричали, когда их вытаскивали наружу.

Гленна протиснулась к окну, потом нащупала руку стоявшего сзади Хойта.

— Блондинка. Та самая, что постучалась в дверь, когда Кинга...

— Лора, — сказал Киан. — Одна из любимиц Лилит. У нас с ней... однажды был инцидент. — Он засмеялся, увидев, что Лора подняла белый флаг. — Если вы ей верите, лучшего парламентера, чем я, вам не найти.

— У них люди, — прибавила Мойра. — Раненые.

— Оружие, — напомнила Блэр.

— Нужно подождать — и подумать, как лучше его применить. — Киан направился к парадной двери и открыл ее. В лицо ему ударили дождь и ветер.

— Лора, — окликнул он почти дружелюбным тоном. — Неважная погодка, да? Я мог бы пригласить тебя и твоих друзей в дом, но пока еще не выжил из ума.

— Пора с этим кончать, Киан. Кстати, тебе понравился мой подарок? Жаль, у меня не было времени его завернуть.

— Приписываешь себе работу Лилит? Печально. Скажи ей, что она дорого за это заплатит.

— Сам скажешь. У тебя и твоих людей есть десять минут, чтобы сдаться.

— Да? Всего десять?

— Через десять минут мы убьем первого. — Она схватила одного из пленников за волосы. — Правда,

465

хорошенькая? Ей всего шестнадцать. Достаточно взрослая, чтобы гулять по темным тропинкам.

— Пожалуйста. — Девушка плакала. Судя по окровавленной шее, кто-то уже отведал ее крови. — Ради бога.

— Они всегда взывают к богу. — Рассмеявшись, Лора швырнула девушку лицом в мокрую траву. — Но он никогда не приходит. Десять минут.

— Закрой дверь, — шепнула Блэр за спиной Киана. — Закрой. Дай мне минуту. Нужно подумать.

— Все равно они убьют пленников, — заметил Киан. — Это приманка.

— Какая разница, — возразила Блэр. — Мы должны что-то предпринять.

— Будем сражаться, — заявил Ларкин, вытаскивая один из мечей из подставки для зонтов у двери.

— Не лезь в бутылку, — приказала Блэр.

— Мы не сдадимся им.

— Будем сражаться, — согласился Хойт. — Но не на их условиях. Кандалы, Гленна.

— Да, я с этим справлюсь. Уверена.

— Нужно принести сверху еще оружие, — начал Хойт.

— Я же сказала: не торопись. — Блэр схватила его за руку. — Вы видели всего пару стычек с вампирами. У вас нет опыта. Нельзя же просто выскочить из дома — нас перережут, как щенков. — Она повернулась к Гленне: — Ты справишься с кандалами?

Гленна вздохнула.

— Да.

— Хорошо. Мойра, ты идешь наверх, с луком. Киан, они, скорее всего, выставили дозорных вокруг дома. Выскользнешь за дверь и начнешь убирать их, как можно тише. Хойт с тобой.

— Подожди.

— Я знаю, что делаю, — резко сказала она Гленне. — Ты освоила боевой топор?

— Есть шанс выяснить.

— Бери его. И иди наверх с Мойрой. У них тоже есть лучники, а в темноте они видят гораздо лучше нас. Ларкин, мы с тобой предпримем небольшую вылазку. Мойра, не стреляй, пока не получишь сигнал.

— Какой сигнал?

— Поймешь. И еще одно. Эти трое пленников — уже, считай, мертвецы. Наша цель — достойно ответить на вызов. Вы должны понять, что шансы спасти хотя бы одного из них практически равны нулю.

— Но нужно попытаться, — настаивала Мойра.

— Ладно. В конце концов, ради этого мы тут и собрались. Вперед.

— Это один из твоих хитрых мечей? — спросил Киан, когда они с Хойтом подошли к задней двери.

— Да.

— Держи его подальше от меня. — Он поднес палец к губам и осторожно открыл дверь. В первую секунду не было слышно и видно абсолютно ничего, лишь дождь продолжал барабанить по крыше. Через мгновение Киан выскользнул из дома — его темный силуэт едва обозначился на темном фоне ночной мглы.

Шагнув за ним, Хойт увидел, как брат за пару минут сломал шеи двум вампирам и обезглавил третьего.

— Слева, — шепотом предупредил Киан.

Хойт повернулся, чтобы встретить врага мечом и огнем.

Наверху Гленна стояла на коленях внутри магического круга и шептала заклинания. С каждым ударом ее сердца серебряный крест на шее и кольцо на пальце светились все ярче. Мойра сидела на корточках у открытой двери: лук в руке, колчан за спиной.

— Цепи? — оглянувшись на Гленну, спросила она.

— Нет. Кое-что другое. Сейчас.

— Что... Ой! — Мойра вглядывалась в ночную тьму, но теперь — благодаря Гленне — зрение у нее стало как у кошки. — Да, то, что нужно. Они расставили лучников среди деревьев. Я вижу всего шестерых. Могу сразить их.

— Не вылезай наружу, пока я не закончу.

Гленна пыталась обрести ясность мысли, успокоиться, призвать на помощь свой магический дар.

Из темноты, словно ангел мщения, возник золотой конь. Всадник на его спине сеял смерть.

Пустив Ларкина галопом, Блэр взмахнула факелом и поразила троих вампиров, которые мгновенно вспыхнули, а пламя от них перекинулось на других. Затем она швырнула факел в гущу врагов и выхватила огненный меч.

— Сигнал, Гленна! — Мойра выпустила первую стрелу. — Вот он, сигнал!

— Да, я поняла. Поняла. — Гленна на бегу схватила топор и кинжал.

Стрелы Мойры еще летели, настигая врага, когда девушки выскочили под струи дождя навстречу поджидавшим их вампирам.

Гленна не размышляла — остались только инстинкты и чувства. Она позволила телу самому вести этот танец жизни и смерти, нанося удары, нападая и защищаясь. Пламя струилось по мелькавшему в воздухе топору.

Отовсюду доносились жуткие крики, от которых волосы вставали дыбом. Было невозможно понять, кто кричит: вампиры или люди. Гленна чувствовала запах и вкус крови, понимая, что это и ее кровь. Сердце гулко стучало в груди, словно боевой барабан, и она почти не заметила стрелы, просвистевшей у нее над головой и испепелившей прыгнувшего на нее вампира.

— Они попали в Ларкина. Ларкин ранен.

Услышав крик Мойры, Гленна повернула голову. В передней ноге Ларкина торчала стрела. Но конь несся, словно демон, а Блэр на его спине разила врагов направо и налево.

Хойт мечом пробивал себе дорогу к одному из пленников.

— Я должна помочь. Мойра, их там слишком много.

— Давай. Поняла. Я уравняю шансы — можешь не сомневаться.

С громким криком Гленна бросилась вперед, пытаясь отвлечь врага от Хойта и Киана.

Она думала, что окружающее должно скрыться за пеленой безумной ярости, охватившей ее. Но все виделось четко и ясно, до самых мелочей. Лица, звуки, теплая кровь и холодные капли дождя на коже. Красные глаза, горящие жаждой убийства. Вспышки и душераздирающие вопли пожираемых огнем вампиров.

Она видела, как Киан обломил стрелу, вонзившуюся ему в бедро, и проткнул древком сердце врага. Она видела, как кольцо на пальце Хойта вспыхнула огнем и маг одним ударом уничтожил двоих вампиров.

— Тащи их в дом! — крикнул он Гленне. — Попытайся затащить их в дом.

Скользя по мокрой траве, она бросилась к девушке, которую мучила Лора. Гленна думала, что несчастная мертва, но увидела ее оскаленные клыки.

— О боже.

— Разве ты не слышала? Он никогда не приходит.

Подпрыгнув, девушка повалила Гленну на спину и откинула голову назад, предвкушая вкус крови своей жертвы. Меч Блэр отсек ее.

— Ты бы тоже удивилась такому превращению, — сказала Гленна.

— В дом! — крикнула Блэр. — Возвращайся. Мы уже ответили на вызов, черт возьми. — Наклонившись, она помогла Гленне взобраться на спину коня позади себя.

Они покинули поле боя, оставив после себя огонь и пепел.

— Скольких мы прикончили? — спросил Ларкин, опускаясь на пол. Из раны на его ноге на пол набежала лужа крови.

— Не меньше тридцати — отличный результат. А ты быстро бегаешь, Золотой парень. — Блэр посмотрела ему в глаза. — Тебя немного подстрелили.

— Не так уж сильно. Просто... — Ларкин даже не вскрикнул, когда она выдернула стрелу: от боли у него перехватило дыхание. Когда он отошел, то разразился потоком проклятий.

— Ты следующий, — Блэр повернулась к Киану, кивнув на торчащий из его бедра обломок стрелы.

Он наклонился и выдернул стрелу сам.

— Все равно спасибо.

— Схожу за бинтами. У тебя из ноги тоже течет кровь, — сказала Гленна Блэр.

— Все мы немного помяты. Но живы. По крайней мере, — она дерзко улыбнулась Киану, — большинство.

— Интересно, ты когда-нибудь уймешься? — поинтересовался Киан и отправился за бренди.

— То были не люди. В клетках. — Мойра держалась за плечо, поцарапанное стрелой.

— Нет. Но отсюда мы не могли разобрать. Слишком их много, чтобы различить запахи. Хитро придумано. — Блэр мрачно кивнула. — Хороший способ выманить нас. У этой суки есть мозги.

— Лора ускользнула. — Хойт все еще не мог отдышаться. У него на боку зияла рваная рана и еще одна — на руке. — Я видел ее, когда мы пробивались к дому. Она уцелела.

— Оставьте ее мне. У нас свои счеты. — Блэр поджала губы, увидев, что Киан протягивает ей бренди. — Благодарю.

Стоя на коленях посреди комнаты, Гленна пыталась оценить обстановку.

— Блэр, сними с Ларкина рубаху. Мне нужно его осмотреть. Мойра, как твое плечо?

— Всего лишь царапина.

— Хойт, принеси сверху одеяла и полотенца. — Гленна подошла к нему, взяла за руки и зарылась лицом в его ладони. Ей так хотелось расплакаться, но она понимала, что момент неподходящий. Потом. — Я чувствовала, что ты со мной. Каждую секунду.

— Знаю. Ты тоже была со мной. *Агра*. — Он приподнял голову Гленны и коснулся губами ее губ.

— Знаешь, я не боялась. Я не думала о страхе. А потом подошла к девушке, которая сидела в клетке, и увидела, кто она на самом деле. Я не могла даже пошевелиться.

— Все закончилось. На сегодня все закончилось. Мы задали им жару! — На этот раз поцелуй получился долгим и страстным. — Ты была великолепна.

Гленна прижала ладонь к ране на его боку.

— Все мы. Сумели доказать, что можем постоять за себя. Теперь мы стали командой.

— Круг создан.

Гленна тяжело вздохнула.

— Да, не таким я представляла свое обручение. —

472

Она попыталась улыбнуться. — По крайней мере... Нет, черт возьми, нет! Мы не закончили. Просто прервались. — Она провела рукой по растрепанным волосам. — Я не позволю этим тварям все испортить. — Она схватила Хойта за руку, и в это время по лестнице сбежала Мойра с охапкой полотенец и одеял. — Слышите? Вы все еще свидетели.

— Понятно, — кивнула Блэр, промывая рану Ларкина.

— У тебя на лбу кровь, — Киан протянул Мойре влажную салфетку и повернулся к Гленне. — Давай.

— Но твое платье... — запротестовала Мойра.

В ответ Гленна лишь улыбнулась.

— Ерунда. Важно только вот это. — Она закрыла глаза и крепко сжала руку Хойта. — Перед лицом богини и бога, древних духов...

К ее голосу присоединился голос Хойта:

— ...мы совершаем этот обряд. Объявляем себя мужем и женой.

Он наклонился и сжал ладонями лицо Гленны.

— Я буду любить тебя до конца дней.

Теперь, подумала она, круг действительно создан, сильный и яркий.

Их губы встретились, и свечи вспыхнули, заливая золотистым светом этот поцелуй надежды, обещания и любви.

— Ну вот, — сказал старик. — Завершив обручение, они перевязали раны и начали залечивать их. А потом провозгласили тост за любовь и истинную магию, которая сильнее тьмы и смерти.

На улице шел дождь, а храбрецы в доме отдыхали, набирались сил и готовились к новой битве.

Старик откинулся на спинку кресла и взял чашку чая, принесенную слугой.

— Пожалуй, на сегодня достаточно.

Дети шумно запротестовали. Но старик лишь усмехнулся и покачал головой.

— Продолжение завтра. Обещаю — ведь сказка еще не закончилась. Это только начало. Солнце уже легло спать — и вам тоже пора. Разве эта история не научила вас, что свет нужно ценить? Идите. Я допью чай и приду к вам.

Оставшись один, он пил чай и смотрел на огонь. И думал о том, что расскажет им завтра.

Глоссарий

Агра — гэльское ласковое обращение, означающее «любимая», «дорогая».

Анклэр — современное графство Клэр.

Арии — гэльское ласковое обращение, означающее «душа моя», «любимая», «дорогая».

Астор — гэльское ласковое обращение, означающее «дорогая».

Блэр Нола Бриджит Мерфи — одна из круга шести — «воин», охотник на вампиров, потомок Нолы Маккена (младшей сестры Киана и Хойта).

Бурен — карстовая известняковая зона в графстве Клэр, с пещерами и подземными реками.

«Вечность» — название ночного клуба Киана в Нью-Йорке.

Влад — жеребец Киана.

Галлим — современный город Голуэй, столица западной Ирландии.

Гилл — в переводе с гэльского «обещание»; родина Мойры и Ларкина; город, в котором будет править Мойра.

Гленна Вард — одна из круга шести — «ведьма», жительница современного Нью-Йорка.

Дервил — одна из жительниц деревни.

Джарл — вампир, сделавший вампиром Лилит.

Джереми Хилтон — бывший жених Блэр Мерфи.

Дэви — «сын» королевы вампиров Лилит, ребенок-вампир.

Дэрдра Риддок — мать Ларкина.

Ислин — служанка в замке Гилла.

Ихе — на гэльском языке означает «ночь».

Кару — гэльское слово, означающее «друг, родственник».

Киан Маккена — брат-близнец Хойта, вампир, Владыка Ночи, один из круга шести — «тот, кто потерян».

Кинг — лучший друг Киана, с которым он подружился, когда Кинг был ребенком; управляющий ночным клубом «Вечность».

Кирио — любовник Лилит, человек.

Киунас — гэльское слово, означающее «молчание»; битва со злом происходит в Долине Киунас — Долине Молчания.

Киури — современное графство Керри на юго-востоке Ирландии, иногда называется «королевством».

Кладдах — кельтский символ любви, дружбы, верности.

Колодец Бригитты — священный колодец в графстве Клэр, названный в честь святой Бригитты, кельтской богини вдохновения, покровительницы поэзии, знания и мудрости.

Конн — кличка щенка, который был у Ларкина в детстве.

Кэра — одна из жительниц деревни.

Ларкин Риддок — один из круга шести — «тот, кто меняет облик», двоюродный брат Мойры, королевы Гилла.

Лилит — королева вампиров или королева демонов; ведет войну против человечества; именно она превратила Киана из человека в вампира.

Лора — вампир, любовница Лилит.

Луций — вампир, любовник Лоры.

Маатир — на гэльском языке означает «мать».

Майкл Томас Маккена — потомок Киана и Хойта Маккены.

Малвин — житель деревни, солдат армии Гилла.

Манхэттен — район Нью-Йорка, где живут Киан Маккена и Гленна Вард.

Мидир — вампир, чародей Лилит, королевы вампиров.

Мик Мерфи — младший брат Блэр Мерфи.

Мойра — одна из круга шести — «ученый»; принцесса, будущая королева Гилла.

Морнин — гэльское ласковое обращение, означающее «возлюбленная».

Морриган — богиня войны.

Нилл — воин в армии Гилла.

Нола Маккена — младшая сестра Киана и Хойта.

Оан — муж Кэры.

Ойн — зять Хойта.

Оран Риддок — младший брат Ларкина.

Пляска Богов — место, в котором круг шести переходит из реального мира в сказочный Гилл.

Принц Риддок — отец Ларкина, правящий король Гилла, дядя Мойры по матери.

Самайн — конец лета (кельтский праздник); битва назначена на ночь праздника Самайн, отмечающего конец лета.

Скалы Мохер — название, данное развалинам крепости на юге Ирландии, на утесе неподалеку от Головы Ведьмы.

Сланта — на гэльском языке означает «ваше здоровье».

Тинин — охранник замка Гилл.

Туата Де Дананн — валлийские боги.

Фергус — зять Хойта.

Фолте-а-Гилл — по-гэльски «Добро пожаловать в Гилл».

Фэйри-Фоллз — местность в Гилле.

Хойт Маккена (Колдун) — один из круга шести — «маг».

Шинан — сестра Ларкина.

Шлан лиат — на гэльском языке означает «до свидания»; так говорят человеку, который уходит.

Шлан угат — на гэльском языке означает «до свидания»; так говорят человеку, который остается.

Шон Мерфи — отец Блэр Мерфи, охотник на вампиров.

Шоп-стрит — культурный центр Голуэя.

Эйдин — младшая двоюродная сестра Мойры.

Эйре — кельтское название Ирландии.

Элис Маккена — потомок Киана и Хойта Маккены.

Литературно-художественное издание

Нора Робертс

КРЕСТ МОРРИГАН

Ответственный редактор *В. Краснощекова*
Художественный редактор *Е. Савченко*
Технический редактор *О. Куликова*
Компьютерная верстка *В. Фирстов*
Корректор *Н. Сгибнева*

Иллюстрация на переплете JIMFITZPATRICK

ООО «Издательство «Эксмо»
127299, Москва, ул. Клары Цеткин, д. 18/5. Тел. 411-68-86, 956-39-21.
Home page: **www.eksmo.ru** E-mail: **info@eksmo.ru**

Подписано в печать 03.10.2011.
Формат 70×100 $^1/_{32}$. Гарнитура «Таймс».
Печать офсетная. Усл. печ. л. 19,44.
Доп. тираж 3000 экз. Заказ № 3415.

Отпечатано в ОАО «Тульская типография».
300600, г. Тула, пр. Ленина, 109.

ISBN 978-5-699-51399-4

Оптовая торговля книгами «Эксмо»:
ООО «ТД «Эксмо». 142702, Московская обл., Ленинский р-н, г. Видное,
Белокаменное ш., д. 1, многоканальный тел. 411-50-74.
E-mail: reception@eksmo-sale.ru

По вопросам приобретения книг «Эксмо»
зарубежными оптовыми покупателями
обращаться в отдел зарубежных продаж ТД «Эксмо»
E-mail: international@eksmo-sale.ru

International Sales: International wholesale customers should contact
Foreign Sales Department of Trading House «Eksmo» for their orders.
international@eksmo-sale.ru

По вопросам заказа книг корпоративным клиентам,
в том числе в специальном оформлении,
обращаться по тел. 411-68-59, доб. 2115, 2117, 2118, 411-68-99, доб. 2762, 1234.
E-mail: vipzakaz@eksmo.ru

Оптовая торговля бумажно-беловыми
и канцелярскими товарами для школы и офиса «Канц-Эксмо»:
Компания «Канц-Эксмо»: 142700, Московская обл., Ленинский р-н,
г. Видное-2, Белокаменное ш., д. 1, а/я 5.
Тел./факс +7 (495) 745-28-87 (многоканальный).
e-mail: kanc@eksmo-sale.ru, сайт: www.kanc-eksmo.ru

Полный ассортимент книг издательства «Эксмо» для оптовых покупателей:
В Санкт-Петербурге: ООО СЗКО, пр-т Обуховской Обороны, д. 84Е.
Тел. (812) 365-46-03/04.
В Нижнем Новгороде: ООО ТД «Эксмо НН», ул. Маршала Воронова, д. 3.
Тел. (8312) 72-36-70.
В Казани: Филиал ООО «РДЦ-Самара», ул. Фрезерная, д. 5.
Тел. (843) 570-40-45/46.
В Самаре: ООО «РДЦ-Самара», пр-т Кирова, д. 75/1, литера «Е».
Тел. (846) 269-66-70.
В Ростове-на-Дону: ООО «РДЦ-Ростов», пр. Стачки, 243А.
Тел. (863) 220-19-34.
В Екатеринбурге: ООО «РДЦ-Екатеринбург», ул. Прибалтийская, д. 24а.
Тел. +7 (343) 272-72-01/02/03/04/05/06/07/08.
В Новосибирске: ООО «РДЦ-Новосибирск», Комбинатский пер., д. 3.
Тел. +7 (383) 289-91-42. E-mail: eksmo-nsk@yandex.ru
В Киеве: ООО «РДЦ Эксмо-Украина», Московский пр-т, д. 9.
Тел./факс (044) 495-79-80/81.
Во Львове: ТП ООО «Эксмо-Запад», ул. Бузкова, д. 2.
Тел./факс: (032) 245-00-19.
В Симферополе: ООО «Эксмо-Крым», ул. Киевская, д. 153.
Тел./факс (0652) 22-90-03, 54-32-99.
В Казахстане: ТОО «РДЦ-Алматы», ул. Домбровского, д. 3а.
Тел./факс (727) 251-59-90/91. rdc-almaty@mail.ru

Полный ассортимент продукции издательства «Эксмо»
можно приобрести в магазинах «Новый книжный» и «Читай-город».
Телефон единой справочной: 8 (800) 444-8-444.
Звонок по России бесплатный.

В Санкт-Петербурге в сети магазинов «Буквоед»:
«Парк культуры и чтения», Невский пр-т, д. 46. Тел. (812) 601-0-601
www.bookvoed.ru